L'Australienne
2

NANCY CATO | *ŒUVRES*

L'AUSTRALIENNE - 1	*J'ai lu* 1969****
L'AUSTRALIENNE - 2	*J'ai lu* 1970****
LES ÉTOILES DU PACIFIQUE	

Nancy Cato

L'Australienne 2

traduit de l'anglais par Brice MATTHIEUSSENT

Éditions J'ai lu

Ce roman a paru sous le titre original :

ALL RIVERS RUN

LIVRE DEUX
(*suite*)

AU FIL DU TEMPS

55

– Tu as de la chance, dit Délie, de ne pas avoir épousé une maniaque de l'ordre, qui serait toujours dans la cuisine à embêter le cuistot, qui enquiquinerait le mécanicien à force de briquer la chaudière – pardon, *les* chaudières ! – et mettrait sans arrêt son nez dans ce qui ne la regarde pas.

– C'est *toi* qui as de la chance, rétorqua Brenton avec bonne humeur. Tu passes toute la journée à bayer aux corneilles et à regarder le paysage.

– Oh, je sais, je sais que j'ai de la chance ! Mais à partir de maintenant, il va falloir que je tricote un peu. De la layette, mon chéri. Je crois que nous en aurons besoin vers le mois de septembre.

Il recula en la regardant avec horreur.

– Mon Dieu ! J'espère que tu vas faire attention, cette fois. Je veux que tu descendes de ce bateau immédiatement, tu m'entends, que tu ailles le plus vite possible à l'hôpital. Je ne tiens pas à revivre ce cauchemar.

A cette dernière remarque, Délie sourit faiblement.

– Ne t'inquiète pas, je ne compte pas prendre le moindre risque. J'aimerais aller à Melbourne pour avoir des spécialistes, des infirmières et des anesthésistes, surtout des anesthésistes.

– C'est ce que tu dis maintenant ! Mais je connais ton courage, je dirais même que tu es beaucoup trop téméraire : demain tu n'y penseras plus, tu me diras que tout va bien...

– Non, je te promets. Je veux aller voir le brave docteur qui m'a poussée dans tes bras, même s'il s'est trompé, même s'il m'a fait une peur bleue. C'est lui qui est la cause de tout cela.

Elle regarda ses boucles brillantes et désordonnées, ses yeux bleu marine pour une fois concentrés sur elle avec une expression de tendre intérêt, comme si le bateau avait disparu. Elle se sentit submergée de gratitude pour tout ce qu'ils avaient traversé ensemble.

– Chéri, je lui en serai tellement reconnaissante !

Brenton l'attira vers lui et caressa ses cheveux noirs et lisses tandis qu'elle enfouissait son visage contre sa poitrine. L'émotion qui faisait vibrer la voix de Délie le toucha. Il ressentit une soudaine tendresse pour cette créature irritante, irrationnelle, incompréhensible, qui sentait toujours la térébenthine et l'huile de lin. Dès qu'il l'eut possédée, il l'entoura de moins d'attentions; mais aucune femme n'avait jamais eu pour lui le charme unique de Délie.

Physiquement, le mariage lui avait réussi. Les mains de Brenton parcoururent avec plaisir les courbes plus pleines de son corps. Malgré la dureté du climat continental, la peau de son cou évoquait encore le satin lorsque ses lèvres s'y posaient; seul une minuscule ride pensive qui barrait son front blanc, un léger affaissement de ses sourcils rectilignes témoignaient du passage du temps. Et ainsi qu'il arrive chez certaines femmes, l'approche de la maternité embellissait son teint.

– Pourquoi Ben nettoie-t-il toujours tes chaussures ? demanda-t-il en sautant du coq à l'âne. (La tenant à bout de bras, il plongea son regard dans ses yeux bleus.) Il ne te fait pas du gringue au moins ?

Elle rit gaiement.

– Ben ! Mais ce n'est qu'un enfant.

Brenton rit aussi. Il sentait qu'il pouvait lui faire confiance. Chaque fois qu'il avait eu une liaison avec une femme, il s'était lassé le premier.

Son nouveau jouet – les chaudières jumelles – le

fatiguait déjà, d'autant que Charlie ne manquait jamais une occasion de lui faire remarquer combien il revenait cher. Ce qu'on gagnait en vitesse était perdu lors des chargements de bois, car il fallait s'arrêter deux fois plus souvent qu'auparavant.

Un jour, Brenton lut une publicité concernant une vieille locomotive, dotée d'une grosse chaudière à trois foyers. Il s'enticha d'une nouvelle lubie destinée à améliorer les performances du vapeur. Lorsqu'il l'acheta, Délie s'inquiéta des dépenses et Charlie prophétisa qu'elle engloutirait davantage de combustible que les chaudières jumelles. Brenton embarqua sur un autre bateau de la compagnie Gem, le *Shannon*, pendant qu'on installait la nouvelle chaudière sur le *Philadelphia*.

Délie resta à Wentworth, acheta des tissus pour les vêtements du bébé, songeant avec un mélange de plaisir et de peur à sa prochaine maternité.

Lors des premiers essais après ses modifications, le *Philadelphia* parut voler au-dessus de l'eau. Il laissa sur place jusqu'au rapide *Rothbury* et doubla facilement le *South Australian*, pourtant beaucoup plus gros.

Brenton semblait enfin content. Délie le supplia de renoncer à sa dangereuse habitude qui consistait à plonger sous les roues, car le navire allait désormais beaucoup plus vite; mais les craintes de sa femme le firent éclater de rire.

– Le bateau me connaît, se vanta-t-il. Jamais il ne voudra me faire mal, n'est-ce pas, vieux frère? (Et il donna un coup de poing affectueux sur les rayons de la roue.) Et puis, maintenant qu'il va plus vite, la roue à aubes met moins de temps à passer au-dessus de moi. C'est donc moins dangereux qu'avant, tu comprends?

Délie, qui ne comprenait rien du tout, ressentit, comme maintes fois auparavant, de la jalousie envers son homonyme. Jalouse d'un bateau! C'était ridicule, mais c'était ainsi. Elle aurait voulu qu'il l'accompagnât à Melbourne; mais il n'en voyait pas la nécessité. Imogen allait s'occuper d'elle, et elle serait parfaitement en sécurité à l'hôpital.

Ils remontaient le fleuve; en chemin, ils devaient charger une cargaison de laine et de peaux destinée à la gare de chemin de fer de Mildura. Délie était assise sur le seuil de sa cabine car la nuit était brûlante; la brise due à leur déplacement sur la surface lisse des eaux la rafraîchissait tandis qu'elle cousait à la lumière de la lampe posée derrière elle. D'innombrables petits insectes tournaient autour ou tombaient à terre, formant un cercle de petits cadavres poussiéreux.

Assis sur la plus basse des trois marches de la timonerie, Ben jouait de vieux airs nostalgiques écossais sur son ocarina. Une demi-lune flottait sur les eaux calmes du ciel ou dansait sur les vagues de leur sillage. Le long des rives, les feuilles des eucalyptus se détachaient contre le ciel lumineux.

Délie était en proie à une tristesse ineffable, causée par la lueur blême de la lune, les étoiles tranquilles, la musique pathétique et la progression régulière du petit vapeur à travers un paysage sombre et solitaire.

Brusquement, on vit une lanterne sur la rive, ainsi que les deux lampes d'un buggy. Le propriétaire de la laine était descendu jusqu'au ponton pour les guider. Comme ils accostaient, Délie aperçut une silhouette ronde et féminine assise en robe légère dans le buggy, si bien qu'elle alla à terre pour l'inviter à monter à bord.

– Désolée, madame, je ne suis pas digne de vous rendre visite, je le crains.

Délie s'aperçut que ses cheveux étaient blancs, et qu'elle parlait avec un fort accent écossais, comme si la musique jouée par Ben avait été prophétique.

– Allez, Miss Flora, montez donc, dit le propriétaire. Ça vous fera du bien de voir des visages nouveaux.

Il présenta à Délie Miss Flora Anderson, son ancienne gouvernante, restée à son service pour devenir la gouvernante de ses propres enfants, eux-mêmes en âge d'avoir des bébés.

La vieille dame descendit en maugréant, manifestement excitée. Sa main fripée, percluse de rhumatismes, trembla quand elle se posa sur le bras de Délie qui l'aidait à franchir la passerelle.

– Ouh, quelle jolie maison vous avez, dit Miss Flora. Mais les bébés ne risquent pas de tomber à l'eau ?

– Il n'y en a pas pour l'instant, mais dans six mois environ nous espérons...

– Alors faudra mettre des filets sur le pont, pour sûr... Ah, un foyer et des marmots, voilà quelque chose que je n'ai jamais connu.

Dans le salon, elle regarda les toiles de Délie, et la complimenta.

– Dans le temps jadis, dit-elle rêveusement, j'aimais bien faire un peu de peinture; et puis je jouais du piano, je chantais un peu. *Auld Lang Syne*, je crois que je m'en souviens encore.

– Pourriez-vous chanter, si l'on vous accompagnait à l'ocarina ? Nous avons perdu notre piano lors d'un incendie.

Quand la laine fut chargée à bord et qu'ils furent tous réunis dans le salon autour d'une tasse de thé, Délie demanda à Ben de jouer *Campanules d'Ecosse.* Du pied, Miss Anderson marquait le rythme; son visage avait pris des couleurs et ses yeux bleus brillaient. Sa voix claire, fluette et douce, se joignit à celle de Ben quand il entonna *Annie Laurie.* Mais quand elle commença *Bonnie Doone* et arriva au couplet :

Tu me rappelles les jours anciens
Quand mon amour mensonger,
Mon amour mensonger était vrai

les larmes ruisselèrent sur ses joues et l'on dut remplir sa tasse de thé pour la calmer.

Elle était heureuse et bavardait comme une pie en quittant le bateau.

– Quand vous reviendrez, je vous apporterai des

gâteaux dans le buggy! leur cria-t-elle tandis qu'ils s'éloignaient du ponton.

Délie monta à la timonerie et se campa à côté de Brenton. Il était tard, la lune qui descendait derrière le rideau d'arbres illuminait leur sillage; devant le bateau, le fleuve était éclairé par les grands réflecteurs avec leurs lampes à acétylène, si bien que les arbres semblaient sculptés dans du jade vert contre le ciel sombre.

– Wilson m'a raconté là-bas l'histoire de cette femme, dit Brenton. Apparemment, elle reste toujours dans ce camp, qu'elle n'a jamais quitté depuis cinquante ans. Elle avait une vingtaine d'années quand elle est arrivée d'Ecosse pour devenir gouvernante un peu en amont du fleuve. Le propriétaire est tombé amoureux d'elle – elle était très jolie à l'époque, m'a dit le vendeur de laine, elle jouait merveilleusement du piano – et puis tout d'un coup sa femme est morte sans prévenir.

» Tout le monde en a fait des gorges chaudes, on a fini par l'accuser de l'avoir empoisonnée, et il a été condamné à la prison à vie. Il est mort dans sa cellule, il y a longtemps. Miss Anderson était innocente, mais toute cette publicité l'a tellement bouleversée qu'elle a refusé de voir quiconque, à l'exception de cette famille qui lui a donné du travail dans leur camp.

– Cette vieille femme! dit Délie, incrédule. Tu veux dire que quelqu'un a commis un meurtre pour ses beaux yeux?

– C'est ce qu'on raconte, en tout cas. Tu oublies qu'autrefois elle a été aussi jeune que toi. Un jour, toi aussi tu seras une vieille femme.

– Non! Jamais! s'écria violemment Délie.

Regardant la lune couchante qui rougeoyait sombrement parmi les nuages noirs et jaunes, elle se rappela son éclat argenté à jamais disparu et un frisson glacé parcourut brusquement son corps.

– O temps, écoule-toi doucement! supplia-t-elle. Coule lentement, fleuve sombre et implacable.

56

En août, Délie entama le long et lent voyage en train de Mildura à Melbourne, où elle était certaine de mettre au monde un fils. Tout à son excitation, elle ne se sentit même pas fatiguée après sa nuit de voyage.

Le lendemain matin, quand le train arriva dans les faubourgs aux arrière-cours noires de suie, elle contempla, telle une déesse, les existences précaires et innombrables qui défilaient sous ses yeux. Les panneaux des gares, les publicités peintes sur les murs, les véhicules à moteur, de plus en plus nombreux dans les rues – tout renforçait son impression d'aventure.

A la gare de Spencer Street, Imogen l'attendait avec un taxi. Délie la trouva amaigrie et fatiguée. Elle s'était installée dans une chambre au dernier étage d'un immeuble de la ville; de la fenêtre et par-dessus les toits gris de Melbourne, la vue s'étendait jusqu'au ruban argenté de la Yarra et les navires à quai.

Délie s'assit et laissa Imogen lui préparer une tasse de thé sur un réchaud à gaz. Puis Imogen défit les bagages de son invitée pendant que les deux amies se racontaient les événements marquants de l'année passée. Délie n'empêchait jamais quiconque de lui rendre un service, du moment que c'était de bon cœur. Elle se détendit complètement et dit :

– Comme c'est formidable de retrouver Melbourne, même dans mon état! Je compte bien m'amuser; peut-être ne reviendrai-je pas ici pendant des années.

Elle entra à l'hôpital deux semaines plus tard, plus tôt que prévu, mais sans ressentir la moindre peur. Vers la fin, on lui permit d'inhaler profondément un anesthésiant, elle sentit ses membres s'engourdir et toute sa douleur tourbillonner vers le ciel comme un ballon multicolore. A son réveil, elle entendit les vagissements de son fils.

Malgré sa faiblesse, elle insista pour le voir immédiatement. Les infirmières lui tendirent une petite chose fripée au visage cramoisi, aux cheveux noirs et mouillés, dont les poings minuscules battaient furieusement l'air froid inconnu. Oui, il était vivant ! Elle poussa un profond soupir de contentement, et dès que le nouveau-né fut remis dans son berceau, sombra dans un lourd sommeil.

Elle désirait que son fils fût de son temps, et voyagea donc de l'hôpital à la chambre d'Imogen dans un taxi motorisé, mourant presque de peur tandis que le véhicule filait à trente kilomètres à l'heure. Elle avait plutôt honte de ce moutard laid, maigre, aux cheveux noirs, perdu dans des bandes de tissu et les plis de la couverture. Brenton s'attendait certainement à un fils plus gros et plus beau que cela ! (Elle avait aussitôt envoyé un câble à Brenton.) Elle décida unilatéralement de l'appeler Gordon, du nom de famille de son père.

Imogen, qui guettait le taxi, descendit l'escalier quatre à quatre pour l'aider.

– Laisse-moi prendre ce petit chéri dans mes bras pour que je lui chante une berceuse ! s'écria-t-elle.

Délie fronça les sourcils et prit un air protecteur.

– Ça va, je peux le porter, dit-elle.

Son enfant était sacré, c'était un garçon, qu'il fallait traiter avec dignité.

– Mon fils, dit-elle fièrement. Mon fils...

Imogen, temporairement libérée de tout souci d'ordre affectif, s'occupa de son amie comme une mère. Délie insista pour payer sa nourriture; elle allaitait le bébé. Imogen surveillait le nourrisson entre deux tétées, et Délie en profita pour faire encadrer ses tableaux. Elle avait maintenant une série de toiles très originales; elle sentait qu'elles auraient certainement un impact sur le milieu artistique de Melbourne, si elle pouvait les exposer.

Elles invitèrent un groupe d'artistes à une fête dans l'appartement. Ils s'assirent par terre et tous se mirent à parler en même temps, pendant que le bébé dormait paisiblement dans le couloir, sans se réveiller une seule fois, même quand les invités en surnombre se mirent à discuter près du berceau. L'atmosphère était celle d'un vernissage privé; la plupart des visiteurs se montrèrent enthousiastes et lui conseillèrent d'organiser sa première exposition.

Ainsi, Imogen l'aida à envoyer des invitations à une « Exposition des toiles de Delphine Gordon, Galerie de Buxton, Swanston Street, le 20 septembre 1906, à 17 heures. »

Cela ressemblait à un pari. Il y avait les frais d'impression des invitations et des catalogues; le coût des encadrements; plus la location de la salle, et quinze shillings par semaine pour l'employé de la galerie. Délie fit pour le mieux et attendit anxieusement le résultat de l'exposition.

Sa plus grande toile, qui représentait des falaises orange se reflétant dans un marais, était digne de figurer dans une galerie, du moins l'espérait-elle. Elle l'avait inscrite au catalogue au prix de cent guinées. Mais bien que le public admît qu'une romancière pouvait avoir autant de talent qu'un romancier, il ne reconnaissait pas l'égalité des sexes en peinture. Très peu de femmes exposaient dans les galeries de Melbourne; néanmoins, son statut de brillante ancienne élève de l'Ecole de la Gallery joua en sa faveur.

Les journalistes furent invités à un vernissage privé, et la critique de *l'Argus* lui rendit le service de décrire *La femme du pêcheur* comme une étude « audacieuse et sensuelle », tout en admirant la maîtrise technique de l'artiste ainsi que l'harmonie de la composition. Dès la parution de cet article, elle gagna davantage d'argent – car la coutume voulait qu'on payât un shilling à l'entrée d'une galerie. Le Tout-Melbourne vint et fut choqué.

L'*Age* admira ses paysages de falaises, les couleurs vives et lumineuses, la technique impressionniste utilisée pour représenter « cette région peu connue de l'Etat de Victoria, rappelant les paysages du Loing peints par Alfred Sisley ».

Elle se rendit aussitôt à la bibliothèque publique et découvrit un volume de reproductions de ses toiles, à côté de celles d'autres impressionnistes français. Les toiles de 1870 l'émerveillèrent – même en reproduction. Leur éclat, leurs coloris chauds, leur lyrisme tendre lui firent comprendre que Sisley aimait le bleu vibrant du ciel, le cours méandreux du fleuve encaissé entre de hautes falaises. Ces paysages ressemblaient à ceux de l'Australie dans le cours inférieur de la Murray.

Elle fit plusieurs ventes encourageantes, puis arriva l'apothéose. Trois membres de la direction de la National Gallery vinrent à l'exposition, et on lui annonça qu'ils désiraient acquérir *La femme du pêcheur* au prix de quarante guinées.

En revanche, personne ne lui avait proposé d'acheter son grand tableau, et elle se demanda ce qu'elle allait en faire. Il était trop grand pour être accroché dans le bateau, ou même entreposé dans le petit appartement d'Imogen.

Le dernier jour, arriva un visiteur distingué au teint mat, impeccablement habillé, doté d'une barbe blanche pointue qui tranchait singulièrement avec sa peau sombre. Il retourna plusieurs fois regarder le portrait du vieux Harry, à côté duquel un papillon rouge signalait qu'il était déjà vendu.

Avant de partir, il alla trouver l'employé de la galerie, signa un chèque, puis sortit dans la rue avant que Délie n'ait eu le temps de coller un petit papillon à côté de sa grande toile, *Falaises de la Murray*. Délie eut l'impression d'avoir déjà rencontré cet homme; ses yeux foncés et oblongs lui étaient familiers. Examinant le chèque, elle lut la signature « W. K. Motteram »; alors elle sut qu'il s'agissait du père de Nesta.

Pendant qu'elle se réjouissait de cette vente, une douleur d'une intensité surprenante la transperça soudain. Elle se rappela l'époque amère où elle avait détruit le portrait de Nesta. Où était Nesta aujourd'hui? Probablement mariée, vivant à l'autre bout du monde, trop riche ou trop affairée pour continuer à écrire.

Brenton pensait-il encore parfois à elle? Un doute vague naquit dans son esprit. Peut-être se consolait-il dans les bras d'une autre, pendant qu'elle-même s'occupait de son enfant? Depuis un certain temps déjà, il ne la rejoignait plus jamais sur sa couchette, mais il ne faisait pas partie des hommes qui s'accommodent facilement du célibat. Tant que je ne sais rien, je n'en demande pas plus, pensa-t-elle.

L'un dans l'autre, son exposition lui rapporta cent cinquante livres, tous frais déduits. Pour une nouvelle venue dans le monde des arts, c'était un succès : mais bien plus important était l'achat d'une de ses toiles pour la Gallery, qui lui signifiait ainsi son approbation. Il lui semblait qu'elle avait réussi.

Quand elle câbla la nouvelle à Brenton, elle se sentit presque aussi fière que le jour où elle lui avait annoncé la naissance de leur fils. Elle allait lui montrer si elle perdait son temps! Ensuite, elle dépensa avec plaisir l'argent gagné, acheta quelques babioles pour le bébé, une chemise de nuit pour elle-même, un cadeau pour Imogen, un assortiment de brosses à cheveux pour Brenton. Il commençait à lui manquer, ainsi que le fleuve. Elle adorait passer quelque temps en ville, mais ne se sentait pas chez elle. Elle prit le train pour retrouver Brenton et le fleuve.

Il aurait été superflu de défendre le bébé contre les gâteries de son père. Quand ils arrivèrent au bateau et qu'elle défit les langes, Brenton examina le nouveau-né avec curiosité, comme un phénomène bizarre, lui laissa un instant tenir son gros doigt, puis traversa la cabine en sifflant pour examiner ses molaires dans le petit miroir fixé au-dessus de la bassine d'eau.

– Tu ne trouves pas qu'il te ressemble? demanda Délie, passablement mortifiée.

Maintenant âgé de cinq semaines, le bébé commençait à ressembler à l'idée que sa mère s'était faite de lui.

– Il ne ressemble à rien du tout, dit Brenton.

– Bien sûr, il est plutôt petit. Et puis j'espérais qu'il

serait blond... Mais les infirmières m'ont assuré que ses cheveux allaient changer de couleur.

Délie déboutonna le col de sa robe et se prépara à lui donner le sein. Prenant un air dégoûté, Brenton observa son fils téter goulûment le sein en le serrant passionnément dans ses mains minuscules. Il sortit de la cabine avant qu'elle eût terminé de l'allaiter.

A son retour, Délie jouait avec le bébé, penchée au-dessus de lui pendant qu'il tirait sur ses cheveux noirs. Brenton arpentait nerveusement la petite cabine. Il finit par s'écrier :

– Bon ! Tu te décides à le remettre dans son berceau, oui ou non ?

– Une minute. Il adore jouer quand il vient de manger.

– Tu vas lui donner une indigestion, et après il va brailler toute la nuit.

Il hurla effectivement dès qu'on le mit dans son berceau. Le lait d'une mère fatiguée, énervée, lui avait déplu. Il le régurgita en partie. Délie le reprit dans ses bras, essuya sa bouche, tapota son dos, puis le recoucha. Il continuait de hurler.

– Je sors ! dit Brenton. Je ne supporte pas ce bruit.

Délie s'assit pour écouter le pas décidé de Brenton qui s'éloignait sur le quai en bois. Le premier soir qu'elle passait chez elle, alors qu'elle avait tant de choses à lui raconter ! Et pour la première fois depuis des mois, elle était en mesure de faire l'amour; mais Brenton était parti sur un coup de tête ! Etait-il jaloux de son propre fils ?

Stupéfaite, elle restait assise, à peine consciente des pleurs du nourrisson, dont la colère tournait maintenant à la rage. Elle alla le chercher et enfouit son visage dans sa chaleur douceâtre.

Enfin il s'endormit dans ses bras. Elle le remit dans son berceau, éloigna la lampe, puis se déshabilla et enfila l'élégante chemise de nuit aux nœuds bleus qu'elle avait achetée à Melbourne. Elle retira ses épingles à cheveux noires, les posa soigneusement sur la coiffeuse, et brossa sa chevelure lisse et brillante.

Sur sa couchette, elle tourna le dos à la lampe et resta les yeux grands ouverts à regarder son ombre sur la cloison en bois : une masse sombre, le bord du drap, la courbe de ses cils, le creux de sa joue. Si elle avait eu un crayon... mais elle était trop épuisée pour en chercher un maintenant.

Elle poussa un soupir, puis se tourna de l'autre côté. Elle distinguait confusément la tête du bébé à travers la moustiquaire qui le recouvrait. Alors son regard devint fixe. Le bébé était parfaitement immobile, Délie n'entendait pas le moindre bruit de sa respiration. Cédant à la panique, elle bondit de sa couchette pour arracher la moustiquaire.

Les paupières de son fils étaient hermétiquement closes; son visage, que les pleurs de colère avaient empourpré, était maintenant blanc, et son poing minuscule crispé sur le drap. Retenant son souffle, Délie l'observa intensément et finit par distinguer le faible mouvement régulier des couvertures : il respirait. Ses lèvres se plissaient légèrement dans son sommeil.

Délie sourit de sa propre inquiétude, remit en place la moustiquaire, puis regagna sa couchette.

Au bout d'un moment, son oreiller lui tint insupportablement chaud. Elle se souleva sur un coude pour le retourner. Devant ses yeux un objet brillait dans la lumière de la lampe, coincé entre l'extrémité de la couchette et la cloison en bois. Elle essaya de l'attraper avec son ongle. Il glissait de plus en plus vers le bas, mais elle finit par le sortir. C'était une épingle à cheveux en métal doré. De sa vie, elle n'avait jamais utilisé d'épingle à cheveux de cette couleur.

– Avez-vous transporté des passagers lors du dernier voyage, Jim? demanda Délie au second, comme pour confirmer quelque chose qu'elle savait déjà.

Brenton se reposait dans la cabine, et Jim Pearce dirigeait le bateau dans la somptueuse région de Moorna, où les arbres inclinés au-dessus de l'eau semblaient jaillir de leurs reflets immobiles.

Elle n'avait pas parlé de l'épingle à cheveux à Brenton. Ses soupçons étaient peut-être injustifiés, et de toute façon elle ne comptait pas lui faire une scène de jalousie, car il se serait débrouillé pour la mettre dans son tort et la culpabiliser.

– Oui, nous avons eu des passagers, dit Jim d'un ton lugubre. Un type et sa sœur. Enfin, il racontait que c'était sa sœur.

Il fit tourner la roue et mit le cap sur un eucalyptus à tronc blanc qui poussait au bout de la portion rectiligne du fleuve. Le *Philadelphia* commença à se diriger vers l'autre rive du fleuve en suivant le chenal invisible.

– Mais où ont-ils dormi ?

– Dans le salon, ils ont accroché une couverture au plafond en guise de rideau. La fille était une vraie enquiquineuse. Elle montait sans arrêt ici quand j'étais de quart. « Oh, monsieur Pearce, j'espère que vous ne m'en voulez pas de vous déranger quelques instants ? J'adore tellement vous voir tenir cette grande roue », l'imita-t-il cruellement. J'avais une peur bleue de me retrouver seul avec elle.

– Je suis sûre que le capitaine aurait plutôt été flatté.

– Oh, elle a aussi essayé avec lui. Mais il n'a pas bronché, ne vous inquiétez pas pour ça. (Puis, comprenant que sa remarque manquait un peu de tact, il bafouilla :) Elle n'était plus vraiment jeune, bien qu'elle prétendît le contraire. Mais lui jouait toujours aux cartes, le frère. D'ailleurs, il m'a ratiboisé. Je sais pas pourquoi, mais je n'ai jamais eu de chance contre lui.

Délie appuya ses bras sur le rebord de la fenêtre de la timonerie, puis colla son front contre la vitre. Le cœur battant, elle dit :

– Vous ne savez donc pas que les aigrefins ont toujours des complices blondes ?

Jim Pearce sifflota et s'appuya pensivement sur la roue.

– Les aigrefins ? Oui, je parie que c'était un tricheur professionnel. Et puis elle était blonde en effet, platinée même, mais ça ne paraissait pas vraiment naturel. Ils avaient quelque chose de malsain, ces deux-là.

– Pourtant, cela vous a fait un peu de compagnie féminine pendant mon absence. Pour les repas, je veux dire.

Elle parlait maintenant d'une voix âpre, disait tout ce qui lui passait par la tête, puis elle dégringola les marches de la timonerie. Elle n'alla pas dans la cabine – Brenton y dormait –, mais descendit jusqu'au pont inférieur, se dirigea vers l'avant du navire, et accroupie contre le pilier de l'étrave, regarda la vague verte qui déferlait sur le miroir liquide.

– Elle était blonde en effet.

Elle utilisait donc des épingles à cheveux dorées. Elle s'était allongée sur la couchette inférieure dans la cabine du capitaine, *sa* couchette, où... Le poing de Délie s'abattit sauvagement sur la bille d'eucalyptus, mais elle ne sentit rien. Elle continua de contempler l'étrave écumante qui fendait l'eau.

57

Délie se demandait avec désespoir comment elle aurait pu se douter qu'élever des enfants en bas âge sur un bateau était une tâche quasiment surhumaine... Elle ne pouvait pas leur dire d'« aller jouer dehors »; son attention ne se relâchait jamais, sauf quand ils dormaient, car elle craignait qu'ils ne tombent dans le fleuve. Jamais elle n'avait désiré plus de deux enfants, et encore à un intervalle raisonnable; mais en un rien de temps ils furent trois, l'aîné marchant à peine.

Après cette découverte, elle devint farouchement déterminée à ne plus avoir d'enfant. Gordon était à elle – elle annonça de but en blanc que tel serait son prénom; Brenton maugréa, puis finit par céder. Elle décida de se coucher tôt tous les soirs et de faire semblant de dormir jusqu'à ce qu'il comprît qu'elle n'était plus sa chose ni son jouet. Car elle refusait de le partager avec la première passagère venue.

Mais elle aurait dû savoir que ses efforts seraient vains. Elle l'aimait toujours, malgré tous ses défauts; le charme physique de son mari la séduisait toujours. Le soir suivant la conversation de Délie avec le second, il entra au moment précis où elle installait le nouveau-né dans son berceau, et il la prit immédiatement dans ses bras.

L'espace d'un instant, elle se raidit, puis elle se détendit complètement contre lui, conquise, sans le moindre combat. Pourtant, quand il voulut la porter sur la couchette inférieure, elle recula.

– Pas là! s'écria-t-elle en montant sur la couchette supérieure.

– Tu t'es fait mal à la main, chérie, dit-il, remarquant pour la première fois l'éraflure violacée, tandis qu'elle saisissait le rebord de la couchette.

– Ce n'est rien, dit-elle sombrement. Je me suis cognée.

Elle s'allongea et regarda dans le vague; Brenton se demanda ce qu'elle pouvait bien avoir ce soir. Il conclut qu'elle n'était pas encore complètement remise de la naissance du bébé. Tout cela s'arrangerait avec le temps. Il s'installa sur le côté, nicha son visage au creux de son épaule et dormit bientôt comme un bienheureux. Délie resta éveillée, les yeux grands ouverts dans les ténèbres, attendant la prochaine tétée du bébé.

Oh, les années de cauchemar qui suivirent, les nuits sans sommeil, les journées passées à laver les langes, calmer les enfants pour qu'ils ne dérangent pas Brenton, soigner les terrifiantes maladies infantiles sans l'aide rassurante d'un médecin de famille!

– Trois fils! dit Délie qui, tard dans la soirée, pliait des couches sur la table du salon. Quatre, en comptant celui qui... qui n'a pas survécu. Il me semble que je suis Lady Macbeth, et que tu m'as dit : « Engendre seulement des enfants mâles! » Ah, je suis tellement lasse d'avoir des enfants!

– J'aimerais avoir une fille, dit Brenton d'une voix obstinée. Une fille pour s'occuper de moi quand je serai vieux.

– Elle se mariera probablement avant de partir au bout du monde. De toute façon, nous ne pouvons plus en avoir, car il n'y a plus de place.

– Je sais, mais apparemment nous ne pouvons rien y faire. Je veux dire que toutes nos précautions n'ont servi à rien.

– Nous pourrions essayer des cabines séparées. *Ça*, ce serait infaillible.

Il lui lança un regard méfiant et elle tenta de rester impassible; mais il tendit le bras, l'attira vers lui, et elle sentit bientôt une chaleur familière et une faiblesse délicieuse s'insinuer en elle. Il n'y avait rien à y faire.

– Simplement, il faudra faire très attention, dit-elle faiblement.

– Maman! Dordie veut boire de l'eau, fit une voix dans la cabine voisine, depuis longtemps transformée en nursery. (Au même instant, le bébé dans le berceau émit un cri de colère, se tut pendant deux secondes, puis commença de hurler à pleins poumons.)

– En tout cas, dit-elle en repoussant les bras de Brenton, il n'y aura bientôt même plus *le temps* d'en faire un autre.

Elle donna une poupée au bébé, apporta un verre d'eau à Gordon, mais quand elle arriva à son chevet, il s'était déjà rendormi. La lueur de la bougie fit ouvrir les yeux au petit Brenny, dont les longs cils battirent, et qui se mit à geindre. Délie repoussa les boucles blondes de Gordon et posa la main sur son front. Il était moite et brûlant. Elle enleva une de ses couvertures, embrassa tendrement Brenny, puis sortit. Dès qu'il faisait chaud, Gordon avait un sommeil agité; il se réveillait en hurlant, ne se calmait qu'au bout d'une bonne demi-heure. Délie s'appuya contre le bastingage pour regarder la nuit paisible.

Ils étaient amarrés à Overland Corner, sous les hautes falaises calcaires dont les coquillages fossiles avaient habité la chaude mer crétacée qui avait autrefois recouvert la vallée de la Murray inférieure. Ils naviguaient maintenant entre Wentworth et Morgan, à la Courbe Nord-Ouest, où la Murray obliquait à angle droit, son premier véritable changement de direction, pour couler régulièrement vers le sud avant de se jeter dans la mer.

Le fleuve était si bas que toute navigation nocturne était impossible. L'eau glissait silencieusement sous le pont, les joyaux de la Croix du Sud et l'éclatante Canope se reflétaient sur sa surface unie. Délie scruta les eaux sombres, puis leva les yeux vers l'immensité du ciel saupoudré d'étoiles; elle se rappela certain soir à Kiandra où Adam lui avait montré la Croix étincelant dans la nuit glacée.

Rien n'avait changé, pourtant elle s'était confiée au fil du temps, naviguant désormais sur une portion du fleuve où le courant commençait à ralentir; elle avait maintenant vingt-neuf ans, trente dans quelques semaines, trente ans! Et qu'avait-elle réalisé? Avec trois enfants en bas âge, dont un bébé de six mois, que pouvait-elle faire?

Sa peinture était quasiment au point mort. Des idées de tableaux, de compositions, de toiles plus ambitieuses que celles qu'elle avait déjà peintes, fourmillaient dans son esprit. Irriguant ses propres veines, elle sentait l'immense continent, la langueur de l'été brûlant, les cieux limpides, elle aspirait à les transmuter en peinture, à jeter sur la toile sa vision des grandes terres du Sud, avant qu'elle ne s'évanouît et devînt insaisissable. Mais le temps manquait, et il n'y avait aucune échappatoire.

Certains jours, la promesse du matin, la fuite des nuages ténus dans le bleu du ciel, comme de gigantesques coups de pinceau d'un blanc immaculé, l'emplissaient d'une agréable fébrilité. Les tubes de couleurs et la toile lui manquaient cruellement, presque physiquement. Alors arrivaient les premiers vagissements du nouveau-né, et la cohorte mortelle des tâches domestiques qui se terminaient longtemps après le coucher du soleil, quand elle s'effondrait sur sa couchette, trop épuisée pour faire autre chose que dormir.

Quelque part derrière elle, elle croyait entendre une clef géante tourner dans un verrou. Comme tant d'autres, comme son propre père peut-être, qui avait toujours désiré voyager, elle était tombée joyeusement, volontairement, les yeux grands ouverts, dans le piège si habilement posé et si délicieusement appâté par la nature; trop tard hélas, elle avait entendu la porte de fer claquer derrière elle.

Les ponts du bateau furent entourés par des grillages de fil de fer hauts de presque un mètre; mais Gordon, qui allait maintenant sur ses quatre ans, commençait à grimper partout. Il était blond, mince, actif et nerveux; doté du menton et du nez solides de Brenton, qu'on reconnaissait déjà sous les traits du bébé, il avait cependant les yeux de sa mère : plus grands, plus doux et plus bleus encore que ceux de Brenton.

Le petit Brenny avait des boucles brunes et les yeux de son père : brillants, bleu marine, le regard droit posé sur la réalité. Il causait fort peu d'ennuis. Quant au bébé, Alex, il était de santé délicate, affligé d'une toux chronique qui l'empêchait de dormir paisiblement. Délie le berçait parfois longuement, tout en somnolant de fatigue. Les médecins ne pouvaient rien faire pour lui. Il s'agissait d'une faiblesse congénitale, déclarèrent-ils.

Une fois par mois environ, il souffrait de bronchite, faisait de la température pendant une semaine, et il fallait alors s'en occuper nuit et jour. Délie, qui redoutait une pneumonie, se demandait s'il dépasserait l'âge de dix ans, ou rejoindrait son petit frère sans nom dans une tombe solitaire au bord du fleuve. Elle songeait parfois à la femme qu'elle n'avait jamais connue, à cette mère qui avait enterré ses trois enfants dans le monticule de sable, près d'Echuca.

Elle se découvrit de la sympathie pour cette femme

malheureuse. Existait-il épreuve plus terrible pour une mère que la mort d'un de ses enfants ?

Ben l'aidait merveilleusement. Il berçait le bébé malade et distrayait le jeune Brenny. Gordon suivait partout son père, l'aidait à tenir la grosse roue de la timonerie, s'y accrochant tellement que ses rayons le soulevaient du sol. Son père avait commencé de s'intéresser à lui dès qu'il avait pu marcher, et lui apprenait maintenant à nager.

Chaque matin, Brenton se laissait tomber bruyamment de sa couchette – il ne se déplaçait jamais en silence, ne respectait jamais la fatigue de Délie – et elle entendait un grand bruit d'éclaboussures quand il plongeait. Au bout de quelques minutes, il appelait Gordon, mais Délie ne voulait pas qu'il réveillât les autres enfants. Elle s'obligeait donc à se lever pour aller réveiller Gordon. Son lit était trempé; elle respirait l'odeur âcre de l'urine.

– Gordie ! chuchota-t-elle. Papa est déjà dans l'eau. Tu vas prendre ta leçon de natation ?

– Mmm... oui, maman.

Gordon s'assit dans son lit et prit un air effarouché. Elle le souleva et il se débattit pour se débarrasser de son pyjama trempé. Elle l'aida à enfiler un slip propre. Ses cheveux blonds étaient pleins d'épis, ses yeux encore ensommeillés, et l'une de ses joues toute rouge.

On entendait du bruit dans la cuisine. Le chauffeur jetait des bûches dans la chaudière.

Elle emmena Gordon jusqu'au pont inférieur et le souleva par-dessus le grillage. Brenton, qui nageait sans effort le long de la coque, l'appela.

– Saute, Gordie !

Gordon hésita et recula en frissonnant.

– Allez ! Saute, dépêche-toi. (Il fronça les sourcils en attendant son fils, battant des pieds pour se maintenir à la surface.) Je compte jusqu'à trois; si, à trois, tu n'as pas sauté, je monte pour te mettre à l'eau. Je n'aime pas les froussards. Allons-y : un... deux...

Une peur l'emporta sur l'autre et Gordon sauta. Délie poussa un soupir de soulagement. Il serait ravi en sortant de l'eau; mais c'était un enfant nerveux et elle croyait que ses cauchemars nocturnes étaient liés à ses leçons de natation.

Quand le jeune Brenny eut trois ans, son père entreprit de lui apprendre à nager. D'emblée, la différence entre les deux enfants s'imposa. Brenny jouait dans l'eau comme un poisson.

Lui aussi avait le menton de son père, en plus de son nez court et volontaire. Quand il avait décidé de faire quelque chose, rien ne pouvait l'en empêcher. Il sautait joyeusement à l'eau – il aurait même sauté du haut de la timonerie si son père le lui avait demandé. Il nagea bientôt magnifiquement, plus vite que Gordon.

– Je suis sûr qu'on en fera un champion, déclara fièrement Brenton.

Leur port d'attache était désormais Morgan, plus connu sous le nom de la Courbe Nord-Ouest, ou tout simplement la Courbe. Morgan était une bourgade hideuse, avec des bâtisses de pierre et de tôle ondulée échelonnées le long d'une falaise rocheuse et nue; pas d'arbres, pas de jardins, seulement le vent brûlant du nord qui, l'été, couvrait d'une fine poussière blanche la grande rue sablonneuse.

Malgré tout, loin de l'affairement du quai où les trains en provenance d'Adélaïde chargeaient et déchargeaient des marchandises, le fleuve conservait son charme habituel. L'eau verte et translucide coulait lentement sous les falaises jaunes, tandis que les eucalyptus poussaient sur les berges – non pas en un mur compact comme dans la partie supérieure du fleuve, mais avec une majesté solitaire, chaque arbre se penchant au-dessus de son reflet en une attitude de contemplation.

Jim Pearce, son diplôme de capitaine en poche, partit prendre le commandement d'un vapeur. Mais Charlie McBean, l'ingénieur, resta avec eux. Quant au jeune Ben, il travaillait en vue de son examen de second.

On ne lui demandait pas de savoir naviguer par rapport aux étoiles, ou de déterminer sa position en se guidant sur le soleil, mais il devait mémoriser les moindres détails du bassin fluvial. On pouvait l'interroger sur plus de trois mille milles de chenaux compliqués, sur la Wakool, l'Edwards, la Murrumbidgee et la Darling, même s'il n'avait pas la moindre intention de naviguer en dehors de la Murray.

Il devait connaître la hauteur des ponts mobiles en période de crue, la configuration de la Murray à la Percée de Pollard, la profondeur du fleuve près du quai de Goolwa, sans oublier la largeur entre deux piliers du pont d'Echuca, à mille milles en amont.

– Ben, tu es vraiment sûr que c'est ce qui te convient ? lui demanda un jour Délie, le découvrant qui peinait sur l'immense carte de la timonerie. Tu es intelligent, tu devrais demander une bourse pour aller à l'université.

– Mais je ne gagnerais pas un sou pendant des années, Miss Délie, répondit Ben, interloqué.

– Et alors ? Tu ne comptes pas te marier dans l'immédiat, n'est-ce pas, Ben ?

Il rougit.

– Non, ce n'est pas ça. Je ne sais pas, je n'ai pas envie de quitter le fleuve.

L'espace d'un instant, ses timides yeux foncés la regardèrent avec chaleur.

Son regard, davantage que ses paroles, exprimait le fond de sa pensée : je n'ai pas envie de quitter le fleuve, parce que cela reviendrait à vous quitter.

Délie rougit légèrement, puis se pencha vers le bébé qui grattait le goudron entre les planches du pont. Il toussait maintenant beaucoup moins et prenait rapidement du poids. Elle ne pouvait oublier que Ben l'avait aidée à accoucher de son premier enfant; cela créait une sorte d'intimité entre eux.

Délie s'accroupit, puis rampa sur le pont en grognant comme un ours. Ravi, le bébé riait. Ben se mit à quatre pattes à côté d'elle. Ils grognaient, avançaient d'un air pataud, se cachaient derrière les caisses et les tonneaux, et Alex les suivait en se traînant sur le pont. Les huit années qui séparaient les deux adultes semblèrent s'évanouir.

Brenny arriva en hurlant, le visage écarlate, la bouche largement ouverte.

– Qu'y a-t-il, mon chéri ?

Délie saisit un de ses poings, qu'il plaquait sur ses yeux, mais il se dégagea et continua de brailler.

– Dis-moi ce qu'il y a !

Elle sentait sa propre rage monter rapidement. Elle ne pouvait rester calme pendant plus d'une minute, et les hurlements de l'enfant étaient terrifiants.

Gordon se coula en biais sur le pont, le long des cabines.

– Gordon, viens ici ! Tu as frappé Brenny ?

– Non ! Il est cinglé.

– Dordie m'a donné une tape. Fait mal à l'œil. Ouin-in-in !

Délie fondit sur Gordon et le gifla, abattant sur sa joue toute la colère provoquée en elle par les pleurs du petit Brenton. Gordon hurla, et le bébé, perturbé par ce brusque changement d'atmosphère, se mit à crier de terreur. Ben le prit dans ses bras, mais Délie courut à l'autre bout du pont, les mains plaquées sur les oreilles.

Elle aurait aimé pouvoir crier, elle aussi. Tout ce vacarme lui portait sur les nerfs, et le manque de sommeil la rendait encore plus susceptible qu'à l'ordinaire. De l'autre côté se trouvait une merveilleuse falaise jaune – ce lieu-dit s'appelait les Falaises brisées; trois énormes blocs de roc avaient dégringolé du sommet et reposaient à demi immergés dans l'eau vert olive. Ses doigts eurent envie de pinceau; le désir de peindre s'empara d'elle.

Fermant les yeux, elle prit une profonde inspiration, puis descendit à la cuisine pour préparer le repas du bébé. Grâce à Dieu, songeait-elle, grâce à Dieu ils grandissaient, et dans trois ans plus aucun n'aurait besoin de couches. Pour une fois, elle voulait accélérer le cours du temps, pour qu'enfin il la libère de son présent esclavage.

58

Entre les hautes falaises jaunes, l'air immobile était irrespirable. Le fleuve lézardait dans la chaleur, l'eau s'écoulait à peine. De petits reptiles somnolaient au soleil sur le sable blanc, vierge de toute trace à l'exception des empreintes de leurs pattes minuscules.

D'énormes nuages immobiles, aussi blancs et massifs que des blocs de marbre, semblaient posés sur l'horizon, et très haut dans la fournaise du ciel, juste au-dessus du pont du *Philadelphia,* deux aigles tournoyaient, telles des cendres montant dans les courants d'air chaud au-dessus de la terre brûlante.

En nage, les membres de l'équipage transportaient à bord un chargement de bois de chauffe acheté au campement de Lyrup. Teddy Edwards refusait d'attendre qu'ils se baignent dans le fleuve pour se rafraîchir. Ils devaient nager aux premières heures du jour, ou pendant que le bateau naviguait, comme leur capitaine. Alors qu'ils repartaient, un des jeunes matelots de pont, descendu dans le canot, se laissa traîner derrière le vapeur au bout d'une corde pour une baignade rapide dans l'eau tiède.

Pieds nus dans la timonerie, Brenton portait en tout et pour tout un pantalon de coton. Du revers de la main, il essuya les gouttes de sueur qui perlaient sur sa lèvre supérieure.

– Prends la roue, Ben, tu veux? dit-il au garçon. Je vais piquer une tête.

Le second, dont le quart était terminé, se reposait dans la petite cabine construite à l'arrière pour l'ingénieur et lui-même quand la famille du capitaine s'était agrandie.

Brenton mit le contrôleur de marche en position demi-vitesse, puis exécuta un plongeon impeccable du haut du tambour de roue. Il remonta à la surface, attrapa le gouvernail au moment où il passait devant lui, grimpa dessus et revint à son point de départ sur le pont, rafraîchi et riant aux éclats. La caresse de l'eau profonde l'avait rempli d'audace et d'insouciance.

Il ne remonta pas sur le tambour de roue, mais enjamba le grillage en fil de fer et s'immobilisa sur le pont, juste devant la grande roue.

Délie, qui donnait le sein au bébé sur le pont pour profiter de la brise due au mouvement du bateau, l'aperçut et bondit sur ses pieds.

– Attends ! s'écria-t-elle.

Elle avait remarqué dernièrement que la silhouette de Brenton s'était singulièrement empâtée; il grossissait, des cheveux gris se mêlaient à ses boucles blondes. Malgré tout, il croyait toujours pouvoir exécuter ses simagrées d'adolescent attardé.

– Pas sous la roue, mon chéri ! Je t'en prie, Brenton, ne fais pas ça.

Il salua brièvement en souriant de toutes ses dents, prit une profonde inspiration, puis plongea impeccablement devant les pales vrombissantes. Le temps d'une douzaine de battements de cœur, Délie ferma les yeux. Quand elle les rouvrit, la tête hilare de Brenton montait et descendait dans le sillage.

Il nagea en diagonale vers le rivage, courut rapidement sur la berge, enjambant racines et troncs d'arbres, puis plongea devant le bateau, fit une pointe de vitesse et remonta à bord par le gouvernail comme précédemment.

Délie était furieuse. La peur terrible qu'elle venait de ressentir la laissait pantelante.

– Comment oses-tu faire ça ! s'écria-t-elle quand il passa devant elle pour rejoindre la timonerie. Si tu te moques de ce que je ressens pour toi, essaie de te rappeler que tu as une famille à charge. Tu fais le malin comme un gamin de dix ans ! Mais ton corps n'est plus capable de ce genre d'excentricité, ajouta-t-elle méchamment, tandis qu'il la regardait de ses yeux bleu ciel, presque verts. Si tu te fais tuer, qu'adviendra-t-il de nous tous ?

Il restait figé, baissant les yeux sur elle pendant

qu'elle brandissait sous son nez le biberon du bébé. L'orgueil et la colère brillaient dans ses yeux. Il avançait le menton avec son arrogance habituelle et la fixait d'un regard impitoyable. Elle aurait donné n'importe quoi pour retirer ses dernières paroles.

— Ah oui ? C'est comme ça ? dit-il d'une voix sardonique. Eh bien, je vais recommencer, histoire de te montrer de quel bois je suis fait !

Sans lui accorder un autre regard, il se dirigea vers le pont inférieur, enjamba le grillage et plongea devant la grande roue. Il y eut une brusque irrégularité dans le cliquètement de la roue, puis son corps fut éjecté derrière, flottant sans vie dans l'écume du sillage.

Délie posa vivement le bébé sur le pont, puis gravit en courant les trois marches de la timonerie. L'instant suivant, le hurlement de la sirène faisait écho au hurlement silencieux qui explosait dans son esprit. Ils ne pouvaient s'arrêter sans d'abord lâcher de la vapeur. Elle aida Ben à tourner la roue; le *Philadelphia* coupa son propre sillage. Le canot fut mis à l'eau, et le corps inerte de Brenton hissé à bord.

Aucun de ses membres n'était brisé et son corps semblait intact, à l'exception d'une horrible entaille à la base du crâne. Délie appliqua son oreille contre son torse nu et humide, et entendit son cœur battre faiblement.

— Il est vivant ! s'écria-t-elle, tandis que des larmes de reconnaissance inondaient ses yeux. Aidez-moi à le transporter jusqu'à la cabine arrière — nous devons éviter de le déplacer plus que nécessaire. (Gordon apparut à ses côtés, terrifié, en larmes.) Gordie, va surveiller le bébé. Ne réveille pas Brenny. Papa a été blessé, mais tout va bien maintenant.

Elle plaça des bouteilles remplies d'eau chaude autour de Brenton, et fit couler un peu de brandy sur ses lèvres bleues. Elle pouvait seulement le réchauffer et le maintenir au calme avant qu'ils n'arrivent au poste sanitaire de Renmark.

Charlie McBean monta les voir; sous la broussaille

de ses sourcils, l'éclat sauvage de ses yeux était adouci par une profonde émotion.

– J' pousse le moulin au maximum, m'dame, et j'ai monté la pression comme jamais, dit-il. Teddy était un bon capitaine; l'un des meilleurs.

– Pas *était;* EST, corrigea-t-elle vivement. Il n'est pas mort, il ne va pas mourir.

Il ne va pas mourir, il ne va pas mourir, il ne va pas mourir, se répétait-elle en son for intérieur. Si je le répète assez longtemps, cela doit devenir vrai.

Pendant que Brenton était soigné à l'hôpital de Renmark, un autre capitaine prit le commandement du *Philadelphia.* Délie et ses enfants durent s'installer en ville. Dès qu'elle avait un moment de libre, elle filait à l'hôpital. La propriétaire, qui l'avait prise en pitié, proposa de s'occuper du bébé pendant son absence.

– Tu me le confies quand tu veux, ma chérie, lui dit-elle aimablement, en repoussant de son front une mèche gris-jaune.

Elle portait un maquillage outrancier, avait des poches sous les yeux, probablement dues à une vie passablement dissolue, mais elle était généreuse.

Pendant dix jours, Brenton resta dans le coma. Commotion cérébrale, dit-on à Délie; son cerveau risquait d'en conserver des séquelles. Mais on ne pouvait rien dire avant qu'il ne reprît conscience.

– Vous devez vous préparer à ce qu'il ne puisse plus parler, la prévint le médecin, ou qu'il reste paralysé d'un bras et d'une jambe.

Le onzième jour, elle le découvrit conscient, immobile sur son lit, la tête bandée. Un voile semblait couvrir ses yeux bleu marine; il souriait faiblement.

– Délie! Délie! chuchota-t-il. Je suis... désolé.

– Ne t'inquiète pas, mon chéri! (Agenouillée à côté du lit, elle essayait de refouler ses larmes. Elle caressa ses boucles blondes qui dépassaient du bandage.) Le principal est que tu sois revenu parmi nous.

– Mon... bras droit. Je ne peux plus le bouger. Je suis... fini.

Elle serra le bras valide du blessé.

– Non ! Tu vas guérir. Voilà Gordon, regarde ! Et Brenny...

Il tourna un peu la tête pour voir ses fils, puis une grimace de douleur lui fit fermer les yeux. Sa bouche n'était-elle pas légèrement tordue ? Son élocution semblait brouillée... Mais apparemment, il avait les idées claires.

Une robe amidonnée crissa derrière elle; une infirmière posa la main sur son bras.

– Vous ne devez pas le fatiguer, madame Edwards. Je crois que cela suffit pour aujourd'hui.

Son état s'améliora lentement au fil de semaines interminables. La vie revint d'abord dans ses doigts, puis à l'ensemble de son bras droit. Son crâne n'avait aucune fracture – d'après les médecins, sa boîte crânienne était particulièrement résistante –, mais pendant longtemps, il souffrit de fortes migraines.

Délie commençait à s'habituer à la vie à terre. Elle affronta l'éventualité où Brenton ne pourrait plus jamais commander un bateau. Et elle avait un nouveau souci, dont elle n'osait pas lui parler vu son état.

Si Brenton ne récupérait pas toutes ses facultés ? Avec un mari impotent à charge, comment allait-elle subvenir aux besoins d'une famille entière ? En tout cas, le moment était mal choisi pour avoir un autre bébé !

En proie à la panique et à la solitude, elle songea à l'aimable mais dissolue Mme Patchett, sa propriétaire – il s'agissait certainement d'un « madame » de pure forme, car personne ne parlait jamais de M. Patchett, bien qu'un « monsieur » vînt trois soirs par semaine pour boire du gin en sa compagnie et jouer au poker.

Pourtant, elle ne put se résoudre à se confier à Mme Patchett. Elle était persuadée que sa propriétaire saurait quoi faire en ces circonstances, et avait peut-être déjà aidé maintes femmes dans son état. Apparemment, Mme Patchett devina ses pensées; car un jour qu'elle préparait le repas du bébé dans la cuisine, la propriétaire regarda son visage livide, puis sa silhouette, avant de dire :

– Tu ne manges plus rien depuis un certain temps, ma chérie, pas vrai ?

Délie rougit légèrement et fit la sourde oreille.

– Tu n'as même pas pris de petit déjeuner... Pourtant, tu as sevré le bébé, non ?

– Oui. Il a onze mois maintenant.

– Hum ! (Elle coupait un oignon sur une planche avec un hachoir parfaitement aiguisé, qu'elle tenait solidement dans sa main bouffie aux doigts couverts de bagues.) C'est le moment où il faut bien faire attention, quand on vient juste de le sevrer.

– Oui, j'imagine.

– Tu ne veux pas en mettre un autre en route tout de suite, je suppose, avec ton mari qui est malade, et tout ?

– Non, dit Délie d'une voix faible.

– Si jamais tu as besoin d'aide... le genre d'aide que seule une femme peut te procurer, j'ai un ami qui peut arranger ça facilement. Ça ne te coûtera que cinq livres.

Tac, tac, tac, tranchait le hachoir.

– Merci beaucoup, mais tout va bien pour l'instant.

Délie prit un plat chaud plein de nourriture et se hâta de sortir de la cuisine, les joues en feu.

Elle savait en quoi consistait l'« aide » de Mme Patchett, et que l'« ami » en question était probablement le « monsieur » qui lui rendait visite. A la pensée de ses ongles noirs et de son col crasseux, elle frémit.

Ce soir-là, elle lut une publicité imprimée sur la couverture rose d'un journal connu. Cela semblait prometteur :

MESDAMES ! NE SOYEZ PLUS INQUIÈTES : Prenez mes pilules spéciales extra-fortes en cas d'irrégularité de votre cycle. Mon traitement vient à bout des cas les plus désespérés. Une livre seulement.

Une livre parut une somme énorme à Délie, mais elle envoya un mandat et attendit nerveusement l'arrivée du colis. Les pilules, d'apparence assez anodine, s'avérèrent totalement inefficaces. Elles la rendirent terriblement malade, mais n'eurent d'autre résultat que de la laisser blême et sans force.

Elle se traîna jusqu'à l'hôpital, laissant Brenny, qui avait une bronchite, aux soins de Gordon dans leur chambre, et le bébé avec Mme Patchett. Elle trouva Brenton en tellement meilleure forme qu'il songeait déjà à quitter l'hôpital pour habiter avec elle.

Dès qu'elle ouvrit la porte d'entrée de la pension, elle entendit le tohu-bohu. Mme Patchett et son « fiancé » braillaient d'une voix avinée :

Oh ! souviens-toi de Black Alice, gros coquin,
Black Alice si noire et éméchée
Qu'elle buvait son gin avec une paille dans le nez,
Et ses dents pointues comme celles d'un requin.

Le bébé, trop épuisé pour pleurer, vagissait doucement, Brenny toussait et hurlait en s'étouffant, et Gordon chantait à tue-tête : « La ferme, la ferme, la ferme... »

Délie monta quatre à quatre l'escalier, prit dans ses bras un Brenny au visage écarlate, tout en reprochant à Gordon de ne pas s'occuper de lui.

– Il faisait exprès de m'embêter, dit Gordon, maussade. Il a bien mérité la gifle que je lui ai donnée.

– Viens avec moi, dit-elle. (Elle reposa Brenny et saisit fermement la main de Gordon.) Le bébé pleure, je ne crois pas que Mme Patchett puisse l'entendre.

En bas, elle frappa à la porte du salon marquée « Privé », mais ses coups se perdirent dans le vacarme qui régnait à l'intérieur. Ouvrant la porte, elle découvrit Mme Patchett, son corsage sale déboutonné, ses cheveux tombant sur sa figure, appuyée contre le mur et en train de chanter. Une bouteille de gin à moitié vide était posée sur la table. Son « fiancé » chantait d'une voix tonitruante en balançant son verre en cadence : « Oh, souviens-toi... »

– Attends-moi ici, Gordon.

Elle referma vivement la porte, le laissant dehors. Elle s'empara du bébé vagissant, qui semblait bizarrement inerte et inconscient de sa présence. Aussitôt, il vomit un peu, et Délie s'aperçut que son haleine empestait l'alcool.

– Mme Patchett ! Vous avez donné du gin au bébé !

Mme Patchett cessa de chanter, éructa un hoquet solennel, puis braqua son regard de chouette sur sa pensionnaire.

– Juste une 'tite goutte, mon chou. Y a pas de mal à ça. Et le p'tit agneau, il en redemandait. Après ça, le bébé dort comme un ange.

– Oh, souviens-toi..., braillait le fiancé.

– Il ne dort pas; il pleurait il y a une seconde. Je l'ai entendu crier de la porte d'entrée.

Elle était tellement furieuse que ses jambes faillirent se dérober sous elle.

– T'inquiète donc pas, mon chou...

Délie sortit de la pièce brusquement, bien résolue à quitter cette pension dès que possible.

Brenton avait presque totalement recouvré l'usage de son bras; en revanche, il boitait légèrement car sa jambe droite traînait un peu derrière lui. Son élocution était redevenue claire, mais ses yeux avaient à jamais perdu un peu de leur éclat juvénile, et les mèches grises étaient plus nombreuses dans ses cheveux.

Son séjour à l'hôpital l'avait fait grossir. Sa taille avait encore épaissi, et une profonde cicatrice barrait sa nuque. Une sorte de voile rendait ses traits moins aigus, moins précis, comme sur une photo floue.

– Ah, ça fait du bien de se retrouver dans un vrai lit, à côté de toi, dit-il le premier soir après sa sortie d'hôpital. (Il installa confortablement son grand corps, puis la regarda, avec dans les yeux ce sourire bleu qu'elle aimait tant.)

– C'est merveilleux de te retrouver.

Les lèvres de Délie tremblaient. Il enroula une mèche de ses cheveux noirs autour de son poignet.

– Et ça va être formidable de retrouver le fleuve !

J'étouffais dans cet hôpital. Tout était immobile. Tu as remarqué qu'un bateau est toujours vivant, même à quai ? Les reflets de l'eau sur les planches de la coque, les craquements dès que le vent ou le courant arrive sur lui...

Délie soupira en se mordant la lèvre.

– Le problème, c'est qu'il n'y a pas assez de place sur le bateau. Je veux dire, quand nous aurons un autre bébé... Oh, Brenton !

Elle se jeta dans ses bras en pleurant.

– Alors, c'est vrai ? (Il sifflota machinalement quelques notes.) Bon Dieu, je ne sais pas, Del, mais je veux que tu restes avec moi. C'est beaucoup plus économique de vivre tous à bord.

Alex, le bébé, se mit à pleurer, réveillé par les moustiques qui lui piquaient les joues.

– Tu ne peux pas faire arrêter ça ? s'écria Brenton. Seigneur, je ne supporte pas ces cris.

Délie sursauta, se sentant brusquement coupable. Depuis son accident, Brenton était anormalement sensible au bruit; le bébé se contentait de pleurnicher doucement. Elle le prit dans ses bras et le berça à travers la pièce.

Brenton, descendu sur le quai pour bavarder avec le capitaine d'un vapeur qui venait d'arriver, se hâta de revenir à la pension, tirant impatiemment sa jambe droite avec sa main plaquée derrière sa cuisse.

Il avait discuté avec le capitaine Ritchie, du *Mannum,* le petit vapeur qu'on avait soi-disant conçu pour qu'il pût traverser un pré en période de forte rosée. Le bateau avait été aménagé en navire de commerce, doté d'un comptoir où l'on vendait toute une kyrielle de marchandises, des tissus aux fusils en passant par les aiguilles à coudre et les pièces de pompes. Ce genre de produits était très demandé le long du fleuve et à l'écart des villes, si bien que ce commerce prospérait.

L'ancienne Compagnie de Navigation de la Murray allait se transformer en une petite société, le capitaine

Hugh King renonçait à son poste et abandonnait la navigation fluviale.

– Notre contrat nous liait à l'ancienne compagnie, dit Brenton, et je crois que nous serons mis sur la touche, nous aussi. Hughie King était un type formidable, doublé d'un employeur on ne peut plus loyal; j'ai toujours aimé travailler sous contrat avec lui, mais je ne connais pas la nouvelle équipe. Nous allons transformer le *Philadelphia* en magasin flottant, et nous ferons fortune.

Délie semblait sceptique.

– Plus besoin de matelots de pont pour manier la marchandise; même un second sera superflu, car nous pourrons passer la nuit à quai ou amarrés à une berge pour que je puisse dormir. Il y aura donc davantage de place pour la famille. Mais il faudra que tu mettes la main à la pâte, car il n'y aura pas de cuisinier...

– Pas de cuisinier! Oh, Brenton! Je préférerais être matelot de pont ou second. Et puis il faut que j'apprenne à diriger le bateau, au cas où tu tomberais malade. Le travail pénible ne me fait pas peur, je peux t'aider à amarrer le bateau ou à tourner la roue du gouvernail – tu as dit toi-même que je m'en tirais bien.

Ses yeux brillant d'excitation et trop grands dans son visage livide étaient suppliants. Elle n'arborait pas le teint florissant que lui avait donné sa première grossesse.

Brenton se mordait l'intérieur des joues et réfléchissait.

– Tu n'es pas assez forte. Et puis, dans ton état, tu ne pourras bientôt plus sauter à terre et cabrioler sur le pont.

– J'ai l'intention de ne plus jamais me retrouver dans cet état.

– Bon... je suppose que ce sera différent dans six mois. Mais alors, tu auras un nouveau bébé sur les bras. D'un autre côté, je ne vois pas pourquoi tu n'essaierais pas de passer ton brevet de second. Je ne sais pas si une femme a jamais été capitaine sur le fleuve, mais il n'y a aucune raison pour que tu ne sois pas la première.

» Viens donc me voir à la timonerie quand je tiens la roue, je commencerai à t'initier au chenal. Bon, maintenant, dis-moi quelle est la profondeur d'eau maximum qu'on ait jamais enregistrée sur les Rocs de Noël, en amont de Wilcannia ?

Délie prit un air déconfit.

– Mais c'est sur la Darling. Je ne connais pas la Darling.

– Alors il y a beaucoup de choses que tu ne connais pas. Tu devrais pouvoir répondre à des questions touchant à n'importe quel fleuve. Je te dessinerai une carte du bassin fluvial. Et Ben te servira de répétiteur.

59

Brenton tenait la roue, le bébé dormait, et Délie s'initiait au chenal dans la timonerie; pourtant, elle n'apprenait pas grand-chose, car le *South Australian* était à leurs trousses. Bientôt, le gros bateau les dépassa; le chauffeur et le mécanicien lancèrent des cris moqueurs, et sa sirène lâcha quelques brefs appels triomphants.

Teddy Edwards vit rouge. Les muscles de sa mâchoire se crispèrent, il serra les dents, sur son cou une grosse veine se mit à saillir de façon inquiétante. Son visage devint rouge betterave.

– Ça n'a aucune importance qu'ils nous dépassent, s'écria Délie. (A voir le capitaine, on pouvait craindre qu'il n'eût une crise ou une attaque, qu'il ne s'écroulât mort à ses pieds.) Inutile de faire la course.

En effet, le *Philadelphia,* maintenant aménagé en magasin flottant, commerçait en amont de Morgan, dans les stations d'irrigation en plein développement de Waikerie, Berri, Cobdogla et Loxton. Il y avait assez de travail pour plusieurs bateaux; une navigation paisible entre les fermes isolées et les campements était ce qui convenait le mieux aux affaires. Mais Teddy et son « cinglé de mécano » n'étaient pas habitués à cette allure calme. La seule chose à laquelle il avait renoncé depuis son accident était la natation. Désormais, il ne plongeait plus quand le bateau naviguait sur le fleuve.

Il poussa le contrôleur de marche au maximum, la cheminée se mit à vibrer et haleter. Charles n'avait besoin d'aucun message pour savoir que le moment était venu de jeter dans le foyer ses dernières provisions de bois sec, mis de côté en vue de semblable occasion, et d'obturer la soupape de sécurité pour empêcher la vapeur de s'en échapper, même sous une pression de quatre-vingts livres.

– Il remorque deux barges pleines, dit Brenton d'une voix tendue. Nous n'avons pas de barge, et pourtant ce salaud nous a laissés sur place.

Ils franchirent une courbe puis se mirent à rattraper l'autre vapeur dans une longue ligne droite. Le fleuve était large, un vent violent soufflait dans le sens du courant et entravait leur progression. Le *South Australian,* beaucoup plus gros, et ses deux barges ballottées par les rafales de vent, furent immédiatement ralentis. Le *Philadelphia* les dépassa bientôt. Brenton lâcha une série de coups de sirène sardoniques avant de les laisser dans son sillage.

Quand ce moment de triomphe fut passé, il se tourna vers Délie avec une expression d'orgueil et découvrit, à sa grande surprise, qu'elle était dans une fureur noire.

– On les a laissés sur place! dit-il en lui lançant un regard gêné.

Il se campait toujours à gauche de la grosse roue, tandis qu'elle s'installait sur un haut tabouret à côté de lui, à moins qu'elle ne l'aidât à négocier un virage serré; elle descendait alors de son perchoir et pesait avec une force surprenante sur les rayons de la roue, de l'autre côté du moyeu central.

Elle avait sauté de son tabouret et traversé la timonerie; ses yeux brillant de colère étaient fixés sur lui.

– Tu ne grandiras donc jamais ! Faire la course et risquer nos vies, pour le simple plaisir de faire la course ! Si tu ne te soucies pas de moi, tu pourrais au moins penser aux enfants. Tu as donc oublié le sort du *Providence* ?

Il fit la moue, haussa les épaules et détourna la tête avec irritation.

– Bien sûr que je m'en souviens. Mais le *Providence* ne faisait pas la course quand il a explosé. Sa chaudière était défectueuse.

– Je m'en moque, ce n'est pas prudent ! Tu sais très bien que Charlie obture la soupape de sécurité, et par-dessus le marché tu l'encourages. Tu es entièrement responsable de tout ce qui se passe sur ce navire.

– Oh, pour l'amour du Ciel !

Ils remontaient une large portion du fleuve entre des falaises jaunes crevassées et un lagon bordé de roseaux. Elle savait qu'elle s'emportait, mais un torrent de mots continuait à se déverser d'elle.

– C'est tellement stupide ! Nous sommes passés devant une ferme, plus bas, j'ai vu une femme sur la véranda, nous aurions dû nous arrêter pour lui proposer nos tissus. Quand nous ferons halte, le *South Australian* nous dépassera de toute façon. Je ne comprends tout simplement pas comment...

– Je déteste naviguer dans le sillage d'un autre bateau, gronda-t-il. Maintenant, ferme-la et prends la roue. Je vais descendre demander à Charlie de laisser la soupape tranquille, puisque tu fais un tel foin pour cette broutille. Garde le cap sur cette souche noire, à l'entrée du virage.

Elle traversa la timonerie, saisit deux rayons de la roue, et amena lentement, très lentement, l'aiguille du compas en face de la souche noire. Après quoi elle ramena la roue dans sa position initiale. De temps à autre, elle déviait légèrement de sa course, pour ressentir le plaisir de rectifier le cap du bateau, dont la proue semblait alors se déplacer sur l'horizon.

Sa colère se dissipa. Elle adorait tenir la roue, rester seule dans la timonerie.

Elle laissa son esprit dériver vers l'état rêveur, quasiment hypnotique, que provoquaient en elle le déplacement régulier du navire, le rythme des pales et du moteur. Le grand bateau palpitait d'une vie presque animale. En avant, en avant, toujours en avant, chantonnait-il dans ses oreilles.

Les fenêtres de la timonerie étaient closes. Des reflets sans cesse mouvants croisaient d'autres reflets, lesquels se superposaient au paysage réel. On aurait dit qu'il existait plusieurs couches de réalité; quand on se concentrait sur l'une d'elles, toutes les autres devenaient irréelles.

Un plan d'eau miroitant, réfléchi par le fleuve derrière le bateau, croisait les arbres qui, au-delà de la fenêtre, semblaient reculer régulièrement; se superposant à ces arbres en mouvement, les reflets d'autres arbres avançaient tout aussi régulièrement. Des nuages fantomatiques croisaient de vrais nuages, ce qui était derrière semblait devant, le passé venait à votre rencontre, tandis que le présent disparaissait au fil du temps.

Le temps, songeait confusément Délie, est toujours là, intégralement là; on peut le traverser dans toutes les directions, dès qu'on s'est affranchi de l'illusion selon laquelle on se déplace continuellement d'un passé à jamais révolu vers un avenir inconnu.

D'ailleurs, le fleuve ne remonte-t-il pas vers sa source, éternellement, se reconstituant au-dessus de la mer en d'impalpables courants aériens, pour recommencer à couler, sans fin ? Tout est toujours présent, malgré l'apparence d'un mouvement allant d'un commencement précis vers un but fixé. Le temps est un fleuve dans lequel nos existences ne sont que des molécules d'eau.

Elle distinguait vaguement son propre reflet sur les vitres, ombre à travers laquelle le fleuve scintillait, le paysage fuyait. Etait-elle réelle ? Ou bien n'était-ce qu'une illusion, une simple combinaison d'ondes lumineuses ? Pourtant, elle sentait son corps toujours plus lourd, le poids croissant de la vie qui se développait en elle. Cela était réel, trop réel.

La robe de popeline noire qu'elle avait portée lors de ses trois grossesses précédentes cachait les modifications de sa silhouette. Un corsage rose pâle mettait en valeur ses cheveux sombres et son teint délicat. Elle pouvait encore porter du rose, car malgré la vie au grand air elle ne bronzait ni n'attrapait de taches de rousseur.

Brenton ne revenait toujours pas. Elle avait franchi le virage, mais elle ne connaissait pas le chenal au-delà; elle savait seulement qu'on trouvait l'eau la plus profonde à l'extérieur des courbes, et les hauts-fonds dangereux à l'intérieur, là où le fleuve coulait plus lentement. Bien que l'*Industry* se chargeât d'enlever les souches du fleuve, il y avait maints passages difficiles où le marin inexpérimenté risquait de s'envaser ou de s'échouer sur un banc de sable.

L'heure approchait de préparer les légumes et la bouillie du bébé. Elle s'occupait toujours personnellement de la nourriture des enfants, malgré la présence d'un cuisinier, davantage apprécié comme matelot de pont; Charlie et Ben l'avaient surnommé le « Chef Empoisonneur », et l'un demandait souvent à l'autre : « Qui a traité le cuisinier de bâtard? »; sur quoi l'autre répondait : « Qui a traité ce bâtard de cuisinier? »

Délie se sentait épuisée. Ses mains étaient moites sur les rayons de la roue, son dos était douloureux. Entre ses sourcils, les trois petites rides de nervosité devinrent plus marquées. Brenton ne risquerait certainement pas un accident pour le simple plaisir de la punir!

Un pas résonnant sur le pont lui redonna courage. Elle appela, et la tête de Ben apparut.

— Laissez-moi tenir la roue. Vous semblez fatiguée, dit-il tendrement. Depuis combien de temps dirigez-vous le bateau?

— Oh, depuis une demi-heure à peine. J'aime vraiment ça, mais je ne connais pas le chenal.

Il se campa à côté d'elle; quand il tendit le bras pour saisir un rayon, elle déplaça la main sur le même rayon, et celle de Ben se referma sur la sienne. Elle se crispa aussitôt en une étreinte douloureuse, plaquant les doigts de Délie contre le bois, tandis que la jeune femme sentait les yeux du garçon rivés sur son visage. Délie regarda droit devant elle, mais le rouge monta rapidement à ses joues pâles.

– Ma main, dit-elle avec insistance. Tu me fais mal.

– Je suis désolé. (Il retira immédiatement la sienne.) Mais vous êtes tellement belle ! Je... je tenais à vous le dire.

Sa voix était basse, presque inaudible. Lentement, il inclina sa tête brune pour embrasser la main posée sur la roue. La gêne de Délie s'évanouit. Elle se sentit brusquement très mûre, sage et maternelle.

– Merci ! Mais j'ignore si tu connais mon âge, Ben ? J'aurai trente ans cette année; et quand tu auras trente ans, j'en aurai quarante – le début de la vieillesse. D'autre part, je suis mariée.

– Je n'y peux rien.

Pendant ce temps, le bateau abandonné à lui-même se dirigeait droit vers la rive bâbord. Ben se hâta de corriger le cap.

– Pour moi, douce amie, jamais vous ne serez vieille, dit-il. J'ai lu tous les sonnets de Shakespeare dans le livre que vous m'avez offert; ils me font toujours penser à vous :

Comment vous comparer à un jour d'été ?
Vous êtes plus aimable et plus mesurée...

– Ben ! Tais-toi ! Arrête immédiatement de dire des bêtises.

Mais sa voix était douce et tendre.

– Ce ne sont pas des bêtises, c'est ma vie. Vous... êtes tout pour moi : une mère, un professeur, une amie, une sœur et... mon unique amour.

– Ben ! S'il te plaît !

Maintenant, il embrassait son bras, le creux de son coude sous la manche relevée. Elle s'était sentie émue par sa voix passionnée, et maintenant sa nature féminine la plus profonde lui disait qu'il n'était plus un garçon, mais un homme doté des désirs d'un homme. Elle se raidit et se contraignit à le blesser.

– Ben ! dit-elle durement. Je suis mariée, je suis la femme d'un autre, et je vais avoir un autre enfant, très bientôt. *Son* enfant. Il est mon mari, et je l'aime.

Au moment précis où elle prononçait ces paroles, elle se demanda avec une sorte de détachement si elles correspondaient encore à la vérité. Elle aimait l'image de Brenton, tel qu'il avait été : l'amant joyeux, irrésistible, aux boucles dorées; et comme c'était toujours la même personne – évidemment ! – eh bien, elle devait l'aimer encore.

Ben avait brusquement lâché son bras.

– Je suis désolé, bredouilla-t-il. Je crois que je me suis oublié.

Ce fut son tour de rougir. Détournant les yeux, il fixa son regard sur le fleuve.

– Je dois descendre à la cuisine pour préparer le repas du bébé. (Puis elle ajouta d'une voix plus douce, navrée de son malheur :) Excuse-moi, Ben. Je suis très touchée et flattée, comme le serait n'importe quelle femme. Mais dans quelques années, le souvenir de cet instant te fera rire.

– Jamais ! dit-il d'une voix âpre.

Délie se demanda s'il fallait prévenir Brenton, puis décida de se taire, du moins tant qu'elle pourrait éviter d'autres scènes.

Elle devint froide et distante avec Ben, mais les enfants l'aimaient beaucoup et recherchaient sa compagnie; leur présence contribuait à maintenir une atmosphère naturelle entre les deux adultes.

Quand ils redescendirent à Morgan et furent amarrés au quai, Brenton lui apprit que Ben allait quitter le *Philadelphia*.

Il vint faire ses adieux à Délie dans sa cabine. Il resta debout dans l'encadrement de la porte pendant qu'elle changeait les couches du bébé; une longue mèche de cheveux noirs tombait sur son visage, elle était penchée au-dessus de l'enfant qui se débattait.

– Tenez, autant que je vous le rende, dit-il sombrement. (Il tenait à la main le volume de sonnets.) Je connais par cœur les plus beaux d'entre eux.

Elle assit Alex sur la couchette du bas, puis saisit le livre ouvert. Le sonnet numéro LXXXVII était entouré au crayon noir :

Adieu ! Tu es trop précieuse pour être mienne...

Elle songea au volume annoté de Shelley qu'elle avait jeté par cette même fenêtre, tant d'années auparavant ! Elle tendit brusquement la main, et il la prit entre les deux siennes.

– Ce n'est pas un adieu, Ben; seulement un au revoir. Nous nous reverrons un jour, quand tu posséderas ton propre bateau.

Pourtant, il allait quitter le fleuve, lui dit-il. Il était uniquement resté à cause d'elle; maintenant, il descendait jusqu'à Port-Adélaïde pour embarquer à bord d'un navire de haute mer.

– Mais Ben, tu es trop intelligent et sensible pour devenir un simple marin. Et puis, tu es tellement gentil avec les enfants, tu devrais être maître d'école. Pour ce qui est de tes études...

– Peut-être, je ne sais pas. J'ai fait pas mal d'économies sur ma paie. Je n'ai jamais dépensé un sou pour le tabac ou l'alcool. (L'ombre d'un sourire passa sur ses lèvres.) Seulement pour des livres. C'est grâce à vous, et aux livres que vous m'avez prêtés, que je sais ce que je sais. Vous m'avez permis de découvrir un univers.

– J'en suis très contente.

Elle retira sa main.

– Je sais que je ne vous oublierai jamais. (Il la regardait comme hypnotisé, ses lèvres, ses yeux si doux, si vastes, et d'un bleu si profond qu'il semblait s'y noyer.) J'aimerais vous demander une faveur, après quoi je m'en irai et je ne vous demanderai plus jamais rien. Philadelphia ! Laissez-moi... ! Juste un baiser. Un seul.

Elle avait souhaité une séparation formelle et brusque, mais il s'était déjà emparé de ses deux mains, et il l'attirait lentement vers lui. Cédant à une impulsion subite, elle se pencha en avant, leurs lèvres se rencontrèrent et restèrent unies un long moment. Puis il fit demi-tour et sortit sur le pont en vacillant. Elle ne le revit pas.

60

Aucun affluent ne se jetait dans la Murray tout au long de ses cinq cents milles de vagabondage dans cette plaine desséchée de l'Australie. Le fleuve traversait une région assoiffée; aspiré par de puissantes pompes à vapeur, il arrosait les campements d'irrigation et les orangeraies qui ressemblaient à de vertes oasis parmi la pierre jaune et les sables brûlants.

Les feuilles venaient à peine d'éclore sur la vigne et les arbres fruitiers quand le quatrième enfant de Délie naquit à l'hôpital de Waikerie – une fille. Brenton fut d'abord ravi par cette naissance. Mais c'était un bébé chétif qui ne semblait jamais rassasié, même si, désespérée par ses pleurs interminables, Délie se levait deux ou trois fois chaque nuit pour lui donner des tétées supplémentaires.

Néanmoins, ces nuits mouvementées lui permirent de contempler et d'admirer la comète de Halley, revenue cette année-là avec son cortège scintillant dans le ciel nocturne. Seules des infirmières travaillant de nuit ou des marins qui prenaient leur quart à minuit purent la voir aussi bien. Elle sema son panache étincelant dans le sombre ciel continental, et les étoiles qui brillaient dans l'air limpide se mirent à palpiter doucement à travers un nuage de lumière diaprée. Elle observa ce mystérieux et fascinant visiteur, qui ne reviendrait qu'après sa mort.

Quand Brenton constata que le nouveau-né pleurnichait de jour comme de nuit, sa fierté paternelle se mua brusquement en irritation. Une nuit, il se dressa sur sa couchette, se prit la tête entre les mains et rugit :

– Si cette gosse ne la boucle pas dans une seconde, je la balance à la flotte!

Son visage évoquait celui d'un dément, avec sa grosse veine saillant sur son cou, ses pupilles dilatées et ses yeux injectés de sang; Délie, descendue de sa couchette pour essayer de calmer le bébé, le serra contre elle pour le protéger. Brenton n'est pas dans son état normal, se dit-elle, il ne le pense pas vraiment; mais la menace monstrueuse résonna longtemps dans la cabine exiguë, faisant vibrer l'air étouffant et confiné.

Bientôt, le bébé devint léthargique, s'arrêta de pleurer puis sombra dans un profond sommeil. Sa peau était cireuse, sa tête semblait anormalement grosse pour ses membres graciles. Presque un mois plus tard, quand ils retournèrent à Waikerie, Délie l'emmena à l'hôpital.

Le médecin qui avait mis au monde la petite fille examina l'enfant, puis regarda les seins de Délie.

– Malnutrition, déclara-t-il laconiquement. Il faut l'alimenter autrement, mais au début elle risque de ne pas aimer ça. Il vaudrait mieux la laisser ici quelques semaines, le temps qu'elle s'habitue à son nouveau régime.

– Laisser le bébé? Vous voulez dire qu'il n'est pas nécessaire que je m'occupe d'elle?

– Exactement; elle sera entre de bonnes mains. (Il la regarda avec sagacité par-dessus ses lunettes. C'était un petit homme corpulent à l'aimable visage rubicond, qui évoquait davantage un médecin de famille que le directeur d'un hôpital public. Une couronne grise de cheveux floconneux entourait son crâne rose.) Vous pourriez, vous aussi, reprendre un peu de poids, dit-il. Elever trois gamins sur un bateau ne doit pas être de tout repos, n'est-ce pas? En tout cas, cela vous déchargera d'une quatrième bouche à nourrir.

Elle expliqua qu'ils devaient partir pendant un mois

au moins, mais le Dr Hample agita la main en signe de dénégation.

– Ne vous inquiétez pas; nous allons nous occuper de votre enfant jusqu'à votre retour. Vous ne la reconnaîtrez pas quand elle aura commencé de prendre du poids.

Ce fut comme un sursis. Délie retourna sur le bateau, retrouva le silence béni des nuits paisibles, un Brenton moins irritable, un Alex heureux, persuadé d'être débarrassé une bonne fois pour toutes de sa rivale, et, surtout, moitié moins de couches à laver. Ses sentiments maternels étaient taris. Elle ne ressentait désormais qu'impatience et lassitude en face de ce petit bout de vie pleurnichard.

Pour la première fois depuis des mois, elle ressortit sa boîte de peinture. Elle avait laissé quelques traînées de couleurs sur la palette, dans l'intention de les utiliser dès qu'elle aurait eu un moment libre, lequel n'était jamais venu. Les couleurs avaient séché en croûtes dures et friables. Elle les gratta avec un couteau, puis pressa des couleurs fraîches hors des tubes, ajoutant un gros tas de blanc en haut de la palette.

Elle ne savait pas encore ce qu'elle allait peindre, mais le contact des tubes et des pinceaux ainsi que l'odeur de la peinture à l'huile la remplissaient d'excitation. Elle avait une toile déjà préparée, qui portait un dessin au fusain maintenant dépourvu de sens. Elle la nettoya avec de la mie de pain, puis chercha un sujet.

Ils étaient amarrés un peu en dehors de la ville, car l'ingénieur avait découvert un défaut dans le fonctionnement de la jauge à eau. Ses yeux se posèrent sur le large fleuve vert, des falaises jaune mat sur une rive, et une étendue monotone, grise et verte, couverte de saules sur l'autre rive. Un chêne noueux, squelette noir se détachant contre le ciel bleu, se dressait en haut de la falaise, à côté de deux cabanons en tôle qui constituaient manifestement les « cabinets d'aisances » de la propriété. On les avait autrefois peints en rouge, mais la couleur avait viré au rose crayeux.

Alentour, il n'y avait que des falaises. Délie se mit bientôt au travail, peignant avec un réalisme impitoyable les emblèmes hideux de la civilisation, coincés entre le roc et le bleu infini du ciel. Les parallélépipèdes roses, dont un côté était plongé dans l'ombre, se détachaient magnifiquement contre le bleu du ciel. Quand elle gratta les sigles HOMMES et FEMMES dans la peinture humide, Délie se rappela le commentaire de tante Hester à propos du premier dessin qu'elle avait réalisé en Australie, lequel représentait la « petite maison » perdue dans le désert enneigé de Kiandra : « Ce n'est pas un sujet vraiment approprié pour un tableau, je dois le dire. »

Elle intitulerait son tableau *Egalité des sexes* dans le catalogue de sa prochaine exposition. C'était maintenant un sujet d'actualité, et cette provocation dérangerait certaines personnes. Délie adorait scandaliser les gens qui se prenaient trop au sérieux.

Avant qu'elle eût terminé, Gordon et Brenton vinrent l'assiéger d'innombrables questions et commentaires, puis Alex se réveilla, indisposé par la chaleur de l'après-midi.

– Va t'occuper de lui, Gordon, dit-elle sur un ton d'impatience, sans s'arrêter de peindre.

Quand le dernier coup de pinceau fut donné, et pas avant, elle remarqua brusquement les hurlements de rage ou de détresse qu'elle entendait sans y prêter attention depuis un long moment déjà.

Gordon revint et déclara avec une mine dégoûtée :

– Il est cinglé. Il veut pas s'arrêter.

Délie se sentit coupable, laissa tomber ses pinceaux et se précipita vers Alex, couverte de peinture.

– Poupée m'a mordu, geignait Alex. Méchante poupée rose...

– Là, là; la méchante poupée est partie maintenant, dit-elle pour le calmer.

Dans les cauchemars d'Alex figuraient toujours des objets qui le mordaient; leur diversité et leur originalité les rendaient dignes de figurer dans les annales de n'importe quel institut psychiatrique. Alex avait près de deux ans, sa toux inquiétante avait disparu, il avait une peau rosée au teint délicat, des sourcils noirs finement dessinés et des yeux gris. Il ne ressemblait vraiment pas à ses parents.

Elle embrassa les boucles soyeuses et humides de sa nuque, le fin duvet noir de ses cheveux. Ces quelques heures de peinture avaient apaisé une partie de la tension et des conflits qui faisaient rage en elle; elle se sentait de nouveau heureuse d'être mère, détendue et comme régénérée.

Brenny arriva, puis colla son visage contre celui de son frère, chatouillant ses joues roses avec ses cils. Alex gloussa de joie. Délie les attira tous deux dans ses bras et s'abandonna à une sorte de bonheur animal, regardant leur peau douce comme des pétales, leurs cheveux brillants, leurs longs cils et leurs grands yeux clairs. Ils atteignaient maintenant le sommet de la perfection, tels des boutons de fleurs à peine éclos dans la rosée matinale. Impossible d'imaginer qu'ils dussent décliner et connaître la calvitie, les rides et les infirmités de la vieillesse!

Depuis longtemps déjà, elle était obsédée par le temps comme puissance destructrice qui emportait tous les êtres vivants vers le néant; mais elle commençait maintenant à le considérer comme une qualité inhérente aux choses, qui existaient dans le temps comme dans l'espace. Désormais, elle devait voir le monde d'un œil nouveau, l'envisager sous son aspect temporel, si bien que les corps humains semblaient vaciller comme des flammes en période de sécheresse. En chaque vieillard elle discernait le jeune homme plein d'audace qu'il avait été, en chaque adolescent le nouveau-né fragile, et en chaque femme au visage séduisant l'épave ridée qu'elle deviendrait peut-être un jour.

Quand elle revit son bébé, il semblait aussi frêle et délicat et avait les mêmes cheveux noirs floconneux qu'auparavant; pourtant, la petite fille avait déjà changé, elle avait grossi, ses joues étaient roses et elle débordait de vie.

– Elle prend deux cent quarante grammes par semaine, déclara fièrement l'infirmière en chef. Elle pousse quasiment à vue d'œil.

C'était exactement l'impression de Délie; pourtant, elle la voyait déjà se transformer en petite vieille ratatinée aux cheveux gris.

Elle aurait voulu donner à sa fille le prénom de Mignon, mais Brenton s'y opposa; il voulait « quelque chose de simple ». Coupant la poire en deux, ils la baptisèrent Mignon et la surnommèrent Meg. Quant à Alex, maintenant qu'il pouvait tenir le biberon et nourrir sa petite sœur, il oublia son ancienne jalousie, et Brenton commença à sentir de l'affection pour sa fille, car elle pleurait beaucoup moins.

« Je ne verrais pas d'inconvénient au fait d'avoir des bébés s'ils n'étaient pas aussi sales », pensait Délie en nettoyant la deuxième couche de la journée. Au moins il y avait de l'eau à volonté, mais la pollution du grand fleuve qui accueillait toutes les déjections humaines la faisait frissonner.

Cependant, le fleuve se purifiait lui-même dans son écoulement incessant, tout comme le temps absorbait les événements de l'histoire dans son flux sans jamais en être saturé, emportant toutes les souffrances et tous les combats vers un silence éternel.

Brenton lisait le rapport de la conférence inter-Etats de 1911. De temps à autre, une exclamation lui échappait et il agitait nerveusement le journal.

– « Pas un fleuve au monde ne se prête plus facilement à l'installation d'écluses, lut-il, seule une fraction du débit actuel de la Murray serait nécessaire pour la rendre navigable pendant toute l'année. » Bah! Cela fait des années qu'ils le savent, pourtant ils n'ont encore rien fait. Si seulement le gouvernement de l'Australie du Sud commençait, les autres suivraient peut-être le mouvement.

» Le gouvernement de l'Etat en question, lut-il,

était décidé à construire une série d'écluses afin de rendre le fleuve navigable en permanence jusqu'à Wentworth. Un accord inter-Etats était néanmoins nécessaire, car les écluses n°s 7, 8, 9, 10 et 11 seraient de l'autre côté de la frontière. La conférence avait ratifié l'accord de 1907 par lequel l'Australie du Sud pouvait utiliser le lac Victoria, en Nouvelles-Galles du Sud, comme réservoir. Les travaux devaient commencer immédiatement; leur coût était estimé à 200 000 livres.

Il jeta le journal au loin.

– Immédiatement ! Voilà qui est bien dit. Pourtant, ils ne vont pas lever le petit doigt. La première conférence organisée pour construire des écluses sur le fleuve remonte à 1872, et aujourd'hui, quarante ans plus tard, rien n'a été fait. Si seulement il y avait des marins au Parlement !

– Pourquoi ne poses-tu pas ta candidature ? demanda Délie, plaisantant à moitié.

– Je ne devrais pas m'en priver !

Brenton se leva et se mit à arpenter le petit salon en donnant de violents coups de pied dans le journal.

– Bon Dieu ! Ils vont donc attendre qu'il y ait une autre sécheresse comme celle de 1902 ? Ça ne leur a pas suffi ! Mais maintenant, s'il y a une autre sécheresse, ce ne sera pas seulement le trafic des vapeurs qui en pâtira, avec quelques vignerons. Aujourd'hui, des milliers de sociétés dépendent de l'irrigation tout le long de la Murray inférieure. Elles seront toutes acculées à la faillite; et quel scandale, quand tout le travail et l'argent investis pour créer les vergers et les vignes seront réduits à néant ! Tous ces politiciens ne sont bons qu'à parler.

Délie le calma, car elle redoutait les violentes colères de Brenton. Les enfants avaient appris à s'éloigner ou à se cacher dès que la veine de son cou saillait, dès que ses yeux bleus s'injectaient de sang et brillaient d'un éclat sauvage. Au fil des mois, ses accès de violence devenaient plus fréquents. Dès qu'ils entendaient son pas vif et boitillant, les enfants semblaient se recroqueviller sur eux-mêmes et adressaient des regards gênés à leur mère.

Avec la petite Meg seulement, il se montrait toujours affectueux, maintenant qu'elle ne pleurait presque plus. C'était devenu une fillette solide et rieuse, qui avait hérité les cheveux noirs de sa mère et les yeux bleu-vert de Brenton.

« Si seulement elle avait pu naître la première, songeait Délie, elle m'aurait aidée à élever les autres, contrairement à Gordon. »

Pourtant, Gordon était son préféré, le timide et rêveur Gordon aux magnifiques boucles dorées qui rappelaient celles qu'avaient eues son père, aux grands yeux bleus frangés de longs cils, comme ceux d'une fille.

Délie s'efforçait toujours d'être impartiale, de cacher sa préférence pour son fils aîné; en revanche, Brenton ne faisait rien pour dissimuler son penchant pour la petite Meg. Elle jouissait de libertés qu'aucun des autres n'aurait osé revendiquer. En gloussant, elle levait vers lui ses yeux bleus pleins de gaieté, essayait de grimper le long de sa jambe de pantalon comme sur un arbre inaccessible, et Brenton se penchait pour la poser sur ses épaules.

Le jeune Brenny était l'ombre de son père, il imitait le moindre de ses faits et gestes avec une admiration servile mêlée de terreur. Alex l'évitait autant que possible. D'habitude, il tenait un pan de la jupe de sa mère et jetait des coups d'œil craintifs à cet homme bruyant qui lui paraissait énorme. Gordon, timide et vaguement hostile, l'évitait aussi.

– Tu aimes Gordon plus que moi, n'est-ce pas? demanda un jour le jeune Brenny à sa mère, sur le ton de la conversation.

– Je vous aime tous, chéri.

– De toute façon, je m'en moque, rétorqua Brenny en changeant de sujet, parce que c'est moi que papa préfère. Je suis plus courageux que Gordie. Je peux presque lui flanquer une raclée, et je nage plus vite que lui. J'aimerais bien qu'il s'arrête de grandir pour que je sois plus fort que Gordie.

– Ne t'en fais pas, mon chéri, tu vas le rattraper. Quand tu auras dix-huit ans, tu seras peut-être plus grand que Gordon, et puis il aura cessé de grandir.

– *Vraiment ?* Alors je pourrai le battre ?

– Oh, cesse donc de parler de bagarres, dit-elle d'une voix lasse.

Gordon eut six ans cette année-là; elle songea qu'elle devrait commencer à lui apprendre à écrire et à compter. Il connaissait déjà son alphabet et savait lire les livres pour enfants qu'elle lui avait achetés. Gordon adorait les leçons que lui donnait sa mère. Car il avait Délie entièrement à lui; il aimait l'odeur de ses cheveux quand elle penchait la tête à côté de la sienne, le contact de ses doigts quand elle lui prenait la main pour guider le crayon. Et puis les couleurs vives et lumineuses de son premier livre d'école étaient merveilleuses; le chat fascinant assis sur un tapis rose vif bordé de jaune, la boule de cricket rouge, la batte orange, la bande bleue en haut de l'image. Parfois il prenait grand plaisir à dessiner avec une boîte de crayons de couleur sur du papier à étagère, traçant des silhouettes d'oiseaux qui évoquaient de grands « V » volant au-dessus d'une colline.

Il connaissait l'existence des collines et savait comment les dessiner, bien qu'il n'en eût jamais vu. Au cours de sa brève existence, il avait parcouru des milliers de milles sur un fleuve qui serpentait sans fin dans une vaste plaine. Il n'avait vu que des falaises au sommet aplati ou de basses dunes de sable. Les collines étaient hautes et arrondies, il le savait, et les montagnes hautes et pointues. Il *savait* que ces choses existaient et que, quelque part, se trouvait une grande étendue d'eau qu'aucune berge ne bordait, nommée la mer.

– Tout là-haut, à l'endroit où naît le fleuve, lui disait souvent Délie, se dressent de grandes montagnes bleues aux sommets couverts de neige. La neige fond au printemps, l'eau descend le fleuve et coule maintenant sous notre bateau; elle a mis presque deux mois pour arriver là.

Gordon regardait alors par la fenêtre le paysage écrasé de chaleur estivale et l'eau qui glissait silencieusement dans l'ombre du navire. Elle était verdâtre, comme un tesson de bouteille miroitant au soleil, mais on ne voyait pas parfaitement au travers; et puis elle semblait froide, mais il savait qu'elle ne l'était pas vraiment, car lorsque maman ou papa l'emmenait se baigner (il craignait toujours que quelque chose ne montât d'un trou profond pour saisir son pied; une fois, une herbe s'était enroulée autour de sa jambe et il avait crié), elle était assez chaude en surface, avec de bizarres zones plus fraîches ici ou là. Par temps calme, elle brillait comme du verre, et l'on voyait tout en double comme dans un miroir; mais dès qu'il y avait du vent, l'eau s'agitait, prenait un aspect sale, se couvrant d'une écume ressemblant à la surface d'un lavoir après la lessive.

Il apprenait à ramer sur le canot avec beaucoup de plaisir, à cette exception près qu'une rame semblait fonctionner bien mieux que l'autre. Si seulement les deux avaient marché aussi bien, il aurait pu aller très vite. Le matin, quand on avait posé des lignes de pêche pendant la nuit, il allait les relever, mais il n'aimait pas beaucoup enlever l'hameçon de la bouche de poissons vivants; malgré tout, c'était excitant quand on faisait une bonne prise, car on pouvait manger de la brème ou du cabillaud au petit déjeuner.

Brenny voulait toujours l'accompagner, après quoi il désirait ramer; à la fin, Gordon devait le repousser violemment, Brenny se mettait à hurler et papa entrait dans une colère noire. Gordon essayait donc de s'éclipser discrètement de bonne heure, sans réveiller Brenny qui dormait juste en dessous de lui.

De l'autre côté du fleuve s'étendait un vaste lagon parsemé de bouquets de roseau prouvant que l'eau ne devait pas y être très profonde. Au-delà du lagon des falaises se dressaient, où il distinguait des cavernes mystérieuses, noires et pleines d'ombre. Il était très tôt, le soleil n'était pas encore levé, et le *Philadelphia* ne devait repartir qu'après le petit déjeuner.

Gordon ramait aussi silencieusement que possible. Il tenait à ne réveiller personne, désirait que toute l'étendue du fleuve n'appartînt qu'à lui seul, à lui et à la grande grue blanche qui pêchait, immobile au bord du lagon. Le ciel et le fleuve étaient nimbés de lumière, mais l'aube ne mettait aucune touche rose au paysage, car il n'y avait pas le moindre nuage. Gordon avait l'impression d'avancer dans une immense coupe éblouissante.

L'image renversée des arbres figés sur le lagon silencieux semblait aussi réelle que les arbres eux-mêmes; quand il se fut éloigné du bateau, il distingua un autre bateau renversé en dessous de lui. Un poisson sauta, et des rides concentriques firent trembler l'image du bateau qui disparut brusquement. Ensuite, les morceaux commencèrent à se remettre en place, à se recoller, et bientôt l'image réapparut. Cela ressemblait à un tour de magie.

Il jeta un coup d'œil par-dessus son épaule, repéra un gros arbre sur lequel mettre le cap, mais sans cesse il butait dans des roseaux ou y emmêlait ses rames. Le soleil était maintenant visible, une fumée bleue montait de la cheminée de la cuisine, pourtant il était encore loin des falaises. La plus vaste caverne n'était toujours qu'un trou minuscule dans le roc jaune.

Des bruits familiers lui parvinrent du bateau : l'éclat d'assiettes entrechoquées, un seau d'ordures qu'on vidait dans le fleuve, le fracas de la porte de la chaudière. On se préparait à partir! Il essaya de ramer plus vite, enfonça trop profondément sa rame et faillit la perdre. Puis il s'échoua sur un massif de roseaux.

Il découvrit qu'il serait certainement plus efficace de se mettre debout et d'utiliser un aviron comme une perche. D'une dernière et violente poussée, il envoya la barque dans le fleuve, mais perdit l'équilibre et dut se rattraper au liston pour ne pas tomber à l'eau. Il lâcha l'aviron, lequel partit à la dérive sur le fleuve.

Il essaya d'abord de l'attraper avec l'autre aviron, mais craignait de le perdre aussi; à ce moment, il entendit des cris inintelligibles venant du *Philadelphia* il aperçut son père et sa mère penchés par-dessus le bastingage, et pensa qu'il ferait mieux de retourner vers le bateau.

C'était très difficile avec une seule rame : il tournait en rond; pourtant, il s'approchait peu à peu. Il fut bientôt assez près pour voir que papa était furieux; la grosse veine saillait sur son cou, son visage était cramoisi, et maman semblait pâle et inquiète. Brenny regardait aussi, ce qui était peut-être pire.

– Pourquoi n'as-tu pas récupéré l'autre aviron, sale petit crétin ? rugit son père.

– Il dérivait trop vite, et puis j'ai cru que vous me disiez de l'abandonner.

Gordon se débattait comme un beau diable avec son unique aviron et finit par amener le canot près de la poupe.

– Heureusement qu'il n'y a pas de vent, sinon tu n'aurais jamais pu revenir, lui dit sa mère. Je t'interdis de prendre la barque sans l'avoir demandé, tu m'entends ? Je me suis beaucoup inquiétée.

La voix de sa mère était pleine de colère et de reproche.

– Nous sommes prêts à partir; nous t'attendons depuis une demi-heure, gronda son père, comme il attachait la corde du canot. (Gordon grimpa sur le gouvernail, puis une violente gifle sur l'oreille le fit s'écrouler sur le pont.) J'espère que cela te servira de leçon. Maintenant, retourne à ta couchette et restes-y.

Se tenant l'oreille, le visage livide et les yeux pleins de larmes, Gordon monta les marches en chancelant; mais il ne laissa pas échapper la moindre plainte avant de se jeter sur sa couchette dans la cabine obscure.

Un peu plus tard, quand Délie entra avec un petit déjeuner qu'elle avait préparé spécialement pour lui, il tourna la tête vers le mur et refusa de la regarder.

61

Les études préliminaires concernant le réservoir du lac Victoria amenèrent une vie nouvelle à cette province désolée du sud-ouest de la Nouvelle-Galles du Sud, juste au-delà de la frontière d'une région aride et désertique de l'Australie méridionale.

Il fallait affermir les berges de ce lac peu profond enchâssé parmi les dunes de sable orange et de petites falaises d'argile rouge. Le réservoir possédait déjà un fond naturellement imperméable de fine argile, ainsi qu'une alimentation venant de la Murray le long de Frenchman's Creek. Il était question de construire des régulateurs sur ce torrent ainsi que sur Rufus Creek, le déversoir du lac qui rejoignait la Murray.

Mais une guerre devait interrompre les travaux, ajourner pour six autres années la transformation du lac en réservoir.

– Ils n'ont même pas commencé à travailler sur la première écluse, dit Brenton, et tant que la n° 9 ne sera pas construite, ainsi que les portes régulatrices, eh bien, toutes les études préliminaires ne serviront à rien.

– Je suppose qu'il faut bien commencer quelque part, hasarda Délie.

– Alors ils devraient s'attaquer aux écluses. Tu verras : ils se feront surprendre par une autre sécheresse avant d'avoir fait quoi que ce soit.

Il y avait un camp de géomètres sur la rive sud-ouest du lac, près du déversoir de la Rufus, et Brenton eut l'idée de vendre ses produits, ainsi que du whisky, aux hommes installés là. Car ils ne savaient pas quoi faire de leur argent, lequel leur brûlait littéralement les doigts. Et il n'y avait pas d'alcool au camp.

– Et pas davantage de femmes, ajouta-t-il d'un air entendu. Ne descends surtout pas du bateau quand nous serons là-bas. Je ne veux pas avoir d'ennuis.

– Je suis assez grande pour m'occuper de moi, merci.

Seul un petit vapeur comme le *Philadelphia* pouvait remonter les méandres étroits et boisés de la Rufus pour rejoindre le pont routier près du déversoir du lac, à huit milles de la Murray. Wentworth se trouvait à une soixantaine de milles, accessible par une piste grossièrement tracée à travers la brousse.

Les hommes du camp, dont les tentes se dressaient dans l'angle formé par le torrent et la rive du lac, trouvèrent leur bonheur dans les magasins du bateau. Ils s'agglutinaient derrière le comptoir qu'on avait construit à l'avant du navire, là où l'on entreposait autrefois la marchandise excédentaire. Matériel de pêche, allumettes, tabac, lanternes, verres de lampe, chemises en flanelle, conserves de fruits, pots de confiture –, toutes sortes de denrées changeaient rapidement de mains.

Délie sentait les regards des hommes converger sur elle tandis qu'elle allait et venait dans le magasin, prenait les marchandises sur les étagères et les passait à Brenton. Les regards des hommes étaient admiratifs, lascifs, sentimentaux ou appréciateurs; aucun ne restait indifférent à sa beauté. Dans cet avant-poste exclusivement masculin, elle était la Femme, le symbole de tout ce qui leur manquait.

Le jeune assistant d'un ingénieur géographe, mince et bronzé, l'appela pour lui demander si elle vendait la même laine que celle du pull-over qu'il portait. Il se retourna pour lui montrer une grande déchirure aux bords effilochés sur son épaule.

Elle se mit à chercher au milieu d'écheveaux de laine bleu ciel, heureuse de cette parenthèse, prétexte tout trouvé pour cacher son visage; car les yeux bleus du jeune homme l'avaient troublée. Son visage juvénile et plein de vie l'avait séduite; en un sens, il lui rappelait le Brenton d'avant son mariage. Bien que le jeune homme fût plus mince, il possédait la même assurance, le même charme.

– Ma mère l'a tricoté pour moi, dit-il, je ne voudrais pas devoir le jeter à cause de ce trou.

– Il aurait fallu le recoudre dès que vous l'avez troué. Maintenant, il a besoin d'une bonne reprise.

– Pas d'aiguilles; enfin, si... je voudrais aussi un paquet d'aiguilles à repriser, avec des chas assez larges. Je ne suis pas très fort en couture.

– Laissez-moi votre pull-over, je vais le recoudre pour vous, dit-elle, cédant à une impulsion subite.

– De Dieu, vraiment? C'est terriblement gentil de votre part.

Ses yeux bleus, clairs et brillants de santé, la regardèrent avec gratitude; bien que les yeux d'Adam eussent été marron, ceux du jeune homme lui rappelèrent brusquement Adam. Ah, la jeunesse... Elle faillit pousser un long soupir en prenant le vêtement de ses mains, tandis qu'autour du jeune homme les clients se moquaient gentiment de lui et se plaignaient qu'eux aussi avaient beaucoup de raccommodage à faire...

– Revenez après le déjeuner, ce sera prêt, dit-elle en les ignorant.

Brenton, occupé à encaisser de l'argent, n'avait rien remarqué. L'ingénieur en poste, venu acheter un rasoir neuf, découvrit que le capitaine s'intéressait à tous les projets de retenue d'eau, et proposa de lui faire visiter le site des futurs travaux l'après-midi même.

Assise sur le pont supérieur devant la porte de sa cabine, Délie cousait avec de la laine bleue. Le pull-over, légèrement usé sous les bras, dégageait une odeur de transpiration virile qui était loin d'être désagréable. Alex et Meg dormaient, Gordon et Brenny faisaient la sieste sur leur couchette en regardant des livres d'images. Pour Délie, c'était le moment le plus tranquille de la journée. Une pile de linge attendait d'être repassée, et elle avait beaucoup de couture à faire pour elle-même; mais elle prit son temps pour exécuter une reprise impeccable qui aurait étonné sa tante Hester.

– Ça va?

Elle regarda par-dessus le bastingage la tête blonde

du jeune homme qui la hélait. Vêtu d'une chemise propre bleu délavé, il avait manifestement plaqué ses boucles sur sa tête avec de l'eau.

– Je n'ai pas encore terminé. Venez, dit-elle.

Il monta à bord, puis tira une chaise pliante à côté d'elle, se penchant pour examiner son travail.

– Merveilleux ! s'écria-t-il en touchant la reprise du doigt. Vous savez, c'est vraiment...

– Terriblement gentil de votre part ! le taquina-t-elle.

Tous deux rirent.

– Chut, les enfants dorment encore.

Ils parlèrent à voix basse pour ne pas les déranger. Cela leur donna une impression d'intimité pendant qu'ils bavardaient côte à côte au soleil. Elle se sentit immédiatement à l'aise avec ce jeune homme, comme s'ils se connaissaient depuis des années.

Quand elle eut terminé, elle pressa la reprise entre ses doigts et la lissa avec la pointe de l'aiguille.

– Là ! Il faudrait serrer davantage les points, mais au moins les mailles ne s'en iront plus.

– C'est parfait.

Il prit le pull-over et le passa vigoureusement par-dessus sa tête.

– Attention, vous le mettez à l'envers !

– Je sais. Mais comme ça, votre reprise sera sur mon cœur, dit-il avec un regard qui ne trompait pas.

Rougissante, elle se leva rapidement.

– C'est l'heure où les enfants se réveillent, dit-elle.

Elle jeta un coup d'œil dans la cabine où Meg était encore profondément endormie dans son berceau. Dans la pièce voisine, Alex dormait paisiblement. Venant du salon, ils entendirent la voix de Gordon :

– Nous pouvons nous lever maintenant, maman ?

– Mais oui, mon chéri. Tu sais mettre tes chaussures tout seul, n'est-ce pas ?

– Je vous laisse, madame. Et merci encore.

– Ce n'est rien, dit-elle froidement et formellement au jeune homme. Je suis certaine que votre mère aurait fait cela beaucoup mieux.

Quand il l'avait enfilé, le pull-over avait semé le désordre dans ses boucles blondes; il paraissait si charmant et si jeune que Délie s'inquiéta de ses propres sentiments.

Gordon arriva sur le pont en traînant ses chaussures non lacées.

– Bonjour ! dit-il d'une voix amicale.

Délie alla aider Brenny à mettre ses chaussures. Quand ils ressortirent sur le pont, Gordon et le jeune homme discutaient passionnément de méthodes de pêche. Le visiteur disait à Gordon qu'il lui montrerait comment préparer une ligne de fond, pour qu'un cabillaud ne puisse jamais se détacher une fois qu'il avait mordu à l'hameçon.

– Nous pouvons y aller, maman ? supplia Gordon.

– Hum... Le bébé va se réveiller dans quelques minutes. Est-ce loin ?

– A quelques pas, sur la rive, madame.

– Bon, attendez une minute.

Elle regarda de nouveau les deux enfants assoupis, puis mit un chapeau – elle en portait rarement, mais sentit que cela lui conférait de la dignité, affirmait son statut de femme mariée.

Ils partirent tous les quatre à pied autour du lac. Elle craignait de perdre de vue les garçons, au cas où ils s'égareraient dans les dunes arides.

Sur le chemin du retour, elle se sentit plus gaie, jeune et insouciante que cela ne lui était arrivé depuis des années. Elle ne reverrait jamais ce jeune homme, et cette perspective ne l'attristait nullement; pourtant, il l'avait rendue heureuse l'espace d'un après-midi. Il incarnait les deux amours de sa vie, Adam et Brenton. Et cela fit naître en elle un regain de tendresse pour son mari.

Ce soir-là, elle comptait parler de sa promenade à Brenton; mais dès l'heure du dîner, Gordon mentionna qu'ils étaient descendus à terre avec un homme du camp, qui était venu à bord pour « parler avec maman ».

Délie expliqua qu'elle lui avait proposé de recoudre

son pull-over; maintenant cela semblait bizarre et peu convaincant. Elle ne pouvait expliquer son impulsion subite, dire à son mari que le jeune homme lui avait rappelé son cousin Adam. Brenton fronça les sourcils, la veine de son cou se gonfla. Les enfants devinrent silencieux et tendus. Le soir, dès qu'ils furent couchés dans leur cabine, il se tourna vers elle.

– Ne t'ai-je pas dit de ne pas descendre du bateau sans moi ?

– Si, mais les garçons voulaient absolument y aller, et ce jeune homme semblait tellement gentil que...

– Tellement gentil ! Combien de temps est-il resté à bord cet après-midi ? Tu as dû te dire que cela te changerait, espèce de petite salope.

Elle le regarda, trop ébahie pour répondre. Avait-il réellement dit cela ? Ses veines saillaient maintenant sur ses tempes comme sur son cou, son visage était rouge vif. Une partie de l'esprit de Délie remarqua le contraste coloré entre son teint pourpre et ses yeux bleu marine.

– Alors comme ça, tu t'es dit qu'un « gentil jeune homme » te changerait agréablement de ton vieux mari éclopé ?

Il arpentait la petite cabine en boitant d'un air irrité, aidant sa jambe infirme d'une main nerveuse.

– Brenton, pour l'amour de Dieu, sois raisonnable. Il ne s'est rien passé, nous avons parlé quelques minutes, le temps que je finisse sa reprise, et puis nous sommes allés nous promener sur la rive avec les enfants.

– Je suppose que c'est le type que j'ai vu en revenant... Un petit gringalet aux cheveux blonds, je pourrais le mettre K.-O. d'un seul coup de poing. Alors je ne te suffis pas ?

Il saisit le bras de Délie dans une poigne de fer.

– Combien de whiskies as-tu bus après le dîner ? demanda-t-elle avec mépris.

– T'occupe pas. Faut plus de quelques whiskies pour enivrer Teddy Edwards. (Il tordit le bras de Délie, la contraignant à s'agenouiller par terre.) Que s'est-il passé d'autre? Avoue!

– Lâche-moi! *Lâche-moi!*

Furieuse, elle martelait son épaule avec sa main libre, essayait de mordre la main implacable qui enserrait son bras. Il la libéra soudain et elle s'écroula sur le sol.

Elle comprit que c'était la jeunesse de l'autre qui le mettait en rage. Brenton ne supportait pas de vieillir. Elle se releva lentement en se frottant le bras. Si seulement Ben était là. Elle pensa à Ben, toujours si doux, et qui l'aimait tant. Comme elle avait bien fait de ne pas parler de Ben à Brenton!

– Tu es tellement stupide, dit-elle froidement. Si j'avais voulu du changement, comme tu dis, j'aurais facilement trouvé un homme pour te remplacer, et depuis belle lurette. Tu ne sais donc pas que j'ai une foule d'admirateurs à Melbourne? Tu ne t'es jamais donné la peine de m'y accompagner, mais je t'ai toujours été fidèle. Et maintenant, tu me fais une scène de jalousie à cause d'un gamin que j'ai vu une seule fois, tout simplement parce qu'il te donne l'impression d'être vieux.

La pique atteignit son but et Délie se réjouit méchamment du regard blessé de Brenton.

Il se détourna en refoulant un sanglot, puis se campa devant elle, menaçant.

– Fous le camp! Dehors!

Elle sortit la tête haute, puis se mit à marcher de long en large sur le pont obscur. Il avait osé lui parler sur ce ton! Après tout ce qu'elle avait enduré en silence, la fille dans la cabane, la femme aux épingles à cheveux dorées, Nesta, et combien d'autres?

Son esprit tourbillonnait au bord de précipices insondables. Pour la première fois, elle comprenait le sens de l'expression : « son esprit chancela ». Tout était terminé entre eux; c'était la fin.

Elle marcha vers la poupe, monta à bord du canot; ses doigts gourds dénouèrent la dure amarre. Elle passa sous le pont, puis pendant des heures rama sans but sur la vaste étendue du lac Victoria, tandis que les étoiles se déplaçaient lentement vers l'ouest et dansaient en points incandescents sur les eaux noires du lac.

62

Il y avait encore beaucoup de trafic sur la partie inférieure du fleuve – vapeurs de commerce, bateaux de pêche, navires habités, barques des « écumeurs de la Murray », et d'étranges embarcations monoplaces mues par des pédales, comme une machine à coudre. Brenton trouvait souvent quelqu'un avec qui bavarder et il ne rentrait que très tard dans la nuit.

Délie avait pris la décision de ne plus partager sa couchette; elle ne lui avait pas pardonné et ne désirait plus d'enfant.

– Si je n'obtiens pas ce que je veux ici, ne t'inquiète pas, je peux toujours aller ailleurs, lui déclara-t-il froidement, un soir qu'elle avait repoussé ses avances.

Il s'habilla, sortit, et ne revint que le lendemain matin.

Après cet affrontement, il la laissa tranquille; pourtant, elle était bizarrement mécontente et malheureuse. Le soir, elle faisait quelques dessins quand les enfants étaient couchés, pour ne pas perdre la main; mais le plus souvent, elle s'endormait peu après eux.

Un mois plus tard, un soir, Brenton rentra plus tôt que d'habitude, alors qu'elle venait d'éteindre la lampe. Elle resta parfaitement immobile dans l'obscurité chaude qui sentait encore le pétrole. Un moustique vrombissait près des lattes du plafond. Elle entendait la respiration lourde et rapide de Brenton pendant qu'il se déshabillait tout près d'elle dans la petite cabine; elle voyait sa silhouette massive qui se détachait contre la portion de ciel étoilé encadrée par la porte. Dans un instant, il monterait sur la couchette supérieure.

Brusquement, traîtreusement, son corps se mit à le désirer, elle devint intensément consciente du moindre de ses gestes, de son souffle haletant, elle voulut le sentir plus près d'elle.

Je ne le désire pas, songea-t-elle. Je le hais. Mais l'instant suivant, quand il s'allongea sur la couchette de Délie, une immense joie la submergea.

– Non... Je suis fatiguée, protesta-t-elle faiblement.

Il rit avec assurance.

– Tu me désires; je le sens.

Après tout c'est mon mari, pensa-t-elle juste avant que son moi conscient ne sombrât complètement. Mais ensuite, elle ne put échapper à l'impression lancinante que son corps l'avait trahie.

Ce n'était pas la première fois que ses sens prenaient le contrôle et supplantaient sa volonté. Ils l'avaient déjà trahie auparavant, quand elle avait désiré de toute son âme se donner à Adam; son corps l'avait lâchée quand elle avait voulu poursuivre ses études d'art au lieu de se marier; et sa faiblesse avait abouti à toutes ces années de maternité qui sapaient son énergie créatrice, transformaient les meilleures années de sa vie en une ronde infernale de tâches domestiques.

Les saints avaient raison de mortifier la chair, d'affamer et de flageller leur corps méprisable afin de le dompter. Car la chair n'était pas faible; elle était forte, irriguée par l'implacable force vitale qui réclamait sa reproduction, et toujours s'opposait à la vie contemplative.

Elle aurait dû, songeait-elle avec désespoir, entrer dans quelque ordre religieux austère, doté d'une discipline stricte; jeûne, continence, solitude et silence, voilà ce qu'elle désirait vraiment, ce qu'elle avait trop peu connu. Seule, elle aurait pu triompher de son esprit.

Alex était un enfant curieux, aux yeux pétillants de malice sous de fins sourcils noirs. Tout ce qui vivait et bougeait le fascinait, une chenille verte trouvée dans un chou, un beau papillon, ses ailes couvertes de poussière d'or et semées de points cramoisis, qu'il rapporta à sa mère dans sa petite main brûlante, « avec toute sa poudre qui tombait ».

Elle trouva pour lui quelques chrysalides du papillon nommé Vagabond orange, qu'il plaça dans une boîte en carton garnie de branches et de coton. Mais il tripota tellement les superbes chenilles vert pâle qu'une seule survécut.

Délie le surprit en train d'observer, yeux écarquillés et visage attentif, les terribles efforts que faisait l'insecte pour émerger –, l'éclatement de l'enveloppe maintenant transparente, l'apparition d'une aile fripée.

– Ça doit lui faire mal, disait-il sans arrêt.

– La naissance est parfois un moment épuisant; mais ça vaut la peine de se battre pour sortir au soleil.

« Cela valait-il vraiment la peine, après tout? » se demandait-elle en regardant les mouvements frénétiques du papillon, s'interrogeant de nouveau sur cette force vitale aveugle et animale. Enfin l'insecte tout entier émergea, puis se reposa en tremblant, ses ailes déployées étaient aussi poisseuses qu'une feuille à peine éclose. Elle observa avec pitié cette malheureuse créature qui allait tomber dans le fleuve, devenir la pâture d'un oiseau ou d'un lézard, ou simplement mourir de froid l'hiver prochain.

Alex captura un petit lézard gecko sur une pointe de sable où ils s'étaient amarrés pour la nuit. Même lorsqu'il tendit la main, le reptile demeura immobile, le fixant de ses petits yeux brillants. Il le saisit par la queue – et l'instant suivant, le lézard était parti, tandis que le garçon tenait à la main l'horrible moignon qui se tortillait comme un ver. Alex le lâcha en poussant un hurlement de terreur. La queue continua à se convulser sur le sable, telle une chenille attaquée par des fourmis.

Il se rua vers sa mère en criant :

– Sa queue, elle est tombée! Sa queue, elle est tombée!

Elle lui expliqua que le lézard n'avait pas souffert, que sa queue était faite pour se détacher de son corps afin d'effrayer l'ennemi quand l'animal était en danger; sceptique, Alex ne parvenait pas à croire qu'une nouvelle queue pouvait pousser au lézard. Son gros orteil aurait-il repoussé s'il l'avait perdu ?

Il était fasciné par les petites hirondelles qui, chaque année, faisaient leurs nids sous le rebord du pont arrière. Elles n'émigraient jamais pendant l'hiver, contrairement à ces espèces qui, assurait maman, traversaient la mer pour rejoindre le Japon. Leurs hirondelles restaient sur le bateau été comme hiver, remontant et descendant le fleuve avec lui.

Il aimait les voir filer à toute vitesse autour du bateau pendant qu'ils naviguaient, passer au ras de la proue avant de rejoindre leurs nids. Leur dos ressemblait à du satin bleu marine. Les humains ne les dérangeaient pas; Alex était sûr qu'elles ne seraient pas effarouchées s'il mettait la main dans l'un des petits nids de boue pour toucher les oisillons. Mais maman ne lui permettrait jamais d'enjamber le grillage; il ne savait pas diriger le canot, et on ne l'autorisait même pas à y descendre tout seul, car il ne nageait pas encore assez bien.

Un jour que papa et Gordon étaient descendus à terre pour transporter une pile de marchandises jusqu'à une ferme, il resta avec Brenny sur le pont arrière, près du grillage. Deux hirondelles revinrent vers leurs nids, chacune tenant un insecte dans son bec. L'un des petits, invisible, se mit à gazouiller d'excitation.

– Je vais grimper par-dessus pour regarder, dit Alex.

– Tu vas te faire disputer, l'avertit Brenny avec indifférence.

Il boudait parce que son père ne lui avait pas demandé de l'aider.

Alex passa une jambe potelée par-dessus le bastingage. Il y avait un rebord de l'autre côté, large de quelques centimètres seulement. Il s'y accrocha d'une main, puis explora de l'autre l'espace situé sous le pont. Mais il avait le bras trop court et ne sentait rien.

Juste en dessous, l'eau verdâtre du fleuve coulait et sa surface soyeuse réfléchissait la lumière aveuglante du soleil. Il distinguait de minuscules insectes et jusqu'à des grains de poussière qui dérivaient au fil de l'eau. Il lâcha un filet de salive, vit les ondes circulaires s'élargir, scintiller en rides dansantes et dorées qui se réfléchirent sur la poupe.

Ses doigts de pied s'accrochèrent aux mailles du grillage et il se suspendit dangereusement au-dessus du vide. Ses fines boucles blondes pendaient, le sang empourprait son visage. Ses doigts réussirent à toucher le rebord d'un nid. Il sentit quelque chose de chaud et duveteux, puis tendit davantage le bras. Alors son pied glissa. Poussant un cri bref, il tomba la tête la première dans le fleuve.

Délie était dans la cuisine, occupée à mélanger de la purée de pommes de terre et du jaune d'œuf pour le bébé; le Chef Empoisonneur empilait des assiettes sur le plan de travail; le jeune Brenny arriva en courant et annonça avec un air important :

– Alex est dans le fleuve!

Délie laissa tomber la saucière par terre et se rua au-dehors, tandis que l'Empoisonneur, qui n'écoutait jamais « ces sacrés mioches », regardait d'un air absent la femme qui s'élançait, puis la purée répandue sur le sol; il tordit avec perplexité une extrémité de sa moustache jaunâtre.

Alex était tombé du côté opposé à la rive. Délie comprit qu'à tout moment il risquait de couler en eau profonde. Il était allongé sur l'eau, le visage immergé, ses bras et ses jambes remuant faiblement.

Elle enleva prestement ses chaussures, puis sauta à l'eau à côté de lui. Dès qu'elle fut remontée à la surface, elle le saisit et le retourna; il était à moitié conscient et elle put le remorquer en nageant sur le côté. Quand elle sentit sous ses pieds la boue molle de la rive, elle poussa un soupir de soulagement.

Avant de sortir complètement de l'eau, elle prit Alex

dans ses bras et lui mit la tête en bas; de l'eau s'écoula de sa bouche et de ses narines, il se mit à tousser et à pleurer. Autrefois, on l'avait, elle aussi, sortie ainsi de la mer...

Délie frissonnait dans ses vêtements mouillés; elle serra son fils contre elle pour le calmer. Brenton dévala la berge au pas de course, Gordon sur ses talons.

– Que s'est-il passé ? Tu es tombée à l'eau ?

– Alex est tombé, dit-elle d'une voix mal assurée. Si Brenny ne m'avait pas prévenue, il se serait noyé.

– Comment as-tu fait ton compte, fils ? Tu as enjambé le grillage ?

– Voui, papa. Alec voulait voir les hirondelles dans leurs nids.

– Oh, Alex, vilain garçon ! Tu aurais pu...

– Attends un peu, Délie. Bon, Alex, je veux maintenant que tu recommences.

– Quoi ?!

– Attends, je t'ai dit.

Il saisit l'enfant qui claquait des dents, monta à bord, puis le posa de l'autre côté du grillage, auquel Alex s'accrocha, terrifié. Brenton retira sa chemise et ses chaussures, et plongea dans l'eau.

– Maintenant, saute, dit-il.

– Je veux pas, je veux pas ! Alec a peur de l'eau.

– Saute quand je te le demande ! Tu ne risques rien si je suis là. Papa va t'attraper dès que tu seras dans l'eau.

Qu'il eût lâché prise malgré lui ou obéi à son père, Alex tomba en poussant un faible cri. Brenton le prit dans ses bras dès qu'il remonta à la surface.

– Inutile de paniquer; tu n'as qu'à faire ce que je te dis. Maintenant, allonge-toi sur le dos et laisse-toi flotter.

Il tint quelques instants la tête de l'enfant, puis retira doucement sa main.

– Tu vois, ce n'est pas compliqué. Hé, reste bien allongé sur l'eau. Etends-toi comme sur un lit. Si jamais tu retombes à l'eau, fais la planche jusqu'à ce que quelqu'un arrive.

Délie était maintenant remise de son choc, mais elle prit Alex par la main dès que son père le ramena sur la berge.

A ses reproches, Brenton se contenta de répondre :

– S'il n'était pas retourné aussitôt dans l'eau, il en aurait eu peur jusqu'à la fin de ses jours. Et un marinier qui ne sait pas nager, ça ne sert à rien.

Craignant un refroidissement, Délie enveloppa Alex sur sa couchette avec deux bouteilles remplies d'eau chaude. Il somnolait déjà quand Brenton entra avec un bébé hirondelle, gris et duveteux, pelotonné dans sa grande main.

– Tiens-le au chaud dans ton lit un petit moment, mais ne lui fais pas mal. Il faut que je le remette dans son nid pour que sa mère lui donne à manger.

Alex rayonnait de bonheur.

– Peuh ! marmonna Brenny à voix basse. Si *moi,* j'avais enjambé le grillage, on m'aurait flanqué une de ces raclées...

Tous les matins sur le pont Délie donnait des leçons aux deux aînés. Gordon essayait souvent de faire disparaître les sillons marqués entre les sourcils de sa mère, et que la lumière crue du grand jour soulignait.

– Tu sembles tellement fatiguée, dit-il en levant les yeux de son cahier d'écolier pour examiner, avec le regard impitoyable de la jeunesse, les lèvres affaissées de Délie et le fin réseau de rides au coin de ses yeux.

Elle se pencha pour corriger une faute d'orthographe et Gordon examina sa tête toute proche.

– Mais tes cheveux deviennent gris !

– C'est faux !

Elle sursauta et recula, comme mordue par un serpent.

– Si, c'est vrai !

Avançant la main, Gordon essaya d'arracher l'un des nombreux fils gris qui striaient la chevelure de sa mère. Ses doigts ne purent l'isoler de la masse noire et il en arracha plusieurs. Il les brandit triomphalement sous le nez de Délie.

Elle les prit avec irritation, puis les examina, silencieuse et troublée. Quatre cheveux luisaient du sombre éclat de la soie; mais le cinquième, mort et gris, semblait plus rêche, plus épais.

Ce soir-là, elle regagna de bonne heure sa cabine où, à la lumière de la lampe, elle observa longuement, d'un œil critique, les altérations survenues si progressivement sur son visage qu'elle ne les avait pas remarquées. Elle s'assit sur la couchette inférieure, puis retira ses chaussures et ses bas.

Ses jambes étaient blanches, couvertes d'un fin duvet brun. Leur galbe s'épaississait; sur ses mollets, un réseau de veines bleuâtres saillaient, car au cours de sa dernière grossesse elle était restée trop longtemps debout. Et ses pieds, ses jolis pieds gracieux! Ses orteils s'évasaient, le petit doigt de pied était aplati par les chaussures portées depuis trente ans. Ce ne seraient plus jamais les pieds d'une jeune fille.

Comme le temps avait passé depuis ses treize ans, depuis le jour où ces mêmes pieds nus avaient pénétré pour la première fois dans les eaux fraîches et soyeuses de la Murray! Délie ferma les yeux et se rappela cette nuit lointaine, l'appel distant et flûté des cygnes, les étoiles scintillant comme des diamants sur le sein apaisé du fleuve.

Vingt ans avaient passé! Vingt ans!

Le fleuve qui lapait la proue du navire descendait régulièrement et paisiblement vers la mer. Et pourtant, elle avait le sentiment d'être entraînée dans un courant sans cesse plus rapide, un flux impossible à interrompre.

63

Dans l'univers restreint du fleuve, les affaires du monde semblaient lointaines et futiles. La politique était uniquement locale : législation portant sur la navigation ou l'industrie de la laine, jalousies entre Etats rivaux qui se disputaient telle ou telle portion du fleuve, conclusions des commissions inter-Etats – on discutait de tous ces sujets âprement et en connaissance de cause.

Peu se souciaient des prétentions britanniques à défendre la Belgique contre toute agression, ou de la puissance et de l'arrogance grandissantes de l'Allemagne. Cependant, au cours des quatre années suivantes, d'innombrables gens du fleuve devaient trouver la mort loin de la paisible Murray, en France, dans les Flandres, ou à Gallipoli, pour défendre « la petite Belgique » contre l'envahisseur allemand.

Plus important pour Délie que les affaires du monde, plus terrible encore que la menace de la guerre, elle s'aperçut qu'elle était de nouveau enceinte. Elle reprocha à Brenton son imprudence, mais elle se reprocha bien davantage de lui avoir cédé malgré ses résolutions. Pareille faiblesse l'humiliait et elle se sentait punie.

Il buvait plus que jamais, ne l'aidait que rarement à s'occuper des enfants, qui le craignaient. Délie envisageait l'avenir avec désespoir. Cinq enfants ! Elle sentit qu'elle ne pourrait le supporter, qu'elle préférait mourir.

Ce n'était pas tant le fait de revivre toutes ces épreuves, la lourdeur physique, les nausées et autres indigestions, les souffrances de l'accouchement; elle commençait à penser qu'elle se laissait submerger par les tâches domestiques, et qu'année après année, inlassablement, sans dormir ni se reposer, elle élevait des bébés.

Entre-temps sa jeunesse s'envolait, ses talents créateurs s'étiolaient alors qu'elle aurait dû peindre. Les falaises aux couleurs vives, les longues étendues paisibles de la Murray inférieure, les immenses eucalyptus inclinés, aussi gracieux que des saules, mais aux formes beaucoup plus originales, les lagons avec leurs roseaux et leurs oiseaux, tout cela l'emplissait douloureusement du désir de dessiner et de peindre.

Elle exécuta quelques esquisses au crayon et au fusain, nota quelques formes intéressantes dans son carnet de croquis en vue du vaste tableau qu'elle réaliserait « un jour ». Elle devait lutter contre son envie de couleurs, son désir de plaquer de larges masses colorées sur une grande toile, alors qu'elle lavait ou pliait des couches, préparait les repas des enfants, somnolait au chevet d'Alex, terrassé par une nouvelle attaque de bronchite, corrigeait les exercices de Gordon et de Brenny, ou baignait la petite Meg. Elle regrettait amèrement l'aide de Ben quand les garçons se battaient ou braillaient au point qu'elle-même avait envie de crier.

Quand elle parlait de cette situation à Brenton, il paraissait indifférent. Pour lui, d'autres fils signifiaient davantage de main-d'œuvre gratuite. Les enfants l'aidaient déjà comme matelots de pont. Son commerce lui rapportait beaucoup d'argent, surtout la vente du whisky au campement du lac Victoria, où il détenait un monopole, ainsi qu'à la ville officiellement privée d'alcool de Mildura, où il vendait des alcools forts à des prix tout aussi « forts ».

Il décida de racheter une barge pour transporter davantage de marchandises, et d'engager deux autres mariniers. Il semblait avoir oublié sa manie de la vitesse; une nouvelle obsession s'était emparée de lui : gagner de l'argent.

Un soir, elle le surprit en train de transvaser un peu de whisky hors de neuf bouteilles, dans une dixième qui était vide. Après quoi il ajouta de l'eau dans les neuf autres.

Délie appréciait les rentrées d'argent supplémentaires qui lui permettaient d'habiller les enfants ou d'acheter des couvertures, mais la façon dont cet argent était gagné la culpabilisait. Elle avait déjà protesté contre la vente de whisky au campement du lac Victoria; un homme avait été tué lors d'une rixe au camp des ingénieurs, et un autre, tombé dans le feu alors qu'il était ivre mort, avait succombé à ses brûlures.

– Tu ne peux pas faire ça, Brenton! s'écriait-elle maintenant. C'est malhonnête. Ils paient déjà assez cher le whisky...

– Qu'est-ce qui te prend? Tant que ça a le goût de whisky, ils sont contents. Tu commences par me reprocher leurs rixes d'alcooliques, et maintenant tu te plains sous prétexte que je coupe le whisky? Tu ne crois pas qu'il vaut mieux pour eux qu'ils le boivent avec un peu d'eau, même s'ils l'ignorent?

– Tu as peut-être raison, reconnut-elle à contrecœur. Mais je préférerais que nous ne soyons pas mêlés à cela.

Depuis la furieuse crise de jalousie de Brenton, elle n'était plus jamais redescendue à terre et n'avait pas revu le jeune homme au pull-over bleu, car sa grossesse l'empêchait d'aider son mari derrière le comptoir. Elle espérait que Brenton ne buvait pas trop; ses yeux avaient été autrefois si clairs et si brillants!

Elle ne ressentait aucun besoin de compagnie féminine, mais une immense solitude pesait sur son âme. Elle avait été trop occupée pour entretenir une correspondance, et Imogen avait progressivement cessé de lui écrire. Elle n'avait pas séjourné à Melbourne depuis des années. Elle mourait d'envie de « parler boutique » avec d'autres artistes, de participer à des discussions stimulantes. Les deux journaux d'art qu'elle lisait ne faisaient qu'accentuer son impression d'isolement.

Un jour, à Morgan, alors que le *Philadelphia* chargeait des marchandises sur sa barge, elle remarqua sur le quai un personnage insolite et barbu – un homme au nez aquilin, aux yeux sombres et attentifs, qui serrait un carnet de croquis sous son bras et tenait une boîte de peinture à la main.

Elle observa ses lèvres minces et rouges sous une fine moustache noire, le nez osseux, arrogant, le pâle visage surmonté d'un panama, les vêtements élégants mais sobres. Il détonnait au milieu des dockers, des mariniers et des cheminots, comme une orchidée dans un champ de pommes de terre.

Elle descendit sur le quai et passa devant l'inconnu en scrutant ses yeux sombres. Comme elle, c'était un artiste, et elle désirait lui parler. Pendant ce qui lui parut une éternité, il lui rendit son regard; puis ses yeux se fixèrent au-delà de Délie et le miracle prit fin. Mais l'humour avait brillé dans ses yeux, et le frémissement d'un sourcil l'avait encouragée. Délie ignorait pourquoi, mais cet homme lui rappelait son père défunt.

Il fit demi-tour pour gravir la pente de pierre blanche menant à la grand-rue. Elle le suivit, s'attarda devant une vitrine quand elle le vit entrer quelque part, mais elle ne put se résoudre à lui parler.

Avant qu'il ne ressortît et risquât de remarquer sa présence, elle se hâta de retourner à bord.

Le lendemain, elle l'aperçut qui posait sa boîte de peinture ainsi que des provisions dans une barque amarrée à la berge et chargée de matériel de camping. Il partit vers les falaises jaunes qui se dressaient en amont, au-delà de la courbe du fleuve, ramant régulièrement et sans effort. Il ne devait pas être très jeune, elle lui donna au moins quarante ans. Un désespoir irraisonné la submergea pendant qu'elle le regardait s'éloigner, comme si elle avait perdu un ami.

Avant qu'ils ne repartent de Morgan, l'eau commença de baisser. Le fleuve coulait, limpide et lent, car toutes les alluvions en suspension étaient tombées au fond de son lit.

— Ça mord, Dan ? tonitrua Brenton de la timonerie, alors que le *Philadelphia* s'approchait du camp du vieux Dan, où des filets étendus sur la berge ainsi que des lignes de fond signalaient le quartier général d'un pêcheur professionnel.

– Bof, grogna Dan, que tous les gens du fleuve avaient surnommé La Déprime. Avec cette eau transparente, la perche et la brème sont au rendez-vous. Mais ce foutu fleuve bouge si lentement que le cabillaud ne va pas tarder à se terrer dans son trou. Je n'aime pas ça.

Pour une fois, Dan avait de l'argent, et il avait fait signe au vapeur de s'arrêter afin d'acheter quelques fournitures pour son campement – un pot neuf, une ou deux couvertures grises, plus quelques lignes et des hameçons de rechange.

– Ça fait presque quinze ans que j'ai ce pot, dit La Déprime en balançant un coup de pied dans un vieux bidon noirci posé près du tas de pierres qui lui tenait lieu de cheminée. Et voilà qu'il me lâche. Cette saleté fuit comme une passoire.

– Tu crois que nous sommes bons pour une période de sécheresse ? demanda Brenton. Ça me rappelle drôlement le début de 1902 – le temps, je veux dire. Je ne sais pas pour ce qui est du fleuve, car à l'époque je naviguais dans la partie supérieure.

– L'année prochaine, nous allons avoir droit à une sécheresse terrible, prophétisa Dan La Déprime d'une voix lugubre, retirant sa pipe noire de sa barbe jaunie pour l'agiter en l'air. Tu peux me croire, p'tit gars. Ce sera pire que la dernière en date, quand j'ai traversé le fleuve à pied en pleine ville de Morgan.

Brenton prit un air maussade. Il croyait aux prophéties météorologiques des anciens. Pour la première fois depuis des années, il se retrouvait avec une barge en remorque, et davantage de marchandises à vendre qu'il n'en avait jamais transporté !

A un hiver sec succéda un été torride, et les sombres prédictions de Dan La Déprime se confirmèrent. Peu ou pas de pluie était tombée dans la Nouvelle-Galles du Sud et dans l'Etat de Victoria; il faisait tellement chaud qu'une mince couche de neige recouvrait seulement les Alpes. Le niveau du fleuve baissait régulièrement.

Des millions de litres d'eau indispensables aux fermiers et aux maraîchers qui avaient construit tout un réseau d'irrigation se jetèrent en pure perte dans la mer. Au début de l'été 1914, la situation devint critique. A Renmark, la Compagnie d'irrigation avait fait construire un barrage de sacs de sable en travers du fleuve afin de retenir suffisamment d'eau pour que les pompes puissent fonctionner jusqu'à la récolte des fruits. Tout le long du fleuve, les vapeurs se faisaient piéger dans des trous d'eau peu profonds, ou bien s'échouaient et s'enfonçaient chaque jour davantage dans la vase.

– Une seule écluse! Avec une seule écluse, ils pouvaient retenir l'eau du fleuve, s'écria Brenton. Je t'avais bien dit qu'ils ne lèveraient pas le petit doigt avant qu'il y ait une autre sécheresse! Dire qu'ils dépensent des millions en pure perte avec leurs chemins de fer qui concurrencent les vapeurs... Quelle bande de crétins!

Il considérait cette sécheresse comme une preuve de la malveillance du Destin, de la Nature, ou de quelque autre abstraction; car elle arrivait au moment précis où il développait son commerce, il avait englouti presque tout son capital dans l'achat d'une nouvelle barge et d'un gros stock de marchandises. Délie écoutait ses jérémiades et observait son visage sanguin, redoutant qu'il n'eût une attaque quand ils s'échoueraient sur un banc de sable.

Brenton n'était pas dans la timonerie quand cela arriva. Ils naviguaient entre Waikerie et Kingston; il venait de confier la barre au nouveau second et regardait les vagues miner les berges à leur passage – signe indubitable d'un fleuve à son niveau le plus bas.

– Alf! cria-t-il à l'intention de l'Empoisonneur. Va à l'avant du bateau pour sonder le fleuve. Je ne crois pas qu'il y ait plus d'une douzaine de centimètres d'eau sous la quille.

Le contrôleur de marche était en position « lent ». Quand, en plein milieu du fleuve, ils heurtèrent un banc de sable généralement immergé sous de nombreux pieds d'eau, ils s'arrêtèrent doucement, sans le moindre à-coup.

Personne n'avait jamais entendu le nouveau second jurer. Il affichait une expression compassée en toutes circonstances, et avait emporté à bord, avec ses affaires, trois exemplaires différents de la Bible. Quand le capitaine rentra en trombe dans la timonerie, il découvrit le second à genoux, qui priait.

Brenton l'écarta en poussant un juron, enclencha la marche arrière et tenta de dégager le bateau, mais il réussit seulement à remuer du sable.

– Saloperie de tas de ferraille! s'écria-t-il en arpentant la timonerie. Saloperie de fleuve, et saloperie de gouvernement qui se contrefout de la navigation. Quant à toi! tonna-t-il en tournant autour du second qui faisait le gros dos, disparais hors de ma vue, grenouille de bénitier!

Il fit attacher un câble métallique autour du tronc d'un gros eucalyptus devant le bateau, et fixa l'autre extrémité sur un taquet de l'arbre d'entraînement. Le *Philadelphia* avança de quelques pieds, puis s'immobilisa de nouveau. On fixa un câble à l'arrière et les roues à aubes tournèrent à l'envers, tandis que les enfants observaient la manœuvre avec intérêt. Mais ils étaient bel et bien échoués, même si leur barge flottait librement derrière eux.

Peu de temps après, le *Philadelphia* se retrouva piégé dans un bassin d'eau stagnante, comme sur la Darling tant d'années auparavant; mais cette fois c'était pire, car le navire était échoué sur un côté et le pont se mit à s'incliner à mesure que le niveau de l'eau baissait. Les objets glissaient ou roulaient sur les tables, pour un rien le lait débordait des pots, les casseroles se renversaient sur le réchaud. On se serait cru en mer, avec la gîte régulière d'un voilier naviguant au plus près.

Les enfants s'amusaient énormément à courir sur le pont en pente avant de percuter le grillage, ou à marcher avec un pied plus haut que l'autre, en chantant :

– Je suis né au flanc d'une colline, je suis né au flanc d'une colline.

– Exactement comme en 1902! grognait Brenton, qui ordonna à l'équipage de tendre des bâches sur la barge et le navire afin de protéger la peinture du soleil de l'après-midi.

Comme il y avait à bord d'innombrables pots de peinture, l'équipage entreprit d'appliquer deux nouvelles couches sur les superstructures du bateau. Déprimé et impuissant, le capitaine se résigna à attendre une crue improbable.

Délie trouva cette situation moins insupportable que la sécheresse de 1902, car elle n'avait pas sous les yeux les souffrances des moutons à l'agonie sur les rives de la Darling, ni la misérable ferme isolée dans le maquis, près de laquelle ils s'étaient échoués. Les grands eucalyptus des berges conservaient leurs feuilles vert olive, leurs branches aux coloris délicats mauve et corail, ainsi que leurs énormes troncs lisses, ambre, gris et rose saumon.

D'un côté s'étendait ce qui avait été une île; c'était maintenant un petit bois perdu dans une mer de boue, où des arbustes touffus entremêlaient leurs branches, où des saules et des coolabahs inclinaient leur feuillage bleu-gris. Au pied de la passerelle, Brenton fit poser des planches sur la boue, pour que les hommes puissent rejoindre l'île.

A l'autre extrémité du lagon où ils étaient échoués se dressait une haute falaise jaune, dont les teintes variées se détachaient contre le bleu profond du ciel. Une conduite d'irrigation courait sur son flanc, et on distinguait une pompe à vapeur à sa base. Une ferme devait se trouver là, invisible au sommet de la falaise.

Quand le lit du fleuve eut suffisamment séché, Délie descendit du navire et s'aventura dessus. Le fond de la Murray s'était transformé en un dallage hexagonal de boue cuite au soleil, strié de fissures si profondes qu'elles semblaient résulter de quelque convulsion de l'écorce terrestre. Çà et là, le fond était sablonneux, dépourvu de craquelures, mais présentait des anneaux concentriques, témoins des baisses successives du niveau de l'eau.

Délie rejoignit la partie la plus encaissée du fleuve, où serpentait encore un petit ruisselet, si étroit qu'elle pouvait l'enjamber, dernier vestige de l'imposante Murray. Elle se retourna pour observer le navire, constata que personne ne la regardait, puis, relevant ses jupes, prit son élan et sauta par-dessus ce qui restait du fleuve. Elle s'imagina racontant au cercle de ses petits-enfants ahuris qu'un jour elle avait sauté d'un seul bond par-dessus la Murray.

Elle leva les yeux vers les berges et découvrit que, tout en haut, de l'herbe verte avait commencé de pousser; mais un univers de mort s'étendait autour d'elle. Quelques coquillages vides gisaient dans les fissures de la boue; la mâchoire blanchie d'une brème, la tête d'une crevette, un poisson desséché.

En temps normal, dix mètres d'eau auraient recouvert la tête de Délie. Elle songea à cet énorme volume liquide, à la quantité d'eau nécessaire pour remplir seulement cette portion du fleuve, à supposer même qu'il ne se fût pas écoulé vers la mer à la vitesse de deux ou trois milles à l'heure. Il semblait que le fleuve était mort, que plus jamais il ne coulerait.

Pourtant, elle avait déjà contemplé ce spectacle de désolation; si seulement les plans des ingénieurs avaient été réalisés au lieu de moisir dans les tiroirs d'un ministère!

Les ingénieurs avaient déjà montré de quoi ils étaient capables en construisant l'énorme barrage Burrenjuck sur la Murrumbidgee. Déjà, il permettait de sauver du bétail dans les territoires irrigués de Riverina. Un autre barrage de cette taille sur la Murray, plus une série de déversoirs et d'écluses pour empêcher l'eau de s'écouler vers la mer, suffiraient à régulariser le régime du fleuve. Seule l'incapacité des Etats à s'entendre entre eux s'opposait aux travaux.

On avait même envisagé de bâtir un mur ou un immense barrage en travers de l'estuaire du fleuve, que l'on fermerait en période de sécheresse pour empêcher l'écoulement de l'eau douce ainsi que la pénétration de l'eau salée dans la Murray; car toute la partie inférieure du fleuve était maintenant salée, et l'on avait pêché un mulet d'eau de mer à Mannum, à plus de cent milles de l'estuaire.

Elle regarda les pentes couvertes de boue séchée et se demanda si elle verrait jamais l'embouchure du fleuve, la longue plage blanche où déferlaient les vagues écumantes et dont elle avait entendu parler dans son enfance; ou si sa vie s'achèverait dans un bassin d'eau stagnante comme celui-ci, déchue et détournée de ses buts élevés, cernée par les témoignages désolants d'expériences révolues.

64

La ferme qui se dressait au sommet de la falaise était très différente de la maison du maquis où Mme Slope menait une existence stérile et sans espoir. Les terres étaient irriguées à partir du fleuve, et la maison, fraîche et confortable, construite dans le calcaire local et entourée d'arbres fruitiers.

Quand l'épouse du fermier apprit l'état de Délie, elle lui proposa de s'occuper de ses enfants pendant son séjour à l'hôpital. Les propres enfants de Mme Melville, tous adultes, avaient quitté le foyer, à l'exception d'un fils, Garry, qui aidait son père à s'occuper de l'orangeraie, des champs de luzerne et des vaches. Jim, l'aîné, était marié et habitait la station d'irrigation de Waikerie.

La maison se dressait en retrait des falaises; le sentier qui y aboutissait commençait assez loin de l'endroit où le vapeur était échoué. Il suivait une sorte de faille dans le mur abrupt de roche jaune, épousant le tracé d'un escalier naturel. Mais vers le sommet, sur cinquante pieds, il avait fallu tailler des marches dans le roc.

Quand M. Melville voulait descendre, il préférait emprunter la conduite d'eau, chemin plus rapide bien que dangereux; il se laissait choir par-dessus le bord de la falaise et glissait en quelques instants jusqu'au niveau du fleuve. De là, un étroit sentier tracé au bas de la falaise rejoignait les dernières marches, où une barque était amarrée.

La compagnie d'une autre femme enchanta Mme Melville. Surmontant sa peur des marches, elle avait visité le bateau, après quoi Délie et ses deux aînés l'avaient raccompagnée à la ferme. Mais ce fut la petite Meg qui la toucha le plus, sa gaieté amicale et son visage épanoui.

Jadis, elle-même avait peut-être eu le teint aussi frais, – ses yeux et ses sourcils étaient encore sombres, mais ses cheveux étaient gris acier, et deux taches roses coloraient ses joues pleines de santé.

– J'aimerais tant avoir de nouveau quatre enfants, dit-elle à Délie, qui n'en crut pas ses oreilles.

– Pourtant, cela représente tellement de travail! s'écria-t-elle.

Dernièrement, elle avait consacré beaucoup de temps à tailler et coudre de nouvelles chemises de nuit pour elle-même et le bébé dans du tissu pris sur le stock du bateau, et à rattraper tous les travaux de couture qu'elle repoussait depuis des mois.

– C'est parce que vous les élevez dans des conditions très difficiles. Comme cela doit être lassant d'habiter un espace aussi réduit, et de dormir sur une couchette. Ce doit être terriblement inconfortable.

– Pas du tout! dit Délie pendant que Mme Melville remplissait une bouilloire et la posait sur le poêle. J'adore ça; pour rien au monde je ne voudrais vivre dans une maison. Il y a juste une chose qui me manque.

– Quoi donc?

– Un robinet avec l'eau courante.

– Vous n'avez pas l'eau courante sur le bateau?

Toute l'eau dont vous avez besoin, vous la puisez dans le fleuve avec un seau ?

– Pas toute. Quand le moteur tourne, elle est pompée automatiquement dans un réservoir, lequel alimente la salle de bains. Mais Brenton dit qu'un robinet dans la cuisine serait ouvert en permanence et qu'on gâcherait beaucoup d'eau.

– Eh bien ! Et vous arrivez à faire la cuisine dans une pièce aussi minuscule ?

– Oh oui, c'est là que j'ai appris à cuisiner ; j'ai étudié des livres de recettes, et les cuisiniers que nous avons eus à bord m'ont appris ce qu'ils savaient. J'étais fermement décidée à devenir une bonne cuisinière, et je crois avoir réussi, bien que ma maladresse me fasse souvent casser des œufs à tort et à travers, ou renverser les paquets de farine.

– Tout simplement parce que vous n'avez pas assez de place ! rétorqua triomphalement Mme Melville. (Elle promena un regard satisfait sur sa vaste cuisine impeccablement rangée.) Il vous faut davantage d'espace.

– Non, pas du tout, s'obstina Délie. Les grandes pièces impliquent davantage de sol à nettoyer. Tout est tellement compact sur le bateau. Pensez au temps que la plupart des femmes consacrent au nettoyage de leurs planchers, de leurs fenêtres, de leur véranda ou de leur porche. Les travaux domestiques sont une vraie corvée ; on nettoie seulement les choses pour qu'elles puissent se resalir.

– Peut-être, je ne sais pas, dit Mme Melville avec un petit rire, l'air vaguement choquée. Je n'y ai jamais pensé sous cet angle. Mais je dois dire que je n'aimerais pas bouger tout le temps.

D'un geste décidé, elle versa l'eau bouillante sur le thé.

– Nous ne bougeons pas en ce moment, et c'est terrible.

– N'empêche, je crois que vous devriez persuader votre mari – je veux dire, quand vous aurez cinq enfants – de prendre un travail à terre, ou au moins de vous installer dans une petite maison au bord du fleuve pendant qu'il voyage.

– Lui demander cela ne me viendrait pas à l'esprit, répondit Délie.

Pour Délie, Mme Melville avait oublié le fardeau que représentaient quatre enfants dont l'aîné était âgé de huit ans, tout comme elle avait oublié l'épreuve qu'elle allait endurer quand la fermière lui proposa de s'en occuper pendant quinze jours. Mais ce fut un grand soulagement, car elle redoutait de les laisser à Brenton dans son humeur actuelle, surtout avec les caisses de whisky entreposées à bord.

Une route longeait les falaises, mais il aurait été malaisé de charger les caisses sur la barque, de les hisser au sommet de la falaise pour ensuite les faire transporter par chariot. Sur l'autre rive du fleuve s'étendait un espace désolé de marécages desséchés, d'arbustes, de roseaux et de bras de rivière transformés en marais bourbeux.

Le *Philadelphia* était échoué sur une langue de sable reliée à l'île, sur la rive opposée aux falaises. Quantité de lapins, et même quelques lièvres habitaient cette île; et comme le fleuve était très poissonneux, ils ne manquèrent jamais de nourriture.

Brenton mit en congé sans solde le mécanicien et Prentice l'Empoisonneur, puis resta à bord, morose et solitaire, après le départ de Délie et des enfants. L'hiver avait commencé, mais nulle part on n'entendait parler de pluie. Il se sentait condamné à végéter éternellement dans ce trou d'eau saumâtre; pourtant, il refusait d'abandonner le bateau sans personne à bord.

M. Melville emmena Délie à l'hôpital de Waikerie dans son camion motorisé, voyage cahotant et pénible sur une piste qui serpentait entre les dunes de sable et traversait des lits pierreux de torrents à sec.

Après la dernière anesthésie, Délie aborda la phase finale de l'accouchement avec un sentiment de triomphe. Non parce qu'elle mettait au monde un autre bébé – cela n'avait désormais rien de nouveau –, mais pour la première fois il lui sembla savoir comment s'y prendre. Ce savoir que, dans leur sagesse, les femmes aborigènes transmettaient aux jeunes filles de la tribu avant qu'elles n'accouchent de leur premier enfant sur des feuilles d'eucalyptus propres et dotées de vertus antiseptiques, elle l'avait acquis lentement et douloureusement, seule.

A chacun de ses six accouchements, elle s'était approchée un peu plus de ce savoir millénaire, qui disait tout simplement qu'il ne fallait pas *lutter contre* la douleur, mais *faire corps avec elle* – accueillir chaque spasme déchirant comme une nouvelle étape vers la libération et se laisser porter comme une pierre sur le lit d'un fleuve en crue.

Au lieu de s'arc-bouter contre la souffrance, elle s'abandonna à elle, et aussitôt elle devint plus supportable.

– C'est bien, petite ! Pousse ! Vas-y ! Tu approches de la lumière, chuchota-t-elle, retrouvant d'instinct les paroles des anciennes chansons psalmodiées par les aborigènes pour hâter la venue de l'enfant : « Viens ! Voici ta tante qui attend de te voir. Viens ! Ouvre tes yeux sur cette journée splendide... »

On souleva un instant le nouveau-né pour qu'elle pût voir ses cheveux noirs mouillés et ses yeux hermétiquement clos. Une petite poupée chinoise, pensa-t-elle dans un demi-sommeil. Le lendemain, elle attendit longtemps qu'on lui apporte son bébé – c'était une fille, lui avait-on dit – mais la lumière déclinait, le soir tombait et elle n'avait toujours pas vu son enfant.

Brusquement, toutes ses appréhensions revinrent. Quelque chose n'allait pas. Elle avait seulement entrevu son visage la nuit dernière, à minuit, quand le bébé était né.

– Où est mon bébé ? demanda-t-elle à l'infirmière chargée de la surveillance nocturne des femmes qui venaient d'accoucher. Pourquoi ne me laissez-vous pas le voir ?

– Vous la verrez demain, dit la religieuse d'une voix apaisante. De toute façon, vous n'avez pas encore de montée de lait. Aujourd'hui, nous l'avons laissée se reposer, après le dur labeur de la mise au monde.

– Pourquoi? répéta Délie, méfiante. La naissance a été normale, n'est-ce pas? Ç'a été un accouchement facile, non?

– Oui, en effet. Je dois dire, ma fille, que vous avez été formidable, répondit chaleureusement la religieuse. Si toutes les parturientes étaient aussi coopératives que vous...

– Ce n'est pas la première fois.

Elle se détendit et cessa de s'inquiéter. Elle se sentait ici chez elle; il lui semblait que quelques jours à peine s'étaient écoulés depuis son dernier séjour avec Meg. Et maintenant un autre bébé! Bientôt, elle en aurait plus qu'assez; mais pour l'instant, elle tenait à profiter de son sommeil...

Le lendemain matin, quand on lui apporta son bébé, il était éveillé et rivait sur elle deux petits yeux sinistres à la forme bizarre. Elle l'examina avec une curiosité douloureuse, le cœur battant la chamade. Apparemment apathique, il ne s'intéressait pas à ses seins, même si avec l'aide de l'infirmière il finit par téter.

Dès que l'infirmière fut partie, elle examina ses traits en détail. Le nez se réduisait à une simple proéminence, la bouche était informe, les oreilles étrangement petites et implantées bas sur la tête; le crâne lui-même avait une forme étrange, plus large que long.

Les doigts tremblants, elle retira le châle et la couverture, puis allongea le nouveau-né sur l'oreiller. Ses membres semblaient normaux, bien qu'un peu courts. Mais la tête et les yeux dont les coins étaient recouverts par des plis de chair bouffie lui rappelèrent le petit monstre répugnant de la ferme du maquis, avec ses minuscules yeux rusés et ses borborygmes animaux. Elle entendit de nouveau Mme Slope lui dire : « Le médecin affirme que cela peut arriver à n'importe qui... » Pourtant, elle ne posa aucune question à l'infirmière quand elle revint pour placer le bébé dans un berceau à côté d'elle. Lorsque le médecin entra pour l'examiner, avec son regard enjoué et plein de sagesse, son visage rond et bon enfant, elle se sentit soulagée par sa seule présence. Il lui avait rappelé l'époque de la maladie de Meg, et ils étaient amis.

– Le bébé, tout va bien pour lui, docteur? demanda-t-elle d'une voix hachée, luttant pour s'asseoir sous le dessus-de-lit blanc dès qu'il eut fini de l'examiner.

Elle sentait des larmes d'épuisement et d'angoisse sourdre sous ses paupières.

– Bien sûr qu'elle va bien, dit-il chaleureusement, mais Délie ne pouvait voir son visage tandis qu'il sortait le petit paquet de son berceau. Les deux ou trois premiers jours, ils paraissent tous un peu bizarres, mais vous connaissez ce phénomène.

– Oui, je sais... Pourtant, sa tête?

– Hmmm... Un peu déformée par l'épreuve de la naissance, peut-être. Cela arrive souvent. Il n'y paraîtra plus dans quelques jours.

– Pourtant, l'accouchement a été facile, elle est plutôt menue, elle ne pèse que sept livres.

– Ne vous tracassez donc pas, ma chère. Les soucis sont déconseillés aux jeunes mères. Et puis je suppose que vous ne désirez pas que vos angoisses fassent tourner votre lait, dit-il en portant le bébé vers la fenêtre.

Il garda le dos tourné au lit pour examiner l'enfant en pleine lumière, palpant les fontanelles au sommet du crâne, pendant que Délie l'observait intensément. Il saisit un poing minuscule et déplia les doigts, regarda soigneusement la paume de la main. Le bébé bâilla et le médecin en profita pour examiner son palais.

Quand il se retourna pour remettre le bébé dans son berceau, il était à contre-jour, mais Délie crut discerner une expression de souffrance sur son visage, avant qu'un masque de gaieté ne vînt la remplacer.

– Bon, dit-il, vous connaissez la formule; il faut les gaver et les laisser dormir. La montée de lait est normale, n'est-ce pas? Je ne pense pas que vous aurez des problèmes d'allaitement avec celle-ci, d'autant que vous êtes en excellente santé. Reposez-vous pendant dix jours ici, et vous pourrez la ramener chez vous.

Les lèvres de Délie remuèrent en silence. Elle voulut

demander : Est-elle mentalement anormale? Deviendra-t-elle une idiote? Mais les mots refusaient de sortir. Elle n'osa pas interroger le médecin.

De la porte, il lui adressa un salut amical, puis quitta sa chambre.

Elle s'allongea et tira le drap sur sa tête, s'abandonnant à l'horreur et au désespoir. Elle savait, aussi sûrement que s'il lui avait avoué la vérité. Elle repoussa le drap, se pencha sur le côté du lit, puis souleva le nouveau-né avec effort et déroula une fois encore la couverture. Examinant les pieds, elle remarqua que le gros orteil semblait s'écarter des autres, mais que les pieds étaient normalement constitués. Puis les mains; ce n'étaient certainement pas des mains d'artiste, plus larges que longues, avec des doigts courts et boudinés, et un pouce incurvé. C'était surtout la tête qui l'effrayait, le crâne court, les oreilles difformes. Pour un bébé, ce n'était pas si grave, mais cela deviendrait une fille, puis une femme...

Elle prit le bébé contre son sein, mais pendant qu'il tétait, elle détourna le visage vers le mur.

L'infirmière en chef refusait obstinément d'admettre la moindre anomalie, bien qu'elle eût remarqué que la mère n'était pas très heureuse avec son enfant; alors qu'on devait empêcher d'autres mères de troubler le sommeil de leur enfant par leurs marques d'affection, celle-ci prenait seulement le sien dans son lit pour l'allaiter à intervalles réguliers, restant allongée en lui tournant le dos, fixant le mur ou regardant par la fenêtre.

Lors de la visite suivante du médecin, la dernière avant le départ de Délie (car il s'était absenté pendant une semaine, retenu par une urgence dans l'arrière-pays), l'infirmière en chef entra avec lui, et commença d'un air solennel :

– Nous devons vous dire quelque chose, Madame Edwards. Votre bébé aura besoin de soins particuliers...

– Je sais. Voudriez-vous me laisser seule avec le docteur?

L'infirmière parut légèrement offusquée puis sortit avec majesté, bombant le torse et tenant très droite sa tête surmontée d'une toque blanche. Le médecin haussa les sourcils et adressa à Délie un regard impuissant.

— Je crois que vous savez déjà ce que j'ai à vous dire, ma chère.

— Oui. (Sa voix était atone, sans expression.) Mon bébé est un idiot congénital. Elle ne sera jamais mentalement adulte. Elle sera toujours laide et gauche; plus elle vieillira, plus son état s'aggravera. J'aimerais simplement savoir pourquoi. Mon premier enfant est mort-né, c'était un bébé magnifique, parfaitement formé. Et maintenant, ce... cette chose a le droit de vivre. Pourquoi ?

Il haussa les épaules, puis étendit les bras en un geste d'impuissance, paumes tournées vers le ciel.

— Qui pourrait vous répondre ? Ces anomalies sont apparemment inexplicables. Si vous désirez connaître les raisons cliniques, nous sommes dans le brouillard le plus complet. Cela semble se produire sans raison; néanmoins, on croit que des facteurs prénatals sont responsables — irrégularité endocrinienne chez la mère, fatigue émotionnelle, tuberculose; nous ne savons pas. Mais une chose est certaine : plus la mère est âgée, plus il y a de risques pour que cela se produise. Quel âge avez-vous, trente-quatre ans ?

— Presque trente-cinq. Mais je connais un cas, j'ai vu un cas sur le fleuve, où la mère n'était qu'une jeune fille.

— Un cas de crétinisme, très probablement. Cela s'explique aisément par les glandes de l'enfant, mais le phénomène ne devient évident qu'à partir du sixième mois. D'ailleurs, il s'agit d'une maladie qu'on peut soigner. Mais cela — c'est un cas typique : la ligne simienne, le pouce incurvé, la forme du crâne et des pieds, je crains qu'on ne puisse rien faire pour un enfant mongolien.

— On ne peut rien faire.

Mais aussitôt elle pensa : Oh mais si, on peut faire quelque chose. On *doit* faire quelque chose.

65

Les irisations lumineuses dansaient au plafond de la cabine tandis que Délie se reposait sur sa couchette, les yeux grands ouverts. La lumière tremblait en ondes vibrantes... qui dansaient, comme dans une ronde enfantine, où une petite fille pleine de joie de vivre...

Elle gémit puis enfouit son visage dans l'oreiller. A côté d'elle, le bébé était allongé dans son berceau, calme, remuant les mains sans but précis, apercevant peut-être les formes fascinantes qui se métamorphosaient constamment au plafond. Les mains de Délie se crispèrent désespérément sur la taie d'oreiller.

Comme la vie pouvait être haïssable, d'une cruauté totalement gratuite! Son premier bébé, l'enfant de l'amour et de la joie, n'avait même pas respiré. Et maintenant la haine et la honte avaient engendré ce monstre plein de santé qui respirait parfaitement, grandissait normalement... Pendant le restant de ses jours elle aurait cette calamité sous les yeux. Aujourd'hui, elle savait ce que Mme Slope devait ressentir.

Levant la tête, elle regarda le berceau, et son visage se figea comme un masque. Puis elle sortit sur le pont, où Brenton posait des lignes de pêche.

– Brenton, pourrais-tu monter à la ferme ce matin pour demander à Mme Melville de garder les enfants quelques jours de plus? Je sais que nous devons les récupérer demain, mais je crois que cela ne posera pas de problème.

– D'accord, mais pourquoi?

– Je ne me sens pas... je ne me sens pas encore tout à fait rétablie. Et puis je voudrais que le bébé soit en pleine forme.

– La petite me paraît en excellente santé. Bien que ce ne soit pas une beauté. En tout cas, ce n'est pas à *moi* qu'elle ressemble.

– Tu iras ?

– Je t'ai dit que j'étais d'accord.

Ce matin-là, il avait pêché un assez gros cabillaud, que Délie cuisit au four avec des pommes de terre et une farce délicieuse.

– Tu deviens un vrai cordon-bleu, dit-il du bout des lèvres en se resservant. Mais tu ne manges pas. Qu'est-ce qui se passe ?

– Je t'ai dit que je ne me sentais pas très bien. De plus, je me fais du souci pour... Oh, arrête de me poser des questions ! s'écria-t-elle d'une voix hystérique.

Il la dévisagea, puis posa sa fourchette sur la table.

– Tu ne sembles pas dans ton assiette. Va te reposer sur ta couchette, si tu veux. Je débarrasserai la table quand j'aurai fini de manger.

– Tu veux bien ? Je... je crois que je vais aller me promener; une bonne marche m'aidera à dormir.

– Non, il y a trop de serpents tigrés sur l'île.

– Alors j'irai ramer sur le lagon.

Elle descendit toute seule dans la barque – cette même barque où Brenton l'avait invitée par un soir fatal, voici tant d'années, où il l'avait embrassée tandis qu'ils dérivaient sur le fleuve.

La déchéance et la ruine inévitables de tout rapport humain éveillaient en elle une sombre tristesse. Elle comprenait maintenant que la mort d'Adam était loin d'être une tragédie; car dans la mémoire de Délie, il restait toujours jeune, beau et aimant; le spectacle de sa décrépitude et de son indifférence progressive lui avait été épargné.

Prenant les avirons, elle rama jusqu'à l'extrémité du lagon d'eau stagnante où ils étaient emprisonnés. Tout était tellement différent quand le fleuve coulait. Elle aimait alors remonter le courant à la rame, puis laisser le bateau dériver au fil de l'eau, lentement, lentement mais inéluctablement entraîné par le courant. Alors il lui semblait faire corps avec le fleuve.

Maintenant, quand elle cessait de ramer, la barque s'immobilisait, oscillait légèrement à cause de la faible brise. Elle écouta le chœur des grenouilles, l'appel d'une poule d'eau effrayée, les gouttes d'eau qui tombaient des rames. Le temps... son esprit retourna vers son obsession; pourtant, le temps paraissait suspendu tant qu'elle restait immobile, les avirons figés au-dessus de la surface lisse du lagon.

Mais même en cet instant, le bébé respirait, grandissait, vieillissait... Elle avait l'absolue certitude que c'était un mal. Elle devait simplement se montrer forte et inflexible, faire ce qu'il fallait, pour le bien des autres enfants, pour le bien du bébé lui-même. Aucune sentimentalité, aucun argument en faveur du caractère sacré de la vie humaine ne devait l'empêcher d'agir.

D'un geste décidé, elle plongea les avirons dans l'eau et fit voler en éclats le reflet d'une étoile. Seules quelques étoiles brillaient, car une froide lumière bleue envahissait encore le ciel. Quand elle arriva sous la poupe et saisit la corde d'amarrage, elle se figea, horrifiée. Dans la lumière du crépuscule, elle distingua une tache rouge sur la corde. Elle la lâcha aussitôt en poussant un faible cri. Il y avait deux autres taches à l'avant de la barque. Du sang... Elle regarda la paume immaculée de ses mains, puis se hâta de monter à bord, son cœur battant douloureusement dans sa poitrine. Brenton dormait déjà sur la couchette supérieure.

Par une splendide matinée ensoleillée, elle marchait sur la berge du fleuve et foulait le sable jaune d'une longue plage qui descendait progressivement vers l'eau. Quelqu'un avait creusé un trou dans le sable, tout près du bord, remarqua-t-elle.

Elle se dirigea vers le monticule irrégulier qui s'élevait à côté du trou. Il lui sembla marcher longtemps avant d'y arriver. Saisie d'une réticence mystérieuse, elle regarda dans le trou. Un enfant y était allongé, un petit garçon d'une dizaine d'années, aux magnifiques cheveux blonds et aux yeux fermés. Immédiatement, elle comprit qu'il s'agissait d'une tombe.

Mais certainement pas de la tombe de cet enfant! Car il semblait dormir, sa peau luisait de santé, ses joues étaient légèrement roses et ses cheveux brillaient au soleil. Quand elle avança, une petite cascade de sable tomba et se répandit sur le bras nu du garçon.

Elle vit les paupières frémir, essayer de se lever. Les yeux s'ouvrirent; sous les paupières une cavité blanche grouillait de vers.

Poussant un hurlement, elle se retourna pour courir, mais le sable cédait sous ses pas et semblait l'aspirer.

Elle criait toujours quand Brenton la réveilla, penché au-dessus de sa couchette. Après cela elle somnola par intermittence, redoutant le sommeil, jusqu'à ce que les premiers rayons de soleil matinal envoient des reflets dansants sur le plafond de la cabine.

Elle sut que l'enfant de son rêve était son premier fils, enterré depuis longtemps dans le sable de la berge du fleuve, près de Torumbarry. Il aurait aujourd'hui dix ans, non, onze. Elle se leva, lança le seau par-dessus bord, puis passa un peu d'eau froide sur ses yeux enflés.

La corde du seau lui rappela quelque chose; avec une crainte superstitieuse, elle alla à la poupe et tira la barque vers elle. Il y avait une tache de peinture rouge vif sur la corde, et deux autres à l'avant de la barque. Sous le banc de nage elle découvrit un petit pot de peinture rouge, que Brenton avait dû utiliser la veille pour fabriquer un leurre à cabillaud. Elle faillit rire de ses craintes passées. Une fois de plus, elle se sentit forte et déterminée.

— J'y vais, dit Brenton.

Sans lui jeter un regard, Délie continua de laver la vaisselle. Le bébé, nourri et habillé aussi soigneusement que d'ordinaire, dormait dans son berceau. Elle se rappela que, le premier soir où elle avait dîné avec lui à bord, Brenton avait refusé son aide pour la vaisselle... Etrangement, son esprit retournait inlassablement vers cette époque. Elle savait que les événements de cette année lointaine avaient inéluctablement abouti au présent qu'elle vivait aujourd'hui, à ce jour précis de son existence, qu'elle n'oublierait jamais.

– Veux-tu que je demande quelque chose pour toi à la ferme ?

– Non. Embrasse les enfants de ma part. De toute façon, Mme Melville te donnera des œufs et de la crème.

– Elle va me demander des nouvelles du bébé.

– Dis-lui... dis-lui qu'il va bien.

Il sauta assez lourdement dans la barque, qui oscilla sous son poids puis se stabilisa. Il installa les avirons, les remua quelques instants au-dessus de l'eau, et commença de ramer. Délie, qui l'observait avec impatience, eut l'impression qu'il mettait des heures à partir.

Parce que le temps l'obsédait, les transformations physiques de son mari la frappèrent violemment. Elle remarqua l'empâtement de sa silhouette, son visage rubicond aux traits lourds, ses boucles grises, autrefois dorées comme le soleil, puis elle baissa les yeux sur ses propres mains crevassées, vit des taches de son sur leur dos. Oh, pourquoi le temps nous détruisait-il ainsi ? Lentement, imperceptiblement, il nous minait !

Elle alla terminer la vaisselle, ranger méticuleusement assiettes et couverts, balayer la cuisine, sortant sans arrêt pour voir si Brenton approchait de la rive. Quand elle le vit atteindre les falaises et amarrer la barque à un gros rocher, elle monta dans sa cabine pour regarder le bébé, toujours profondément endormi. Puis elle redescendit et fit les cent pas sur le pont inférieur.

Brenton gravissait maintenant la fissure de la falaise. Elle monta sur le pont supérieur, puis redescendit. Elle ne tenait pas en place. Serrant les poings, elle monta de nouveau les marches. Quand elle aperçut la cabine devant elle, son cœur se mit à battre frénétiquement dans sa poitrine. Grâce au Ciel, elle avait pris sa décision !

Elle vit tout de suite que l'enfant endormi avait roulé sur le ventre et semblait inerte dans son berceau. Il pouvait soulever un peu la tête, mais pas longtemps, car les muscles de sa nuque n'étaient pas encore assez développés. L'oreiller était épais et mou.

Pivotant sur ses talons, elle sortit de la cabine en courant, dévala l'escalier au-dessus du tambour de roue, puis traversa la passerelle et emprunta les planches posées sur la boue jusqu'à l'île. Elle ne s'était jamais aventurée loin sur l'île, car elle craignait les serpents tigrés, mais maintenant elle pénétrait toujours plus avant dans les fourrés de petits saules et de buis, inconsciente de sa destination. Les buissons qui poussaient en terrain marécageux lui barrèrent la route, mais elle continua d'avancer aveuglément, malgré les épineux qui écorchaient ses jambes. Elle savait qu'elle n'entendrait rien; mais elle voulait être hors de portée du moindre bruit provenant du bateau.

L'île était très longue, bien que peu large. Quand elle eut atteint le chenal de l'autre côté – une simple bande de boue, avec un petit trou d'eau au centre –, elle en suivit le bord jusqu'à se retrouver du côté de l'île où le *Philadelphia* était échoué, d'où elle aperçut les falaises.

Elle songea à s'asseoir et attendre de voir la barque quitter le pied de la falaise, car ses jambes et ses bras étaient douloureux, égratignés, couverts de sang : mais elle ne pouvait rester en place. Au bout de quelques minutes, elle se leva et reprit son périple dans l'île en sens inverse. Elle luttait contre le désir terrible de retourner à bord du bateau pour voir le bébé.

Délie arriva enfin en un point de l'île diamétralement opposé au bateau, et elle entendit soudain le bruit des avirons et le grincement des dames de nage. Elle s'effondra derrière un buisson. Quelque chose s'éloigna de ses pieds en bruissant, lézard ou serpent, mais elle s'en aperçut à peine. Elle tendit l'oreille. Etait-ce l'enfant qui pleurait ? Jamais elle ne pourrait revivre ce cauchemar...

Alors cela arriva, le cri de l'homme, teinté d'angoisse.

– Délie ! Délie ! Où es-tu ?

Elle s'obligea à marcher lentement, à ne pas courir. Elle ne devait montrer aucune inquiétude.

– Délie ! Mon Dieu ! Elle est tombée par-dessus bord ! Délie ! Où es-tu ?

– Je suis là. Sur l'île. Je cherchais un...

– Viens vite. Pourquoi as-tu laissé le bébé ?

– Quoi ?

– Le bébé... je crois qu'il est mort. Il a dû se retourner sur le ventre. Il ne respire plus...

– Tu es sûr ?

Il la dévisagea quelques instants, frappé par la pâleur de son visage, ses membres égratignés, ses cheveux en désordre. Elle gravit la passerelle.

– Bon Dieu, pourquoi es-tu descendue à terre ? A mon retour, la petite était là, le visage enfoncé dans son oreiller.

Elle se hâtait maintenant, montait les marches quatre à quatre. Brenton avait posé le bébé sur la couchette; il était allongé, inerte, ses yeux bizarres à jamais clos. Sa poitrine minuscule ne se soulevait plus, aucune pulsation ne battait dans ses veines. Délie tomba à genoux près de la couchette, des sanglots de soulagement secouant son corps.

Dès qu'elle eut repris ses esprits, elle insista pour que Brenton allât immédiatement chercher un médecin à Waikerie. Il voulait emmener le bébé avec lui, mais elle n'en démordit pas; elle tenait à affronter le médecin ici même.

Quand Brenton fut parti et que le grincement des dames de nage se tut, elle se lava, se coiffa très soigneusement et mit sa plus belle robe en popeline couleur lilas. Son esprit s'était calmé. Elle ne devait pas sembler nerveuse ni simuler la souffrance, car le médecin se douterait certainement de son soulagement, voire de sa joie.

Elle s'assit sur la couchette, prit le nouveau-né sur ses genoux et le contempla rêveusement. Pour la première fois, elle affrontait la mort sans la moindre émotion. Son esprit restait de glace, elle ressentait seulement de l'étonnement en regardant les petits ongles des mains – continuaient-ils à pousser? –, les cheveux bouclés. Rien n'avait changé dans l'apparence du bébé; simplement, son cœur avait cessé de battre, ses poumons de respirer.

Si le souffle revenait, comme il arrive parfois aux noyés, la vie aussi reviendrait dans ce petit corps; dans ce cas, comment croire que l'âme quittait le corps au moment de la mort? L'âme, la personnalité, l'esprit semblaient uniquement une manifestation de l'énergie, exactement comme la chaleur. Et un enfant si jeune, au cerveau non encore totalement développé, pouvait-on vraiment affirmer qu'il possédait une « âme »?

Oui, c'était la mort qui rendait la vie si mystérieuse. L'individu, cet organisme si fragile, si complexe et délicat, pouvait mourir à chaque instant; pourtant, la force vitale était indestructible – qu'on l'appelle énergie, volonté, rythme ou Dieu.

Elle leva les yeux vers les irisations lumineuses qui dansaient au plafond et sur les murs : tout était là, comme dans la plus infime créature translucide se débattant dans la boue du fleuve, et « cela » avait irrigué ce minuscule échantillon d'humanité, fruit de sa propre chair vivante, pour finir par le quitter. Elle comprenait maintenant qu'on avait tort de dire : « Il est mort »; mieux valait dire : « *Cela* l'a quitté, *cela* est parti, la vie l'a abandonné. »

Elle était toujours assise là, dans une sorte de transe, l'enfant mort sur ses genoux, quand Brenton revint avec le médecin au bout de deux heures. Elle entendit leurs pas sur l'escalier du tambour de roue, mais elle était si engourdie qu'elle ne put bouger. L'espace fugace d'un instant, elle crut que la vie l'avait quittée, elle aussi : qu'elle était morte. Puis elle ressentit une douleur lancinante dans les jambes et les bras quand le sang recommença de les irriguer, et elle songea qu'être rappelé à la vie devait être atrocement douloureux.

Baissant la tête, Brenton franchit le premier la porte basse. Le médecin entra derrière lui et posa sa sacoche sur la commode. Avant d'examiner le bébé, il saisit la main glacée de Délie et scruta son visage.

– Vous feriez bien de servir une boisson chaude à Mme Edwards, dit-il d'une voix brusquement soucieuse. Ses mains sont gelées.

– Oui, tout de suite, répondit Brenton, qui en profita pour ressortir.

– Quant à vous, allongez-vous sous les couvertures, ordonna le médecin à Délie.

Il prit l'enfant mort dans ses bras et le posa sur un linge sur la commode.

– Je me sens bien...

– Vous avez pris froid, et vous êtes encore sous le choc, naturellement. (Il entreprit de déshabiller le bébé, et procéda à son examen.) Hum, oui... asphyxie, aucun doute possible. Je suppose que votre mari l'a découvert allongé sur le ventre, le visage dans l'oreiller ?

– En effet.

– Combien de temps s'est-il écoulé depuis votre départ du bateau ?

– Je ne sais pas... Un bon moment.

– Et tout vous a semblé normal quand vous êtes partie ?

Un silence.

– Elle respirait normalement quand vous êtes descendue à terre ?

– Oui.

– Pourquoi les mamans s'obstinent-elles à acheter des oreillers aussi mous ? Rien de plus dangereux.

Les pupilles de Délie étaient si dilatées que ses yeux semblaient totalement noirs dans son visage blême. Les mains crispées sur la couverture, elle regardait le médecin. Le dos tourné, il recouvrit d'un linge le petit cadavre.

– Je ne sais plus si je vous en ai parlé, madame Edwards, mais cela vous soulagera peut-être d'apprendre que très peu d'enfants mongoliens vivent au-delà de cinq ans, et que parmi ceux qui passent ce cap seulement la moitié atteignent l'âge adulte. En tout cas, votre fille avait une espérance de vie extrêmement faible.

– Oh!

Ce fut à peine un souffle.

– Ils sont surtout sujets aux infections pulmonaires, à la tuberculose, et comme vous aussi êtes plutôt fragile des poumons...

Marchant jusqu'à la fenêtre de la cabine, il regarda les quelques arbres et les buissons touffus qui poussaient sur l'île.

– Vous allez souvent vous promener sur l'île, madame Edwards? Elle ne semble pas particulièrement accueillante.

– Oh... je préfère ramer, mais voyez-vous, Brenton était parti en barque, et puis j'ai pensé...

Elle ne put continuer. Il s'était retourné pour poser sur elle ses yeux brillant de sagesse et de compréhension. En un éclair, elle comprit qu'il savait. Les mots restèrent au fond de sa gorge. Suivit un silence interminable, pendant lequel elle s'imagina arrêtée, inculpée de meurtre, jugée coupable, condamnée à mort ou à la prison à perpétuité.

– ... Eh bien, je dois signer le certificat de décès. Raison de la mort : asphyxie. Il est parfaitement inutile que vous assistiez à l'enquête. Pour moi, la mort est due à un accident pendant que l'enfant n'était pas surveillé.

– Merci, docteur.

Les grands yeux de Délie exprimaient une immense gratitude.

Brenton arriva avec une tasse de cacao brûlant, puis invita le médecin à boire un whisky dans le salon. Il avait apporté une bouteille remplie d'eau chaude enveloppée dans une serviette, qu'il plaça contre les pieds de Délie. Evitant de regarder la forme menue dissimulée sous le linge funèbre, Délie but le cacao. Brusquement, elle se sentit complètement épuisée.

66

Les enfants posèrent très peu de questions. Comme ils n'avaient pas vu le bébé, celui-ci existait à peine pour eux. A leur retour sur le bateau, ils semblaient heureux et pleins de santé; Délie fut ravie de leur présence, de leurs voix joyeuses, de leurs yeux intelligents. La montée de lait la faisait souffrir, mais le temps avait déjà recouvert de ses alluvions l'insupportable forfait qui reposait comme un roc au fond de son esprit.

Le médecin avait-il confié quelque chose à Brenton tandis qu'ils buvaient leur whisky dans le salon, ou lors du retour en barque? Elle avait l'impression désagréable qu'il la regardait bizarrement. Le fleuve ne donnait aucun signe de vie, et son mari devenait chaque jour plus morose, buvait toujours davantage de whisky.

Un matin, Délie entendit des coups de fusil, sortit de sa cabine et le vit tirer sur un vol de pélicans qui se dirigeaient vers le bas du fleuve et leurs nids de Coorong, plus au sud. Il tira de nouveau, mais leur formation impeccable n'en fut pas modifiée. Il jura, puis visa encore.

– Brenton! (Elle posa la main sur son bras.) Tu ne vas tout de même pas tirer sur des *pélicans* !

Ses yeux étaient embrumés par l'alcool, mais il baissa son fusil et rentra à l'intérieur. Elle entendit sauter le bouchon d'une nouvelle bouteille de whisky.

– J'aimerais tellement que tu boives moins, Brenton, lui dit-elle un soir, essayant d'adopter une voix égale, un ton impersonnel pour qu'il ne se sente pas insulté. Cela te fait du mal, et...

– Que veux-tu qu'un homme fasse, piégé dans un trou d'eau, recevant seulement des factures d'hôpital, la note d'honoraires du médecin... avec une femme qui ne lui sert à rien?

D'un geste brusque, il déplaça la bouteille de whisky sur la table du salon.

— Tu ne devrais pas passer des heures ici, à boire tout seul...

— Avec qui veux-tu que je boive ? Avec toi ?

Il eut un rire méchant.

— Tu pourrais aller voir Jim Melville.

— Escalader cette falaise dans l'obscurité ? Tu veux peut-être que je fasse une chute et que je me casse le cou ? Que deviendrais-tu, hein ? Enfin, je ne crois pas que cela te ferait beaucoup de peine, sauf du point de vue financier.

— Brenton ! Comment oses-tu...

— " Brenton ! Comment oses-tu ! " imita-t-il. Je ne veux pas dire que l'argent t'intéresse, tu n'es pas assez maligne pour ça. Je veux dire que tu aimerais être libre, débarrassée de nous tous, tu aimerais consacrer tout ton temps à barbouiller de la peinture sur une toile. Tu détestes les responsabilités, n'est-ce pas ? Seulement, tu ne peux pas y échapper, et sans moi tu serais plutôt mal barrée, pas vrai ?

Elle ne sut que répondre. Ses paroles contenaient un peu de vérité, suffisamment pour la plonger dans le doute quant à ses propres motivations. N'avait-elle pas inconsciemment désiré la mort de son bébé, avant même sa naissance ? Avait-elle trouvé une justification dans son caractère anormal ? Un puits noir et sans fond lui sembla s'ouvrir à ses pieds. Délie poussa la double porte grillagée de la cabine, contre laquelle moucherons et papillons se jetaient en une folle sarabande, et sortit sur le pont en vacillant.

Elle vit les étoiles inchangées, éternelles : Orion, qui se déplaçait vers l'occident, la Croix, qui brillait juste au-dessus de l'île. Elles se réfléchissaient sur le fleuve, en un ciel renversé à l'éclat plus doux, légèrement troublé. Si elle le regardait assez longtemps, le fleuve devenait un ciel noir, et le ciel un grand fleuve qui s'écoulait régulièrement vers l'ouest. Le haut et le bas s'inversaient, tout devenait irréel.

Puis son esprit se libéra des étoiles consolatrices.

« Tu aimerais être débarrassée de nous tous. » Soupçonnait-il son geste, qu'elle s'était délibérément éloignée pour laisser mourir son bébé? Elle doutait maintenant de sa décision. Elle marchait de long en large, torturée par la culpabilité.

Pourtant, ses anciennes convictions revinrent peu à peu. Le médecin avait compris – elle en était persuadée – et tacitement approuvé. L'enfant n'aurait jamais été mentalement adulte, son espérance de vie était minime. Elle s'accrocha à l'idée que son bébé avait seulement renfermé le germe d'une âme, qui croissait et se développait dans le corps comme dans l'esprit. Ce qu'elle avait détruit différait peu de l'embryon ou des deux cellules initiales. Et puis elle n'avait pas agi, sinon par défaut, et quelles que fussent ses intentions...

N'avait-elle pas ressenti le même cruel désespoir avant la naissance de ses deux derniers enfants? Pourtant, son instinct maternel l'avait alors emporté. Elle avait sauté à l'eau sans la moindre hésitation pour sauver Alex de la noyade. Non! Brenton avait menti par pure méchanceté. Son courage revint, la renforçant dans ses convictions.

Mme Melville vint lui rendre visite, lui apporta des fruits et des fleurs comme à une invalide, la submergea d'une sympathie que Délie eut beaucoup de mal à supporter. Pourtant, cette gentillesse fit poindre des larmes de reconnaissance dans ses yeux.

En août, la sécheresse sévit plus durement que jamais. Un jour, M. Melville apparut au sommet de la falaise, agitant les bras et criant une nouvelle si importante qu'il ne pouvait attendre de se laisser glisser par la conduite d'eau avant de ramer jusqu'au bateau. Plaçant ses mains en porte-voix, il cria. Délie et Brenton, debout contre le bastingage, distinguèrent un seul mot : « Guerre. »

Ils se regardèrent sans mot dire, émus par ce moment historique. Des rumeurs de guerre circulaient depuis longtemps déjà, et maintenant la guerre était là. Elle n'affecterait pas beaucoup l'Australie, bien sûr, et certainement pas cette partie du fleuve continental; mais il y avait quelque chose de solennel, de dramatique, à penser aux hommes, même à l'autre bout de la terre, qui se mettaient en route pour s'entre-tuer, conquérir et détruire.

Délie se souvint de la guerre des Boers, de ses appréhensions à l'idée que Brenton pût y participer. Grâce au ciel, ses fils étaient trop jeunes pour celle-ci. Brenton affirma que tout serait terminé d'ici quelques mois.

Il fêta la nouvelle en ouvrant une autre caisse de whisky. A mesure que le nombre des bouteilles pleines diminuait, il se mit à veiller de plus en plus tard, chantant à tue-tête, battant la mesure sur la table avec une bouteille, empêchant Délie de dormir.

Son humeur était devenue si instable qu'elle craignait de lui faire le moindre reproche. Elle l'évitait autant qu'il était possible dans un espace si réduit. Il dormait tard le matin et se réveillait, l'haleine fétide et les yeux injectés de sang. Il marchait toujours avec une jambe raide, et elle remarqua que son élocution se brouillait de nouveau, devenait presque aussi incompréhensible qu'au lendemain de son accident.

Un soir où il était particulièrement bruyant, elle se dirigea à pas de loup vers la porte du salon pour la fermer afin qu'il ne réveille pas les enfants. Alex et Meg dormaient désormais dans l'ancienne cabine de l'ingénieur et du second, et les deux aînés dans la petite cabine récemment construite à l'arrière.

Alors que Délie tendait silencieusement le bras vers la poignée de la porte, Brenton leva ses yeux injectés de sang.

– Laisse ça tranquille! grommela-t-il. J'ai besoin d'air.

– Mais...

– Et puis tire-toi, tu m'entends? Qu'est-ce t'as à me r'garder tout le temps avec les yeux ronds?

Ses boucles grises étaient trempées, la grosse veine saillait sur son cou comme une corde pourpre.

Reculant sur le pont, elle fut stupéfaite de heurter quelqu'un.

– Gordon! Que fais-tu ici? chuchota-t-elle.

Saisissant sa main, il l'entraîna vivement à l'écart.

– Pourquoi fait-il tant de bruit ? Il est devenu fou ?

– Chut ! Non, simplement, ce n'est pas sa faute, mais la sécheresse le déprime, il boit trop. Il...

Elle se figea, comme pétrifiée par la voix avinée qui sortait du salon :

– Criminelle ! Saloperie de criminelle ! Tu vaux pas mieux que moi, t'entends ? Au moins, moi, j'aurais jamais abandonné ma gosse pour qu'elle meure. J'devrais t'faire la peau avant que t'en tues d'autres avec ta foutue négligence...

Paralysés de terreur, étreignant leurs mains, la mère et le fils restaient figés sur le pont obscur. Ils entendirent une chaise racler le sol, tomber à terre, le bruit d'un verre qui se brisait... puis le claquement de la culasse d'un fusil qu'on ouvrait et refermait.

– Vite ! murmura Délie à l'oreille de Gordon. Cours à l'arrière, tire Brenny de son lit et détache la barque. Monte dedans et attends-moi là-bas. Pas de bruit !

Quand elle se glissa dans la cabine où dormaient les deux plus jeunes, et qu'elle prit dans ses bras les enfants ensommeillés, son esprit était calme et déterminé. La semaine dernière, quelque chose avait dû arriver à Brenton ; comme si son ancienne blessure avait eu un effet à retardement sur son cerveau, et que, maintenant, il eût brusquement perdu la raison...

Elle était à mi-chemin de l'escalier menant au pont inférieur quand Alex se mit à geindre contre son oreille.

– Chut ! Chut, mon chéri, chuchota-t-elle, terrifiée.

Mais à moitié réveillé, l'enfant commençait à gigoter dans ses bras.

– Non ! *Non !* Je veux pas, je veux pas ! cria-t-il.

Ils entendirent comme un frottement sur le pont supérieur, puis la voix de Brenton :

– Qu'est-ce qui se passe, là-bas ?

Sans répondre, elle dégringola les marches jusqu'au pont inférieur, courut vers l'arrière. Elle tendit les enfants à Gordon, et au moment de monter dans la barque, aperçut Brenton penché sur le bastingage du pont supérieur, une lampe à la main et son fusil dans l'autre.

– Revenez ! rugit-il.

Les mains tremblantes, elle saisit les avirons, dirigea l'embarcation sous l'abri du tambour de roue, où il ne pouvait les voir. Puis elle rama de toutes ses forces vers la rive opposée, en direction de l'escalier taillé au flanc de la falaise.

– Reviens, s'pèce de salope !

Il était maintenant sur le pont inférieur. Ils entendirent une détonation sèche, et une balle ricocha sur l'eau, tout près de la barque. Heureusement, il faisait nuit noire ! Délie redoutait surtout, non pas le fusil pointé sur eux, mais que Brenton ne sautât à l'eau pour les arrêter, et peut-être faire chavirer la barque. Mais il resta sur le pont, abreuvant sa femme d'insultes. Le claquement d'une deuxième détonation, puis d'une troisième, se répercuta contre la falaise. Il y eut ensuite le bruit sourd d'une chute, puis le silence.

Par la suite, elle ne put se rappeler comment elle avait réussi à faire gravir les marches de la falaise à ses enfants en pleurs et terrifiés par l'obscurité. Sans Gordon, elle ne serait jamais parvenue au sommet. Peut-être les ténèbres les aidèrent-elles, car ils ne distinguaient pas l'escalier vertigineux et ne soupçonnaient guère que le moindre faux pas risquait de les précipiter dans le fleuve. La ferme des Melville était plongée dans les ténèbres, mais ils furent bientôt accueillis par des voix et des lumières amicales.

– J'ai peur, j'ai peur ! gémit-elle. J'ai entendu le bruit sourd d'un corps qui s'écroulait, et puis plus rien. Je me demande s'il ne s'est pas tué d'un coup de fusil.

Mme Melville prépara du lait chaud pour les enfants qui tremblaient de peur, puis les coucha dans les lits encore tièdes dont ils venaient de sortir, pendant que Délie s'occupait des deux plus jeunes. Elle insista pour que M. Melville, qui voulait partir seul en barque jusqu'au bateau, se fît accompagner d'un policier et du médecin.

– S'il est vivant, il risque d'être dangereux, dit la fermière. Il a un fusil, et apparemment il a perdu la raison. Mais hâte-toi d'y aller. Il est peut-être blessé.

La froide lumière de l'aube commençait à inonder le ciel et les coqs chantaient dans la basse-cour des Melville, quand le fermier revint, fatigué et les traits tirés.

– Il n'est pas mort, dit-il en posant tendrement sa lourde main sur l'épaule de Délie, l'obligeant à s'asseoir dans un fauteuil près du poêle à bois. Mais... vous devez être courageuse. Le médecin dit qu'il a eu une attaque et restera paralysé. S'il n'a pas d'autre attaque, il restera en vie; mais la prochaine risque de lui être fatale. Je l'ai emmené à l'hôpital de Waikerie.

67

En 1915, le fleuve se remit à couler. Délie comprit que la sécheresse était terminée quand elle entendit les courlis gazouiller dans les marécages : mais vers la même époque, elle comprit également que Brenton, autrefois si fort, actif et viril, ne marcherait plus jamais et demeurerait jusqu'à sa mort une masse de chair inerte.

Ironiquement, maintenant qu'il ne pouvait plus naviguer, les réformes qu'il prônait depuis si longtemps commençaient à être appliquées. La récente sécheresse (qui avait contraint les maraîchers de Renmark à transporter leurs produits en carriole jusqu'aux stations ferroviaires à un coût exorbitant) avait convaincu les Etats rivaux de régler à l'amiable le problème des écluses.

L'Australie du Sud devait construire neuf écluses entre Blanchetown et Wentworth; le fleuve allait se métamorphoser en une série de marches gigantesques, chacune longue de quarante milles, qui assureraient toute l'année une profondeur d'eau de six pieds. Le 5 juin 1915, Sir Henry Galway, gouverneur de l'Australie du Sud, posa la première pierre de la première écluse à Blanchetown.

Délie lut à un Brenton silencieux le compte rendu de la cérémonie publié dans le *Marion*; on parlait de foules en délire, de la présence de parlementaires. Brenton entendait ce qu'on lui disait, mais ne semblait pas toujours comprendre le sens des mots. Il répondait aux questions en fermant les yeux, une fois pour acquiescer, deux fois pour dire non. Comme il n'avait pas perdu de poids, le spectacle de cet homme massif immobilisé sur son lit était plus affligeant que s'il eût été mince et maigre.

A sa sortie d'hôpital, il pouvait encore articuler quelques mots. Mais il se contentait de répéter, inlassablement : « Je veux... Je veux... »

Bien qu'elle tendît désespérément l'oreille, penchée tout près de ses lèvres, bien que la sueur perlât au front de l'infirme à cause du terrible effort qu'il faisait pour s'exprimer, il ne dépassa jamais ces deux mots. Délie se demanda s'il voulait dire qu'il préférait mourir, ou s'il y avait quelqu'un qu'il désirait voir absolument. Mais quand elle suggéra cette dernière hypothèse et cita plusieurs noms, il ferma les yeux négativement d'un air las.

Après cela, il ne parla plus. Sa bouche ne remuait jamais, sinon pour épouser le rebord d'une tasse. L'attaque n'avait pas tordu ses lèvres, mais leur dessin rappela à Délie la bouche de tante Hester juste avant la fin – incurvée vers le bas en une moue d'amère résignation, figée, sévère, intraitable.

Mme Melville avait adopté Délie ainsi que sa famille. Brenton occupait une pièce meublée d'un grand lit sur le devant de la maison; Délie dormait sur un lit à côté de lui. Il attirait son attention en se raclant la gorge. Maintenant, il n'y aurait plus de bébés, songeait Délie. A la place, elle devrait s'occuper de cet homme comme d'un bébé, et cela jusqu'à la fin de ses jours... cela ressemblait à une condamnation à perpétuité. Elle ne pouvait s'empêcher d'y voir une punition.

Afin de remercier Mme Melville, qui refusait tout argent, Délie se mit à décorer de menus objets pour la maîtresse de maison; elle peignit une scène du fleuve sur un abat-jour en verre, fabriqua des couvre-livres et des trousses en daim et utilisa même ses précieuses peintures à l'huile pour décorer des napperons de soie noire – que Mme Melville apprécia bien davantage que le plus beau des paysages de Délie.

Cela lui donna une idée pour gagner de l'argent. Quand elle retourna à Waikerie, elle se rendit chez le plus gros drapier de la ville et lui montra son travail. Le propriétaire l'engagea pour décorer des bibelots avcc dcs scènes typiques pour les touristes qui voyageaient sur le fleuve durant les mois d'été.

Mme Melville lui demanda ce qu'elle comptait faire du vapeur; ne valait-il pas mieux le vendre, et investir l'argent dans une petite boutique où elle pourrait écouler les objets qu'elle fabriquait ? Mais Délie secoua obstinément la tête. Une moitié du bateau appartenait à Brenton, et c'était sa vie; sans lui, il voudrait mourir. Elle devait s'arranger à tout prix pour que le *Philadelphia* naviguât de nouveau.

Avant les grandes crues du fleuve, elle passa un examen devant le Bureau de Navigation, et reçut son diplôme de commandant – la première femme capitaine de vapeur sur la Murray. Ses fonctions de second en poste sur le *Philadelphia* lui donnaient les deux années d'expérience requises, et elle passa haut la main l'examen théorique.

Par chance, elle avait une excellente mémoire visuelle; les yeux fermés, elle visualisait la longue portion rectiligne de la Moorna et la souche calcinée sur laquelle on mettait le cap pour suivre le chenal, ou le dangereux récif à fleur d'eau juste à la sortie de la Percée de Pollard...

Elle fit encadrer son certificat et le montra fièrement à Brenton.

— Cela ne te fait pas plaisir ? Si j'ai réussi, je le dois à toi et à ce que tu m'as appris, non ?

Les paupières s'abaissèrent brièvement.

— Chéri, le fleuve monte : bientôt, il y aura assez d'eau sous le *Philadelphia* pour recommencer à naviguer. Tu aimerais retourner sur le fleuve ?

Il baissa longuement et gravement ses paupières. Quand elles s'ouvrirent, ses yeux désormais plus gris que bleus, mais toujours vivants et mobiles dans son corps prostré, cherchèrent anxieusement ceux de Délie.

— Ne t'inquiète pas. J'ai envoyé un télégramme à Charlie, et je sais qu'il viendra, à cause de toi. Quant aux garçons, ils peuvent rester ici, aller à l'école — il y en a une de l'autre côté des pâturages, ils pourront y aller à poney. J'ai promis à Mme Melville de lui laisser aussi la garde de Meg pour un temps, mais pas celle d'Alex tant que ses poumons ne seront pas complètement guéris. Je vais insister pour lui payer une pension.

» Dans quelques années, ils feront de bons matelots, mais ils doivent aller à l'école; entre-temps, un garçon de la draperie de Waikerie m'aidera à bord — il est fou de vapeurs et serait prêt à nous payer pour qu'on l'engage dans l'équipage. De toute façon, tu es toujours capitaine...

Il ferma deux fois les yeux.

— Bon, alors je serai capitaine, et tu seras second. Nous allons construire une grande fenêtre dans ta cabine pour que tu puisses voir tout ce qui se passe. Ce sera bien, non ?

Il ferma les yeux d'un air las, et elle serra sa grosse main inerte. Des larmes de compassion montèrent aux yeux de Délie, qui inclina sa tête vers celle de Brenton. Le terrible malheur qui l'avait frappée dissipait toutes les amertumes, toutes les rancœurs passées. Elle n'éprouvait que tendresse et amour pour l'épave magnifique qu'il était devenu, tel un navire jadis plein de fierté et irrémédiablement échoué.

Lui aussi semblait avoir oublié la rage folle qu'il avait nourrie contre elle. Une lueur ressemblant à celle du plaisir illuminait ses yeux quand il la voyait entrer dans sa chambre. Mais l'expression de sa bouche était inaltérable, quoique ses muscles ne fussent pas complètement paralysés; ainsi, il pouvait toujours manger.

Mais il fallait assumer tout le reste pour lui; il était aussi impuissant qu'un nouveau-né. Délie comptait s'occuper de lui comme une infirmière d'un malade, élever un enfant en bas âge, et diriger un vapeur à aubes avec l'aide d'un ingénieur fou et d'un garçon qui n'avait jamais mis les pieds dans une timonerie. Elle réalisa qu'elle aurait besoin d'un cuisinier; celui-ci et Alex garderaient un œil sur Brenton quand elle tiendrait la roue. Pour le reste, ils n'auraient qu'à s'amarrer à la berge quand elle ne barrerait pas, du moins jusqu'à ce qu'elle eût appris au garçon à distinguer un récif d'une souche flottante entre deux eaux.

Et sa peinture? Désormais, elle n'aurait plus une minute à lui consacrer. Au fil des ans, les ambitions de sa jeunesse avaient rapetissé comme une peau de chagrin; elle ne se souciait plus de représenter la Yarra en feu; elle désirait simplement avoir assez de calme et de temps pour peindre la vérité qui était en elle. Mais cela aussi était désormais compromis. Elle rangea soigneusement son matériel de peinture dans un coffre, ferma le cadenas, et jeta la clef dans le fleuve.

Charlie McBean arriva pour voir Brenton. Ses sourcils broussailleux étaient désormais plus blancs que gris, mais ses yeux avaient conservé leur éclat bleu de liberté et d'indépendance.

Délie l'avait averti du spectacle qui l'attendait; pourtant, il se figea sur place, bouche bée, en découvrant les ravages du temps sur son ancien capitaine. Il resta assis, bouleversé, se contentant de presser une main sans vie, battant rapidement des paupières, dardant ses yeux pleins de colère sur le visage paralysé de Brenton, emplissant la chambre d'une forte odeur d'oignon.

Il retrouva le moteur et la chaudière comme de vieux amis, les nettoya et les astiqua avec un chiffon en chantonnant pour lui-même.

– Je connais par cœur les habitudes de ce bon vieux moulin, et il connaît les miennes, m'dame. Il s'est toujours donné à fond avec moi.

– Teddy est toujours capitaine, tu comprends ? dit Délie, qui se demandait comment Charlie réagirait à l'idée de travailler sous les ordres d'une femme. J'ai mon diplôme, au cas où il y aurait une inspection du Bureau de Navigation, mais de sa cabine Teddy surveillera tout ce qui se passe, il commandera de là-haut.

C'était une fiction, tous deux le savaient, mais Charlie opina vigoureusement du chef, tout en se frottant le nez du dos de la main.

– Teddy Edwards dépérirait à terre, exactement comme moi, dit-il. Même dans cet état, il demeure un des meilleurs capitaines du fleuve. Pauvre vieux Teddy ! J'aurais jamais cru ça, si je l'avais pas vu de mes propres yeux. (Il soupira bruyamment, et Délie dut reculer devant l'odeur d'oignon. Charlie avait évidemment eu recours à la thérapie de l'oignon après une bonne cuite.) Vous êtes courageuse, m'dame, j'dois vous accorder ça.

Délie rougit comme une petite fille, puis sourit. Elle mesurait à sa juste valeur ce compliment dans la bouche d'un misogyne comme Charlie.

– Juste une chose, Charlie. Je ne veux pas que tu bloques la soupape de sécurité. Le bateau n'est plus aussi jeune qu'autrefois, et si jamais il arrivait quelque chose, je me sentirais responsable. Le capitaine n'aurait pas la moindre chance de s'en tirer si la chaudière explosait.

– *Moi*, bloquer la soupape ! rétorqua Charlie, comme insulté. Vous me prenez pour qui ?

Il avait besoin de ce travail, car ses beuveries occasionnelles le rendaient trop irrégulier pour un vapeur postal ou un transporteur de passagers, astreints à un horaire fixe; de plus, les vapeurs de commerce privés susceptibles de lui fournir du travail devenaient de plus en plus rares. La récente sécheresse avait encore nui au commerce fluvial, et les chemins de fer concurrençaient toujours davantage les vapeurs.

Délie avait réussi à vendre à un hôtel de Waikerie les caisses de whisky qui restaient à bord. Elle tenait à se débarrasser de cette marchandise avant que Charlie ne s'aperçût de son existence. Mais elle se demandait comment ils allaient reprendre leur commerce, car ils ne possédaient aucun capital pour acheter des marchandises, quand une nouvelle inespérée vint résoudre ses problèmes.

Tout se passa comme si ce cher oncle Charles avait deviné ses soucis et envoyé l'argent nécessaire. Une lettre arriva, qui avait longtemps transité dans divers ports du fleuve, leur annonçant sa mort, et que Délie héritait de la ferme près d'Echuca.

D'abord, elle fut tentée de renoncer à commander seule le *Philadelphia*, pour retourner à la ferme avec toute sa famille, où ils pourraient au moins vivre de la terre pour ne pas mourir de faim. Mais cela aurait été un retour en arrière, elle le comprit rapidement. Elle reprit courage et décida d'affronter les épreuves futures.

Le testament était certainement homologué; elle câbla aux exécuteurs testamentaires d'Echuca pour qu'ils vendent au meilleur prix, et lui envoient le capital réalisé. Elle leur faisait confiance pour obtenir le meilleur prix de la ferme, car leur commission était proportionnelle à la vente. Puis elle entreprit de commander des marchandises; pas de whisky, mais une kyrielle de petits objets utiles, qui se vendraient rapidement parmi les ménagères éloignées de toute boutique.

Le dernier membre de sa famille résidant en Australie était maintenant mort, et les seuls parents de Brenton habitaient Sydney. Mais ses enfants tissaient de nouveaux liens; contrairement à elle, ils étaient nés dans ce pays, et australiens de la troisième génération par leur père. Pour eux, l'Angleterre ne serait qu'une lointaine contrée brumeuse, dont ils entendraient parler lors des cours de géographie, mais qu'ils ne connaîtraient peut-être jamais. Peut-être y partiraient-ils un jour, mais sans elle. Car elle craignait toujours la mer.

M. Melville, habile artisan, installa une nouvelle grande fenêtre dans la cabine, au-dessus du lit qu'on avait aménagé pour Brenton; dès qu'ils furent prêts à lever l'ancre, on le transporta à bord.

Comme il reposait, suivant des yeux les ondes lumineuses qui tremblaient au plafond de la cabine, ses traits parurent se détendre; l'expression amère et résignée de sa bouche s'adoucit légèrement et il sembla presque content. Délie se rappela comme il aimait lui montrer les fleurs sauvages aux premiers temps de leur mariage, et elle cueillit quelques pâquerettes de la Murray pour les placer dans sa cabine, ainsi que de petites immortelles qui ressemblaient à des soleils dorés entourés de flammes blanches.

Voulant lui faire plaisir, elle glissa une de ces fleurs vaporeuses dans sa main qui reposait, inerte, sur le dessus-de-lit. Sa gorge émit une sorte de râle, puis, à l'immense tristesse de Délie, deux larmes coulèrent des yeux qui contemplaient la fleur. Elles glissèrent sur les joues de Brenton avant de tomber sur l'oreiller. Il ferma les yeux, mais les larmes continuèrent de couler. Jamais elle ne l'avait vu pleurer.

Elle se jeta sur le lit à côté de lui, partagée entre le remords et le désespoir. Toutes les paroles de consolation qui montaient de sa gorge y mouraient avant d'être prononcées. Que dire à un homme frappé aussi durement ? Les fleurs avaient déjà parlé à sa place :

– Le printemps est là; la vie continue sans toi.

Il ne pouvait même pas lever la main pour essuyer ses larmes. Elle prit un mouchoir et tamponna ses joues, puis le porta à ses propres yeux :

– Charlie a fait monter la vapeur, dit-elle enfin. Nous sommes prêts à partir. Tu te sentiras mieux dès que nous naviguerons; tu disais toujours qu'un bateau est un être vivant; tu verras comme le *Philadelphia* sera content de retrouver le fleuve. Tu vas regarder par la fenêtre pour me dire si je m'en tire bien. Brenton, tu m'entends ?

L'immobilité de son mari l'effrayait.

Ses yeux s'ouvrirent et ses paupières battirent une fois. Elle déposa un baiser sur son visage impassible, puis sortit, se révoltant contre la vie, qui pouvait humilier à ce point un homme. D'habitude elle aimait la vie, mais en certaines occasions, au moment du naufrage, à la mort d'Adam, lors de la perte de son premier enfant, sa cruauté absurde l'avait révoltée... Dire que Brenton avait été si actif, si vivant.

Dès qu'elle entra dans la timonerie, son humeur changea. C'était davantage qu'un départ; car elle abandonnait derrière elle un endroit haï, pour affronter un avenir qui ne pouvait être pire. Seule sa séparation d'avec ses trois enfants la peinait. Mais elle demanderait souvent des nouvelles à la ferme, et elle savait que Mme Melville s'occuperait d'eux bien mieux qu'elle n'aurait su le faire. La petite Meg l'avait immédiatement adoptée.

Ce fut avec fierté et exaltation que, le nouveau matelot de pont larguant maladroitement les amarres, elle fit faire demi-tour au *Philadelphia* pour entamer la descente du fleuve.

La note perçante et orgueilleuse de la sirène se répercuta sur les falaises comme si le navire n'avait pas connu une année entière d'inactivité humiliante. L'eucalyptus des roues à aubes mordit l'eau; des panaches de fumée sortirent de la cheminée pour dériver lentement sur le fleuve.

Charlie monta des entrailles du navire et arriva au bas de l'escalier de la timonerie.

– Vous vous débrouillez comme un chef, patronne, dit-il. De toute ma carrière d'ingénieur, j'ai jamais été sous les ordres d'une femme, mais j' crois que je vais m'y faire. Simplement, allez-y doucement avec la sirène, d'accord? Le petit nouveau connaît rien au boulot de chauffeur, et je dois lui donner un coup de main jusqu'à ce qu'il ait un peu de plomb dans la cervelle.

– D'accord, Charlie. C'était simplement pour faire plaisir au capitaine.

Mais ce coup de sirène s'adressait aussi à Délie, défi lancé à l'avenir, cri destiné à braver le destin. Fermant les yeux, elle entendit les échos lointains de son appel sauvage et libre se répercuter sans fin sur les berges d'invisibles courbes.

LIVRE TROIS

UNE FEMME PARMI LES HOMMES

Et le bond du poisson surpris dans le fleuve.
Retourne au silence qui englobe toute chose.

Roland ROBINSON.

68

Les premières lueurs de l'aube envahirent lentement le ciel derrière les saules. Des bancs de brume recouvraient le fleuve. Une fauvette cachée dans les roseaux lança ses trilles perçants.

La nature se tut, dans l'attente du grondement profond qui s'amplifiait : le halètement lointain se transforma en pulsation régulière quand le petit vapeur à aubes *Philadelphia* émergea de la courbe aval du fleuve, ses roues barattant l'eau. Le bruit semblait se déverser de la coquille vide et colorée du ciel.

Dans un grand battement d'ailes, une troupe de pélicans s'envola d'une anse; en vol, leur corps malhabile devenait étonnamment gracieux. Longtemps, ils décrivirent des cercles autour du vapeur, à distance respectable, se déplaçant silencieusement, comme en rêve. La femme seule dans la timonerie observa avec ravissement les oiseaux raser l'eau, tels les fantômes planant autour du navire dans *Le dit du vieux marin* :

Les ailes tournent et tournent encore en un froissement soyeux...

J'ai parfois l'impression d'être ce vieux marin, se dit-elle en son for intérieur, « seul sur la mer immense ». Pourtant, il y a les berges et les falaises, Charlie qui monte se plaindre du nouveau chauffeur, « Suppôt de Satan », ou du mauvais bois chargé lors de notre dernier arrêt.

Elle sursauta, s'apercevant brusquement qu'elle parlait à voix haute.

Elle parlait toute seule! Elle commençait à se sentir bizarre, comme un ermite campant sur une berge déserte du fleuve.

Elle ressentait le besoin terrible de parler à quelqu'un, en dehors des enfants, des hommes d'équipage et des ouvriers du bâtiment du chantier de l'Ecluse. Ce chantier était d'ailleurs devenu leur gagne-pain, maintenant qu'elle avait vendu toutes ses marchandises pour payer les honoraires médicaux de son mari et pourvoir à l'éducation de ses enfants. Elle ne possédait pas assez de capital pour acheter de nouvelles marchandises, bien que certains aient fait fortune avec des magasins flottants. D'autre part, le bateau n'était pas assez spacieux pour transporter des passagers, et presque toute la laine arrivait désormais à Melbourne ou Sydney par chemin de fer.

La construction de la première écluse et du premier barrage sur la Murray représentait un énorme chantier qui mobilisait une importante main-d'œuvre et beaucoup de matériel. Le *Philadelphia* fut l'un des bateaux loués par le ministère des Travaux publics pour remorquer des barges d'équipement à partir de la gare ferroviaire de Murray Bridge – palées de fer pour les coffrages du barrage, moteurs de pompes, poulies et palans, poutrelles et machines pour battre les pieux. Cela la changea considérablement de ses produits habituels, ustensiles ménagers et tissus de confection.

Blanchetown avait des allures de petite ville, avec les

huttes des ouvriers et les magasins bâtis alentour. Quand cette écluse serait terminée, il faudrait en construire une douzaine d'autres pour transformer le fleuve en une série de bassins paisibles, longs de quarante milles, semblables aux marches d'un gigantesque escalier.

Tournant la roue du gouvernail, elle corrigea le cap en s'engageant dans une portion rectiligne de sept milles. Elle jeta un regard derrière elle et aperçut la barge chargée qui suivait le bateau comme un mouton obéissant, le maître de barge actionnant sa propre roue à l'arrière. Les chaînes du gouvernail cliquetaient, la cheminée tremblait; les roues à aubes battaient l'eau à coups réguliers. Tout était bien; Charlie avait même oublié de se plaindre. Elle évalua leur vitesse à huit nœuds environ. Elle devait se rappeler de ralentir en abordant le chantier de l'Ecluse pour adopter la vitesse réglementaire de cinq milles à l'heure.

Elle grimaça un sourire en pensant à la rage et aux vociférations de Brenton qui s'emportait autrefois contre la passivité du gouvernement. Aujourd'hui, ce projet ambitieux était en cours de réalisation (on avait posé la première pierre voici plus d'un an, en 1915). Le chantier de l'Ecluse leur permettait de gagner leur vie tandis que Brenton reposait sur sa couchette, et par la fenêtre dardait son regard bleu, seul signe de vie dans son corps impotent.

Il se remit légèrement de son attaque, retrouva l'usage de la parole; bien qu'il pût seulement marmonner quelques mots indistincts, il parut sortir un peu de sa solitude, car il devint au moins capable de communiquer ses besoins. Il regardait le paysage défiler, les berges, l'agitation sur le quai de Morgan, mais il ne parlait jamais de la conduite du vapeur, et ne montrait pas davantage d'intérêt pour les horaires ou la marchandise transportée. Depuis son accident, il avait renoncé à tout ce pan de son existence.

La vie – l'univers excitant du fleuve, ses rivalités, ses vapeurs, ses capitaines et ses équipages récalcitrants, ses courses et ses beuveries, les incendies et les échouages, la bière et les filles, les baignades, les plongeons et les courses de vitesse contre la baisse du niveau du fleuve –, tout se réduisait désormais aux dimensions d'une pièce exiguë, aux soins prodigués par une épouse qu'il ne pourrait plus jamais tenir dans ses bras, à la succession des repas (des plats faciles à mastiquer, qu'il mangeait en s'aidant de sa main gauche) qui interrompait la monotonie des longues journées.

Le vapeur approchait maintenant de la première courbe après la Longue Ligne Droite, l'une des rares portions rectilignes du fleuve longues de plus d'un ou deux milles.

Rapproche-toi un peu. Coupe légèrement le virage, mais pas trop tôt... Bon, maintenant, mets le cap sur l'arbre brûlé jusqu'à ce que tu voies la prochaine ligne droite.

Il lui semblait entendre la voix de Brenton, tantôt patiente, tantôt agacée, et la carte du fleuve se déroula dans son esprit, ainsi qu'elle avait souvent déroulé le long rouleau sur l'étagère de la timonerie, avec ses croix de mauvais augure signalant les rochers à fleur d'eau, ses bancs de sable marqués en jaune, et de temps à autre ces lettres d'avertissement : « TD » pour très dangereux, ainsi que cette inscription : « Mauvais en période de basses eaux ».

Philadelphia s'appuya contre la fenêtre de la timonerie et maintint le cap du bateau, suivant le chenal invisible qui traversait le lit du fleuve en une longue diagonale.

Elle n'avait pas coupé le virage, ce qui aurait impliqué de diriger le bateau en travers du courant, puis de redresser le cap pour remettre le vapeur dans la bonne direction, car elle n'était pas assez musclée pour adopter la méthode célèbre des capitaines « du haut » comme Brenton Edwards, habitués aux virages serrés du cours supérieur du fleuve : en revanche, elle avait mis au point une méthode personnelle pour négocier les courbes. Elle dirigeait le vapeur vers l'extérieur – ce qui était beaucoup plus sûr, car les bancs de sable se trouvaient généralement à l'intérieur des courbes –, et abordait le courant directement par l'étrave en mettant le cap sur la courbe suivante. Ensuite, au moment de corriger la trajectoire du navire, le courant lui-même l'aidait à se remettre dans l'axe, au lieu de la gêner.

Devant elle, une colline de sable orange reflétait les premiers rayons du soleil levant et semblait s'embraser. Elle s'élevait à partir de la berge du fleuve, sa crête dessinait une ondulation ocre contre le bleu pâle du ciel froid. Plus près se dressaient les collines et les falaises nues qui signalaient Blanchetown, nimbées de rose et d'or par le soleil rasant, opalescentes à travers la brume bleutée du petit matin. Quelques fenêtres scintillaient comme des diamants jaunes. Elle vit son escorte de pélicans s'éloigner vers un marécage paisible derrière une rangée d'eucalyptus. Des filets de brume montaient du fleuve comme des volutes de vapeur.

Délie, qui avait autrefois peint sous le nom de Delphine Gordon, sentit une excitation familière lui nouer la gorge, l'étouffant presque. Oh, s'arrêter, se reposer, rester au même endroit assez longtemps pour réapprendre à voir, puis transposer cette vision sur une toile !

Certaines combinaisons de couleurs, tels cet or, cet orange et ce bleu, éveillaient en elle une sensation physiquement douloureuse. Mais ses tubes de couleurs étaient enfermés dans un coffre dont elle avait jeté la clef dans le fleuve.

Maintenant figée et comme hypnotisée par ce paysage, elle se souvint d'un autre moment de sa vie où elle avait contemplé par une fenêtre – non celle d'une timonerie – les subtiles gradations colorées du ciel. Elle n'y avait pas repensé depuis des années, pourtant elle revoyait maintenant tout le paysage d'il y a vingt ans : la nappe en peluche verte, les douces boucles châtaines de Miss Barrett, l'embarras juvénile d'Adam... La mort lui avait enlevé l'un de ses compagnons, et l'éloignement l'autre; néanmoins, tous deux existaient toujours dans les circonvolutions de son cerveau.

Après la mort d'Adam, elle s'était demandé si son

souvenir pourrait un jour s'effacer, son image disparaître de son esprit et de son cœur. Aujourd'hui, elle savait que le temps impitoyable interrompait tous les rapports humains, mais que leur réalité existait éternellement. La petite fille qu'elle avait été, grattant la mousse entre les briques roses de son grand-père, participait éternellement au tissu de la vie; tout comme les fossiles du miocène emprisonnés dans le calcaire de ces falaises existaient à la fois maintenant et voici des millions d'années, quand ils étaient des êtres vivants nageant dans une mer chaude.

Délie avait remarqué sans vraiment en prendre conscience qu'elle approchait du campement du chantier. Sursautant brusquement, elle s'aperçut qu'elle avait oublié de lancer un coup de sirène pour que l'ouvrier chargé du « téléférique » rehaussât les câbles.

Ils formaient une ligne noire en travers du fleuve, juste devant le *Philadelphia*, sur lequel ils fonçaient à la vitesse de huit nœuds. La benne remplie de pierres et de ciment, suspendue près du milieu du fleuve, abaissait encore les câbles.

Délie saisit la corde de la sirène tout en poussant le contrôleur de marche en position « très lent ». Il était maintenant trop tard pour avertir l'ouvrier, mais elle devait absolument lâcher de la vapeur si elle voulait éviter l'explosion des chaudières. La sirène poussa un hurlement désespéré. Suivit un grand fracas, planches arrachées et masse pesante s'écroulant bruyamment. Une partie de la timonerie avait été emportée avec la cheminée, qui avait tranché le câble inférieur, avant de s'écraser sur le pont arrière. Des torrents de fumée tourbillonnaient autour du moteur et de la salle de chauffe.

Charlie McBean bondit sur le pont, sa barbe grise se hérissant de surprise.

– Qu'est-ce que c'est que ce chambard ?

Délie était trop ahurie pour répondre. Se retournant pour regarder à travers le trou béant dans le coin de la timonerie, elle aperçut l'ouvrier du chantier qui trépignait de rage sur sa plate-forme, tandis qu'une équerre en bois pendait encore sur le câble vibrant.

Les ouvriers se ruaient hors des tentes et des huttes pour comprendre la raison de tout ce vacarme avant le petit déjeuner. Certains, qui enfilaient encore leurs pantalons, sautillaient sur une jambe. Délie avait indubitablement fait sensation.

Le moteur s'asphyxiait, la vapeur s'échappait en sifflant des soupapes de sécurité et le *Philadelphia* longeait la berge. Avant même l'arrivée de la foule excitée, sa propriétaire distinguait les commentaires portés jusqu'à ses oreilles par la brise matinale, et rougit.

– Il a foncé droit dessus. A croire que le capitaine n'a jamais entendu parler des câbles.

– Il y avait une femme dans la timonerie. Le pacha devait laisser sa femme diriger le bateau pendant qu'il piquait un roupillon dans...

– Non, c'est *elle* le pacha. Bon Dieu, tu ne sais donc pas ? C'est Délie Edwards, elle a décroché son brevet de commandant pour la Murray inférieure. Elle arrête pas de faire la navette sur le fleuve, ses mioches sont matelots de pont, le mécanicien est un cinglé comme on n'en fait plus. Son mari a eu une attaque ou un truc dans ce genre; en tout cas, il ne monte jamais sur le pont.

– On devrait jamais confier un bateau à une femme.

– Sûr, elles commencent à fourrer leur nez partout, avec tous les soldats qui sont partis à la guerre. (Je serais bien parti, mais j'ai les pieds plats.) Tu vas voir, elles vont prendre tous les boulots réservés aux hommes.

– Tu dis que tu as les pieds froids ?

– Qui a dit ça ? Quel est le salaud qui a dit ça ? Il va voir de quel bois...

Délie fut prise d'une rage impuissante, tant contre elle-même que contre ces hommes. Elle avait dû lutter durement pour décrocher son brevet, se faire reconnaître en tant qu'adulte responsable et intelligente, et pas simplement comme membre du sexe faible capable de faire un travail d'homme. Son corps frêle et mince, ses traits délicats et son ossature fragile n'avaient certes pas joué en sa faveur. Personne ne pouvait se douter de sa ténacité, de son désir intraitable de réussite.

Maintenant elle venait d'apporter de l'eau au moulin des réactionnaires, elle avait endommagé la propriété du gouvernement en percutant ce câble, endommagé son seul bien, le vapeur, et nui à sa propre réputation de capitaine aux yeux de l'équipage et des ouvriers du chantier – tous des hommes, cela va sans dire.

Encore tremblante, elle sentit des larmes de mortification envahir ses yeux. Puis elle se souvint de Brenton, allongé impuissant dans sa cabine, sur le toit de laquelle la cheminée s'était écrasée; il ignorait l'obstacle qu'ils avaient percuté, ou ce qui s'était passé. Pourtant, elle ne pouvait abandonner la roue du navire.

Le jeune Alex arriva sur le pont, enfilant un pull-over par-dessus ses cheveux bruns.

– Qu'est-ce qui s'est passé, maman? Dis-moi, qu'y a-t-il? commença-t-il à pleurnicher.

Charlie McBean était redescendu pour aider le chauffeur à noyer le foyer de la chaudière et interrompre les émanations de fumée.

– Rien de grave. La cheminée est tombée, dit-elle d'une voix enjouée. Va prévenir papa. Parle-lui lentement et clairement; assure-toi qu'il comprend bien. Il doit s'inquiéter. Dépêche-toi, Alex.

Manœuvrant habilement, elle fit accoster le bateau, et la barge suivit impeccablement. Suppôt de Satan et le jeune Brenny lancèrent des amarres aux hommes postés sur le quai, puis installèrent la passerelle avec adresse et célérité. Dès qu'elle se fut assurée que Brenton allait bien, Délie descendit pour présenter ses excuses et ses explications au chef du chantier. Mais elle rencontra auparavant l'ingénieur responsable des travaux, un Canadien.

Il avait conçu et réalisé un dispositif complexe, comprenant un chaland à partir duquel la benne transportait des pierres et du ciment sur l'autre rive du fleuve, jusqu'à l'énorme coffrage du barrage, dont on avait déjà battu les pieux enfoncés profondément dans le lit sablonneux de la Murray. Une tour métallique se dressait sur une berge; une grue mobile allait et venait au-dessus du fleuve sur des rails et des roues d'acier.

– Ne vous inquiétez pas, madame, déclara le solide Canadien au visage bronzé quand Délie lui expliqua nerveusement l'accident. Le câble n'est même pas coupé – on pourra le retendre facilement. Vous feriez mieux de penser aux dégâts subis par votre bateau.

– Oh, il est assuré. Et comme je remontais le courant avec une seule barge en remorque, l'Association des Assureurs couvrira tous les frais de réparation. En revanche, je m'inquiète davantage pour le temps perdu pendant que nous installerons une nouvelle cheminée. Et puis j'aurai peut-être une amende du ministère ou du Bureau de Navigation.

– Allons, allons, madame; je vous promets qu'ils n'auront pas la muflerie de vous accuser de quoi que ce soit. Votre contrôleur de marche s'est coincé, vous n'avez rien pu faire. Vous avez lancé un coup de sirène d'avertissement, dès que vous avez compris que vous ne pourriez vous arrêter à temps. C'est bien ce qui s'est passé, n'est-ce pas?

Soulagée, Délie sourit au Canadien.

– Vous êtes très aimable, dit-elle. En fait, je rêvais... au passé... et j'ai oublié que deux corps matériels ne peuvent occuper le même espace au même instant.

Cyrus James la considéra d'un œil nouveau, puis s'interrogea sur ce fameux passé. Quand elle souriait, elle était assez belle – plus très jeune, mais féminine et séduisante. Elle avait de superbes yeux bleus; il les avait d'abord crus foncés, à cause de l'ombre des cils. Maintenant que les traits crispés, presque hagards, de son visage se détendaient, elle était charmante. Quel âge pouvait-elle bien avoir? Trente-cinq ans, peut-être.

Et puis elle paraissait cultivée. Bizarre. Il avait certes entendu parler d'une femme capitaine de vapeur, mais il s'était attendu à une sorte d'hommasse musculeuse à la voix rauque et au visage buriné par les intempéries. Dire que ce petit bout de femme réussissait à manœuvrer un bateau et à imposer son autorité à un équipage d'hommes !

Il baissa les yeux vers elle en souriant, conscient de sa silhouette massive qui contrastait avec la fragilité de Délie.

– Eh bien, voilà, madame, dit-il, maintenant que nous nous connaissons, j'espère avoir le plaisir de vous revoir bientôt. Mais n'attendez pas de trancher un câble ou de rentrer dans un pilier en ciment. Nous n'avons pas beaucoup de compagnie féminine au camp.

Le sourire de Délie s'évanouit aussitôt. Elle releva le menton et fronça les sourcils.

– Je vous remercie, mais je n'ai pas pour habitude de rentrer dans quoi que ce soit. Cependant, je suis certaine que mon mari sera ravi de vous recevoir à bord du *Philadelphia*, si vous nous faites l'honneur de votre visite. Il est – c'est un invalide, vous savez.

– Oui; je suis désolé, madame... madame Edwards, c'est bien cela ? (Sa voix était pleine de gravité et de sympathie : il regrettait maintenant ses paroles frivoles.) Je m'appelle James, Cyrus P. James.

– Enchantée, monsieur James. J'espère que nous aurons l'occasion de nous revoir en des circonstances plus agréables. Je dois vous quitter pour m'occuper des réparations.

Il l'accompagna quelques instants sur la berge, hésitant à la laisser partir, et ce fut elle qui s'arrêta, tendit le bras et lui donna une ferme poignée de main.

Il resta à la regarder avec un respect nouveau. Comme elle s'était cabrée quand il avait essayé de la taquiner, comme elle avait repoussé tranquillement et habilement ses avances ! Il sentait en elle une force de caractère étonnante, derrière son apparente fragilité. Il résolut de la connaître mieux.

69

Comme pour s'opposer aux efforts entrepris afin d'endiguer ses eaux, qui coulaient librement à travers presque un sixième du continent depuis d'innombrables millénaires, la Murray s'enfla en une puissante crue. Le lac de retenue du nouveau barrage se remplit et les travaux du chantier de l'Ecluse durent s'interrompre.

Des meules de foin se mirent à descendre le fleuve, à côté de bétail noyé et d'arbres déracinés; des serpents tigrés sortirent des bûches creuses. Les eaux inondèrent la grand-rue de Mannum, léchant les piliers de la véranda de l'hôtel et, pour la première fois, les barges flottèrent au même niveau que le quai élevé de Morgan. Ce fut la plus forte crue qu'on eût jamais vue; l'eau monta plus haut que lors des inondations de 70 et de 90, dont se souvenaient les vieux mariniers.

En période de basses eaux, le *Philadelphia* trouvait facilement des marchandises à transporter à cause de son faible tirant d'eau, mais tous les vapeurs de la Murray inférieure pouvaient maintenant naviguer. L'inondation du chantier de l'Ecluse interrompit l'acheminement du matériel et, comme le brevet de Délie se limitait au cours inférieur du fleuve, elle ne pouvait remonter au-dessus de Wentworth pour transporter de la laine sur la Darling.

Elle achemina une cargaison de produits divers à l'un des campements, puis retourna vers la gare ferroviaire de Morgan avec des légumes cultivés sur les terres irriguées. Mais certains fermiers particulièrement évolués, comme M. Melville, commençaient à transporter leur propre marchandise dans des camions bringuebalants Model T, ramenant de la gare la plus proche les produits dont ils avaient besoin.

Il était de nouveau seul, car le benjamin ainsi que Jim, son fils marié, étaient partis au front. Aucun parent de Délie ne participait à la guerre, mais elle était bouleversée par les nouvelles du front, par la disparition dramatique de tant de jeunes gens, dont les noms formaient des listes toujours plus longues. Pourtant, cet état de guerre l'aida indirectement.

Elle apprit que la laine s'entassait dans les entrepôts de la cité à cause du manque de moyens de transport. Les exportateurs avaient renoncé à acheminer cette laine jusqu'au port maritime, car on ne pouvait plus la stocker nulle part; progressivement, les grands entrepôts en amont de l'embouchure se remplissaient eux aussi.

On lui demanda d'emmener le *Philadelphia* à Wentworth, d'y charger mille balles de laine et de les transporter jusqu'à un grand entrepôt vide de Morgan, propriété d'un homme qui possédait des magasins et des vapeurs sur toute la Murray inférieure. Quand son agent lui présenta le contrat, Délie faillit s'évanouir.

Ces yeux sombres, ce visage blême, les minces lèvres rouges, la barbe foncée taillée en pointe, où elle discernait maintenant quelques poils gris, les narines arrogantes et bien dessinées – elle avait déjà vu cet homme, elle rêvait même de lui depuis trois ans.

Chaque fois qu'ils accostaient au quai de Morgan, dont les immenses grues hydrauliques et l'activité frénétique, les trois trains quotidiens ainsi que la succession des vapeurs et des chalands lui rappelaient Echuca, elle espérait revoir le petit homme brun aperçu autrefois, remontant le fleuve à la rame avec son matériel de peinture, et à qui elle avait tant désiré parler. Mais elle ne l'avait jamais revu et elle ignorait son nom.

Il avait à ses yeux un aspect exotique, comme s'il débarquait d'un autre univers, plus civilisé que le monde rude et laborieux des ports fluviaux – peut-être était-il descendu à Melbourne pour consacrer ses vacances au dessin et à la peinture? Il lui semblait avoir quitté Melbourne depuis un siècle; et bien que Morgan ne fût qu'à une centaine de milles d'Adélaïde, elle n'y était jamais allée.

Elle découvrit alors que la vie de cet inconnu était autant liée au fleuve que la sienne; il possédait une entreprise de manufactures et d'entrepôts, dont elle avait lu le nom peint au-dessus de maints portails le long du fleuve. Il lui expliqua pourquoi elle ne l'avait pas rencontré plus souvent : jusqu'ici, il était basé à Goolwa ou Milang, mais le trafic sur la Murray inférieure avait tellement diminué qu'il travaillait désormais à Morgan. Il s'appelait Alister Raeburn.

Pendant qu'ils discutaient affaires dans le salon, elle vit ses yeux se diriger plus d'une fois vers son paysage lumineux de falaises qui faisait une tache claire sur un des murs de la petite pièce. (Son tableau représentant le *Philadelphia*, offert à Brenton, avait été perdu lors de l'incendie du bateau.)

– Cela ne vous dérangerait pas que j'examine cette toile de plus près ? J'ai d'abord cru qu'il s'agissait d'une gravure.

– Non, je vous en prie.

Il la regarda en détail, approcha du tableau son nez aquilin, cherchant une signature dans les coins, puis il recula, ses yeux attentifs toujours fixés sur la toile. Ses yeux étaient brillants, sombres, d'habitude voilés par de lourdes paupières, mais capables de s'ouvrir brusquement, révélant alors un regard de feu.

Ils étaient grands ouverts quand il se tourna vers elle, et elle s'aperçut que le tableau l'avait enflammé.

– Je m'intéresse à la peinture australienne, dit-il. Moi-même, je peins de temps à autre, mais pas aussi bien que mon homonyme écossais.

– Je sais que vous peignez, rétorqua Délie.

Elle était si heureuse qu'elle faillit éclater de rire – ses yeux dansaient : elle mourait d'envie de lui parler d'elle.

– Vraiment ? (Ses sourcils se soulevèrent légèrement.) En tout cas, je ne vois pas qui est l'auteur de ce tableau. Le savez-vous ?

– C'est moi. J'ai peint ce tableau.

– Vous voulez dire que... vous l'avez copié ?

– Non, je ne l'ai pas copié. C'est mon propre travail, du début à la fin.

Il sourit vaguement; elle comprit qu'il ne la croyait pas. Les paupières étaient retombées, un voile semblait s'étendre sur ses yeux maintenant froids et sans expression.

– Il s'agit d'un travail de professionnel, madame Edwards.

– Absolument.

– Mais je croyais que votre profession... était celle de capitaine?

– Je croyais que vous étiez artiste, et non un agent commercial.

Cette repartie lui arracha un sourire plus chaleureux.

– Telle est en effet ma fonction. Mais j'ai commencé à travailler avec mon frère, et je m'occupe maintenant de cette affaire pour sa veuve.

– Et moi je m'occupe de ce bateau afin de pouvoir élever mes enfants. Est-ce là la raison pour laquelle vous m'avez proposé ce contrat?

– En effet, j'ai entendu parler de vos difficultés, et je vous ai trouvée très courageuse de...

– Je ne vous demande pas la charité. Je me suis toujours débrouillée jusqu'ici.

– Vous ne me laissez pas finir. On m'a dit que vous étiez un excellent marin. Le capitaine du *Cadell* me l'a assuré.

– Oh!

– Oui. Figurez-vous que je tiens à ce que ma laine arrive à bon port... Cette toile m'intéresse beaucoup, madame Edwards. Est-elle à vendre?

Elle hésita. Elle avait donné ou vendu toutes ses œuvres préférées, sauf celle-ci, et maintenant elle n'avait plus le temps de peindre. Peut-être ne peindrait-elle plus jamais. Mais elle avait besoin d'argent, et cet homme pouvait évidemment payer un bon prix. Elle ouvrit la bouche et à son grand étonnement répondit :

– Non.

Il inclina légèrement la tête, acceptant sa décision

comme définitive. Il jeta ensuite un coup d'œil dans la pièce, remarqua l'absence d'autre peinture, d'une toile en cours, de tubes de couleurs, de pinceaux, ou d'une palette. Comprenant qu'il ne la croyait toujours pas, elle fut brusquement mécontente.

– J'ai mis tout mon matériel sous clef et j'ai renoncé à peindre, du moins pour l'instant.

– Je vois.

Il s'inclina de nouveau avant de partir. Elle avait voulu lui dire de chercher le nom de Delphine Gordon dans le catalogue de la galerie d'art de Melbourne, s'il ne la croyait pas, lui dire que c'était son nom d'artiste. Mais sa fierté l'avait retenue. Qu'il pense ce qu'il veut, ce prétentieux, débordant d'autosatisfaction... Elle s'assit, puis regarda son tableau, refoulant à grand-peine des larmes de déception. Leur entretien avait été très différent de ce qu'elle avait imaginé au cas où elle aurait rencontré le mystérieux inconnu.

Remontant vers Wentworth, elle s'arrêta à la ferme au-dessus de Waikerie où séjournaient deux de ses enfants. La douce Mme Melville et son mari placide semblaient n'avoir pas changé depuis l'époque lointaine où le vapeur s'était échoué en contrebas de leur propriété. Maintenant que ses fils se battaient au front, Mme Melville était plus que jamais ravie d'avoir d'autres jeunes pour remplir son nid vide.

L'évolution des enfants était frappante : Délie remarqua la solidité nouvelle, la virilité de Gordon, qui à quatorze ans était déjà bien développé; quant à Meg, elle s'affinait et prenait des allures de jeune fille.

A la fin de l'année scolaire, Gordon partirait de la maison pour venir donner un coup de main sur le bateau. Son père, qui avait quitté l'école à treize ans, avait décidé que son fils aîné deviendrait un « homme du fleuve ». Le doux et rêveur Gordon – peut-être aurait-il mieux valu qu'il fût une fille. En revanche, Brenny deviendrait sûrement un marin hors pair, mais il devrait bientôt quitter le bateau pour aller à l'école. Délie ne pouvait plus assurer son éducation, car elle avait fort peu de temps à consacrer à ses leçons, malgré l'aide appréciable des cours par correspondance du gouvernement.

Brenton aurait aimé avoir Meg, sa préférée, à bord, mais Délie refusa de laisser l'un des garçons seul à la ferme. Elle se souvenait trop bien des premiers mois qu'elle-même avait passés à Kiandra avant le retour d'Adam à la maison, alors qu'elle souffrait encore de la perte de ses frères et sœurs. Mme Melville était la douceur même, mais rien ne pouvait remplacer la présence d'un membre de sa propre génération.

– Oh, maman, quand pourrai-je revenir habiter sur le bateau ?

Gordon lança un coup de pied contre le montant de son lit, pendant qu'assise au bord, elle déballait les paquets de vêtements neufs qu'elle lui avait apportés.

– Essaie donc ce pull-over, mon chéri, regarde si les manches sont assez longues.

Il l'enfila en maugréant, ébouriffant ses cheveux déjà hirsutes, beaucoup plus foncés que lors de leur dernière rencontre. L'ombre d'un duvet ourlait sa lèvre supérieure.

– Quand vais-je retourner sur le bateau ?

– Tu n'es pas heureux à la ferme ?

– Si, ça va, mais je préfère le fleuve. Et puis j'ai quatorze ans, et j'en ai assez de l'école.

Elle sourit en soupirant. Sa voix avait mué, il affichait une maturité précoce qui, alliée au teint frais de l'adolescence, rappelait à sa mère le charme d'Adam. Il lui sembla étrange, quasiment incroyable, qu'elle eût un fils presque aussi âgé qu'Adam lors de leur première rencontre. Gordon aurait pu être le fils d'Adam : il avait les mêmes yeux bleus frangés de cils sombres. Ceux de Brenton étaient plus petits, plus rapprochés, d'un bleu plus clair virant parfois au vert. C'était le jeune Brenny qui ressemblait le plus à son père.

Quant à Alex, eh bien, Alex était un « crack », décida-t-elle, avec ses cheveux noirs et duveteux, son regard aigu, toujours en éveil. Il deviendrait biologiste ou naturaliste, peut-être médecin – oui, on aurait dit que le propre père de Délie avait sauté une génération pour se réincarner en Alex. Tous les êtres vivants le fascinaient, il ne craignait aucune bestiole qui nageait, rampait ou volait.

– Quand, maman ?

– A la fin de l'année, mon chéri – dès que tu auras ton certificat d'études. Tu pourras revenir sur le bateau et Brenny partira à l'école. De toute façon, tu passeras avec nous les prochaines vacances scolaires. Je ne sais pas, mais je trouve parfois effrayant que vous deviez grandir dans plusieurs maisons différentes; pourtant, je ne vois pas comment je pourrais m'arranger autrement.

– Pourquoi est-ce effrayant ? demanda Gordon avec raison. Nous n'arrêtions pas de nous battre, tu te souviens ? J'étais jaloux de Brenny parce qu'il nageait mieux que moi, et il me détestait parce que j'étais plus fort que lui.

– Plus fort que lui... D'accord, mais c'est ton frère.

– Bon, si on allait à bord pour le voir ? Je le supporte un petit moment, mais après il m'énerve tellement...

– En tout cas, tu dois venir voir ton papa. Brenny est resté sur le bateau pour lui tenir compagnie.

– Oooh ! Il faut *vraiment* que j'y aille ?

– Bien sûr ! dit-elle d'un ton sans réplique. D'ailleurs, il va beaucoup mieux, il peut s'asseoir et se servir de son bras gauche. Petit à petit, la vie reviens aussi dans sa main droite.

– J'ai tellement de mal à comprendre ce qu'il dit.

– Tu t'y habitueras. Je comprends presque toutes ses paroles.

Il prit un air dubitatif. Délie alla voir Meg à la cuisine, et la découvrit qui aidait Mme Melville à glacer un gâteau, pendant que le jeune Alex nettoyait un bol.

– Regarde, maman, j'ai fait un joli dessin !

– Elle est si intelligente, dit Mme Melville avec admiration. Elle pile les amandes et s'en sert pour dessiner sur le chocolat glacé.

Délie apprécia l'œuvre de sa fille, d'autant qu'elle était toujours à l'affût du moindre signe de talent artistique chez ses enfants. Pourtant, une femme était handicapée par son sexe en ce domaine; Délie espérait découvrir les symptômes désirés chez un des garçons.

Meg, autrefois un superbe bébé, devenait une petite fille assez quelconque, avec un nez en trompette et une bouche trop grande; mais ses cheveux ressemblaient à de la soie noire et ses yeux pétillaient de vie et de malice. Mme Melville déclara qu'elle ne pourrait jamais se séparer d'elle.

– Elle m'aide tellement à la cuisine, vous ne pouvez pas savoir, une vraie petite maîtresse de maison. En tout cas, ce sera merveilleux pour vous de l'avoir à bord du bateau.

Comme elle est différente de moi au même âge! songea Délie avec un pincement au cœur. Elle et sa fille étaient presque des étrangères : réussiraient-elles à trouver un terrain d'entente? De retour sur le bateau, elle pourrait s'occuper des leçons de lecture de Meg, lui apprendre un tas de choses qu'on n'enseignait pas à l'école. Si seulement il y avait quelqu'un comme miss Barrett pour l'aider à s'épanouir! Mais elle devait accepter le fait que peut-être aucun de ses enfants ne possédait de talent particulier; toutes les mères débordent d'ambition pour leurs enfants, c'est normal. Pourtant, elle avait vraiment foi en Gordon. Il y avait quelque chose de spécial dans son regard pensif et langoureux, dans la surprenante maturité qu'il manifestait parfois; quelque chose qui rappelait Adam. Et puis Adam était son cousin issu de germain, la ressemblance n'avait donc rien de fortuit. Elle était heureuse que Gordon portât son nom, le nom de son père.

Brenny, qui avait l'esprit pratique, s'occupait de son père; actif, courageux, droit, il manifestait ténacité et intelligence dès qu'il s'était fixé un but, autant de traits qu'il tenait de son père comme de sa mère. Désobéissant à Délie, il s'était entraîné à plonger d'endroits de plus en plus élevés du navire, jusqu'à atteindre le toit de la timonerie; elle était toujours terrifiée à l'idée qu'il pût se blesser sur une branche ou un tronc flottant entre deux eaux.

Un jour qu'il s'exerçait, il fit un plat qui lui coupa le souffle pendant quelques secondes et l'obligea à se reposer, après quoi il remonta et récidiva.

– Ce gamin n'a pas froid aux yeux, commenta Charlie avec, dans la voix, une note d'admiration contenue, car les garçons et les matelots de pont étaient ses ennemis jurés. Soit il mourra dans la fleur de l'âge, soit il deviendra l'un des meilleurs capitaines sur le fleuve, exactement comme son vieux.

70

Des piles de balles de laine s'entassaient sur la barge du *Philadelphia* qui descendait rapidement le fleuve en crue. Délie voulait voyager le plus vite possible afin de surprendre M. Raeburn par sa rapidité et son habileté.

Pourtant, elle ne prit aucun risque superflu; à mesure qu'elle laissait dans son sillage les endroits célèbres du fleuve – Ned's Corner, la Rufus, les Falaises frontalières, l'île de Man (où un fugitif nommé Mann s'était autrefois réfugié, avant d'être abattu par les soldats), la Grande Courbe de Chowilla, Port Murtho –, elle fut certaine du succès de son voyage. Alors, près de Ral Ral Creek, juste en amont de Renmark, la barge heurta une souche.

L'extrémité acérée, dure comme l'acier, d'une branche d'eucalyptus perfora la coque de la barge juste sous la ligne de flottaison – heureusement en eau peu profonde (il y avait à cet endroit un mètre cinquante d'eau), et l'extrémité de la souche s'enfonça de trente bons centimètres dans la coque. Il fallut trois jours pour décharger la laine et remettre la barge à flot, mais deux balles seulement furent perdues.

Une troisième fut ouverte sur les ordres de Délie. En effet, le maître de barge, qui travaillait de bon matin, alors que les ponts couverts d'une forte rosée étaient dangereusement glissants, tomba dans l'eau glacée. Le courant l'emporta immédiatement, et quand on réussit à le tirer de l'eau, son corps était bleu.

– Déshabillez-le et ouvrez une balle de laine, commanda Délie.

– Mais m'dame...

– Oh, je ne regarderai pas, dit-elle, agacée. (L'espace d'un instant, elle avait complètement oublié qu'elle n'était pas un homme, mais commandait pourtant à son équipage.) Dépêchez-vous, pour l'amour de Dieu, avant qu'il n'attrape une pneumonie. Maintenant, enfoncez-le dans la balle de laine en laissant juste sa tête à l'extérieur, pour qu'il puisse respirer. Ne vous occupez pas de savoir si son corps est encore mouillé, la laine génère sa propre chaleur.

Sceptiques, les mariniers pratiquèrent une longue entaille dans la toile d'emballage, et aussitôt la laine comprimée jaillit comme une écume crémeuse. On en retira encore un peu pour ménager une place au corps frissonnant du maître de barge. Après quoi on l'enfila dans la balle comme dans un bain turc. On lui administra des boissons chaudes ainsi qu'une gorgée de brandy, et ses lèvres bleues commencèrent à reprendre leur couleur normale.

Au bout d'un moment, il déclara qu'il avait « plutôt chaud », et quand il eut enfilé des vêtements secs, il parut totalement rétabli. Il débordait d'admiration pour la présence d'esprit du capitaine, « bien que ce fût une femme ».

Délie décida de rapporter cet incident à Cyrus James quand ils repasseraient par Blanchetown. Plusieurs fois elle avait répété mentalement son histoire, et fut très déçue – malgré son désir de rattraper le temps perdu – d'apprendre qu'il était descendu à Adélaïde pour quelques jours. Les balles de laine étaient assurées; Alister Raeburn ne s'inquiéta pas de la perte des deux balles, et s'amusa beaucoup d'entendre Délie lui raconter les mésaventures de la troisième. Lui aussi loua son esprit d'à-propos, ignorant qu'elle avait lu le récit d'un accident similaire dans *La Vie sur le Mississippi.*

Elle le lui cacha, car les éloges de l'agent commercial la ravirent. Pourquoi attachait-elle tant d'importance à son jugement ? Elle ne le trouvait pas séduisant; pourtant, elle avait remarqué la vivacité de son esprit, et comme un feu intérieur brûlant derrière son apparente civilité.

– Un bain de laine ! Quelle existence de sybarite on mène sur le fleuve ! s'écria-t-il pour la taquiner. Aucun bain de lait ne doit être plus doux à la peau.

Sa main, blanche et fine, caressait avec sensualité les flocons blanc doré de la laine dégraissée.

Habituée à voir des mains viriles bronzées et tannées par le soleil, la corde et le bois de la roue, Délie la trouva efféminée; mais elle réfléchit que cet homme avait consacré sa vie au commerce de la laine, et que même les rudes tondeurs et les manutentionnaires avaient souvent des mains merveilleusement douces en fin de saison, à cause de la lanoline qui imprégnait la laine brute.

– Nous possédons un autre entrepôt de laine sur les lacs, dit-il. Avez-vous déjà traversé le lac Alexandrina ? Sa surface couvre plus de deux cents milles carrés, vous savez, c'est presque une mer. Rien à voir avec la navigation entre les deux berges d'un fleuve. A mon avis, vous risqueriez de vous perdre.

– Pourquoi donc ? Je sais où trouver une carte, et puis je connais bien le chenal, du moins en théorie. D'autre part, sur un lac, on ne risque pas de heurter quoi que ce soit, ni de couler une barge à cause d'une souche à fleur d'eau.

– En effet. Mais il y a parfois des vagues de deux mètres cinquante, et comme le lac a la même profondeur, vous devrez avoir un tirant d'eau minimal, ainsi qu'une assurance spéciale. On attend souvent deux jours que le vent tombe avant de pouvoir s'aventurer dessus.

– Essayez-vous de m'effrayer, monsieur Raeburn ?

– Je ne pense pas que ce soit facile. Non, je ne

doute ni de votre courage, ni de votre ténacité. Je songeais simplement à votre vapeur. Vous avez davantage à perdre que certains.

– J'ai aussi davantage besoin de prouver que je n'ai pas peur, ne serait-ce qu'à moi-même.

– Alors transportez un autre chargement pour nous, jusqu'à Milang.

– Très bien. Quand ?

– Je vous enverrai un câble. Pas avant la fin de la tonte au port du lac Victoria. Il faudra peut-être attendre deux mois.

Quand ils eurent terminé de remplir les papiers et qu'elle eut signé un reçu contre son chèque de cinq cents livres, elle l'invita à boire un verre de vin dans le salon du bateau, espérant qu'il reparlerait de son tableau.

Mais il préféra l'inviter, elle, dans ses appartements situés derrière l'entrepôt de laine. Franchissant une lourde porte, ils pénétrèrent dans un autre monde, où un feu de cheminée dansait gaiement derrière une grille de fer forgé et lançait des reflets dorés sur quelques meubles en bois de rose, de splendides cristaux vénitiens et une figurine italienne en marbre.

C'était une pièce de connaisseur, aussi incongrue dans ce rude port fluvial qu'un temple grec au beau milieu du désert australien. Délie alla droit vers l'unique tableau du salon et l'examina longuement. Il n'y avait pas de signature; la toile aux coins sombres était assez ancienne; il s'agissait du portrait, exécuté avec assurance et sensibilité, d'un jeune homme portant un costume qui datait d'un siècle.

– Laissez-moi deviner; un portraitiste écossais du siècle dernier... Raeburn ? Oh non, c'est impossible. Pourtant, la lumière... la facture du visage... les coups de pinceau nerveux... Raeburn ! Mais bien sûr, *c'est votre nom !*

Elle se retourna, l'excitation de la découverte rajeunissant ses traits; elle surprit les yeux sombres et étincelants de Raeburn fixés sur elle, grands ouverts.

– Ainsi, vous connaissez bien la peinture, dit-il doucement. C'est bien vous qui avez peint cet extraordinaire paysage de falaises, tellement lumineux.

– Naturellement; je vous l'ai déjà dit. Me prenez-vous pour une menteuse? dit-elle, cédant à une colère subite.

– Non, non, ne vous méprenez pas, je vous prie. Mais j'avais pensé que, peut-être, on vous avait aidée... influencée d'une façon ou...

– J'ai peint ce tableau en profitant des rares moments de liberté que m'ont laissés six grossesses, si vous tenez à appeler cela une " aide ". Et si je dois citer une quelconque influence, il s'agit de celle de Sisley. Vous connaissez ses paysages du Loing?

– J'en ai vu certains, oui, à Paris.

– Vous voulez dire les originaux? (Elle le dévisagea comme s'il venait de lui dire qu'il avait rencontré Dieu.) Dans ce tableau, j'ai essayé de rendre l'essence des falaises, des roches, la dureté et la permanence du roc contrastant avec la fluidité de l'eau; et en même temps de suggérer que ces rochers eux aussi sont fluides. Peindre la chose en soi et suggérer la vie tout entière, le temps global, dans l'incarnation passagère de la chose représentée.

– Quel projet ambitieux. Peut-être échappe-t-il à l'amateur d'art moyen, qui appréciera seulement la texture agréable et la vie qui se dégage de cette toile. Les gens sont conditionnés par une terminologie académique, le paysage, la nature morte, le portrait. Mais la vie est partout, dans les rochers, les fleurs et les arbres autant que chez les humains – chez cet homme particulièrement vivant, par exemple. (D'un signe de tête, il indiqua le portrait de l'homme en redingote vert-de-gris, aux traits fins et volontaires, au regard moqueur et intelligent.) Il y a quelque chose dans son visage qui me plaît énormément. Vivant à la même époque, nous aurions pu devenir amis.

– Vous voulez dire, s'il n'était pas mort avant votre naissance?

– Oui; je songe souvent à tous les êtres délicieux dont nous sommes séparés autant par le temps que par l'espace. N'aimeriez-vous pas rencontrer Léonard en personne? Ou bien la Joconde?

– Oh si! Et Rembrandt, mais cet intéressant jeune homme, est-ce vraiment un Raeburn?

– Non, un de ses élèves l'a peint, John Watson Gordon; mais votre erreur est parfaitement excusable.

– C'est aussi mon nom, Gordon est le nom de mon père. Et le vôtre? Etes-vous de la famille de l'artiste?

– Mon père était cousin issu de germain du fils d'Henry Raeburn, affréteur maritime d'Edimbourg. Quand l'entreprise fit faillite, mon père, qui aurait dû entrer dans l'affaire, partit en Australie pour se lancer dans le commerce fluvial sur la Murray. Mon frère reprit l'affaire à la mort de mon père. A l'époque, je m'intéressais uniquement à l'art, si bien que je partis étudier à Londres et en Europe. Ensuite, à la mort de mon frère, je dus revenir et prendre la direction de la société pour sa veuve, leurs enfants et mes deux vieilles tantes qui autrement auraient été sans ressources. La veuve de Henry est une femme charmante, mais tout à fait incapable. (Il regarda Délie, comme pour la comparer rapidement à sa tante.) Je ne saurais vous dire combien j'admire votre courage et votre esprit pratique en des circonstances similaires.

– Je ne suis pas veuve.

– Non, mais...

Il étendit brièvement les bras.

– Mon mari est paralysé. Il lutte de toutes ses forces pour retrouver l'usage de son corps. Je me contente d'assurer les tâches quotidiennes et la bonne marche du navire jusqu'à ce qu'il soit rétabli.

Elle ne croyait pas vraiment ce qu'elle disait, mais c'était là un mythe rassurant.

– Comment avez-vous réussi à trouver le temps de peindre?

– J'ai cessé de peindre, ainsi que je vous l'ai dit. J'ai compris que je devais couper les ponts avec l'art. Au début, ce fut comme une mort. Un jour, j'aurai peut-être davantage de temps.

Elle soupira.

Il souleva comiquement un sourcil touffu, broussailleux, dont l'aspect hirsute contrastait avec sa barbe impeccable et son apparence soignée.

– Je déteste les responsabilités familiales, et vous ?

– Moi aussi.

– Elles sont tellement aliénantes !

– Les tâches domestiques assommantes !

– La monotonie de la monogamie !

– Vous êtes marié, donc ?

– Pas en ce moment, non. Mon épouse a jugé impossible de s'entendre avec sa belle-sœur et les enfants de mon frère – nous n'en avons jamais eu – sans oublier mes tantes écossaises. C'est une grande maison, mais ces femmes ne cessaient de se gêner et de se houspiller. Dieu, qu'elles piaillaient ! Ma femme a fini par s'en aller en compagnie d'un acheteur de laine anglais.

Son ton était léger. S'il avait souffert, il avait manifestement fait contre mauvaise fortune bon cœur.

– Je n'ai jamais rencontré aucun membre de la famille de Brenton ; il a quitté ses parents quand il était encore un gamin. Il a un frère marié qui doit habiter Sydney, mais je crois qu'il a perdu sa trace. Il me semble que toute belle-famille doit être difficile à supporter.

– Absolument. Surtout les femmes. Le seul membre de la famille qu'appréciait réellement ma femme fut ce pauvre Henry.

Ses paroles contenaient maintenant une sorte d'amertume rentrée, si bien que Délie révisa son jugement. Peut-être n'avait-il pas pardonné à son ex-femme ? Peut-être l'indifférence apparente de ses paroles cachait-elle une blessure encore ouverte ?

– Savez-vous ce que nous devrions faire, vous et moi ? dit-il tout à trac. Nous devrions partir ensemble en... en Amérique du Sud, ou en Chine, pour nous consacrer exclusivement à l'Art.

– Et abandonner nos familles ? Les laisser en plan ? Quelle idée saugrenue ! Et puis pourquoi ensemble ? Cela ne ferait que compliquer de nouveau nos vies, dit-elle, adoptant son ton mi-moqueur mi-sérieux. Je crains que vous n'ayez trop d'imagination pour vous occuper d'affaires aussi concrètes, monsieur Raeburn.

– Ah, mais je suis aussi un artiste. Quand vous viendrez à Milang, je vous montrerai quelques-unes de mes œuvres. Mais j'aimerais tellement voir vos autres toiles. Dans quelques semaines, je retourne dans la région des lacs afin de préparer l'entrepôt pour la laine en provenance du lac Victoria.

Délie lui dit de chercher dans le catalogue de la National Gallery de Victoria le nom de « Delphine Gordon », puis elle attendit sa réaction. Il n'y en eut aucune. Légèrement déçue, elle ajouta :

– La prochaine fois que vous irez à Melbourne, allez donc voir *La femme du pêcheur.*

– *La femme du...!* Delphine! Mais bien sûr, je la connais. C'est un de mes peintres préférés parmi les modernes. (Il prit sa main, puis s'inclina très bas.) Tous mes hommages, chère madame. Vous êtes déjà une plus grande artiste que je ne le serai jamais. Il faut absolument que vous recommenciez à peindre.

Sortant de l'entrepôt de laine, Délie croyait marcher sur des nuages. Les paroles d'Alister Raeburn, davantage que son vin, lui étaient montées à la tête. Il avait baisé sa main, humblement, avec admiration; sa main, plus foncée, plus rêche que la sienne, durcie par les rayons de la grande roue qu'elle tenait par tous les temps, durcie par le contact des balles de laine qu'elle aidait à charger quand on manquait de main-d'œuvre; elle avait même appris à manier habilement la hache.

Et il s'appelait Raeburn! Jamais dans ses rêves les plus fous à propos du sombre inconnu, elle n'avait imaginé nom aussi évocateur.

71

Descendre le fleuve de nuit présentait le danger de se faire éperonner par une souche ou un écueil non porté sur les cartes; pourtant Délie adorait cela, maintenant qu'elle avait surmonté sa terreur à l'idée d'être seule dans la timonerie, responsable de la sécurité de tous les hommes à bord.

Elle connaissait sur le bout des doigts le moindre récif, le moindre banc de sable. Et quand le chenal se déplaçait, elle enregistrait sa nouvelle configuration grâce à sa mémoire photographique. Elle avait découvert que sa formation artistique constituait un atout incalculable pour diriger un vapeur sur la Murray.

Elle avait appris à distinguer une falaise de son reflet, et par les nuits obscures elle menait posément le navire au cœur des ténèbres, car elle connaissait parfaitement la forme du fleuve. Son courage lui avait permis de venir à bout de tous les obstacles; par mesure d'économie, il n'y avait pas de second à bord. Brenton était censé occuper ce poste, mais elle laissait le jeune Brenny tenir la roue pendant la journée dans les passages faciles, tandis qu'elle rendait visite à Brenton ou récupérait quelques heures de sommeil.

Le seul luxe qu'elle se permit fut celui d'un cuisinier. Il fallait nourrir convenablement les hommes d'équipage, sinon ils partiraient. Elle ne pouvait diminuer cet équipage réduit au strict minimum – un ingénieur, un chauffeur, un maître de barge et un matelot de pont, sans oublier les deux garçons.

Comme la crue était terminée, ils transportaient des pierres provenant de la carrière de Mannum, à une centaine de milles en aval du site de l'Ecluse, où il y avait un dépôt de granit près du fleuve.

Là, les vapeurs chargeaient leurs barges sous les éboulis de la carrière, s'approchant très près de la berge, car le chenal était fort profond à cet endroit.

Parfois le soir, quand les ouvriers de la carrière s'arrêtaient de travailler, ils laissaient une benne pleine de pierres, et le premier vapeur arrivant le lendemain matin la chargeait, gagnant ainsi un temps précieux sur ses concurrents.

Le plus gros et le plus puissant navire du fleuve, le *Captain Sturt*, poussait trois barges pleines devant lui, si bien que, lorsqu'on venait de le charger, il fallait attendre longtemps le chargement suivant. C'était un vapeur à roues de poupe, semblable aux bateaux du Mississippi et importé d'Amérique en pièces détachées.

Ils avaient doublé le *Captain Sturt*, le commandant Johnstone tenant la roue, qui entra dans Blanchetown au crépuscule, car il ne naviguait jamais de nuit quand il était chargé; l'ensemble était presque aussi long qu'un train de marchandises.

Aucun autre vapeur n'étant parti avant le *Philadelphia*, Délie espérait arriver la première à la carrière en début de matinée.

Les deux lampes à acétylène équipées de leurs grands réflecteurs illuminaient le fleuve devant le bateau; les arbres gigantesques brillaient comme des diamants dans la lueur blanche et leur silhouette se détachait contre le ciel noir. Comme il n'y avait pas de lune, Délie ne risquait pas de confondre le paysage avec son reflet sur la surface du fleuve. La timonerie était plongée dans l'obscurité, et ses yeux parfaitement habitués à la lueur qui les précédait. Ils venaient de quitter Blanchetown pour descendre jusqu'à Mannum.

Heureuse, Délie fredonnait. Elle n'était pas seule, même si aucune lumière ne signalait la moindre habitation, même si les falaises et le fleuve reposaient dans les ténèbres originelles.

Autrefois, elle aurait pu apercevoir les feux de camp tremblotants des aborigènes, les sauvages tribus moorundis qui s'étaient installées sur la rive occidentale du fleuve. A cette époque lointaine, les aborigènes habitaient tout le long du cours méandreux de la Murray. Aujourd'hui, il n'en restait que quelques-uns, regroupés dans des campements sordides sur le pourtour des camps de pionniers, comme à Swan Hill ou à Mannum; là, ils trouvaient la nourriture et le tabac de l'homme blanc, ses vêtements de rebut, là aussi ils contractaient les maladies de l'homme blanc.

Cessant de fredonner, elle écouta le battement régulier des pales, le sourd teuf-teuf-teuf de la vapeur s'échappant par la cheminée. Une silhouette sombre, frêle et fluette, apparut à la porte de la timonerie, puis se glissa à côté d'elle.

– Le moulin ronronne de plaisir, dit Charlie l'ingénieur. Apparemment, il apprécie la nouvelle cheminée. Il est aussi content qu'un fumeur de pipe au coin du feu. Ecoutez-le un peu...

– J'étais justement en train de l'écouter. Vous savez vous y prendre avec lui, Charlie.

– Ça oui! Il me connaît, voilà tout. Bon Dieu, que j'sois damné si je me trompe! Qu'est-ce que c'est que cette lumière, là-bas?

– Où?

– Qui monte vers nous, elle monte vite. J'parie que c'est le *Cadell* qu'essaie de nous rattraper.

– Possible. Ils mettaient la chaudière sous pression quand nous sommes partis. Je parie qu'il essaie d'arriver avant nous à la carrière de Mannum.

– Nous doubler! Par tous les saints de l'enfer, nous allons nous occuper de ça! J'vais...

– Charlie! Charlie McBean! le rappela-t-elle à l'ordre.

Il connaissait parfaitement l'opinion de Délie quant aux courses entre vapeurs.

– Oui, patronne.

A contrecœur, Charlie s'arrêta sur les marches.

Délie regarda par-dessus son épaule les lumières qui s'approchaient régulièrement. Plus tard, elle ne devait pas comprendre ce qui s'était passé, peut-être avait-elle été « possédée », dominée par l'ancien esprit de compétition de Brenton? En tout cas, elle s'écria :

– Dépêche-toi, Charlie! Fais-lui donner tout ce qu'il peut.

– Bien, patronne!

Elle gagna le centre du fleuve pour profiter au maximum du courant. La barge vide n'avait aucune influence sur leur vitesse. Elle entendit la porte du foyer claquer quand le chauffeur enfourna les bûches les plus sèches et du meilleur bois dans la fournaise; lorsque la pression de vapeur eut monté, ils filèrent avec le courant à la vitesse de neuf nœuds.

Derrière, l'équipage du *Cadell* poussait follement les feux, des étincelles jaillissaient de la cheminée du vapeur rival, dont les entrailles semblaient rugir. Délie entendait leur propre cheminée vibrer et palpiter – grâce à Dieu, elle était neuve et bien ajustée. Dans la cale, Charlie obturait certainement la soupape de sécurité avec tout un assortiment de clefs anglaises.

Délie serra les mains sur la roue et perçut la vibration douloureuse du vapeur, mais le bois des rayons lui communiqua un sentiment de puissance illimitée. Elle tenait enfin l'occasion de prouver aux hommes qu'elle savait manœuvrer un bateau! Pourtant le *Cadell* les rattrapait peu à peu. Quand Délie coupa le virage suivant, le cadre de la roue à aubes frotta contre les branches basses des arbres. Quelques mètres de gagnés... Charlie remonta dans la timonerie, où il se mit à danser en tous sens, froissant sa casquette dans ses mains, et Délie sentit l'excitation de la course s'emparer de lui.

– C'est pas la peine, patronne! hurla-t-il. Y sont plus rapides que nous, et si jamais ils arrivent à nous dépasser... Mais il y a le kérosène, si je pouvais en donner un peu au chauffeur...

– Prends le kérosène! s'écria Délie. Et demande au cuisinier tous ses pots de graisse. Non, inutile de lui demander, il dort. J'arrangerai ça demain matin avec lui!

Le *Cadell* naviguait maintenant bord à bord avec eux; Délie voyait son équipage danser à la lueur de la chaudière en hurlant des insultes. Pendant quinze milles, ils luttèrent pour l'emporter, mais l'habileté de ses manœuvres permit à Délie de conserver quelques mètres d'avance.

– Hourra ! Tu peux exploser, mais je t'interdis de ralentir ! brailla Charlie, quelque part en dessous.

Toute sa raison revint soudain à Délie. Elle se souvint du *Providence*... Mais ce vapeur ne participait à aucune course; il s'était désintégré sans raison apparente. Cessant de s'inquiéter, Délie ressentit un calme plein de fatalisme.

Dans la dernière courbe, elle réussit à repousser son concurrent vers l'extérieur, puis elle conserva ses quelques mètres d'avance pendant les neuf milles de la ligne droite. Les deux vapeurs rugissaient dans la nuit obscure, ne cédant pas un pouce, ne lâchant pas une livre de pression. Les lumières de Mannum devinrent plus vives, l'ingénieur et le chauffeur poussèrent des cris de joie, et le *Philadelphia* se glissa sous les éboulis de la carrière alors que l'aube pointait. Avec un sifflement assourdissant, la vapeur s'échappa des valves et la sirène poussa un hurlement triomphal.

Le *Cadell*, vaincu, lança trois coups pour reconnaître sa défaite, puis gagna la berge où il attendit son tour.

72

– Nous avons battu le *Cadell* depuis Blanchetown.

Délie s'assit sur le lit où le corps invalide de son mari reposait parmi les oreillers, et elle attendit anxieusement sa réponse. S'il restait quoi que ce fût du vieux Teddy Edwards, le capitaine qui ne supportait pas d'être battu, qui tenait à posséder le bateau le plus rapide du fleuve, si une étincelle de l'ancien Brenton demeurait, alors il devait manifester son intérêt.

Lentement, ses yeux mélancoliques s'ouvrirent, ses lèvres remuèrent et les mots sortirent, déformés mais reconnaissables :

– Ce... sacré rafiot ! Cela... m'étonne... pas.

Elle sourit et se détendit. Saisissant sa main gauche,

moins atteinte que la droite, elle entreprit de lui raconter tous les épisodes de la course : les deux vapeurs filant à travers la nuit, la dernière pointe de vitesse qui leur avait permis d'arriver en tête sous les éboulis de la carrière pour charger les quatre cents tonnes de pierres, tandis que le *Cadell* devait attendre qu'un nouveau chargement fût prêt. Encore maintenant retentissait le tonnerre des pierres qui dégringolaient dans la barge; mais dans moins d'une demi-heure, ils seraient prêts à repartir.

– Quand je pense que j'ai pu te reprocher de faire la course! dit Délie en serrant la main de Brenton. Je ne sais pas ce qui m'a pris, ça a dû être un coup de folie, mais il fallait absolument que je prouve que nous avions le meilleur bateau, et un meilleur marin dans la timonerie. Ça leur apprendra à se moquer des femmes capitaines!

– Meilleur homme... fleuve... tous pensent.

– Que dis-tu, mon chéri? Que je suis le meilleur homme sur le fleuve? Qui a dit cela? Après avoir heurté le câble du téléférique et tout...

– Charlie l'a dit. Meilleur homme après moi.

– Charlie McBean!

Elle enfouit son visage dans l'oreiller à côté des cheveux gris pour cacher le sentiment de triomphe qui la submergeait. Charlie le misogyne avait loué ses talents. Après la performance de cette nuit, il serait certainement à genoux devant elle.

Ils avaient quitté Blanchetown la veille, à huit heures du soir et l'aube pointait déjà. Quand ils atteindraient le chantier de l'Ecluse pour décharger, elle aurait passé vingt-quatre heures d'affilée dans la timonerie. Mais ils devaient rattraper le temps perdu à attendre les chargements en contrebas de la carrière. Elle s'accordait dix minutes avec Brenton pendant le chargement de la barge.

– As-tu regardé le livre? (Elle ramassa *La vie sur le Mississippi*, tombé à côté du lit. Brenton pouvait tenir brièvement un livre dans sa main gauche, mais il devait le poser pour tourner les pages, laborieusement, de ses doigts malhabiles.) Je vais te faire la lecture pendant qu'ils finissent de charger.

Elle regarda l'ex-libris collé à l'intérieur de la couverture : *Ex-Libris, Cyrus P. James,* jouxtant un étrange dessin de machine sur laquelle poussaient des roses. L'ingénieur était monté à bord du vapeur pendant qu'on réparait la cheminée, et lui avait apporté ce livre.

– Vous aimez Mark Twain ? lui avait-il demandé.

– Oui, j'aime beaucoup *Tom Sawyer* et *Huckleberry Finn*, je les ai lus il y a très longtemps. Mais j'aime moins *Innocents en voyage.*

– Bah, soit on apprécie son humour yankee, soit on y est réfractaire. En tout cas je vous garantis que vous aimerez celui-là. Un commandant m'a juré que presque tout ce qu'il raconte à propos du Mississippi est valable pour votre fleuve, ici. Gardez-le tant que vous voudrez, madame. Et puis votre mari voudra peut-être le lire aussi.

Elle l'accompagna sur le pont supérieur pour lui présenter Brenton, avec qui il se montra courtois, compatissant sans excès à son malheur. Mais Teddy Edwards n'aimait pas avoir de la visite, même celle de ses vieux amis, il avait honte de son immobilité forcée, de ses efforts maladroits, de ses paroles brouillées. Devinant tout cela, M. James avait écourté sa visite.

Les illustrations, qui montraient de gigantesques palais flottants à deux cheminées et aux chaudières jumelles, avaient enchanté Délie. Ces navires ne ressemblaient pas aux vapeurs à aubes de la Murray. Un paragraphe retint particulièrement son attention.

« Nous remarquâmes qu'en amont de Duberque l'eau du Mississippi était d'un vert soutenu, magnifique couleur laiteuse sur laquelle jouaient les rayons du soleil... »

Bras morts et récifs, hauts-fonds, bancs de sable et promontoires, une description de la surface du fleuve à l'aube, semblable à un miroir, tout était là. Elle avait donné le livre à Brenton en lui promettant de le lui lire dès qu'elle en aurait le temps.

Maintenant, elle ouvrait le livre et commençait au hasard :

– « Le pilote naviguant sur le Mississippi doit posséder une mémoire prodigieuse. S'il a une mémoire relativement bonne en début de carrière, le fleuve la développera dans des proportions colossales – mais elle ne s'exercera que dans les limites de son travail. Cette mémoire est indispensable, car les bancs argileux se déforment et se déplacent, les souches saillant des berges grossissent ou se modifient, les bancs de sable ne restent jamais au même endroit; les chenaux dérivent ou disparaissent purement et simplement... »

Levant les yeux, elle surprit le regard de Brenton, alerte et concentré, fixé sur sa bouche. Elle entama la diatribe de l'oncle Mumford :

– « Quand il y avait quatre mille navires à vapeur et dix mille acres de barges et de radeaux, les écueils étaient plus serrés que les soies sur le dos d'un sanglier; mais aujourd'hui qu'il reste seulement trois douzaine de navires à vapeur et presque plus aucune barge ni radeau, le gouvernement a supprimé tous les écueils, illuminé les rives comme Broadway, si bien qu'un bateau est autant en sécurité sur le fleuve que sur un canal. Et je parie que, lorsqu'il ne restera plus le moindre bateau, la commission aura réorganisé l'ensemble de la navigation fluviale, balisé, dragué, clôturé, récuré, si bien que tout sera parfait, d'une absolue sécurité et d'une tranquillité à toute épreuve... »

– Tu vois ! Exactement... pareil. (Brenton agitait sa main gauche, impatient de s'exprimer avec ses lèvres à moitié paralysées.) Les gouvernements partout... même chose. Ecluses toutes construites... grands barrages... digue barrant l'estuaire... de l'eau toute l'année... mais plus de bateau sur le fleuve. Terminé.

– Ce fut la concurrence des chemins de fer, il me semble, qui mit un terme à la navigation en Amérique ? (Elle feuilleta le livre.) Oui, il en parle : « Les trains ont supplanté les vapeurs, car ils accomplissaient en deux ou trois jours ce que les bateaux mettaient une semaine à faire... La navigation à vapeur sur le Mississippi est née en 1812; moins de soixante ans plus tard, elle avait disparu! Quelle vie étonnamment brève pour une créature si majestueuse. Naturellement, elle n'est pas tout à fait morte; de même un octogénaire infirme... »

Les yeux de Délie parcoururent vivement le texte et s'écarquillèrent; elle se mordit la lèvre, incapable de lire la fin de la phrase.

– Continue... Je l'ai lu.

– « De même un octogénaire infirme autrefois capable de prouesses sportives. Mais quand on connaît sa grandeur passée, on peut dire que le Mississippi est mort. »

Le dernier mot sonna comme un glas dans le silence de la cabine, encore souligné par l'interruption soudaine du grondement des pierres tombant dans la barge.

Délie regarda Brenton en silence.

« Méfie-toi de la pitié, se dit-elle en son for intérieur. Il désire tout sauf de la pitié... »

– Mort! Oui. Mieux vaut... être mort. (Quand il la regarda, ses yeux avaient retrouvé leur autorité d'antan.) Donne-moi... mon... fusil. Va chercher... Tu m'entends?

– Oui, je t'entends, Brenton. Mais je refuse. Nous avons besoin de toi, les enfants, le bateau, et je...

– Bah! Sers à rien!

– Chéri, écoute-moi! Tu vas déjà mieux. Tu peux parler, tu as retrouvé l'usage d'une main. Tu dois lutter, il faut que tu luttes, pour nous comme pour toi. Je ne crois pas que tu sois du genre à abandonner un combat!

– Je vais... lutter. Tu vas voir. Je sortirai de... ce lit... ou bien je mourrai. Je cesserai de manger; pour finir tout ça. Pas envie de... moisir... plus longtemps.

Il leva son bras valide en un geste pathétique, comme s'il voulait attirer la malédiction des dieux sur quiconque aurait essayé de lui résister; mais son bras retomba lamentablement à côté de lui.

On frappa à la porte de la cabine; le matelot de pont (Petit Suppôt, ou Suppôt de Satan, ainsi que l'appelait Charlie) passa la tête à l'intérieur.

– Le chargement est terminé, madame. L'ingénieur dit que la chaudière est sous pression.

– Très bien. J'arrive.

Elle le regarda sauter et bondir comme un cabri sur le pont – il ne marchait jamais –, s'émerveillant de son énergie de si bon matin. Le jeune Brenny et Alex dormaient encore sur leurs couchettes. Suppôt de Satan était resté debout toute la nuit pour aider le chauffeur, savourant chaque instant de la course. Son visage rond, couvert de taches de rousseur, ses dents en avant, il était aussi joyeux que d'habitude; et comme toujours, son feutre mou était enfoncé sur ses oreilles. Délie regarda vers l'aval, vers Mannum. Malgré l'heure matinale, la ville grouillait de vie. Elle voyait les lumières des boutiques et des maisons perchées sur les falaises comme des nids d'hirondelle; le bac traversait laborieusement le fleuve, transportant les ouvriers qui travaillaient à l'usine de matériel agricole de David Shearer; cette autre lueur sortait de la forge des chantiers navals J.G. Arnold, d'où arrivaient les bruits du marteau façonnant le métal.

Et là, quelque part vers le milieu du fleuve, le vieux *Mary Ann* du capitaine Randell reposait dans la vase. Ce bateau, le premier vapeur à naviguer sur la Murray, avait été construit ici même voici soixante ans, et les vapeurs du Mississippi avaient duré moins de soixante ans ! Elle sentit sur son corps un frisson qui n'avait rien à voir avec la fraîcheur de l'air matinal.

Deux aigles criards décrivaient des cercles au-dessus du fleuve, leur silhouette noire se détachant contre le ciel pâlissant. Leurs cris furent brusquement noyés dans le sifflement suraigu de la vapeur s'échappant des valves, et par l'appel de Charlie McBean.

– Hé, Suppôt de Satan, t'as prévenu la patronne qu'on était prêts à partir ?

– Bien sûr.

– J'arrive, Charlie, on y va.

Elle entra dans la timonerie.

– Suppôt, largue l'amarre de proue.

Le maître de barge et le chauffeur étaient prêts à se déhaler de la berge à l'aide de longues perches. Délie enclencha le contrôleur de marche, et les roues à aubes se mirent à battre l'eau.

Charlie, le roi de l'orge, du beurre et des œufs,
Vendit sa femme contre deux œufs de canard,

chantait le matelot d'une voix rocailleuse.

– Sale petit Suppôt ! rugit Charlie. Attends un peu que je te frotte les oreilles !

73

Ce fut un autre vapeur qui transporta la laine du lac Victoria jusqu'aux entrepôts Raeburn de Milang. Car une occasion se présenta, que Délie ne pouvait laisser passer, et qui l'empêcha de se rendre sur les lacs.

Le vieux *Cadell* avait repris le transport du courrier de Murray Bridge à Morgan, mais le courant était trop violent pour ses moteurs à l'endroit où le fleuve se resserrait devant le chantier de l'Ecluse (on avait pompé l'eau après la crue, et le chantier était maintenant plein d'activité). Le capitaine avait donc essayé de se haler en fixant un câble sur un gros arbre, mais les planches pourries du bateau avaient cédé sous l'effort, et tout le château avait été arraché.

Sur les conseils du commandant du *Cadell*, Délie posa sa candidature et le *Philadelphia* fut choisi pour transporter le courrier. Cela signifiait des rentrées d'argent régulières, en plus des contrats temporaires; mais cela impliquait aussi un horaire draconien, car au départ comme à l'arrivée, des trains attendaient. Ce fut un triomphe pour elle et son bateau. Jamais auparavant, une femme n'avait transporté le courrier de Sa Majesté sur le fleuve.

Le campement de Blanchetown, à mi-chemin entre les deux ports, possédait une poste et son propre service postal, car il comprenait un gros village temporaire, des cabanes pour quatre-vingts hommes, en plus de réfectoires et de deux cottages destinés à l'ingénieur en chef et au conducteur des travaux.

Parfois, l'ingénieur consultant voulait envoyer des lettres ou des plis urgents, souvent à destination du Canada. Délie voyait beaucoup M. James, qui montait fréquemment à bord prendre son courrier ou prêter une pile de livres et de magazines à l'invalide.

En homme pratique, Brenton aimait lire les numéros du *Scientific American* qu'il lui apportait. Il s'était habitué aux visites de l'ingénieur, dont la présence était maintenant loin de l'importuner; mais Délie s'aperçut peu à peu que ces visites trop fréquentes menaçaient sa propre tranquillité et son équilibre. Elle se mit à les attendre avec une fébrilité dont elle refusa d'abord d'analyser la raison.

Cyrus James était un homme imposant qui avait l'habitude de rester tout près d'elle quand ils étaient ensemble, tel un grand voilier accompagnant un frêle esquif, comme s'il voulait la séduire, la conquérir par sa simple supériorité physique. Elle savait que sa femme était restée au Canada, et qu'il menait une vie de célibataire convenant mal à un homme aussi vigoureux; il travaillait et se dépensait sans compter, tout en s'exprimant d'une voix douce et profonde. Il avait de grandes mains osseuses aux doigts courts, aux articulations couvertes de poils noirs, dont la virilité la fascinait et la rebutait à la fois.

Quand elle s'aperçut qu'elle rêvait de lui entre ses apparitions, elle décida que ces visites devaient cesser. Mais elle prit trop tard sa décision.

Il monta à bord un soir qu'on déchargeait des marchandises à Blanchetown, en plus des sacs de courrier. Debout côte à côte près de la table du salon, ils étudiaient la vieille carte du fleuve de Brenton, discutant de la formation des falaises et du lagon près du site de l'Ecluse Trois, la prochaine qu'on construirait, à quatre-vingts milles en amont. Cyrus James ne dirigeait pas les travaux; car dès l'ouverture du chantier de l'Ecluse Trois, il devrait retourner au Canada.

La longue carte était en partie déroulée sur la table devant eux. Penchée au-dessus, Délie suivait du doigt le tracé du chenal, marqué à l'encre.

Une large ceinture soulignait sa taille mince, entre une jupe longue et son corsage de mousseline blanche, seul vêtement réellement féminin qu'elle portait à cette époque. Ses vêtements « élégants » étaient restés chez Mme Melville.

Cyrus James se tenait tout près d'elle, et toutes les fibres de son être se concentraient sur sa présence virile. L'homme se pencha pour examiner un détail et posa négligemment la main sur son épaule. Puis ses doigts glissèrent très délicatement vers le cou de Délie jusqu'à la racine des cheveux. Elle vacilla, saisie d'un brusque frisson. Elle ne pouvait plus parler.

– Vous êtes une femme merveilleuse, dit-il doucement à son oreille. Savez-vous l'effet que vous avez sur moi ? Je ne pense qu'à vous. (Ses doigts continuaient à caresser son cou.) Seigneur ! Comme je vous désire.

Faisant effort sur elle-même, elle s'éloigna de lui et contourna la table.

– Vous feriez bien de partir, dit-elle, mais ses lèvres tremblaient et elle cachait son visage.

– Ecoutez ! Ecoutez-moi ! (Il saisit ses mains au-dessus de la table.) Levez la tête ! Regardez-moi ! Ce n'est pas que je ne vous aime pas, ne vous admire pas... Je vous aime telle que vous êtes. Mais je ne suis plus un gamin et vous êtes une femme. Reconnais-le. Tu as envie de moi, tu me désires aussi, n'est-ce pas ? N'est-ce pas ?

– Oui !... Non ! Partez, je vous en prie.

Elle retira ses mains.

– Très bien. (Il parlait avec un calme soudain, comme s'il avait jugé inutile de raisonner une enfant troublée.) D'accord, d'accord ! Je vais partir. Mais vous commettez une erreur. Nous pourrions être tellement heureux, et cela ne ferait de peine à personne.

– Et votre femme ?

– C'est fou... je ne sais pas, mais cela ne change rien à ce que j'éprouve pour elle; je l'aime encore, mais vous m'avez bouleversé.

– Alors il faut que je sois forte pour deux. Non ! J'ai trop souvent vécu cette situation à sa place pour ne pas prendre le parti de votre femme. Et puis ce serait ignoble envers... envers Brenton, qui est paralysé, incapable de... Vous ne comprenez donc pas ? Avez-vous réellement le sentiment de jouer un rôle très honorable ?

Cette pique lui arracha une brève grimace.

– Ah, vous noircissez trop la situation... ainsi que moi-même. Croyez-moi, c'est plus fort que moi.

– Très bien, je vous crois. Mais maintenant, s'il vous plaît, allez-vous-en.

Elle pensait avoir gagné, mais c'était sans compter avec la ténacité d'un homme qui s'obstinait à lancer des ponts bien que leurs fondations fussent régulièrement balayées, un homme qui avait mené à bien les travaux de la première écluse malgré la pire inondation qu'on ait vue depuis quarante-sept ans.

Contournant vivement la table, il la prit dans ses bras en bredouillant des paroles incohérentes, colla sa bouche sur celle de Délie. Son genou se glissa entre ses cuisses, ses doigts noueux pressèrent sa gorge, sa langue obligea ses lèvres à s'ouvrir. Elle se débattait sauvagement, pensant sans arrêt : je dois être forte... je dois être forte. Elle finit par se libérer, haletante, les vêtements en désordre.

– Si vous essayez encore de me toucher, dit-elle d'une voix rauque, j'appelle Charlie. Oh, quel gâchis ! Pourquoi a-t-il fallu que je sois une femme ?

Elle s'effondra dans un fauteuil et posa sa tête sur la table du salon pour cacher son visage.

L'instant d'après, elle sentit une main caresser doucement ses cheveux.

– Ecoutez-moi, Délie. Pour l'amour du Ciel, regardez-moi et écoutez-moi. Je m'en vais. Je suis désolé, vraiment, simplement, je suis fou de vous, je ne peux pas me passer de vous, vous comprenez ? C'est plus fort que moi !

Sans lever les yeux, elle entendit la porte se refermer derrière lui.

Ce soir-là, allongée sur sa couchette, incapable de trouver le sommeil, les yeux rivés aux boiseries du plafond, elle lutta une nouvelle fois contre ses démons. Pourquoi pas ? chuchotait une voix insidieuse. Pourquoi pas ? Si personne ne le sait, à qui cela pourrait-il faire de la peine ? Pourquoi ne pas céder ?

Elle se retrouvait au pied du mur, elle devait prendre une décision. Ce n'était pas comme si elle aimait Cyrus James; elle l'appréciait, elle l'admirait, elle le trouvait charmant, séduisant, mais rien de plus. Il n'y avait aucune justification, sinon celle, spécieuse, du *carpe diem* – le temps perdu ne se rattrape jamais, dans cent ans ses décisions n'auraient plus la moindre importance. Mais elle ne pouvait accepter ce genre de raisonnement. La vie nous est accordée une seule fois; à nous d'en faire le meilleur usage, et nous devons nous comporter *comme si* tout avait de l'importance, sinon l'existence entière se transforme en une farce grotesque.

En certaines occasions, certes, la vie était manifestement une farce... mais c'était la porte ouverte à la débauche ou à la folie. Elle se concentra sur le problème que lui posait Cyrus James. Elle ne pourrait l'éviter complètement, mais il vaudrait mieux ne pas se retrouver seule avec lui. Elle n'était pas sûre de pouvoir se faire confiance, mais elle était certaine qu'elle ne pouvait lui faire confiance.

74

La Grande Guerre, la guerre pour sauver la Démocratie, la guerre pour en finir avec la guerre, était enfin terminée, au bout de quatre années de souffrances et de destructions effroyables. Les fabricants d'armes et autres magnats de l'acier s'étaient enrichis, mais le monde avait perdu maints jeunes gens prometteurs, maints jeunes poètes morts dans la fleur de l'âge.

En Australie comme dans d'autres pays, les rescapés revinrent, qu'on dut réinsérer dans la vie civile. On les avait jetés dans la mêlée avec un fusil et une baïonnette, on leur avait dit de massacrer sans pitié. Maintenant, du sang plein les mains et l'horreur dans l'âme, ils retrouvaient leur femme, leurs doux enfants, leurs emplois monotones dans des bureaux feutrés. Certains étaient aveugles, infirmes, défigurés à vie; d'autres souffraient de blessures invisibles, purement mentales, mais tout aussi atroces.

De nombreux soldats démobilisés ne purent se réadapter à la vie civile, surtout dans les villes, et un gouvernement compatissant les envoya à la campagne. On leur donna des hectares de maquis aride à transformer en terres cultivables; des buissons et des épineux tenaces qui, quand on les brûlait et les arrachait, rejaillissaient de leurs racines profondément enfouies dans la terre comme autant de dents de dragon. Et dès que les épineux avaient disparu, l'érosion arrivait, la mince couche de terre fertile était emportée par le vent, des monticules de sable recouvraient barrières et clôtures.

De nouvelles zones d'irrigation furent aménagées le long de la Murray; les hommes démobilisés creusèrent des canaux et des fossés, installèrent des pompes.

On finit par les cantonner dans des quartiers réservés, pour cultiver des arbres fruitiers afin d'alimenter le marché des fruits secs. Les moins tenaces ne supportèrent pas ce mode de vie et retournèrent à la ville, ou bien battirent la campagne comme ouvriers agricoles, pendant que le calcaire de leur maison s'effritait et retournait à la poussière originelle. Les autres aménagèrent leurs terres et devinrent, sinon prospères, du moins capables de subvenir à leurs besoins.

Chez les Melville, un seul fils revint au foyer. Jim, l'aîné, fut tué en France peu de temps avant la signature de l'armistice. L'injustice de son sort, alors qu'il avait traversé sain et sauf trois années de massacres, aigrit beaucoup sa mère. Elle ne parlait plus jamais de son fils aîné, interdisait à son mari de prononcer son nom; sa bouche, autrefois souriante, se pinça; deux rides profondes creusèrent ses joues entre ses narines et la commissure de ses lèvres.

Garry, le cadet, bien que jeune et solide, était marqué lui aussi. Son visage avait vieilli, une sorte de tic nerveux le faisait battre lentement des paupières une fois ou deux comme s'il refusait de voir un spectacle insoutenable. L'armée l'avait renvoyé dans ses foyers pour cause d'invalidité et il était arrivé à peu près en même temps que la nouvelle de la mort de Jim.

Délie l'apprit quand elle monta à la ferme pour récupérer Gordon – maintenant en âge de quitter l'école –, et pour installer Brenny dans l'ancienne chambre de Gordon. M. Melville glissa au bas de la falaise dans la conduite d'eau, une expression de tristesse voilant son regard bleu, et d'une voix presque honteuse lui apprit la nouvelle.

– La maman est bouleversée, chuchota-t-il. Mais à votre place, je resterais discrète.

Tremblant d'appréhension, Délie pénétra dans la cuisine de la ferme – imaginant la joie de Mme Melville à la nouvelle de l'armistice, persuadée que ses deux garçons avaient survécu à la boucherie – et pressa silencieusement sa main entre les siennes.

La femme du fermier avait eu une semaine pour se remettre du choc. A vrai dire, elle commençait à peine à le croire, réalisant que son Jim ne reviendrait plus jamais à la maison, Jim, son premier fils, son préféré, qui portait le même prénom que son père.

Calme et l'œil sec, elle regarda Délie comme si elle ignorait la raison de cette sympathie silencieuse. Elle tenait sa tête très droite, la bouche pincée; seules ses mains couvertes de taches de son tremblèrent un peu lorsque Délie les lâcha. Elle les posa sur la table pour arrêter leur tremblement.

Les cheveux de Mme Melville étaient du même gris argenté; ses joues fraîches et roses semblaient nier la blessure mortelle infligée à son cœur de mère. Mais ses yeux marron, autrefois brillants et lumineux, semblaient plus ternes, aussi sombres que deux étangs lorsqu'un nuage masque le soleil.

– Vous êtes donc venue reprendre Gordon ? dit-elle avec toute sa vigueur d'antan. Dire que j'avais songé à le garder pour remplacer mon garçon... Il va me manquer quand il sera retourné sur le bateau. C'est un enfant très timide, mais tellement réfléchi... Enfin, au moins vous ne le perdrez pas comme j'ai perdu le mien. Il n'y aura plus jamais de guerre.

– Je suis navrée, madame Melville. Je viens d'apprendre la nouvelle.

– Merci, ma chère. Il est mort pour aider le monde à se protéger contre l'Allemagne, au moins pour l'instant. Ces sales boches ! Si je pouvais, je les exécuterais tous, ou j'opérerais les hommes pour qu'ils ne puissent plus jamais avoir d'enfants.

– Je comprends votre amertume. C'est tellement injuste, et puis la guerre était presque terminée... Mais je crois que nous devons cohabiter avec les Allemands. Nous sommes tous des êtres humains et ils ont reçu une bonne leçon. Jamais ils n'oseront recommencer.

– Je sais que je n'aurai jamais confiance en eux. Garry dit que ce sont des fanatiques, surtout les officiers. Non, il faut les surveiller de près.

– Melvie, Melvie !

Meg entra en sautillant dans la cuisine, un panier plein d'œufs au bras. Elle s'arrêta net en voyant sa mère, puis, timidement, vint l'embrasser. Elle s'éloigna aussitôt.

– Melvie, la poule de Bantam a fait son nid dans les potirons. J'ai trouvé quatre petits œufs dedans !

– Très bien, ma chérie. Tu ne savais pas que ta maman était là ? Tu n'as pas entendu le bateau arriver ?

– Non, j'ai jamais entendu; j'étais dans le poulailler, et les poules faisaient un tel boucan...

– Il faut dire : « Non, je n'ai rien entendu », ma chérie, l'interrompit Délie.

Immédiatement, elle regretta ses paroles. Meg répétait évidemment les expressions incorrectes entendues à l'école, qu'elle oublierait aussi vite qu'elle les avait apprises.

– Non, je n'ai rien entendu. J' suis surprise de te voir, m'man.

Mais es-tu contente ? se demanda Délie avec un pincement de jalousie. Mme Melville avait beau être la gentillesse incarnée, n'usurpait-elle pas la place de la mère de Meg ? Mme Melville poursuivit avec une autorité tranquille :

– Pose les œufs sur la table, Meg, et va te coiffer. Maman va croire que tu ressembles à un épouvantail.

– Non, je la trouve tellement mignonne ! Elle a des cheveux d'une finesse... On dirait de la soie noire.

Délie les caressa tendrement, mais au bout de quelques instants Meg s'éloigna tranquillement.

– Je dois mettre un ruban ? demanda-t-elle en regardant Mme Melville.

– Oui, le rose. Et lave-toi les mains. Après, tu pourras m'aider à beurrer les galettes.

Meg sortit en dansant joyeusement.

– C'est elle qui les a faites, dit Mme Melville. Gordon est parti chercher de l'eau au barrage. Il sera bientôt rentré et je préparerai du thé.

Elle poussa vers le centre du poêle la grosse théière qui sifflait en permanence sur son support en bois. Sa cuisine était moderne et pratique pour une ferme, garnie d'étagères posées par son mari bricoleur et plein d'initiative. Il y avait des rideaux de mousseline aux fenêtres, un évier en porcelaine éblouissante, mais ils s'obstinaient à faire la vaisselle dans une cuvette en fer cabossée.

Garry entra dans la cuisine et Délie lui serra la main, regardant avec admiration cet homme brun et marqué qu'elle avait connu maladroit et réservé. Son nez osseux saillait sur son visage émacié, creusé par les intempéries; ses manches de chemise relevées montraient des avant-bras maigres et musclés. C'était le type même du colon australien. Deux doigts manquaient à sa main gauche, emportés par une balle.

Il savait que sa mère aurait préféré voir Jim revenir à la maison; lui-même le souhaitait parfois, car il essayait de se réhabituer au calme de la ferme après les grandes villes trépidantes – Le Caire, Paris, Londres – dont il avait eu un bref aperçu, après avoir connu l'excitation malsaine et répétée qui s'emparait des soldats montant à l'assaut des lignes ennemies.

Sa mère servit le thé; il s'assit à la table de la cuisine, buvant d'un air maussade, perdu parmi ses souvenirs.

– Garry va devenir un vrai héros pour Brenny, dit Délie à Mme Melville.

– Je crois qu'il l'est déjà pour Meg. Cette enfant ferait n'importe quoi pour lui.

– Brenny va arriver d'un moment à l'autre. Il donne un coup de main au chauffeur pour charger du bois sur le bateau. Maintenant, il est costaud, et plein de vie, dit Délie. J'espère qu'il sera content ici. Je suis sûre que *lui* n'est pas timide. (Elle se mordit la lèvre, regrettant d'avoir employé l'expression « plein de vie », mais Mme Melville n'avait apparemment rien remarqué.) Je voudrais simplement vous demander une chose : j'espère que vous ne le laisserez pas descendre la falaise par la conduite d'eau. Il est prêt à tout, Brenton disait toujours qu'il était aussi casse-cou que Ned Kelly. Je préférerais qu'il descende par les marches, en attendant qu'il grandisse.

– D'accord, je préviendrai mon mari. Moi non plus, je n'aime pas le voir faire ça, mais il refuse de m'écouter. Ah, les hommes... C'est à eux que je dois mes cheveux gris. Parfois je regrette d'avoir eu des garçons. Meg ne m'a jamais posé le moindre problème, et elle m'aide pour tout. Je ne sais pas si je supporterais de me séparer d'elle, vraiment je ne sais pas.

– Moi aussi, il faudra bien que je me sépare d'elle un jour, quand elle se mariera, rétorqua Délie d'une voix enjouée.

Elle commençait à se méfier de l'affection quelque peu possessive manifestée par Mme Melville à l'égard de ses propres enfants. Peut-être vaudrait-il mieux reprendre Meg à bord dès l'année prochaine? Elle pourrait suivre des cours par correspondance avec Alex, une fois Brenny installé à la ferme.

Délie aurait aimé discuter ce genre de problème avec Brenton, mais il semblait se désintéresser de ses enfants, bien qu'il montrât quelque plaisir quand Meg lui rendait visite à bord.

Son invalidité ne gênait aucunement la petite fille, contrairement à Gordon, qui reculait instinctivement devant la souffrance et la maladie. Peut-être deviendrait-elle infirmière? songeait Délie; son esprit bondissait dans le futur, elle voyait comme toujours l'avenir inscrit dans le présent, et le présent marqué par le passé.

Elle ne s'opposerait jamais à Meg, si sa fille voulait apprendre un métier; Délie croyait qu'une jeune fille devait pouvoir assurer son indépendance. L'enseignement et les soins médicaux n'étaient désormais plus les seules carrières ouvertes aux femmes. Les années de guerre, la pénurie de main-d'œuvre avaient prouvé que les filles étaient non seulement capables d'effectuer un travail de secrétariat, par exemple, mais qu'elles étaient plus efficaces que les garçons de la même classe d'âge.

C'était déjà un avantage acquis; mais l'égalité entre les sexes deviendrait effective quand partout on appliquerait la règle : à travail égal, salaire égal. On voyait déjà des femmes médecins à Adélaïde. Peut-être Meg... Il serait merveilleux qu'elle pût gagner sa place dans un univers d'hommes, s'affranchir du joug de la féminité telle que l'imaginaient les hommes, ce que sa mère n'avait cessé de faire durant toute sa vie! Elle aussi aurait un diplôme prouvant qu'elle était l'égale d'un homme dans la branche qu'elle aurait choisie. Et si elle voulait se marier, elle aurait tout le temps ensuite, une fois un diplôme en poche.

75

Après les inondations arriva la pestilence : mouches, moucherons et moustiques, sortis par millions des marécages, saturèrent l'atmosphère, et les serpents tigrés se mirent à grouiller sur la terre; au seul campement de Berri, on en tua plus de cent en une seule journée.

Et tandis que refluait la crue barbare de la guerre, la pestilence se répandit sur la terre. Comme un miasme s'élevant de la boue ignoble où pourrissaient les hommes de tant de nations, un minuscule virus invisible, baptisé grippe espagnole par les médecins impuissants, se mit à décimer les peuples comme l'avait fait la guerre.

Le virus atteignit l'Australie par l'est en 1919. Les hôpitaux furent bientôt débordés; il fallut soigner malades et agonisants à domicile. Les médecins furent rapidement surmenés par leurs tournées.

S'inquiétant pour ses enfants, Délie voulut les garder tous avec elle. Elle les croyait davantage en sécurité sur le bateau, dans l'univers relativement isolé du fleuve, qu'à la ferme, où leurs camarades d'école risquaient de les contaminer. Toujours aussi sensible à la mort et à son appétit insatiable pour les jeunes comme pour les vieillards ou les infirmes, elle avait la crainte superstitieuse qu'un de ses fils ne fût désigné pour le sacrifice. « Si l'un d'eux doit mourir, faites que ce ne soit pas Gordon », priait-elle, reconnaissant secrètement que l'aîné était son préféré, s'adressant aveuglément à la puissance inconnue qui contrôlait le destin.

Mais ce fut Brenny qui attrapa la grippe espagnole. Le virus incubait certainement déjà dans son corps quand elle fit halte à Waikerie et que Brenny monta à bord. Quelques jours plus tard, son corps était brûlant de fièvre et il délirait.

Elle s'amarra près de Morgan, où le médecin local put le soigner. Elle sous-traita le contrat postal à un autre vapeur et consacra tout son temps à Brenny. Elle renvoya Alex chez Mme Melville.

Le médecin reconnut son impuissance, ajoutant qu'il fallait laisser la maladie suivre son cours. Pour lui, la jeunesse et la forte constitution de Brenny devaient le tirer d'affaire. Il avait surtout besoin de soins attentifs.

Délie dormit à peine pendant les deux semaines suivantes. Sans cesse, elle pensait à ses propres frères, morts vers cet âge. Elle profita des longues veillées nocturnes pour commencer à lire Schopenhauer dans un volume poussiéreux et non coupé, trouvé à l'Institut de Morgan; le livre s'intitulait : *Le monde comme volonté et comme représentation* : « La forme de l'existence est un éternel présent, même si les individus, phénomènes de l'Idée, naissent puis disparaissent dans le Temps, comme autant de rêves évanescents. »

Mais la philosophie ne pouvait la consoler, pas plus que les conceptions fatalistes de son oncle ne l'avaient consolée de la mort d'Adam, ou la bigoterie de sa tante de la perte de sa famille. Elle se leva pour aller chercher des compresses froides et baigner le front brûlant de Brenny, que la fièvre semblait consumer comme un incendie. Déjà ses joues s'étaient creusées. Elle se pencha pour examiner son visage, redoutant d'y découvrir le regard las et lointain d'un malade résigné à une mort inéluctable.

Mais elle découvrit qu'il avait peur. Ses yeux bleus brillant de fièvre, d'ordinaire si vaillants et vifs, lui adressaient un appel silencieux. Soulignés par des cernes sombres, ils semblaient enfoncés dans son crâne.

– Maman, je ne vais pas guérir, n'est-ce pas ? dit-il

d'une voix faible. Je vais mourir. Je ne veux pas. Maman...

D'une main tendre qui ne tremblait pas, elle baigna son front. Chassant la terreur de son propre cœur, elle lui dit :

– Mais bien sûr que si, tu vas guérir. Avec cette maladie, on va parfois plus mal avant d'aller mieux. En tout cas, tu ne vas pas mourir, je peux te le garantir. Quand tu étais petit, tu avais souvent de mauvaises bronchites, et j'ai parfois cru que tu ne guérirais jamais. Mais tu as toujours guéri : depuis, tu as grandi, tu es devenu plus solide, et puis j'espère que tu ne crois pas que je vais te laisser mourir maintenant ? Il faudra que tu aides papa à s'occuper du bateau quand il sera rétabli, et un jour tu seras toi-même capitaine...

A mesure qu'elle parlait, une certitude se faisait jour en elle. Comme si, en un éclair prémonitoire, elle voyait l'avenir : Brenny en jeune homme solide et beau, debout dans la timonerie où son père avait passé tant d'heures avant lui. *La forme de l'existence est un éternel présent... comme l'arc-en-ciel sur la cascade, elle demeure, tandis que les gouttes d'eau individuelles tombent et meurent.*

Entre-temps, sa voix apaisante avait plongé l'enfant dans un sommeil fiévreux et léger. Sortant brusquement de sa rêverie, elle s'aperçut que son souffle était plus lent, régulier et profond, que son visage et son cou étaient moites de sueur. La fièvre était passée : la crise terminée. A partir de ce jour, il se rétablit lentement.

Avant qu'il ne fût complètement guéri, Brenton attrapa le virus. Délie, qui les soignait tous les deux, ne savait plus où donner de la tête; elle ne laissait personne s'approcher d'eux; elle accrocha un drap imbibé de désinfectant en travers de la porte de la cabine pour isoler le malade. Jusque-là, Gordon et les autres membres de l'équipage avaient échappé à l'épidémie.

Elle dut faire preuve de toute son autorité pour empêcher Charlie McBean d'aller voir « le patron », car elle redoutait que le vieil ingénieur ne succombât à la maladie. Privé des services de Charlie, Brenton arbora bientôt une barbe fournie. Quand Délie essaya de la tailler maladroitement, il se mit en colère, la traitant de piètre infirmière avant de la chasser.

Sa barbe allait bien à son long visage harmonieux; elle était bouclée, plus dorée qu'argentée, lui donnant l'apparence d'un ancien roi babylonien. Brenny, qui faisait des patiences avec un vieux paquet de cartes, déclara que son père ressemblait au majestueux roi de trèfle; comme ils étaient couchés dans la même pièce, il cessa progressivement de le craindre.

Peut-être parce qu'il était déjà alité quand il avait contracté la maladie, et ne courait ainsi aucun risque de refroidissement, Brenton surmonta rapidement la crise initiale, mais sa convalescence fut lente. Quand le médecin les déclara tous deux guéris, Délie se sentit indiciblement fatiguée. Le médecin lui conseilla des vacances si elle-même ne voulait pas s'effondrer.

Elle prit Meg à la ferme, laissa Gordon et Charlie à bord du vapeur amarré près de Waikerie, puis descendit en train vers Adélaïde. Bien que Mannum ne fût éloigné que de cinquante milles d'Adélaïde, Délie n'avait jamais séjourné dans la capitale méridionale.

Ce fut avec une excitation croissante qu'elle regarda défiler les champs de blé, les hectares de chaume blond, les sacs de grain déjà pleins qui évoquaient de petites femmes potelées à la peau brune. Elle contempla des milles de pâturages qui lui rappelèrent les plaines du nord de Victoria; au loin, comme un décor peint, se dressaient des collines bleutées. D'énormes nuages pommelés les surplombaient en une masse crémeuse qui plongeait dans l'ombre des vallées encaissées couvertes d'épineux.

Les couleurs chantaient dans sa tête : bleu et or, le bleu glorieux et l'or limpide. Tout son être désirait les tubes de peinture et les toiles enfermés dans le coffre du salon, mais elle savait qu'une seule semaine de vacances ne la contenterait jamais. Comme un alcoolique ou un drogué, elle ne pouvait se satisfaire de faibles doses du poison violent de la création.

Meg écrasait son nez contre la vitre. Elle voyait de vraies collines pour la première fois de sa vie.

– Regarde les montagnes, maman! s'écria-t-elle tandis que le train longeait le golfe et les usines aux cheminées fumantes de Port-Adélaïde.

Souffrant de la chaleur, de la fatigue, plongées dans une sorte d'hébétude, Délie et Meg émergèrent de la longue rampe de North Terrace. Le soleil éblouissant la fit cligner les yeux. Aucune fumée ne brouillait l'air; les immeubles formaient de pâles blocs lumineux aux ombres nettes, comme sur un tableau qu'elle avait vu, qui représentait une ville espagnole. Au bout d'une large rue, elle aperçut la courbe apaisante d'une colline bleutée.

Elle héla un fiacre et fut rassurée par l'amble régulier de l'attelage. Il ne s'agissait pas d'une autre Melbourne; l'atmosphère de cette cité était particulière. Les passants marchaient plus lentement que sur les trottoirs de Melbourne, traversant les alternances d'ombre et de lumière filtrée par les frondaisons d'arbres anglais. Plusieurs personnes sourirent à Meg; la petite campagnarde, qui découvrait évidemment la ville pour la première fois, levait la tête pour regarder le sommet des immeubles tout en serrant farouchement la main de sa mère.

Délie avait hésité à emmener Meg avec elle, mais sa fille était en bonne santé et débordait d'énergie grâce à l'excellente alimentation de la ferme : gâteaux de miel, lait caillé, crème, fromage et légumes frais cultivés dans le potager irrigué.

Ce fut pour elle un immense plaisir de se retrouver seule avec sa fille, loin de tous les soucis domestiques. Délie l'appelait parfois Mignon, regrettant presque qu'elle ne fût pas aussi svelte et gracieuse que le suggérait son nom; mais la fillette préférait Meg, qui lui allait certainement beaucoup mieux.

L'intelligence est plus importante que l'apparence, réfléchit Délie. Elle découvrit que Meg n'avait pas une sensibilité artistique très développée quand elle l'emmena à la Galerie d'Art de North Terrace. Pour l'instant, elle n'aimait que les tableaux représentant des chevaux, ou des bateaux et la mer, qui la fascinait parce qu'elle ne l'avait jamais vue.

– C'est *ça*, la mer? s'écria Meg. Pourquoi ne déborde-t-elle pas? Elle est très haute. Qu'est-ce qui la retient?

– Ce n'est qu'une impression, ma chérie. Il s'agit de la ligne d'horizon. Elle s'abaissera quand nous serons plus près.

– Mais quel bleu, maman! Je ne savais pas que l'eau pouvait être si bleue, sauf sur les tableaux. O-oh, du sable! C'est plus grand que la plus longue pointe de sable que j'aie jamais vue!

Descendues du train à la gare du bord de mer, elles avaient marché jusqu'à une large plage blanche limitée par une promenade en ciment, des dunes de sable à chaque extrémité et des massifs d'algues brunes qui ressemblaient à des baleines échouées. L'océan semblait très lointain, le sable uni et brillant. Des bassins d'eau claire s'étendaient presque jusqu'au bout de la jetée.

Meg s'était débarrassée de ses chaussures en courant pour filer droit vers le premier bassin. Elle revint essoufflée, le sable chaud et sec crissant sous la plante de ses pieds, puis dit d'une voix haletante :

– C'est transparent comme du verre : je vois tous mes doigts de pied à travers l'eau; elle est sûrement bonne à boire! Maman, maman, enlève tes chaussures et viens voir.

Puis elle repartit aussitôt.

Délie ramassa les chaussures de Meg, puis s'assit pour retirer les siennes. Le sable était soyeux entre ses orteils; le soleil jouait avec les minuscules cristaux de mica et de quartz. Fermant les yeux, elle inspira profondément l'air salé et vivifiant qui soufflait de la mer.

– Mets ta jupe dans ta culotte, ma chérie, tâche de ne pas la mouiller, lança-t-elle, mais le bien-être qu'elle ressentait affaiblissait sa voix.

Depuis des années, elle habitait l'intérieur du continent et naviguait sur les larges cours d'eau boueuse; plusieurs fois, de passage à Melbourne, elle était descendue à la plage assez triste de St. Kilda, mais elle avait oublié ce qu'était la mer.

La mer, la mer! La pleine mer,
Brillante, bleue et libre,

chantait Meg, qui gambadait dans l'eau peu profonde en éclaboussant sa jupe. Elle venait de lire un livre sur les poissons et se rappela que le saumon bondissait très haut dès qu'il sentait l'eau salée. Celle-ci picotait ses jambes, mais elle était magnifique, limpide comme du cristal. Elle humecta ses lèvres et savoura son goût sauvage.

Les yeux mi-clos, Délie regardait la courbe bleue de la baie, d'où tout bateau était absent. La mer était là, souriant d'un large sourire bleu, innocent et accueillant : cette même mer cruelle avait englouti son père et sa mère ainsi que toute sa famille. Elle-même avait survécu; mais pourquoi avait-elle été épargnée? Peut-être à cause de son esprit plus aventureux ou impressionnable que celui de ses frères et sœurs? songea-t-elle. Elle avait tenu à monter sur le pont pour contempler l'immense terre méridionale pendant que les autres dormaient dans leurs cabines; et, prisonniers dans leurs cabines, ils s'étaient noyés quand le navire avait coulé. Là-bas, les brisants rugissaient avec la force terrible de l'océan austral. Mais ici, de petites vagues léchaient la grève, de simples rides qui déferlaient dans un doux bruissement autour des chevilles de sa fille. Sa fille, presque aussi âgée qu'elle-même à son arrivée dans ce pays... Cette pensée lui rappela quelque chose. Elle devait absolument en parler à Meg.

– Meg, ma chérie, dit-elle en remontant sa jupe qui touchait ses chevilles. (Elle foulait les courbes harmonieuses dessinées par les vagues.) Meg, il faut que je te parle de quelque chose, maintenant que tu es une grande fille et que...

– Oh, ça va, maman, dit Meg qui marchait à reculons devant une vague. Mme Melville m'a déjà expliqué tout ça, elle m'a donné un livre, et puis à l'école toutes les filles ont déjà commencé.

Délie resta bouche bée, puis sourit de sa propre innocence. Eh bien! La jeune génération avait toujours un temps d'avance. Elle se rappela que sa propre connaissance de la physiologie avait choqué tante Hester. Excepté dans la petite enfance, Délie n'avait jamais eu de camarade d'école, et elle ne réalisait pas à quel point la franc-maçonnerie du sexe faisait circuler la totalité des informations acquises au sein du groupe. Meg semblait parfaitement renseignée sur la question; il n'y avait pas lieu de s'inquiéter pour elle.

Dans le train du retour, Meg regarda longtemps ses jambes bronzées, sur lesquelles de minuscules fragments d'algues sèches restaient collés comme des croûtes brunes et lisses. Elle distingua aussi de petites plaques de sable, semblables à du sucre sur un biscuit, et de minuscules cristaux blancs de sel. Ses jambes et le sable qui glissait dans ses chaussures lui prouvaient qu'elle n'avait pas rêvé ses jeux sur la plage.

Elles partageaient leur compartiment avec une femme aux cheveux coupés court, que Meg ne se priva pas de dévisager. Délie aussi était fascinée, mais elle essayait de faire comme si de rien n'était; elle n'avait jamais vu de près une coupe de cheveux aussi courte pour une femme. Elle préféra examiner le reflet de la jeune femme dans la vitre. Ce n'était pas vraiment très réussi, en tout cas pas autant que sur les dessins des magazines; mais c'était une preuve de liberté. Les femmes pouvaient se faire couper les cheveux comme les hommes! Peut-être, en ville, se ferait-elle couper les cheveux à la Jeanne d'Arc; en tout cas, elle était bien décidée à acheter des cigarettes et un fume-cigarette. Elle se sentit brusquement très moderne avec son grand chapeau et sa robe neuve à rayures.

Elle ne se fit pas couper les cheveux, mais elle vécut une expérience palpitante avant de retourner sur le bateau. On était en décembre; Délie et Meg s'amusèrent beaucoup dans les boutiques de la ville, regrettant seulement de ne pas avoir davantage d'argent. Elles lurent dans un journal que Ross Smith et son aéroplane étaient à Darwin. L'aviateur venait de réussir le premier vol reliant l'Angleterre à l'Australie.

On l'attendait d'un jour à l'autre à Adélaïde car il devait d'abord s'arrêter à Sydney et Melbourne. Elles décidèrent donc de reporter de deux jours leur départ pour Morgan et attendirent dans les parcs au milieu d'une foule exubérante qui brandissait des drapeaux improvisés.

Meg ignorait ce qu'elles allaient découvrir; elle avait déjà vu des dessins de machines volantes, représentant des héros de la guerre dans leurs frêles engins, mais l'avion venu d'Angleterre devait être beaucoup plus gros.

L'excitation s'empara brusquement de la foule, des cris fusèrent : « Le voilà! » Bouche bée, elle leva les yeux vers la petite machine semblable à un oiseau qui apparaissait à l'est, au-dessus des collines.

Il se rapprocha rapidement, elle distingua les ailes superposées du biplan, et les lettres peintes en dessous, G-EAOU, qu'un journaliste farfelu avait traduit « *God 'elp All of Us* » (Que Dieu nous aide tous). Elle agita le bâton auquel on avait noué une écharpe.

Le petit avion aux moteurs vrombissants survola la cité, puis disparut vers l'aérodrome situé au nord. Meg abandonna son drapeau improvisé dans la poussière. La petite taille de l'avion l'avait passablement déçue, mais elle avait néanmoins vu de ses propres yeux un aéroplane. Ses frères allaient en mourir de jalousie.

Sa mère scrutait toujours le ciel vide.

– Il est venu d'Angleterre jusqu'ici! dit-elle. Tu te rends compte, Meg! Quand je suis arrivée d'Angleterre à bord d'un voilier, nous avons mis plus de quatre mois... Je suis sûre qu'un jour on fera ce même voyage en quatre jours. Tout le courrier sera transporté par avion, et peut-être aussi les gens.

– Oh, maman! Tu imagines trop de choses! Les aéroplanes ne sont pas assez gros pour transporter des gens, ce serait trop lourd. Et puis tellement dangereux!

– Voyager en bateau n'est pas toujours sans risque, rétorqua sa mère.

76

En cette année 1920, les jupes à volants commencèrent à raccourcir imperceptiblement et, si les aéroplanes constituaient encore une nouveauté, les automobiles devinrent désormais monnaie courante, même dans les campagnes. Néanmoins, les routes étaient encore de simples pistes, et le fleuve demeurait la principale voie de communication avec le nord du pays.

Mais, en janvier, le niveau de la Murray était bas, si bien que d'innombrables vapeurs se serraient sur les quais, entre Morgan et l'embouchure du fleuve. Le moment était venu de la révision annuelle du *Philadelphia*, et du renouvellement de son permis de navigation; Délie décida de rehausser le franc-bord de dix-huit pouces afin d'obtenir l'autorisation de naviguer sur le lac, au cas où on lui proposerait une nouvelle cargaison de laine pour Milang.

Pendant les congés scolaires, elle pouvait héberger tous les enfants à bord car l'équipage avait quitté le bateau, à l'exception de Charlie et du cuisinier. Il lui semblait avoir renoué avec sa fille pendant les quelques jours passés ensemble à la ville. Elles avaient partagé la même chambre d'hôtel, bavardé tous les soirs dans le noir et pouffé de rire pour un rien, comme deux écolières.

Reposée par ces courtes vacances, puis déchargée par Meg de nombreux soins à Brenton – Meg était une infirmière hors pair –, Délie découvrit soudain qu'elle avait du temps libre. Alex n'était plus un bébé et, depuis que Gordon habitait le bateau, il suivait son frère comme son ombre.

Délie eut le sentiment d'entrevoir une vague lueur au

bout d'un long tunnel. Elle demanda à un serrurier de fabriquer une nouvelle clef pour le coffre du salon.

Dans sa quarantième année, elle recommença de peindre. Au début, quand elle partait en barque avec sa boîte de peinture, elle goûtait seulement l'intense plaisir de la solitude, après tant d'années – qui lui semblaient des siècles – consacrées aux autres. Elle était seule avec le soleil qui scintillait merveilleusement sur l'eau.

Mais quand elle installa sa toile et qu'elle essaya de peindre, ses mains, rendues maladroites par le manque de pratique, tremblèrent d'excitation. Elle hésita, se reprit, rata son premier tableau et faillit pleurer d'humiliation en nettoyant la toile pour recommencer. Pourtant, c'était un début.

Cyrus James descendit à Morgan où il prit le train pour la ville, et il monta à bord – pour voir Brenton, prétendit-il. Il n'avait pas besoin d'être seul avec elle pour réduire à néant toutes les bonnes résolutions de Délie. Il suffisait qu'il la regarde pour que ses sens s'éveillent aussitôt. Après son départ, elle passa plusieurs nuits d'insomnie, fumant cigarette sur cigarette, luttant contre le désir qui la poussait vers cet homme viril, vers ces mains solides, vers ces baisers fous et passionnés qu'elle avait reçus à son corps défendant. Oh, si elle pouvait être avec lui maintenant !

Elle dut apprendre à sublimer ses désirs, à détourner toute cette énergie inemployée vers la peinture. Mais comment se détendre et se reposer quand son corps brûlait de désir ? Elle s'imposa une discipline de fer.

Travailler pour la compagnie d'Alister Raeburn la stimula. Elle voulait avoir au moins une toile valable à lui montrer quand elle le reverrait. Comme il n'était pas revenu à Morgan, il devait séjourner à Milang en compagnie de la veuve de son frère et de ses tantes. Elle l'imaginait s'adaptant facilement à cette maisonnée de femmes sur les berges du grand lac auquel une princesse avait donné son nom.

Au-delà des lacs, le fleuve se rétrécissait de nouveau, se divisant en plusieurs bras sinueux avant de passer devant Goolwa; et au-delà de Goolwa se trouvait la mer.

Ici, aux alentours de Morgan, la campagne traversée par le fleuve était presque désertique, et un jeune explorateur avait jadis péri un peu au nord. Au-dessus des falaises alvéolées comme de gigantesques rayons de miel, la terre calcaire était nue ou couverte d'épineux malingres. Les rares touffes d'herbe étaient desséchées et brunâtres.

Gris, ocre, marron, sable, indigo dans les lointains, l'immense plaine uniforme s'étendait jusqu'à l'horizon chauffé à blanc, aussi rectiligne qu'en mer; sur les dunes de sable, seuls poussaient quelques rares plants de tabac; des tourbillons de vent formaient d'étranges fleurs vacillantes de poussière rouge.

Pourtant, juste en contrebas, le fleuve coulait, frais et indifférent, ignorant la terre qui mourait de soif. Translucide, d'un vert laiteux rappelant la couleur du raisin, tendu vers son but lointain, le fleuve semblait un intrus dans ce paysage. Il suffisait de s'éloigner un peu pour perdre de vue le profond sillon qu'il creusait dans la plaine stérile; aucune haie d'arbres ne signalait le sommet des falaises et, la vallée eût-elle été comblée, l'aspect général du paysage n'en aurait nullement été modifié.

Du sommet de ces falaises, le regard embrassait l'impassible ruban d'eau verte ainsi que l'immense plateau nu et vide, écrasé de lumière.

Le premier tableau qui satisfit totalement Délie fut une simple étude de colline sablonneuse orange, dépourvue de toute végétation à l'exception d'un arbre impressionnant au tronc noir.

Meg retourna à la ferme avec l'impression d'être plus vieille et sophistiquée depuis son séjour dans la « cité ». Quand Garry Melville était revenu à la maison après la guerre, elle avait soudain trouvé la vie plus intéressante. Non qu'il fît beaucoup attention à elle, mais l'indifférence du jeune homme ne l'empêcha nullement de continuer d'adorer son héros à distance.

Elle possédait deux robes neuves, l'une en soie décorée de fleurs, l'autre en toile brodée. Ces deux vêtements achetés dans une boutique de la ville mettaient en valeur les rondeurs naissantes de son corps. Meg les trouvait terriblement élégantes. Le simple fait d'en porter une lui donnait une assurance toute neuve.

Garry était parti en ville avec le camion quand elle arriva à la ferme sur le vapeur, vêtue d'une vieille robe imprimée. Avant le repas, elle mit sa robe neuve en toile jaune et, quand elle eut dressé la table pour Mme Melville dans l'alcôve de la cuisine moderne, elle sortit et prit une pose qu'elle croyait séduisante, contre la barrière, attendant le retour du camion de Waikerie. Elle l'entendit avant de le voir; puis un long nuage de poussière blanchâtre semblable aux gaz d'échappement d'une fusée commença de s'élever au-dessus du sol. De profondes ornières creusaient cette route, exactement distantes de la largeur des roues, si bien que les pneus les suivaient comme des rails de chemin de fer.

Le véhicule apparut; d'un coup de volant, Garry l'extirpa des ornières pour obliquer vers le portail. Meg avança d'un pas languide, retira la chaîne de la grille qu'elle ouvrit, debout sur le barreau inférieur de fer forgé.

– Hello, Meggie, fit Garry. Merci, petite. Monte, je t'emmène jusqu'à la maison.

Meg referma la grille derrière lui, s'obligea à ne pas gambader comme une écolière, monta d'un air détaché dans le camion, puis lissa la toile de sa jupe sur ses genoux. Elle avait lavé ses cheveux noirs le matin même, et ils brillaient de reflets ambrés.

– Qu'as-tu donc ? Tu parais préoccupée.

Garry lâcha l'embrayage, descendit l'allée longeant la maison, puis obliqua vers les cabanes situées derrière, qui abritaient la charrue et la herse, les harnais et le fourrage des chevaux; le véhicule à moteur avait à peine la place de se garer et servait de perchoir aux volailles.

– Non, pourquoi donc ?

Ses yeux bleus frangés de cils sombres brillaient au-dessus de son petit nez retroussé et se posèrent sur lui. Une subtile attirance sexuelle imprégnait chacun de ses mots.

– Je ne sais pas; maman t'a grondée pour une raison ou une autre ?

– Mais non; elle ne me gronde jamais.

Maintenant, elle baissait les yeux et lissait machinalement un pli de sa robe en toile.

– Bon, si on descendait ? (Il tourna la poignée de la portière, tout en abattant violemment son poing contre la plaque de fer, et elle s'ouvrit en grinçant.) Tu veux bien m'aider à porter ces paquets ? lui demanda-t-il en prenant des sacs d'épicerie.

Il pivota pour les passer à Meg, qui s'était approchée de lui; ses yeux brillaient de colère.

Il commença à entasser dans ses bras un sac de farine, deux paquets de savon, des conserves de viande, quand elle dit d'un ton amer :

– Tu ne remarques jamais rien, n'est-ce pas ?

– Qu'y a-t-il à remarquer, nom d'un chien ?

– Tu ne vois donc pas que je ne suis pas comme d'habitude ? J'ai été en ville, je me suis fait couper les cheveux par un Français nommé Prévost, j'ai occupé une chambre à l'hôtel Métropole, et je porte une robe neuve. Tu es aveugle, ou quoi ? Débrouille-toi tout seul avec tes fichus paquets.

Et elle les jeta à terre. Les conserves de viande tombèrent à ses pieds. Garry poussa un grognement de rage et saisit le bras de Meg alors qu'elle faisait mine de partir.

– Espèce de petite... !

Il tordit son bras mince tandis qu'elle se débattait en haletant, si maladroitement que Garry retrouva sa bonne humeur.

– Vas-y, frappe-moi, qu'est-ce que tu attends ? ricana-t-il.

Elle leva sa main libre mais il s'en empara, la tenant complètement à sa merci.

– Maintenant tu vas me dire : " Excuse-moi d'être une petite chipie. "

– Sûrement pas !

Elle prenait plaisir au combat, à sentir la force de ses muscles durs; sa colère diminua progressivement.

– Allez, dis-le !

– Euh... Excuse-moi. Maintenant lâche-moi, espèce de brute !

Comme elle essayait de libérer sa main gauche, que Garry tenait dans sa main mutilée, elle aperçut les doigts manquants, et toute son hostilité s'évanouit.

– Oh, Garry ! Ta pauvre main. Tu aurais pu te faire mal.

– Tu parles ! Je ne sens plus rien depuis longtemps. (Il cacha vivement sa main dans sa poche. Elle entreprit de ramasser humblement les paquets épars sur le sol, pendant qu'il déchargeait les autres. Alors qu'elle le précédait vers la porte de la cuisine, il lui dit d'un ton bougon :) Elle est plutôt jolie, ta robe. Elle te va... elle te va pas mal du tout.

Meg lui lança un sourire reconnaissant par-dessus l'épaule.

La guerre eut pour conséquence d'ouvrir des débouchés nouveaux à l'industrie des fruits australiens qui poussaient le long de la Murray; pendant les années de guerre, la Californie et l'Australie avaient assuré la totalité de la production mondiale des fruits secs. Deux Californiens, les frères Chaffey, avaient fondé les premiers vignobles irrigués à Mildura, lesquels étaient maintenant florissants; et Renmark était devenue une colonie prospère.

En aval de la frontière de l'Etat de Victoria, la Murray se transforma. On partagea la terre en lopins de quinze acres, des pompes modernes amenèrent l'eau du fleuve cent cinquante pieds plus haut pour irriguer le sol stérile. Vingt villes et campements jaillirent simultanément de la brousse. Des groupes de soldats démobilisés arrachèrent les épineux du mallee, tracèrent des routes, creusèrent des canaux avec des outils primitifs, puis les cimentèrent, creusant, clôturant, labourant, gardant les racines des arbustes pour alimenter les chaudières à bois.

A la fin du premier été survint une grosse vague de chaleur; quinze jours durant, le thermomètre resta à 45° à l'ombre. L'eau se mit à stagner dans les nouveaux canaux d'irrigation, des lapins morts pourrissaient alentour et des millions de moustiques envahirent l'atmosphère. Une épidémie de typhoïde décima les survivants de la grippe espagnole. Les médecins de campagne, les yeux rougis par le manque de sommeil, passaient le plus clair de leur temps sur les routes cahotantes de la brousse; les vapeurs à aubes acheminaient des stocks de médicaments et de désinfectants à de modestes dispensaires construits en carton d'emballage.

Un vapeur délivra même les consolations de la religion : car dans la lointaine Angleterre, les élèves du collège d'Eton, engagés malgré eux dans un programme d'aide à l'étranger, fournirent une chapelle flottante de l'Eglise anglicane à un bateau à aubes nommé *Etona*. Canon Bussel faisait la navette sur le fleuve entre Morgan et Renmark; tous les dimanches matin – ou tous les matins quand l'*Etona* était amarré près d'un campement –, il réunissait une congrégation comme le saint-siège d'Angleterre n'en avait certainement jamais vu.

Chasseurs de lapins et pêcheurs, tondeurs en tabliers graisseux, ouvriers des chantiers d'irrigation en vieilles vestes de l'armée, tous étaient les bienvenus à bord, dans la petite chapelle peinte en blanc. Pendant que Canon Bussel martelait les pédales de l'orgue, les fidèles chantaient de vieux cantiques, que certains n'avaient pas entendus depuis leur enfance. Chanter leur plaisait; pour cela, ils supportaient patiemment les longs sermons que leur délivrait Canon, une fois remis de ses exercices de musculation à l'orgue...

Plus loin en aval, juste avant la région des lacs, on pompait l'eau pour la rejeter dans le fleuve. De part et d'autre de Murray Bridge, les marécages de la vaste plaine alluviale furent assainis, leurs dépôts fertiles transformés en pâturages, si bien que des terres devinrent cultivables sur une longueur de cinquante milles. Le lait des vaches allait à une coopérative agricole fondée à Murray Bridge, qui se chargeait de son conditionnement.

A Wall, Pompoota, Jervois, Mobilong, Mypolonga, les oiseaux du fleuve perdirent leurs anciens sanctuaires quand on draina les marais. Canards sauvages et cygnes noirs, pélicans et cormorans huppés rejoignirent les grands plans d'eau de Goolwa et les eaux salées de l'estuaire, à Coorong.

Lentement, patiemment, avec l'organisation laborieuse d'une fourmilière, les hommes contraignaient l'immense fleuve à suivre un nouveau cours. Le fleuve se soumettait, acceptait toutes les indignités imposées par ces chétives créatures, et attendait tranquillement son heure.

77

Délie travailla d'arrache-pied au cours des mois suivants, car il y eut beaucoup de marchandises à transporter; une fois encore, les vapeurs furent aussi actifs que des abeilles dans une ruche, montant et descendant le fleuve vers les nouveaux chantiers.

Sa silhouette s'était encore affinée, dans son visage émacié, ses pommettes saillaient au-dessus de ses joues creuses; mais elle conserva miraculeusement son superbe teint d'Anglaise, dont la couleur évoquait des fleurs de pommier au terme de leur maturité.

Le plus souvent, elle portait une chemise simple avec une jupe droite tombant jusqu'aux chevilles, ainsi qu'un chandail d'homme quand il faisait froid, et parfois une veste de l'armée enfilée par-dessus. Elle n'avait pas de chapeau. Ses cheveux noirs poussaient toujours aussi abondamment, çà et là striés d'un fil d'argent qui surprenait et témoignait du passage du temps.

Comme les marchandises transportées étaient payées le même prix, que le vapeur les livrât à Morgan, à deux cents milles de l'estuaire, ou à Goolwa, Délie préférait revenir avec un chargement consigné à Morgan quand elle emmenait une cargaison de farine de Murray Bridge, ou de bière et de matériel pour les ouvriers de l'Ecluse Trois. D'habitude, elle redescendait le fleuve avec de la laine ou du blé.

Si elle transportait un chargement de laine, et qu'elle accostait à Morgan de bonne heure, vers six heures du matin, on pouvait expédier les mille balles de laine à Adélaïde par le train de deux heures de l'après-midi. Les grosses grues à vapeur déchargeaient cent balles à l'heure. La marchandise valait trente shillings la tonne; ils gagnaient beaucoup d'argent, mais la fatigue commençait à marquer leurs visages, surtout celui du vieux Charlie.

Délie décida que, dès qu'elle aurait mille livres de côté, elle vendrait la barge et réaménagerait le vapeur en magasin flottant. Les nouveaux campements abritaient une nombreuse clientèle, et l'on construisait une grosse cité ouvrière près du chantier du lac Victoria.

Une autre cargaison de laine suffirait. Elle songeait à partir à Wentworth avec un chargement de farine pour essayer de revenir avec de la laine mais, avant le départ, une lettre de Raeburn arriva, qui lui demandait d'aller chercher la première tonte de la saison au port du lac Victoria, puis de la descendre jusqu'à son entrepôt de Milang. Elle télégraphia immédiatement son accord.

Le vapeur avait reçu son permis de navigation en mer, mais Délie se sentait un peu nerveuse. Elle ne s'était jamais aventurée sur un plan d'eau aussi vaste, et une fois au cours de la crue de 1917, elle s'était perdue dans un lagon en confondant le chenal principal avec une trouée dans les arbres des berges. Sur le lac Alexandrina, les rives seraient peut-être invisibles, et elle devrait naviguer au compas pour la première fois.

Sur l'étagère du salon, elle trouva une vieille carte du lac : le chenal longeait le rivage quand le lac s'évasait en dessous de Wellington, puis abandonnait la direction nord-ouest pour s'incurver vers Milang et la rive occidentale. Elle discuta avec le capitaine Wallin, de l'*Oscar W.* qui doutait fort qu'une femme réussît à rejoindre Milang sans encombre.

– Vous êtes trop jeune, trop menue, l'avertit-il. Le vent sur les lacs, il souffle en rafales du sud-ouest, et il n'y a plus rien à faire. Le vent frappe le vapeur de plein fouet, vous roulez et tanguez dans des vagues de deux mètres cinquante, à chaque vague votre roue à aubes tribord sort de l'eau et tourne dans le vide. Suffit de pas grand-chose pour se mettre à tourner en rond. Maintenant, écoutez-moi : vaut mieux partir à l'aube, avant même le lever du soleil. A l'aube, il n'y a presque jamais de vent. Mais s'il a soufflé du sud-ouest, vous devrez peut-être attendre deux jours avant que les vagues ne se calment. Sinon, le lac est si peu profond que vous risquez de heurter le fond et de briser votre coque.

Elle entendait encore ces mots en passant devant le vieux pub au sommet de la falaise de Wellington, dernière ville du fleuve avant les lacs. Elle avait déplié une grande carte sur le sol de la timonerie, et regardait le chemin rectiligne qu'elle avait choisi pour rejoindre Milang; cela lui parut beaucoup plus simple que le labyrinthe des chenaux jusqu'à Goolwa et l'estuaire.

Elle comptait suivre le conseil du capitaine Wallin, s'amarrer pour la nuit à l'abri du Cap Pomander, avant l'évasement du lac. Levant les yeux vers le ciel, elle vit des nuages bas et tourmentés qui filaient rapidement vers le nord-est. De son côté, le fleuve était abrité par les saules, mais sur la rive opposée elle distingua leurs longues branches minces presque horizontales qui s'agitaient et se tordaient comme des serpents verts.

Elle n'avait pas la moindre envie d'entendre la coque du *Philadelphia* « heurter le fond du lac », qu'on disait recouvert d'une vase capable d'engloutir un homme. Il y avait bien une barque en guise de canot de sauvetage, mais les vagues hautes de plus de deux mètres auraient bien vite raison d'elle. Délie avait peur.

Malgré son anxiété, son cœur bondit comme un saumon qui retrouve la mer, quand les saules disparurent brusquement et que les eaux s'élargirent en un large chenal reliant le fleuve au vaste plan d'eau. Pour la première fois, elle vit devant elle les signaux de navigation – noirs à bâbord, rouges à tribord. Ces carrés et triangles mystérieux, surmontés de mouettes et de cormorans huppés, évoquaient pour elle la pleine mer.

Ils passèrent devant le Phare 94 à la nuit tombante; sur la gauche elle aperçut deux souches hideuses qui émergeaient de l'eau peu profonde.

La ferme de Wellington Lodge apparut à bâbord, entourée de palmiers et de peupliers et, plus loin, elle vit un cap au ras de l'eau. Concentrée sur sa manœuvre, elle se dirigea vers l'appontement de Nalpa, sur l'autre rive, à côté du grand dépôt en pierre. La tonte était imminente; des lumières amicales signalaient les huttes des ouvriers.

Ils amarrèrent bientôt des cordages aux énormes piliers d'eucalyptus qui, songea Délie, provenaient des lointaines forêts au-dessus d'Echuca où elle s'était autrefois promenée parmi ces arbres géants. On amarra la barge à un grand saule. Les bourrasques de vent apportaient des huttes le son d'un accordéon.

– On part en virée après le dîner, hein, Charlie ? dit le Jeune Suppôt, imitant la voix rocailleuse d'un vieux loup de mer. Ces tondeurs ont sûrement de la gnôle, en tout cas y a de la musique. Mais pas de femme... dommage.

Son visage juvénile s'illumina d'un sourire étincelant.

– Sale Petit Suppôt de Satan ! Et puis quoi encore ? De la gnôle et des femmes ! T'auras tout le temps de t'occuper de ça quand tu auras mon âge ! As-tu convenablement amarré ton câble, au moins ? Pas de nœud de grand-mère? Cette nuit, il va souffler un vent à décorner un bœuf, et si jamais il tourne...

– Tu crois qu'il va tourner, Charlie?

Délie descendit de la timonerie et croisa les bras sur sa poitrine pour se frotter les épaules. Elles étaient étonnamment ankylosées; Délie avait dû serrer trop fort les rayons de la roue, angoissée à l'idée de pénétrer dans des eaux inconnues.

Charlie scruta le ciel sous ses sourcils en bataille.

– Je crois pas qu'il va tourner, mais... peut-être à l'ouest. En tout cas, il ira pas au nord sans tout de suite repartir vers le sud et vers l'est, alors, vous inquiétez pas pour les amarres. Ces arbres nous abritent parfaitement du vent d'ouest.

– Mais sera-t-il tombé demain?

Charlie cracha par-dessus bord.

– Sais pas. J'connais pas les vents dans cette partie du monde. J'suis un étranger ici. Mais je pourrais aller discuter le coup avec les tondeurs, là-bas, les interroger...

– Charlie!

Elle lui adressa un regard suppliant autant que terrifié. Il savait ce qu'elle pensait. S'il allait là-bas, les histoires et l'alcool... C'était déjà suffisant de naviguer sur le lac pour la première fois, sans avoir un ingénieur soûl à bord par-dessus le marché.

– Vous inquiétez pas, patronne. (Il abaissa la visière de sa vieille casquette graisseuse pour cacher son regard malicieux.) J'ai pas envie d'y aller. Mais le Jeune Suppôt pourrait y faire un saut, histoire de trouver du pain frais. Les tondeurs font toujours un pain délicieux.

Jeune Suppôt, qui n'attendait que la permission de Délie, enfonça fermement son feutre mou sur ses oreilles, puis partit comme un boulet de canon, bondissant de traverse en traverse sur la petite voie de chemin de fer posée sur les marécages de passe-pierre pour transporter les balles de laine jusqu'au quai.

A côté des appentis réservés à la tonte et des quartiers des ouvriers, se trouvait une usine de dégraissage de la laine, surmontée d'une haute cheminée; au flanc du bâtiment, on avait construit un four en pierre pouvant contenir quinze miches de pain. Suppôt revint en sautillant avec une miche double sous chaque bras.

– Les tondeurs disent qu'il va faire un vent infernal, annonça-t-il gaiement.

Ce soir-là, Délie mangea à peine; elle écoutait le vent mugir dans les saules, tendait l'oreille vers un chuintement plus doux, qu'elle prit pour le bruit des vagues s'écrasant sur la rive du lac, au-delà du cap.

Elle savait qu'il était inutile de confier ses soucis à Brenton, qui se désintéressait presque complètement de tout ce qui touchait au vapeur. Pour la première fois, elle regretta de ne pas avoir engagé un second qualifié avec qui partager ses responsabilités. Nominalement, Brenton était le capitaine, et Délie le second, mais elle assumait les deux fonctions, prenant quelques heures de repos quand elle le pouvait. Elle était trop épuisée pour continuer longtemps à ce rythme. Dès qu'elle aurait honoré ce dernier contrat, elle retournerait à un commerce moins éreintant.

Au matin, après une nuit sans sommeil, elle se leva de bonne heure. Le ciel s'était éclairci, les plus grosses étoiles brillaient encore; la blanche Vénus se levait juste avant le soleil, Arcturus jaune et lugubre au nord-ouest, et la Croix au zénith. Baissant les yeux sur l'eau, elle s'aperçut que dans cette partie abritée, le lac s'était calmé au point que les étoiles se reflétaient clairement, quoique déformées, à sa surface.

Un glaive argenté et sinueux qui reliait le vapeur à la rive opposée signalait la présence de Vénus; et droit devant, les étoiles de la Grande Ourse dansaient comme deux mains applaudissant en silence.

Charlie vint demander si elle voulait qu'il monte la vapeur. Elle examina le ciel clair, les feuilles qui remuaient doucement, puis lui répondit par l'affirmative, ajoutant qu'ils partiraient dès qu'il ferait jour. Il alla réveiller le chauffeur, qui avait toujours du mal à sortir du lit.

Le maître de barge et son adjoint se levaient. Elle

entendit l'un d'eux se soulager dans l'eau, derrière une pile de balles de laine. Le fleuve acceptait tout, les excréments des hommes comme la pure lumière des étoiles qui parcourait des milliards de kilomètres dans les espaces vides.

Gordon, qui aimait la chaleur de la cuisine et s'était lié d'amitié avec le cuistot, apporta à sa mère une tasse de thé fort et bouillant, ainsi qu'une tranche de pain grillé qu'elle emmena dans sa cabine. Gordon ou le Suppôt lui apportaient souvent ses repas à la timonerie, puis prenaient la roue en suivant ses instructions pendant qu'elle mangeait. Le cuisinier était une bénédiction, homme morose mais excellent cuisinier. Délie, quant à elle, préférait diriger un bateau toute une nuit plutôt que de préparer un repas pour cinq hommes.

Elle monta à la timonerie au moment où le soleil apparaissait derrière les collines basses. Quand elle regarda le lac au-delà de l'étroite pointe de terre, son cœur frémit. L'eau était d'un gris olive sinistre, agitée de vagues recouvertes d'une écume blanche et sale. Quand elle ouvrit les fenêtres de la timonerie, la brise soufflant de l'ouest apporta à ses oreilles le rugissement confus de leur mêlée.

Mais, déjà, la chaudière était sous pression, et les garçons détachaient certaines amarres. Si elle annulait le départ maintenant, l'équipage la prendrait pour une peureuse. Et Charlie, déçu, rejoindrait probablement les huttes des tondeurs pour entamer une beuverie qui risquait de durer deux jours.

– Larguez l'amarre de proue! commanda-t-elle d'une voix ferme. La barge est-elle libre? Gordon, enlève donc ce cordage, et monte à bord. Prends la perche et prépare-toi à nous déhaler du quai, ça y est?

Elle enclencha la marche arrière, puis posa les mains sur le contrôleur de marche. Les grandes roues à aubes fouettèrent l'eau et la refoulèrent, écumante, vers l'avant du bateau qui s'éloignait lentement du quai; Délie tendit si doucement le câble de remorque que la barge démarra sans le moindre à-coup. Le maître de barge jura, admirant à contrecœur l'habileté du commandant. Il n'aimait pas beaucoup voir une femme dans une timonerie.

Dès qu'ils furent partis, l'excitation lui fit oublier toutes ses peurs et elle se mit à fredonner en vérifiant ses points de repère, la forme lourde du Cap Pomander à droite, surmonté du phare, et Low Point, loin à gauche. Le puissant moteur vibrait, chantant : « En avant, en avant, en avant... » Maintenant parfaitement réveillée, elle fit un petit saut en l'air, et son crâne heurta la traverse basse du toit. Charlie gravit les marches de la timonerie, polissant du dos de la main le bout froid et rouge de son nez. Il avait enfoncé bas sur ses oreilles sa casquette noire de graisse pour se protéger de la brise matinale.

– Le vent est tombé dans la nuit, dit-il sur le ton de la conversation. Ces ploucs de tondeurs ne connaissent rien au temps, sauf à la pluie; ils disent alors que les bêtes sont mouillées, et se mettent les doigts de pied en éventail. Hé, Suppôt! rugit-il brusquement par la fenêtre de la timonerie. (Le jeune Suppôt de Satan s'abritait à l'avant derrière quelques balles et observait, fasciné, les crêtes liquides tumultueuses et menaçantes qui se détachaient contre le ciel.) Va surveiller la jauge de l'eau, allez, file! (Après quoi il referma la fenêtre.) Satan trouve toujours du travail pour occuper les oisifs, cita-t-il sentencieusement.

– Le vent est tombé, mais le lac est toujours aussi agité, dit Délie. Regarde ces vagues! Il y a même des déferlantes.

– Les vapeurs à aubes n'ont pas été conçus pour naviguer hors du fleuve.

– Mais Charlie, certains ont rejoint le fleuve par leurs propres moyens, à partir de Melbourne. Le *Decoy* est même allé jusqu'en Australie occidentale avant de revenir sur le fleuve. S'ils ont pu naviguer en mer, nous pouvons certainement traverser un lac sur vingt-quatre milles. Autrefois, il y avait tant de vapeurs qui entraient et sortaient du fleuve qu'on avait installé une balise dans l'estuaire. Tu as peur? Parce que dans ce cas...

Charlie grimaça un sourire.

– Je n'ai pas peur facilement. Mais je serais pas étonné que vous fassiez demi-tour.

Sur ce, il pivota sur ses talons et dégringola les marches.

– Tu ferais bien de m'envoyer Gordon pour qu'il me donne un coup de main, lança-t-elle derrière lui.

Serrant les dents, Délie sentit ses paumes moites se crisper sur les rayons de la roue. Elle était responsable de chacune de leurs vies, celles de Brenton, de ses enfants, de l'équipage. Elle était presque sûre que Charlie ne savait pas nager.

Dès qu'ils eurent passé le cap, elle sentit le choc des vagues hautes et courtes sur la coque du navire : elles n'étaient pas régulières comme la houle de la pleine mer, mais hachées et vicieuses. Le vapeur frissonna et se mit à gîter sur bâbord, les pales de la roue tribord fouettant l'air la moitié du temps. Délie devait tenir fermement la roue pour l'empêcher de pivoter vers le côté submergé.

Gordon monta les marches, puis se campa fièrement de l'autre côté de la roue; il la prit solidement dans ses mains et soulagea d'autant Délie. Elle se sentit aussitôt plus détendue. Ce n'était qu'un adolescent, mais elle constatait son calme et sa force.

A cet instant précis, le soleil apparut derrière un banc de nuages bas et illumina le Cap McLeay et le Cap Sturt, de l'autre côté du lac. A la place de la grisaille uniforme, une dune de sable orange éclatant et un monticule qui ressemblait à un bâtiment jaune et carré – en fait une falaise argileuse – se mirent soudain à briller comme un double fanal. Derrière, on distinguait des rideaux de pluie et un nuage indigo; des roseaux rouge doré flamboyaient devant eux, et sept cygnes noirs s'envolèrent, fuyant le soleil. Cela ressemblait à une promesse, comme un arc-en-ciel après la pluie. Toutes les appréhensions, toutes les peurs de Délie s'évanouirent; elle adressa un sourire rayonnant à Gordon.

– C'est plutôt amusant, non? dit-elle, et Gordon rit, excité et ravi.

– J'aimerais qu'on puisse descendre jusqu'à la mer, dit-il.

Ses épais cheveux châtain clair étaient en désordre – il n'avait manifestement pas fait sa toilette ce matin – mais, pour une fois, Délie ne le gronda pas. Elle regarda les iris bleus de ses yeux allongés qui ressemblaient tant aux siens, et pensa avec une rare satisfaction : « Mon fils. » Ç'avaient été ses premiers mots quand on avait placé le nouveau-né dans ses bras à l'hôpital de Melbourne – était-ce vraiment seize ans auparavant? La vie active de Brenton était peut-être terminée, et elle-même vieillissait : pourtant, la vie continuait.

De l'autre côté du lac, le bref pinceau de lumière avait disparu. A bord, ils luttaient contre de hautes vagues, avançant lentement vers le rivage invisible.

78

Seuls deux autres vaisseaux étaient amarrés à la longue jetée incurvée de Milang quand le *Philadelphia* entra dans le port après sa traversée du lac.

– L'*Invincible* et le *Fédéral*, cria Alex qui dansait de joie sur le pont supérieur, car ils étaient arrivés sains et saufs après un voyage qui lui avait semblé aussi périlleux que la traversée du Pacifique à Magellan.

Jamais il ne s'était autant éloigné de la terre ferme; et, maintenant, ils allaient s'amarrer contre une vraie jetée et non un quai longeant le fleuve.

Le *Nénuphar*, un navire bizarre qui ressemblait à un *schooner* inachevé, des planches de longueurs inégales dépassant de sa poupe, sortait du port, toutes voiles dehors, à destination du Cap McLeay.

Le responsable du magasin local, tous les élèves de

l'école, les équipages des autres vapeurs et une foule d'habitants de la ville, y compris maints individus à peau sombre et visage aborigène, s'étaient réunis pour assister à l'arrivée du *Philadelphia* et de sa barge.

Délie, qui entrait dans un nouveau port et sentait tous les regards ébahis braqués sur elle – une femme dans la timonerie! – était mal à l'aise; mais brusquement, l'appel d'une voix bien connue tonnant sur la jetée lui fit oublier toute gêne.

– Miss Délie! Hé, patronne! Félicitations; vous dirigez votre bateau mieux qu'un homme. Je n'en ai pas cru mes yeux.

– Jim Pearce! Que faites-vous ici?

Elle sortit de la timonerie dès que les roues se furent arrêtées, puis s'accouda au bastingage.

Ce cher vieux Jim, second sur le *Philadelphia* avant l'incendie et la reconstruction du bateau; Jim qui était parti chercher du secours quand son premier enfant était né au bord du fleuve.

– Hé, Jim! cria-t-elle. Montez donc à bord! Teddy voudra absolument vous voir.

Elle était si excitée qu'elle ne remarqua même pas M. Raeburn qui, légèrement à l'écart de la foule, observait la scène d'un œil vif et amusé. Elle portait sa vieille veste militaire, une casquette ayant appartenu à Teddy Edwards et qui avait connu des jours meilleurs; ses cheveux étaient dénoués. Elle descendit sur le pont inférieur pour accueillir Jim et l'accompagner jusqu'à la cabine de Brenton.

Jim, maintenant capitaine de l'*Invincible*, faisait la navette sur les lacs entre Milang et Meningie, ce qui expliquait pourquoi elle ne l'avait pas croisé avant sur le fleuve.

– Vous avez été un peu téméraire, non, de traverser le lac par un jour comme celui-ci? Moi-même, je serais resté au port et j'aurais attendu.

Son visage battu par le vent et les intempéries était sillonné de rides profondes, tavelé comme un vieux cuir boucané; la peau flasque de son cou formait un double menton, ses cheveux autrefois noirs étaient maintenant d'un gris ivoire qui faisait ressortir le bronzage de son visage. Délie fut stupéfaite par tous ces changements. Les cheveux gris de Jim Pearce lui rappelaient le passage du temps plus impitoyablement que les modifications insensibles de son propre visage.

– Pourquoi cette hâte ? demanda-t-il.

– J'avais une bonne raison, lui confia-t-elle à voix basse. Charlie McBean est toujours à bord, et nous étions amarrés près d'un camp de tondeurs.

– Ah, je comprends... Ce bon vieux Charlie, toujours aussi costaud ?

– Bien sûr, venez donc le voir.

Jim et Charlie se serrèrent la main, puis Jim monta voir Brenton, qui ne s'était jamais autant animé depuis des années. Ils ouvrirent une bouteille de bière pour fêter leurs retrouvailles en évoquant le bon vieux temps.

Délie se souvint qu'elle n'avait pas vu le cosignataire du contrat, ni signé une décharge en bonne et due forme pour sa marchandise, et elle retourna dans sa cabine, enleva sa vieille veste, mit un corsage propre en soie, puis brossa ses cheveux. Elle les enroula pour cacher autant que possible sa mèche argentée, puis déposa un peu d'eau de lavande – son seul luxe – derrière ses oreilles.

– A quoi bon cette coquetterie ? demanda-t-elle sombrement à son reflet, en s'examinant dans son petit miroir. Alister Raeburn est un homme, mais il ne s'intéresse absolument pas à toi, et ce rendez-vous est strictement professionnel.

Elle prit un châle en cachemire qui avait appartenu à sa tante Hester, l'enroula autour de ses épaules, puis sortit sur le pont.

– M. Raeburn était là, mais il est retourné à l'entrepôt, lui apprit le maître de barge. M'a dit de vous dire que, vous voyant occupée, il vous demande d'aller le retrouver là-bas quand vous serez prête.

– Oh ! fit Délie. Merci.

Il l'avait donc vue en tenue de vieux loup de mer, apostrophant Jim comme une poissonnière ! Cette pensée la fit légèrement rougir, mais elle haussa les épaules et avança d'un pas alerte sur la jetée, entre les rails qui séparaient deux hautes piles de bois destinées aux vapeurs. La petite ligne de chemin de fer aboutissait directement au sombre portail de l'entrepôt de laine, de l'autre côté de la route longeant le lac. Le fronton du bâtiment indiquait : « LAINE DE LA MURRAY ET DE LA DARLING », inscription surmontée d'un balcon en fer forgé, qui donnait vraisemblablement sur l'appartement du premier étage.

Le vent froid du sud-ouest l'enveloppa tandis qu'elle marchait dans cet espace découvert, et elle frissonna. Quelle bêtise d'échanger sa veste chaude contre un corsage en soie pour s'aventurer hors de l'abri de la timonerie! Elle avait la gorge sèche, comme si elle allait prendre froid.

La vanité, elle avait cédé à la vanité, bien qu'elle eût quarante ans...

Dans la cabine de Brenton, avec sa large fenêtre où le soleil brillait à l'ouest dès que le voile des nuages se déchirait, les deux hommes se détendaient, en proie aux souvenirs et à la bière.

Après le choc initial – le temps et l'infortune les avaient tellement changés –, ils s'aperçurent que leur être profond était demeuré le même. Teddy Edwards et Jim Pearce entretenaient des rapports amicaux plus que hiérarchiques; l'un avait souvent tiré l'autre d'un mauvais pas lors d'une bagarre; à bord de divers vapeurs ils avaient traversé ensemble inondations et incendies, ainsi que la grande sécheresse de 1902; en d'innombrables occasions, ils s'étaient enivrés ensemble, ils avaient discuté les mérites de tel ou tel vapeur ou capitaine. Tous deux étaient des hommes d'Echuca, élevés « en haut » du fleuve, et tous deux se retrouvaient maintenant « en bas », ayant perdu leur joyeuse vitalité d'antan. Finies les rivalités entre équipages « du haut » et « du bas »; finis les courses sur le fleuve, les déhalages au-dessus des récifs, la descente des rapides au bout d'un câble; et il n'y avait plus de filles dans les cabanons à gin de la Darling.

Jim avait neuf enfants, qui habitaient Goolwa avec leur mère; il n'aimait pas la quitter pour de longs voyages en amont du fleuve, bien qu'il assurât un transport de passagers jusqu'à Wellington tous les dimanches quand le temps le permettait. Son vapeur était un simple ferry du lac; quand le mauvais temps l'empêchait de naviguer, il arrondissait ses fins de mois en pêchant le mulet sur la plage de Goolwa ou en posant des pièges à lapins, dont il vendait ensuite les peaux.

Il évoqua peu à peu son existence présente, à mesure que la bière déliait sa langue.

— Ah, la vie n'est plus ce qu'elle était, Teddy, soupira-t-il en essuyant la mousse sur sa bouche. Quand on est jeune, on ne se rend pas compte que le temps file.

— Tu n'as pas trop... te plaindre... Jim. Regarde.... un peu... ce qui m'est arrivé. Tu as toujours... ton vapeur, tu es actif alors que moi...

— Oui, vieux, je sais. Je n'ai pas voulu en parler, mais je me demande comment tu as supporté ça, cloué au lit du matin au soir. Un gars solide comme toi, un gars remuant, actif comme pas deux, condamné à végéter pour le restant de tes jours...

— Pas... pour restant de mes jours ! (Avec effort, Brenton s'assit dans son lit, puis repoussa son drap.) Tiens mon verre, Jim... Maintenant, regarde !

Lentement, avec une volonté de fer, il fit pivoter son corps jusqu'à ce que ses jambes pendent au bord de la couchette. Puis il se détendit, le souffle court.

— Tu vois ? Chaque jour, chaque jour je pose les pieds par terre, pour que... pour que le sang les irrigue à nouveau. Je commence à pouvoir... les bouger. Et regarde ça. Passe-moi... ces livres !

Jim lui donna les deux gros volumes qu'il réclamait, une *Géographie de l'Australie méridionale* et une *Histoire de la colonisation de la Nouvelle-Galles du Sud*.

— Délie croit que je me cultive. Tu sais à quoi ils me servent ?

Il s'allongea de nouveau sur sa couchette, puis prit

un livre dans chacune de ses grosses mains. Ensuite, il les souleva lentement, lentement, à bout de bras, jusqu'à ce qu'ils arrivent à la verticale de ses épaules.

– Déjà... bras beaucoup plus forts. J'vais leur montrer. Surpris... ils vont être épatés. L'an prochain, j're-tourne dans la timonerie.

– Magnifique, Teddy ! Tu vas leur montrer ! Un gars comme toi a plus d'un tour dans son sac !

On frappa à la porte, et Charlie McBean entra sans sa casquette; son couvre-chef faisait tellement partie de lui qu'il paraissait amputé, comme s'il avait perdu le sommet de son crâne. Il serrait une bouteille de whisky sous son bras.

– Ce bon vieux Charlie. Entre !

Brenton laissa bruyamment tomber les livres puis lança un bref regard d'avertissement à Jim Pearce.

Les yeux bleu pâle de Charlie clignaient sous ses sourcils broussailleux et blancs qui évoquaient deux morceaux de coton mal collés.

– J'ai pensé que vous manquiez de bière, dit-il. Un p'tit coup de whisky, ça fait de mal à personne. A la vôtre, les gars !

Et bientôt on entendit trois voix étrangement mêlées entonner ce qui aurait à l'extrême rigueur pu passer pour une chanson :

Boire un petit coup, c'est agréable,
Boire un petit coup, c'est doux...

Entre-temps, Délie avait pénétré dans le magasin obscur, au-delà duquel elle apercevait l'immense entrepôt qui abritait d'innombrables balles de laine dont les piles montaient presque jusqu'au toit, des milliers de balles provenant de la partie supérieure de la Murray. C'était un énorme espace, vaste comme une cathédrale, aussi sombre et silencieux; un rayon de soleil rouge doré entrait par une fenêtre à une dizaine de mètres du sol et incendiait l'atmosphère comme s'il avait traversé un vitrail.

– M. Raeburn est en haut, l'informait le responsable du magasin, quand elle entendit son pas et sa voix traînante l'appeler de l'étage supérieur.

— Ah, madame Edwards ! Je vous attendais.

Elégant et mince, vêtu avec grand soin, de sa cravate unie jusqu'à ses bottines cirées, incongru dans cette petite bourgade au bord du lac, il l'intimida brusquement. Elle se réjouit d'avoir mis son plus beau corsage.

— Mes tantes m'ont supplié de vous inviter à prendre le thé cet après-midi. Elles ont entendu parler de vous et désirent vous voir en chair et en os.

Il y avait un humour contenu dans sa voix, dans le frémissement de son sourcil gauche, dans le regard voilé, moqueur et brillant de ses yeux sombres. Elle sentit qu'il comparait son élégance présente à la tenue de travail qu'elle avait arborée dans la timonerie; elle comprit que ses tantes s'attendaient à contempler une sorte de phénomène, casquette de capitaine, veste militaire et le reste à l'avenant.

Levant la tête, elle dit :

— Je vous remercie, monsieur Raeburn. Mais il me semble que nous devons discuter affaires. Il est trop tard pour commencer à décharger aujourd'hui, mais...

Il était descendu jusqu'à la dernière marche; ignorant le responsable de son magasin, il saisit la main froide de Délie, s'inclina pour y déposer un léger baiser.

— Vous êtes trop belle pour que nous parlions affaires, et j'ai trop envie de mon thé. Nous montons ?

Comme il la précédait le long des marches, elle remarqua les superbes sculptures de la rampe et du pilastre, admira une ancienne nature morte représentant des fleurs et des fruits sur le premier palier, au sol recouvert d'un tapis rouge. Elle croyait rêver; on l'accompagnait dans un autre univers, elle remontait le temps, traversait la mer sur des milliers de milles, jusqu'à un escalier similaire conduisant au salon du premier étage de la maison de son grand-père. Durant toute son existence en Australie, elle n'était jamais entrée dans une telle maison. Et dehors, les lapins grouillaient sous les figuiers de Barbarie, les routes blanches et poussiéreuses traversaient des marais infestés de serpents noirs. Levant les yeux vers le haut des marches, elle aperçut la lumière étincelante d'un lustre en cristal.

79

Une impression confuse de gens, de voix, de visages... beaucoup trop de gens dans une seule pièce... dont son cerveau refusait de retenir les noms.

– Voici mes tantes, mesdemoiselles Raeburn; ma belle-sœur, madame Henry Raeburn; son fils Jamie et la petite Jessamine. Exceptionnellement, elles prendront le thé avec nous cet après-midi. Et la gouvernante des enfants, Miss Mellership.

Stupéfaite et intimidée, car elle avait eu peu de contacts avec autrui au cours des dix dernières années, rencontré peu de femmes à l'exception de Mme Melville, Délie se retrouva assise dans une pièce remplie de femmes. Le seul visage familier était celui de M. Raeburn, qu'elle connaissait à peine.

Ses yeux parcouraient vivement les portraits à l'huile accrochés au-dessus de la cheminée – les fauteuils étaient disposés autour du feu –, mais ces peintures ne lui apportèrent aucune consolation; car sur une toile, une autre femme posait sur elle un regard implacable : des yeux aux lourdes paupières, un nez solide et proéminent, un front lisse et blanc, des lèvres arquées en une moue dédaigneuse.

– Voici une parente de notre famille, madame Edwards; une de mes ancêtres, peinte par Lely à la cour de Charles Ier.

– Un Lely ? Vraiment ?

– Oui. Un authentique Lely.

– C'est merveilleux ! J'aimerais beaucoup pouvoir l'examiner à loisir.

Son regard erra dans la pièce. Délie remarqua que le manteau et le foyer de la cheminée étaient en marbre, les murs couverts d'un papier satiné à rayures blanches et vertes.

– Lait ou citron, madame Edwards?

Mme Raeburn, tenant immobile la théière d'argent, lui décocha un regard perçant de ses yeux gris et alertes, séparés par un nez aussi solide et proéminent que celui du portrait. Ses cheveux gris souris étaient remontés sur sa tête, selon une mode datant de vingt ans. Un jabot de fine dentelle cachait sa gorge décrépite, maintenu par une broche en pierre de cairngorm.

« Une maîtresse femme! songea Délie. C'est elle qui fait la pluie et le beau temps; et Mme Henry, la veuve éplorée, n'a jamais essayé de prendre sa place. Pas étonnant que l'autre Mme Raeburn soit partie, si elle avait un tant soit peu de caractère. »

A haute voix, elle répondit qu'elle prendrait volontiers du lait, que depuis les années qu'elle avait passées sur la Darling, elle considérait le lait frais comme un luxe; car ils n'avaient eu que du lait en conserve ou du lait de chèvre quand ils faisaient halte à un campement.

– Vous avez vraiment remonté la Darling, m'dame Edwards? demanda le jeune Jamie, les yeux écarquillés de surprise. Avec votre vapeur à aubes? Pourtant, vous ne ressemblez vraiment pas à un homme. Tante Allie a dit...

– Ça suffit, Jamie. Les petits garçons ne sont pas censés parler, sinon ils vont boire leur thé dans la nursery. Miss Mellership, voulez-vous donner cela à Mme Edwards?

Délie saisit la fragile tasse de porcelaine translucide, et craignit qu'elle ne se brisât en mille morceaux entre ses mains; elle avait toujours bu son thé dans un pichet grossier qu'un de ses garçons lui apportait à la timonerie ou dans sa cabine. On lui tendit une assiette, un napperon et un biscuit au beurre à poser en équilibre sur ses genoux, tandis que la beauté dédaigneuse enfermée dans le cadre doré dardait sur elle son regard impitoyable.

Comme un nageur épuisé qui s'accroche à une bouée de sauvetage, elle dit :

– J'ai vu les mots " Laine de la Darling " inscrits au fronton de l'entrepôt. Etrange, n'est-ce pas, de penser que la laine récoltée si loin, près de la frontière du Queensland, aboutisse dans cette région de l'Australie, simplement à cause du cours arbitraire d'un fleuve ?

– Mais ce n'est plus le cas, ou très rarement. Tous les ports de la Darling supérieure expédient maintenant leur marchandise par chemin de fer à partir de Bourke, à destination des entrepôts de Sydney. Pourtant, je crois que les trains eux-mêmes seront finalement détrônés par les camions.

– Et peut-être un jour par des avions de transport, dit Délie, se souvenant de Ross Smith et de son enthousiasme, tandis que le petit aéroplane survolait les collines.

Délie avait alors cru que tout était possible à l'homme.

– Les avions ! Fariboles ! s'écria Miss Raeburn d'un ton sans réplique. L'homme n'est pas fait pour voler.

– Pourtant, il vole, tante Alicia.

– Qu'il se rappelle le destin d'Icare et que cela lui serve de leçon.

– Pourtant, Ross Smith n'est pas tombé dans la mer, dit Délie, piquée au vif par l'arrogance de Miss Raeburn.

Les sourcils bien dessinés de la maîtresse de maison se soulevèrent au point de rejoindre les boucles de ses cheveux sur son front. Mme Henry laissa échapper un léger cri de stupéfaction. Délie tourna la tête vers elle et s'aperçut que sa jolie bouche était entrouverte. Elle avait un grain de beauté sur la joue, au-dessus de son front blanc, une raie impeccable séparait ses cheveux bruns frisés. Ses sourcils en accent circonflexe, qui se rejoignaient au sommet de son nez, lui donnaient un air tragique.

– Mme Edwards désire peut-être un autre biscuit ?

proposa Miss Janet, la plus jeune des tantes, pour changer de sujet.

Le visage d'Alister Raeburn était caché au-dessus de sa tasse et ses épaules tremblaient légèrement.

Miss Janet avait une expression angoissée; Délie apprit par la suite que c'était là son expression habituelle. Ses traits étaient flous, sa bouche molle et indécise. Elle ne ressemblait à son autoritaire sœur aînée que par la masse gris souris de ses cheveux empilés sur sa tête.

– Je vous remercie, mais je n'en veux plus.

– Une autre tasse de thé, peut-être?

Miss Raeburn abandonnait le sujet des aéroplanes; seul son ton pincé témoignait de son déplaisir.

– Alister, passe donc la tasse de Mme Edwards.

– Volontiers. C'est le meilleur thé que j'aie bu depuis longtemps.

– Avez-vous quelqu'un pour faire la cuisine à bord, madame Edwards? demanda Mme Henry d'une voix hachée. Je ne sais pas comment vous pouvez vivre ainsi.

– Bien sûr; nous avons un excellent cuisinier. Un homme naturellement.

– Un *homme*!

Miss Janet parut scandalisée.

– Ce thé, s'interposa fermement Raeburn, je l'importe directement de Ceylan. Le café vient du Brésil, le rhum de la Jamaïque, les épices de l'Inde. Ne croyez surtout pas que notre commerce se limite à cette laine prosaïque.

– Mais même la laine peut être romantique, ne serait-ce que par sa quantité. Mille balles! Et notre chargement n'est rien en comparaison de ce qui doit parfois être entreposé ici, et puis elle vient de si loin.

– Et au prix de tant de difficultés! Voilà tout l'aspect romanesque des choses, madame Edwards. Avez-vous conscience, mesdames, d'avoir en face de vous une authentique héroïne? Elle est arrivée jusqu'ici à bord de son vapeur, seule dans la timonerie, en provenance de Wentworth – à cinq cents milles en amont;

elle a traversé le lac pour la première fois avec un fort vent de sud-ouest. En outre, elle est mère de quatre – c'est bien cela ? – de quatre enfants, une artiste peintre débordant de talent, et l'infirmière dévouée d'un mari invalide. Je salue votre courage, ma chère.

Et il leva galamment sa tasse de thé.

– Oh, je vous en prie !

Délie rougit comme une petite fille car elle sentit les visages des femmes réunies dans la pièce se fermer en un mur hostile.

– Quel prodige ! murmura Mme Henry dans sa tasse.

– Ce n'est pas une occupation très féminine, proféra Miss Raeburn.

– Il vaudrait certainement mieux engager un... un capitaine pour diriger le bateau ? se hasarda Miss Janet.

– Cela nous obligerait à lui verser un salaire, dit Délie. Et pour parler franchement, avec l'éducation des enfants... et puis je crois sincèrement que mon mari dépérirait loin du fleuve. Ce qui me fait penser qu'il faut que j'aille le rejoindre.

Comme elle se levait pour partir et prenait congé assez maladroitement, Jamie quitta son tabouret près du feu et s'approcha d'elle.

– Vous me plaisez, dit-il avec sincérité.

Elle baissa les yeux vers son regard lumineux et se demanda si son père avait ressemblé à l'oncle Alister.

– Si ta mère te le permet, viens donc visiter le bateau demain.

– Avec moi, ajouta Jessie d'une voix décidée, écartant ses boucles brunes de son petit visage empourpré par la proximité du feu.

A la porte, Délie se sentit soudain faible et brûlante. Sa vue se brouilla, sa poitrine semblait prise dans un étau. Elle se tint à la balustrade tandis que Raeburn l'accompagnait au bas de l'escalier; quand le vent froid la frappa de plein fouet, elle se mit à tousser.

Le souffle court, elle tendit la main.

– Merci. Au revoir. Pouvons-nous signer les papiers

demain ? Je me sens légèrement... Il faisait très chaud là-haut et toute la journée j'ai eu un peu froid.

– Vous êtes sûre que vous allez bien ? (Il tint sa main un peu plus longtemps que nécessaire.) Nous aurons tout le temps d'accomplir ces formalités demain. Je crois que je devrais vous raccompagner jusqu'à votre bateau.

– Non, je vous en prie ! L'air frais me fait déjà du bien. Et puis c'est tout près.

Elle fit demi-tour et partit d'un bon pas avant qu'il pût insister. Elle savait que Brenton et Jim Pearce devaient en ce moment même évoquer les vieux souvenirs, fêter leurs retrouvailles avec quelques bouteilles, et elle sentait qu'il fallait conserver une cloison étanche entre ces deux univers. Inconsciemment, elle avait retrouvé des manières et une façon de s'exprimer qui avaient été les siennes avant son mariage. Ce n'était pas de l'affectation; simplement, son ancien moi, la jeune fille dont les mains lisses ne touchaient rien de plus grossier qu'un crayon, une aiguille à broderie ou un piano, semblait toujours là dans les coulisses de sa conscience, prêt à resurgir dès qu'elle retrouvait un environnement adéquat.

Elle croyait s'être bien comportée, sauf lorsqu'elle avait contredit la formidable tante Alicia. Il lui semblait que M. Raeburn était fier d'elle, et cette pensée la combla comme une enfant.

Une chanson grivoise, accompagnée du martèlement de bottes sur une table, arrivait du vapeur. Elle se réjouit d'être rentrée seule. Et puis, se souvint-elle, elle n'avait pas examiné de près le Lely, et pas davantage vu les toiles d'Alister Raeburn. Elle souhaita être réinvitée dans cette maison.

80

Charlie McBean s'extirpa de sa couchette et cligna les yeux pour se protéger contre le scintillement éblouissant du soleil qui se réfléchissait sur les vagues du lac. Il passa la main sur le dur chaume de sa barbe, puis enfila son pantalon. Ses yeux rougis le piquaient.

On vieillissait, c'était là le problème, pourtant la veille, ils n'avaient bu qu'une bouteille de whisky et un peu de bière. Sa bouche était aussi râpeuse que l'intérieur de ses bottes.

Les bruits venant de la cuisine réchauffèrent un peu son cœur. Non qu'il envisageât d'avaler de la nourriture – les œufs du petit déjeuner, quelle horreur ! En revanche, un café noir et le goût frais, piquant, d'un oignon cru...

Vieillir, vieillir... Ce matin, ce mot résonnait comme une litanie dans sa tête douloureuse. Maintenant, il ne retrouverait jamais de boulot sur un autre navire. D'un autre côté, le *Philadelphia* ne retrouverait jamais un ingénieur acceptant d'être aussi mal payé que lui.

Il se traîna jusqu'à la cuisine et passa la tête par la porte. Le regard que lui adressa le cuisinier n'était pas particulièrement amène.

– Le déjeuner n'est pas encore prêt, dit-il d'une voix renfrognée.

– Je suis seulement venu te dire de ne rien préparer pour moi. Je sais pas pourquoi mais j'ai pas faim. Le café serait pas prêt, par hasard ? ajouta-t-il vivement.

Ses yeux cherchaient anxieusement des oignons. Ah, il y en avait dans le filet suspendu sous l'évier.

– Sers-toi, dit le cuisinier, en maugréant.

Charlie saisit la cafetière d'une main tremblante, puis versa du café dans une tasse sans soucoupe. Il ne tenait pas à ce que le cuisinier l'entendît tinter contre la soucoupe.

– Ça me suffit, merci. Du café et un oignon.

– Un *oignon* ?

Le cuisinier ne travaillait pas à bord du *Philadelphia* depuis assez longtemps pour avoir vu Charlie avec la gueule de bois.

– Oui; et une tranche de pain pour éponger le jus.

Charlie prit une des tranches déjà coupées mais non grillées, puis un oignon dans le filet; mais quand sa main mal assurée s'empara du couteau à découper la viande, le cuistot le lui arracha.

– Donne-moi ça, vieux grigou, tu as besoin de tes deux mains pour surveiller la chaudière.

Avec dextérité, il éplucha puis coupa l'oignon en rondelles, que Charlie disposa sur son pain, avant de le plier en deux.

– Ah ! dit-il en respirant l'odeur de son sandwich, pendant que ses yeux pleuraient. Voilà de quoi remonter le moral d'un régiment !

Et sur ce, prenant sa tasse de café dans l'autre main, il sortit de la cuisine en mastiquant.

Délie aussi se réveilla avec une migraine – fait inhabituel pour elle – et c'était injuste, car elle n'avait bu que du thé la veille au soir.

Sans dîner, elle s'était couchée immédiatement, brûlante et frissonnante, néanmoins ravie par les attentions de M. Raeburn. Même si ç'avait été pure politesse, cela faisait des années que personne ne s'était ainsi inquiété de sa santé.

Maintenant, elle se sentait bel et bien malade. Elle changea de position en poussant un gémissement – tous ses membres étaient courbatus, sa gorge douloureuse. Entendant du bruit dans la cuisine, elle eut envie d'une tasse de café brûlant. Elle désirait si intensément du café qu'elle voyait presque une tasse posée sur la table de nuit, près de sa couchette, remplie du liquide brun sombre, avec juste un peu de lait, des volutes de vapeur chaude s'élevant vers le plafond.

Comme par enchantement, Gordon passa la tête par la porte entrebâillée. Elle fut si heureuse de le voir qu'elle se retint de le réprimander de l'habituel : « Tu ne t'es pas coiffé ce matin », au lieu de quoi elle lui adressa un faible sourire.

– Tu veux une tasse de thé, maman ?

– Oh, mon chéri ! Du café, s'il te plaît... du café noir, non, avec juste une goutte de lait. Peux-tu me donner le flacon d'aspirine, sur la petite étagère sous la fenêtre. Et puis va voir si papa n'a besoin de rien; je ne crois pas que Charlie soit déjà réveillé.

– Alex peut s'en occuper. Je lui dirai que c'est toi qui l'as demandé. Tu te sens bien ?

– Je suis un peu fiévreuse. Je crois que j'ai attrapé froid.

– En tout cas, ne bouge pas. Je t'apporte tout de suite du café.

Allongée sur sa couchette, réconfortée comme si elle avait déjà bu son café brûlant, elle réfléchit que la vie présentait certaines compensations quand on avait la chance de vivre suffisamment longtemps. Tous les soins qu'elle lui avait prodigués, ses soucis, les nuits passées à son chevet quand il était malade, depuis la plus tendre enfance de Gordon, tout avait abouti à cet instant où il devenait le consolateur et elle, la consolée. Elle avait même connu des familles où le temps avait complètement inversé le rapport naturel, si bien qu'un parent était considéré comme un enfant assommant.

Je ne veux pas vivre aussi longtemps, songea-t-elle; pas question de devenir un fardeau et un souci permanent pour mes enfants !

Son grand-père, se souvint-elle, était resté actif et alerte jusqu'à la veille de sa mort, et elle était prête à parier que Miss Alicia Raeburn appartenait à la même espèce. Quant à Brenton, bien que presque impotent depuis si longtemps, il n'avait jamais fait preuve du moindre infantilisme. Ses fils le respectaient, le craignaient même vaguement, quoiqu'il pût à peine bouger le bras.

– Je dois me lever, dit-elle à haute voix, tout en s'enfonçant délicieusement au fond de son lit.

– Mille balles de laine en parfait état.

Raeburn signa le connaissement, puis le tendit à Délie par-dessus la table, avec un chèque. Elle lui donna son reçu et se sentit immensément soulagée de savoir ce contrat terminé. Elle pouvait retourner sur sa couchette, enfin fermer les yeux. Une toux sèche et profonde déchira sa poitrine; involontairement, elle y porta la main, à l'endroit où un couteau semblait la transpercer à chaque inspiration.

– Ma chère madame Edwards...

Les yeux de Raeburn, grands ouverts, l'observaient attentivement.

– C'est fini. Je crois que j'ai peut-être attrapé... un léger refroidissement.

Sa voix creuse et rauque sonnait étrangement à ses propres oreilles.

– Je ne me le pardonnerai jamais, si vous avez contracté une pneumonie à mon service. Vous êtes brûlante.

Il toucha délicatement sa joue, du dos de la main; geste purement médical.

Sa réponse fut interrompue par une autre quinte de toux. La pneumonie! C'était un mot terrible. Sa propre grand-mère Gordon en était morte, et Délie se souvenait, enfant, qu'on l'avait poussée dans une chambre obscure où sa grand-mère haletante rendait son dernier souffle et se noyait dans le pus inondant ses poumons.

– Un instant!

Il alla chercher quelque chose dans le tiroir de la table de son bureau, sous l'escalier qui menait au corps d'habitation. Il revint avec un énorme tube de verre, un thermomètre centigrade. Avant que Délie pût protester, il le glissa dans sa bouche, puis saisit fermement son poignet gauche et lui prit le pouls avec deux doigts, les yeux rivés à une montre en argent attachée à une chaîne.

Ses doigts étaient doux, impeccablement manucurés, remarqua-t-elle en baissant les yeux, louchant par-delà le thermomètre. Assise, réduite au silence et gênée, Délie sentait son agitation accélérer le rythme de son pouls. Raeburn aussi était silencieux, concentré sur le pouls de la malade.

– Hum, hum ! (Il retira adroitement le thermomètre de sa bouche, le lut, puis le secoua. Ses lèvres remuaient tandis qu'il calculait mentalement, puis il nota quelques chiffres.) Oui, c'est bien ce que je pensais; forte température. Trente-neuf degrés centigrades. Pourquoi diable avez-vous quitté votre lit ?

Son ton et ses manières étaient si anonymes et professionnels qu'elle ne put se retenir de rire.

– Et depuis quand appartenez-vous au corps médical ? Votre attitude au chevet du malade est presque parfaite, mais elle ne me convainc pas tout à fait. Voyez-vous, mon père était médecin, et vous vous êtes trahi. Un vrai médecin ne divulgue jamais la température de son patient. La mystification fait partie de son art, disait toujours mon père, exactement comme chez le sorcier africain.

Il sourit, mais reprit immédiatement son sérieux.

– Malgré tout, je connais assez la médecine pour vous dire qu'avec votre température et votre pouls, vous n'auriez jamais dû quitter votre lit, d'autant qu'il y a du vent aujourd'hui. Le soleil est trompeur; il n'apporte aucune chaleur, avec cette brise humide qui souffle du sud-ouest. Vous devez immédiatement retourner vous coucher.

– Mais...

– Je vous en prie, madame Edwards. Voyez-vous, je me sens responsable de votre état.

– Mais c'est totalement absurde, protesta-t-elle faiblement.

Elle sentit au même instant combien c'était merveilleux d'avoir de nouveau un homme à ses côtés, un homme capable de commander, de prendre des responsabilités, de décider à sa place. Car Délie était bien une femme malgré ses théories sur l'égalité des sexes.

– Où votre père pratiquait-il, dans quelle région de l'Australie ?

– Ce n'était pas en Australie. En un sens, il n'est jamais arrivé jusqu'ici...

– En un sens ?

Ses paupières étaient légèrement voilées; avec quelle incroyable rapidité ces yeux sombres reflétaient son humeur, le scepticisme comme l'intérêt, le souci comme l'humour.

– Il est enterré en terre australienne; mais de son vivant, il n'a jamais posé le pied sur cette terre. Notre bateau a fait naufrage la veille du jour où nous devions arriver à Melbourne. Toute ma famille a été noyée.

Après tant d'années, sa voix tremblait toujours.

– Malheureuse que vous êtes ! Ainsi, vous avez certainement des parents en Angleterre ?

– Oh oui ! des cousins. Mon père était fils unique, la sœur de ma mère est morte à Echuca voici des années, mon oncle plus récemment. J'étais...

Une quinte de toux l'interrompit. Il tapota sa main, puis bondit brusquement sur ses pieds.

– Ne parlez plus. Je vais vous raccompagner chez vous, je veux dire, au bateau.

– Le vapeur est mon foyer.

– Bien sûr ! Pourtant, j'ai du mal à le croire. Vous semblez tellement déplacée dans ce cadre; il y a tant de finesse et de délicatesse en vous. Savez-vous ce que je me suis dit hier après-midi ? Je me suis dit que vous étiez tout à fait à votre place dans mon salon. J'aurais dû me douter que le teint de votre visage était anglais.

Il la prit par le bras quand ils s'engagèrent sur la large route longeant le lac, puis l'accompagna jusqu'à la jetée.

Elle s'arrêta soudain, frappée par une pensée.

– Mais je n'ai toujours pas vu vos tableaux ! Où travaillez-vous ?

– Oh ! au dernier étage, au-dessus de l'entrepôt. Il y a une verrière.

– Dans cette jolie pièce circulaire, juste sous les toits ?

– Oui; c'est aussi un observatoire et un poste de guet. J'ai fait installer un télescope, pour surveiller les navires qui s'approchent; de là-haut, je distingue assez bien l'autre rive du lac. Et parfois, la nuit, je regarde la lune ou les planètes. Je vous y emmènerai dès que vous serez rétablie.

– Ne pourrait-on l'installer ailleurs – dans une chambre plus grande, mieux aérée ?

A moitié assoupie, Délie entendait la voix du médecin, assez sèche, comme si quelque chose l'irritait. C'était sa troisième visite en deux jours; sa maladie devait être assez grave. Elle s'éveillait tout juste d'un cauchemar qu'elle faisait depuis son enfance, chaque fois qu'elle avait une forte fièvre.

Elle devait avaler une immense saucisse blanche, au goût subtilement révoltant, à l'odeur écœurante. Sa taille semblait augmenter au fur et à mesure qu'elle la mangeait; pourtant, elle devait continuer à l'avaler, sans trêve ni repos, sinon la saucisse allait remplir toute la cabine, et ses horribles anneaux l'étoufferaient. Elle avait encore son goût répugnant dans la bouche.

– Puis-je entrer ? (Raeburn poussa la porte de la cabine, puis rejoignit Gordon et le médecin au chevet de la malade. Il n'y avait plus de place dans la petite cabine.) Docteur, je propose qu'on la transporte chez moi, où mes tantes pourront s'occuper d'elle, dans une chambre aérée.

» Vous aurez remarqué qu'en dehors de Mme Edwards il n'y a pas de femme à bord de ce bateau. Son mari est cloué au lit, seuls un cuisinier et un garçon de cabine pourraient s'occuper d'elle, en plus de son fils...

– *Deux* fils, murmura Délie, et Charlie McBean.

– Deux écoliers et un vieux cinglé. Je crois, docteur...

– Tout à fait d'accord. Ce n'est pas un endroit pour une malade. L'air humide monte du lac. Pas assez de ventilation. Malsain. Il faut la transporter. Chaudement enveloppée, sur un brancard. Hrrrpp !

Il venait d'enfouir son grand nez dans un mouchoir pour se moucher bruyamment; comme le mot STOP dans un télégramme, ce coup de tonnerre ponctuait chacune de ses remarques.

– Je suis certain que nous pouvons arranger cela immédiatement. Peut-être désirez-vous en parler avec M. Edwards ?

– Oui. Quant à vous, ma jeune dame (cette épithète flatta vaguement Délie, pourtant consciente de sa jeunesse toute relative, car le médecin avait largement dépassé la soixantaine), vous devez vous montrer plus prudente à l'avenir. Ne sautez plus le moindre repas. Je vous interdis de travailler vingt-quatre heures d'affilée. Habillez-vous chaudement. Et des plats chauds, nourrissants. Buvez de la bière. Mais d'abord, nous devons vous débarquer à terre, vous installer convenablement. Hrrrpp !

– Oui, docteur, dit-elle, soumise.

Elle se demanda comment Brenton et les garçons s'en tireraient sans elle; mais ils s'étaient déjà débrouillés tout seuls pendant qu'elle et Meg séjournaient en ville. Et puis elle était trop fatiguée pour discuter avec le médecin. Elle se sentait terriblement brûlante, sa poitrine lui faisait mal.

– Je laisserai une ordonnance chez le pharmacien. Sirop expectorant... aspirine... bains de vapeur... cataplasmes. Miss Janet est une excellente infirmière. Je repasserai demain matin. Au revoir, madame. Hrrrpp !

Il prit sa sacoche puis alla voir Brenton. Il resta auprès de lui assez longtemps. Raeburn lui adressa un sourire rassurant, puis alla prévenir ses tantes de préparer une chambre de malade. Il savait que tante Janet serait ravie de pouvoir exercer ses talents sur une patiente. Quant à tante Alicia, eh bien, il en faisait son affaire.

81

– Donne-moi la grande passoire, Meg, dit Mme Melville en retirant du poêle la casserole pleine de choux-fleurs. Continue d'écraser les pommes de terre, tu veux, ma chérie ?

Elle souleva le couvercle et regarda dans la casserole, son visage rouge et ridé brusquement enveloppé de vapeur.

– Ils sont parfaits. Ce sont les choux-fleurs que tu as fait pousser, n'est-ce pas ? Tu aurais dû être fille de fermier, Meg. C'est une vraie splendeur.

Elle versa la « vraie splendeur » dans la passoire, où ses rondeurs crémeuses, dodues et compactes rappelaient un cumulus, tandis que la vapeur d'eau se ramifiait en volutes opalescentes, comme les branches d'un arbre. La sauce blanche, riche en beurre, couverte d'un fin semis de persil, était déjà prête, gardée au chaud à côté du poêle à bois.

Meg adorait participer au rituel du repas du soir. L'obscurité tombait : la lueur de la lampe semblait jaune, le ciel bleu foncé en haut de la grande fenêtre. L'odeur délicieuse de la nourriture cuite à la perfection embaumait la vaste cuisine lumineuse, ce parfum subtil qui prévient le cordon-bleu que ses légumes sont prêts. Pour ce dîner, elle avait préparé un pudding à la vapeur et elle espérait un compliment de la part de Garry. Mme Melville prit un torchon et retira les assiettes chaudes du four.

– Je crois qu'il est temps d'appeler les hommes, Meg.

Meg fit un détour par sa chambre, où elle gonfla la masse noire de ses cheveux avec une brosse. Quand je serai mariée, confia-t-elle à son reflet, je préparerai le dîner, je le garderai au chaud dans le four, ensuite je me ferai belle, et seulement alors j'appellerai Gar... – je veux dire mon mari – pour qu'il se mette à table.

Ses lectures à la ferme se limitaient presque exclusivement à des revues féminines que Mme Melville conservait pour les recettes de cuisine et les patrons de couture, mais que Meg dévorait de la première à la dernière page : conseils aux jeunes épouses, feuilletons romantiques, histoires qui débutaient par une rencontre fortuite pour se terminer au son des cloches battant à toute volée, pendant que les jeunes mariés sortaient sur le parvis de l'église. Sa conception de la vie était absurdement déformée; malgré la réalité de l'existence de sa mère, telle qu'elle la connaissait depuis treize ans, Meg concevait les rapports entre les sexes comme une idylle sans fin et atemporelle; en tout cas, son mariage à elle ne ressemblerait pas à celui de sa mère...

Son mari lui offrirait des fleurs pour leur anniversaire; tous les soirs, elle l'accueillerait avec un joli ruban dans les cheveux; et après le dîner, ils se retireraient ensemble pour connaître les délices mystérieuses et intimes du lit. En authentique fille de la campagne, elle connaissait, autant en théorie qu'en pratique, les positions surprenantes des animaux en rut; mais son imaginaire échafaudait des châteaux en Espagne bien différents de cet univers tangible; elle se voyait en chemise de nuit vaporeuse, dans des draps blancs comme neige, cédant à une félicité quotidienne, et dont l'intensité ne faiblissait jamais.

Et quand arriverait un petit bébé, ils se pencheraient ensemble au-dessus de sa charmante tête blonde dans un ravissant berceau décoré de rubans. Si c'était un garçon, il s'appellerait Richard, ou une fille, Robina – incapable de se décider, elle optait parfois pour des jumeaux, un garçon et une fille, s'évitant ainsi un choix difficile. Alors l'homme (le mari indispensable) se tournerait vers elle pour lui dire : Elle a les mêmes cheveux merveilleux que toi, ma chérie, et leurs lèvres se rencontreraient.

– Meg, tu les as prévenus que le dîner est prêt ? fit la voix de Mme Melville, impatiente. C'est servi.

– Oh, j'arrive, chantonna-t-elle avant de bondir dans la véranda.

Plus tard, alors qu'assis autour de la table ils buvaient le thé fort terminant chaque repas, Mme Melville adressa un regard plein d'amour à Meg. La petite était en beauté, ce soir. Si elle avait eu une fille, elle aurait aimé qu'elle ressemblât à Meg.

Ouvrant les yeux, Délie distingua une tache sur le papier mural bleu et argent. C'était une tache d'encre ou une mouche posée là, non, deux mouches, qui maintenant battaient des ailes.

Quelle bêtise! Les mouches ne battent pas des ailes, il s'agit manifestement d'un oiseau noir. Comme elle la regardait, la tache grossit jusqu'à la taille d'un corbeau. Il battait paresseusement des ailes, sans pourtant s'envoler entre la rose bleue et le treillis argenté sur lequel il était perché. Elle souhaitait le voir disparaître rapidement, car il déparait l'harmonie du motif bleu et argent sur lequel elle aurait voulu reposer ses yeux brûlants et douloureux.

Venant au-delà du treillis, des voix arrivèrent jusqu'à elle... Etait-elle allongée dans un jardin? Elle tenta de se concentrer pour découvrir où elle se trouvait. Immédiatement, le corbeau s'immobilisa, rapetissa et se transforma en une grosse mouche posée sur le papier mural. Délie était alitée dans la maison des Raeburn, consciente d'un poids énorme pesant sur sa poitrine et d'un goût écœurant dans la bouche.

Oui, c'était bien la voix du médecin; peut-être l'avait-il déjà examinée?

– Forte fièvre, très forte fièvre. Soins attentifs, des bains pour faire tomber la température. Je compte sur vous, Miss Janet. L'hôpital serait préférable, mais trop tard maintenant pour la transporter... Voilà, hrrrpp!

– Je ferai de mon mieux, docteur.

Délie écoutait avec détachement, comme s'ils parlaient d'une malade sans rapport avec elle. Au bout du compte, rien n'avait beaucoup d'importance : elle était prête à quitter ce monde sans lutter, s'il le fallait. Elle ne s'inquiétait ni du sort de Brenton ni de celui des enfants ou du vapeur. Elle comparait sa vie à une goutte d'eau, à moins qu'une goutte d'eau, à une molécule emportée par l'immense fleuve du temps. Et puis, avec cette température, elle allait bientôt s'évaporer. Sa tête commença d'abord à se volatiliser, devint incroyablement légère. Puis son cou et ses épaules, et bientôt son cœur disparaîtraient aussi, tout son corps allait se métamorphoser en un nuage vaporeux...

Quelque chose de froid toucha ses lèvres.

– Sucez ce cube de glace, madame Edwards. Maintenant, je vais vous donner un bain pour faire tomber votre température; vous vous sentirez mieux.

Elle marchait seule sur une longue plage déserte quand une grande vague s'éleva, beaucoup plus haute que toutes les autres. Elle se retourna pour courir, mais trop tard. La vague s'abattit sur elle, la souleva loin au-dessus des dunes de sable, puis l'abandonna, suffocante mais consciente, dans un lit couvert d'un drap en soie bleue, au milieu d'une grande chambre au papier mural bleu et argent, qu'elle se rappela avoir déjà vu quelque part. Dans une autre vie peut-être?

Une femme était assise dans le fauteuil en rotin près de la fenêtre, elle faisait du crochet – tante Hester! Et elle lui reprochait toujours la mort d'Adam. Si elle-même feignait de dormir, peut-être partirait-elle?

Mais elle avait trop soif pour dormir. Ses lèvres étaient collées. Les yeux toujours clos, elle gémit doucement, et presque aussitôt elle sentit le rebord frais d'un verre contre ses lèvres, un bras soulevant ses épaules. Ouvrant les yeux, elle découvrit le visage soucieux de Miss Janet.

– Merci.

Puis elle s'effondra sur les oreillers, s'émerveillant de sa propre faiblesse. Elle se souvenait de tout, la traversée du lac, sa maladie et son installation dans cette maison.

– Vous avez déliré, dit Miss Janet avec un sourire contenu, mais un profond sommeil vous a permis de vous reposer. Vos yeux sont plus clairs maintenant et je n'ai pas besoin d'un thermomètre pour savoir que la fièvre est tombée.

Elle sortit un petit mouchoir bordé de dentelle, puis essuya ses lèvres; c'était là un tic, comme Délie le découvrit plus tard, par lequel Miss Janet semblait effacer de sa bouche toute expression inconvenante qui aurait pu s'y trouver.

Elle versa une dose d'un médicament à goût d'anis, qu'elle administra à Délie, puis sortit en disant qu'elle allait chercher du jus d'orange frais. Délie regardait les moulures en stuc du plafond, tellement plus élevé que les lattes de bois de sa cabine. Un tapis blanc couvrait le sol de la chambre, et à côté du fauteuil en rotin se trouvait un autre fauteuil tapissé de brocart couleur prune, sur le bras duquel était posée une robe de chambre rose en satin brillant. A qui appartenaient cette chambre ravissante, le vêtement en satin, ces chaussons en fourrure blanche qu'elle apercevait maintenant au pied du fauteuil ? Probablement à l'ancienne femme de M. Alister Raeburn, celle qui était partie avec l'acheteur de laine. Mais pourquoi avait-elle abandonné tout cela derrière elle ? Délie se rappela alors le rivage désert du lac, la petite bourgade provinciale à soixante milles de la ville la plus proche, le vent froid du sud-ouest qui attaquait la façade de la maison, qu'aucun arbre ne protégeait.

A l'intérieur, on pouvait bien recréer comme une enclave de la patrie lointaine, avec des meubles de style et des œuvres d'art; mais dehors, le vent mauvais hurlait sans relâche, les indigènes venus de la Mission de Cap McLeay s'immobilisaient aux carrefours, la sombre tristesse du continent perdu agrandissant leurs yeux. Les routes blanches filaient vers l'est jusqu'à un horizon vide; et les lapins d'importation, qui ne ressemblaient plus à de charmants animaux en peluche, se multipliaient à un rythme effrayant dans les figuiers de Barbarie.

Sans enfants à élever, sans occupation intellectuelle, entourée de tant de femmes et de domestiques qu'elle n'avait plus rien à faire, une femme habituée à la vie citadine devait s'ennuyer à mourir. L'acheteur de laine n'avait sans doute pas eu besoin de se montrer très séduisant. Il lui avait suffi de proposer une nouvelle vie à Londres. D'autant que Raeburn était souvent en voyage, à Morgan, à Murray Bridge ou à Goolwa.

Un feu brûlait doucement dans l'âtre. De petites flammes bleues dansaient au-dessus des bûches rougeoyantes, mouraient puis renaissaient aussitôt. Délie les regarda sans les voir. Quel luxe que d'avoir un feu dans une cheminée, un épais tapis blanc sur le sol, et tout cet espace pour une seule personne!

Quand Miss Janet lui apporta son jus d'orange et, plus tard, un repas léger composé de poulet et d'un flan, elle mangea et but avec appétit, bien que rapidement rassasiée. C'était si agréable de se faire servir, de reposer paisiblement à l'écart de tout, comme si l'immense vague l'avait réellement transportée au-delà des soucis et des tracas de la vie quotidienne.

Le temps avait cessé de s'écouler régulièrement. Elle venait de rompre son jeûne après un long sommeil, et découvrait maintenant que c'était la fin de l'après-midi, presque le soir. Les deux enfants entrèrent dans la chambre après leur repas, et Miss Janet leur dit de ne pas s'attarder pour éviter de fatiguer la malade.

Jamie se coula timidement vers le lit, s'enquit poliment de la santé de Délie, puis déclara qu'il était content de la savoir presque guérie. La fillette marcha avec assurance jusqu'au fauteuil en brocart, écarta la robe de chambre et s'assit, les jambes dans le vide, regardant gravement Délie.

– Comment t'appelles-tu, ma chérie? Jessie, c'est ça?

– Je m'appelle Jessamine Raeburn, rétorqua fièrement l'enfant.

– Jessamine! Quel joli prénom, on dirait un nom de fleur.

– Et vous, quel est votre prénom? demanda Jamie.

– Je m'appelle Délie, ou Del ou Delphine – j'ai plusieurs prénoms – mais mes parents m'ont appelée Philadelphia, du nom de la cité américaine.

– Votre bateau porte le même nom que vous, n'est-ce pas ? J'ai été le voir avec oncle Alister; le mécanicien nous l'a fait visiter. Il est drôle. Quand nous étions à bord, il croquait un oignon, exactement comme une pomme.

– Oh ! fit Délie.

– Moi aussi, je veux y aller. Pourquoi oncle Alister ne m'a pas emmenée ? demanda Jessie d'une voix boudeuse, en balançant ses jambes.

– Parce que tu es une fille. Les filles ne peuvent pas...

– Oh mais si ! les filles peuvent, le coupa Délie en souriant à Jessie. Quand j'étais petite fille, je montais déjà sur les vapeurs. Dès que je serai complètement rétablie, je te ferai visiter la timonerie, Jessamine.

– Na ! dit Jessie en adressant un pied de nez à son frère.

– En tout cas, tante Allie dit qu'une femme doit rester au foyer.

– Oh, vraiment ? murmura Délie pour elle-même, souriant dans ses couvertures.

– Pourtant, Florence Nightingale n'est pas restée chez elle, ajouta pensivement Jamie.

– C'est bien vrai ! Je vois que tu réfléchis, Jamie.

Le pâle visage du garçon se colora un peu après ce compliment. Il est beaucoup trop frêle, songea Délie qui le compara à ses propres enfants, solides et bronzés; ses yeux avaient un regard intense, presque douloureux. Probablement trop d'affection maternelle. Personne n'avait pris la place de son père défunt dans sa vie émotionnelle; il était certainement trop gâté par toutes ces femmes.

A ce moment, sa mère entra et s'approcha du lit en hésitant. Ses sourcils en accent circonflexe semblaient plus moroses que jamais.

– Ma chère madame Edwards, je suis si contente de savoir que votre état de santé s'améliore. Je crains de n'avoir pas été très utile à votre chevet. Je suis fort maladroite auprès d'une malade et...

– Absolument, dit Miss Janet d'une voix brusque, entrant avec une théière en cuivre qu'elle posa sur le manteau de la cheminée. Et il va falloir que vous sortiez bientôt, car je vais laver la malade. Tout le monde dehors ! Les petits bouts de chou aussi.

– P'tit bout d'chou, p'tit bout d'chou, chantonna Jessie en s'allongeant presque sur le fauteuil.

– Je venais juste les chercher, se défendit plaintivement Mme Henry. C'est le jour de congé de la gouvernante, et ils me font tourner en bourrique. Vivement que je les mette au lit.

– J' veux pas aller me coucher.

– Vous pouvez toujours me les envoyer; j'essayerai de les distraire, tant que je serai ici, dit Délie. Pourtant, il faut que je rentre chez moi au plus vite, dès que le médecin m'y autorisera, bien sûr, mais en attendant... Ils ne m'ennuient pas le moins du monde.

– Quoi qu'il en soit, ils doivent sortir immédiatement.

Miss Janet étendit adroitement une serviette sur le lit.

Pour la première fois depuis des mois, lui sembla-t-il, Délie se coiffa et regarda son visage émacié dans le petit miroir qu'elle pouvait à peine tenir dans sa main tremblante. Incapable de lever les bras pour remonter ses cheveux sur sa tête, elle les coiffa en deux longues tresses. Miss Janet lui fit enfiler une chemise de nuit propre, dont les boutons montaient jusqu'au cou, bordée de dentelle; ce n'était pas une chemise de nuit de Délie.

S'observant dans le miroir, elle fut surprise par l'éclat bleu intense de ses yeux, la maigreur de son visage.

– Vous avez des cheveux magnifiques, ma chère, dit Miss Janet en soulevant une des lourdes tresses. Tellement fins, pourtant épais et abondants.

– Je déteste cette mèche grise. J'ai bien envie de la couper.

– Stupide ! Elle vous donne de la dignité. En tout cas, cela vaut mieux que des cheveux poivre et sel. (Elle rassembla la bassine, la serviette et le gant.) Maintenant, je vous laisse vous reposer. Voulez-vous que j'allume le gaz ?

– Non merci. Je désire regarder le ciel.

82

Délie aurait aimé que son lit fût plus proche de la fenêtre, pour pouvoir contempler le lac. De sa chambre située au premier étage, elle distinguait seulement une bande de ciel empourprée par le soleil couchant, ainsi qu'un rayon d'or pur qui entrait presque horizontalement par la fenêtre et illuminait le mur opposé.

Allongée, elle regardait les grains de poussière dorée qui dansaient dans la lumière, comme en cet autre soir, voici un quart de siècle, à mille milles en amont du fleuve. A cette époque aussi, elle avait été alitée, mais elle se remettait alors d'une légère commotion. Un même sentiment d'irréalité l'avait saisie, comme si les lointains bruits d'activité dans la maison émanaient d'un autre univers. Alors Adam était entré et l'avait embrassée pour la première fois.

Comme si elle l'avait appelé, elle entendit quelqu'un frapper doucement, puis la porte s'ouvrit. Un personnage éblouissant pénétra dans la chambre, son pas tranquille foulant l'épais tapis, et elle se demanda brièvement si elle délirait encore. Alors elle reconnut Alister Raeburn, vêtu comme un sultan des *Mille et Une Nuits.*

Au-dessus du pantalon de son costume, il portait une robe de chambre somptueuse de brocart blanc et or, ainsi qu'une ceinture de soie écarlate frangée d'or. Avec sa courte barbe noire et ses yeux sombres, il semblait aussi exotique qu'un paon blanc. Elle était ravie, stupéfaite.

S'interposant entre elle et la fenêtre, il s'avança vers

le lit, puis souleva sa main inerte posée sur la courtepointe, et ses lèvres frôlèrent les doigts amaigris.

– Grâce à Dieu, vous allez mieux. Vous nous avez fait une peur bleue.

Elle sourit faiblement.

– Comment mon état aurait-il pu s'aggraver avec les soins merveilleux qu'on m'a prodigués et tout le luxe qui m'entoure ? Votre famille est tellement gentille avec moi. Cet après-midi, j'ai eu la visite de Mme Raeburn, de Jamie et de Jessamine; Miss Janet est une infirmière hors pair.

– Pas de visite de tante Alicia ?

– Non, aucune de Miss Raeburn.

– Pourtant, elle aussi vous a veillée pendant que vous étiez inconsciente. Pour soulager tante Janet, elle est restée à votre chevet pendant la nuit.

– Je la remercierai dès que je pourrai me lever. Dans un ou deux jours, je serai sûrement rétablie.

– Non. Certainement pas dans un ou deux jours. (Sa main blanche et fine lissa la courtepointe bleue.) Votre cœur a été atteint par les toxines de la pneumonie. Vous devez encore rester au lit pendant deux semaines. Et vous ne pourrez reprendre vos pérégrinations que dans un mois.

– Mais c'est impossible ! Je ne peux pas rester allongée là, laissant le vapeur à quai, avec Brenton et les enfants ! Je vais parler au médecin. Il ne comprend pas ma situation.

– Il la comprend parfaitement, au contraire. Avec un cœur fragile, vous ne serez plus d'aucune utilité à votre famille; vous ne voulez tout de même pas être deux invalides à bord de votre vapeur ! Je suis brutal, mais vous n'avez pas le choix.

– C'est impossible.

Des larmes de désespoir et de faiblesse emplirent ses yeux. Il reprit sa main.

– Vous devez vous y résigner; soyez déjà heureuse de guérir. Votre famille serait désespérée de vous avoir perdue. Quant à moi, eh bien, je reconnais égoïstement que la perspective de vous garder ici me plaît.

Ouvrant ses yeux voilés de larmes, Délie vit ses yeux sombres tout près de son visage, et, l'espace d'un instant, crut qu'il s'agissait de son cousin défunt. Il lui sembla que sa vie parcourait des cycles. Une fois encore, elle se retrouvait dans une maison étrangère après avoir frôlé la mort; cette fois-ci, elle ne venait pas de la mer, mais des lacs. Et ce n'était pas Adam; alors une sorte de mystérieuse télépathie prévint Délie qu'il aimerait beaucoup l'embrasser. Pourtant, elle sentit qu'il n'irait jamais jusqu'à s'asseoir au bord du lit.

Pour dissiper la tension ambiante, elle dit d'une voix enfantine :

– Quelle ravissante robe de chambre! Ce tissu est splendide.

– Oui. (Lâchant sa main, il la regarda d'un air satisfait et passa ses doigts sur les broderies ornant la poitrine.) C'est un brocart chinois confectionné à Hong Kong. Le tissu vient de Singapour. Il y en a deux autres quelque part – une écarlate et une bleu turquoise. Je vous ferai porter la bleue. Elle s'harmonisera parfaitement à la couleur de vos yeux, bien qu'ils soient plus foncés – comme des lapis-lazulis.

– Je... je crois que Mme Henry m'a peut-être prêté...

Elle montra le fauteuil sur lequel était posée la robe de chambre de satin rose qui captait les derniers rayons du soleil. Il se retourna, fit un pas en avant, puis se figea sur place, le dos tourné. Délie vit tout son corps se raidir.

– Comment ce vêtement est-il arrivé ici? demanda-t-il d'une voix étranglée.

Quand il pivota, ses yeux étaient à demi voilés sous ses lourdes paupières, mais malgré la faible lumière elle vit qu'ils brillaient de rage.

– Je ne sais pas. Je l'ai découverte là, à mon réveil. Avec les chaussons.

– Tout cela appartenait à ma femme. J'avais donné l'ordre qu'on brûle toutes ses affaires.

Il saisit la robe de chambre et les chaussons, puis les lança à terre.

– Excusez-moi.

Il s'inclina, très raide, puis sortit.

Elle l'entendit marcher dans le couloir, puis ouvrir violemment une porte.

– Tante Alicia! Pourrais-je vous dire deux mots dans mon bureau, s'il vous plaît?

Un peu plus tard, Miss Alicia Raeburn entra dans la chambre comme un vent froid.

– Vous êtes dans le noir! dit-elle d'une voix brusque, en tirant les doubles rideaux. Je vais allumer le gaz, à moins que vous ne préfériez la lampe de chevet?

– Juste la lampe, merci.

Quand la lumière jaillit et que Miss Raeburn se pencha sur la lampe pour régler la mèche avant de remettre le verre en place, Délie remarqua sur ses joues roses deux taches plus colorées qu'à l'ordinaire. Sur son bras, elle portait une autre robe de chambre, beaucoup plus belle que celle en satin rose, en brocart couleur turquoise, brodé de papillons dorés.

– J'ai tendance à penser, dit Miss Raeburn, que le rose ne vous va pas. Et puis, comme celle-ci est doublée, ce sera plus raisonnable pour quelqu'un qui se remet d'une pneumonie.

Elle la posa sur le montant de cuivre du lit, puis ramassa l'autre.

– Sur le bateau j'ai une robe de chambre en laine. Je vais la faire chercher, puisqu'il semble que je doive rester ici encore quelque temps. Je ne savais pas que j'avais été gravement malade, ni combien je dois à vos soins, aux vôtres et à ceux de Miss Janet. Je tenais à vous remercier.

Miss Raeburn haussa les épaules.

– C'est la moindre des choses; personnellement je n'ai pas beaucoup de mérites. Janet a tout pris sur elle, et puis je n'ai fait que mon devoir envers une inconnue hébergée sous mon toit, ainsi que le prescrit la Bible.

Exactement comme tante Hester après ma maladie! pensa Délie, profondément troublée par la répétition des mêmes événements.

Après le départ de Miss Raeburn, elle pensa à ce qui

venait de se passer. Il semblait évident que l'indifférence de M. Raeburn envers la trahison de sa femme était feinte. Il avait dû être fort mécontent pour obliger la formidable Miss Alicia à faire disparaître l'autre robe de chambre.

Au cours de la semaine suivante, encouragée par son intimité naissante avec Miss Janet (beaucoup plus abordable que sa sœur), Délie se permit de l'interroger à propos de ce lointain scandale.

– Mme Alister Raeburn était-elle très belle ? demanda-t-elle, persuadée que tel avait été le cas.

– Eh bien... je ne dirais pas qu'elle était *belle*, répondit Miss Janet. Elle n'avait pas beaucoup de présence ni de dignité – non qu'une femme de petite taille ne puisse être ravissante, bien sûr –, mais elle avait des traits menus, des pieds minuscules et des yeux verts assez bizarres. Féline, oui, je crois que c'était une femme féline. Très jolie en tout cas. Mais, comme vous vous en doutez, ses charmes et ses chatteries restaient sans effet sur Miss Alicia.

– Elles s'entendaient mal ?

– Elles ne pouvaient pas se sentir. Allie n'est pas une personne avec qui on s'entend facilement. Et la femme d'Alister, malgré sa douceur apparente, pouvait se montrer d'une dureté impitoyable.

– Et lui, fut-il très bouleversé par son départ ? Comme ils n'avaient pas d'enfants, la séparation n'a pas dû être trop douloureuse.

– Alister fut blessé dans son orgueil davantage que dans son cœur. Qu'elle ait pu partir avec ce rustre – comme il l'appelait – elle qui avait connu les plus belles choses, les attentions les plus délicates –, qu'elle ait pu lui préférer un homme de Leeds s'exprimant avec un accent du Nord à couper au couteau, sans le moindre goût pour l'art ni la musique, oui, tout cela l'a blessé. Il est entré dans une colère noire. Il a brûlé ses portraits – celui qu'il avait peint ainsi que les photos d'elle – puis il a jeté sur le tas d'ordures tous les vêtements qu'elle avait abandonnés en partant, pour qu'on les brûle.

– Mais la robe de chambre posée sur le fauteuil, et les chaussons lui appartenaient ?

– Alicia ne supporte pas le gaspillage. Pourtant, je ne comprends pas pourquoi elle voulait vous les faire porter.

– Vous croyez qu'elle l'a fait exprès ?

– Oui, et Alister a pensé la même chose. Elle savait que cela le rendrait furieux. Il déteste tout ce qui lui rappelle sa femme. Maintenant, je me demande...

Miss Janet la regardait curieusement, son visage assez allongé penché de côté. Elle sortit un mouchoir, puis essuya rapidement ses lèvres, gommant toute expression de son visage flétri.

– Oui ? Que vous demandez-vous ?

– Oh rien. Je me demandais simplement pourquoi elle voulait lui rappeler son premier mariage. Alicia aime beaucoup Jamie, ajouta-t-elle, sautant apparemment du coq à l'âne.

Délie était perplexe. Miss Raeburn espérait-elle, s'il la voyait dans cette robe de chambre évoquant des souvenirs douloureux, qu'Alister éprouverait de l'aversion envers Délie ? Mais pourquoi ? Et que venait faire l'affection de Miss Raeburn pour Jamie ?

– Je ne suis qu'une vieille pie, ma chère, qui se laisse aller à son imagination. Et pourtant... Allie a le don de double vue. C'est un trait typiquement écossais. Elle devine parfois ce qui va arriver aux gens alors qu'eux-mêmes n'en ont pas la moindre idée.

83

En bas, le *Philadelphia* et sa barge, amarrés à la jetée, restaient immobiles; des camions avaient déjà emporté son chargement de laine dans le grand entrepôt du bord du lac. Le temps calme et ensoleillé évoquait davantage l'automne que le printemps.

Délie s'était inutilement inquiétée à propos de Brenton et des garçons. Tous se portaient fort bien sans elle. Brenton avait confié à Charlie qu'il pratiquait des exercices quotidiens, et l'ingénieur l'aidait tous les jours à s'asseoir dans un fauteuil où il restait brièvement, les muscles du dos douloureux, sentant le sang irriguer de nouveau ses membres amaigris.

Les garçons passaient des heures merveilleuses à explorer les bords du lac en barque, à découvrir des nids de cygnes parmi les roseaux. Chaque matin, ils partaient pêcher de bonne heure et attrapaient des mulets de mer qui avaient remonté le fleuve en suivant l'eau saumâtre.

Gordon pêchait davantage pour le plaisir de rester à l'ancre sur le miroir du lac que par goût pour cette activité paisible; le soleil éblouissant se réfléchissait sur l'eau sous la ligne horizontale du rivage. Quant à Alex, il était trop impatient pour pêcher longtemps, à moins que le poisson ne mordît immédiatement. Mais si l'un d'eux attrapait un poisson, alors Alex était heureux. Il s'asseyait, très concentré, et entreprenait de disséquer le poisson avec un couteau bien aiguisé, observait la colonne vertébrale, la disposition des arêtes à mesure qu'il découpait des filets de chair, la dentelle rouge des ouïes, et, spectacle merveilleux, les yeux. Il s'intéressait passionnément au fonctionnement de tous ces organes, à leur agencement, à leurs rapports, comme à un jouet complexe et fascinant.

Pour Gordon, le poisson mort, son sang et ses viscères étaient écœurants, sa beauté et son intérêt disparaissaient dès qu'il avait cessé de vivre et perdu ses couleurs iridescentes. Il ne mangeait jamais avec plaisir un poisson qu'il avait lui-même pêché. Il aimait les attraper, exercer son astuce contre sa proie, mais supprimer une vie lui déplaisait. Quand des araignées d'eau entraient dans sa cabine, il les plaçait soigneusement sur un bout d'écorce ou une feuille de papier pour les faire sortir, bien qu'il ne les aimât pas. Il avait un respect de la vie quasiment hindouiste.

Le médecin vint en personne annoncer à Brenton

que sa femme ne pourrait revenir à bord du bateau avant quelques semaines; il lui cacha que, vingt-quatre heures durant, il avait jugé son état désespéré. La solidité de Brenton, la vitalité qu'il sentait frémir comme des braises ardentes sous la cendre de l'immobilité forcée, l'intéressèrent. Il avait parlé avec lui lors d'une précédente visite, et découvert une intelligence alerte ainsi qu'une volonté de fer derrière son élocution hachée. Le traitement de ce genre de handicapés le passionnait et il était très en avance sur les pratiques médicales de son temps.

A sa deuxième visite, il apporta à Brenton un livre du Dr Otto Schmeltkopf.

– Ne vous inquiétez pas du titre, dit le Dr Riceman. Texte allemand, un alphabet bizarre. Pas encore traduit en anglais. Cela signifie " Rééducation "; bourré de cas semblables au vôtre. Les illustrations vous seront utiles; montrent les exercices les plus efficaces. Hrrrrpp !

Il se moucha comme on sonne le clairon, puis rangea son mouchoir.

– Maintenant, voyons, votre jambe gauche a retrouvé un peu de sensibilité ? Et les doigts de la main gauche, ça va ? Hum, hrmp ! Fermez l'œil gauche. Maintenant le droit. Veut pas se fermer complètement, hein ? Les cordes vocales aussi sont touchées. Mais vous avez déjà surmonté cela dans une certaine mesure.

– Travail... pénible. Mais je... peux parler.

– Vous avez découvert l'essentiel : le contrôle du souffle. Le truc consiste à avaler l'air comme une grenouille; puis à le faire remonter pour former des mots. Difficile au début; mais vous êtes en bonne voie. Bon, depuis combien de temps ne vous êtes-vous pas levé ?

– Cinq... ans.

– Assis dans un fauteuil ?

– Cinq heures.

– Diable ! C'est donc ainsi que vous empêchez vos jambes de s'atrophier. Votre courage me plaît.

– Pour moi, debout... ou mourir.

– Excellent ! Vous connaissez cette vieille rengaine, qui parle d'un type qui sort de prison ? " Rappelé à la vie. Mais je ne veux pas vivre. " En tant que médecin, je trouve cela dramatique. Le désir de vivre est mille fois plus important que la condition physique. Bon, jetez un coup d'œil sur ces diagrammes.

En soulevant quotidiennement de lourds livres, Brenton avait appliqué sans le savoir l'un des exercices préconisés par le médecin autrichien auteur du manuel. Il expliquait maints exercices plus compliqués, destinés à rééduquer les muscles contrôlant les doigts, les paupières, les mâchoires.

– Ça tombe sous le sens, s'écriait le Dr Riceman. On peut retrouver l'usage de muscles blessés ou atrophiés, par des exercices réguliers. Regardez ce qu'un entraînement quotidien réussit à faire de certains muscles : des danseurs, des acrobates. Vous ne voulez pas devenir acrobate; simplement pouvoir vous déplacer par vous-même, remettre un peu d'huile dans le moteur et tenir le gouvernail. Hrrrppm !

– C'est exactement ça, dit Brenton d'une voix intense. Tenir le... gouvernail !

– Vous devez monter ces marches très lentement, madame Edwards, dit Raeburn en s'arrêtant avec elle sur un palier, à mi-chemin de l'atelier aménagé sous les toits.

Délie aussi apprenait à remarcher sur des jambes qui lui semblaient de bois. Elle s'appuyait de tout son poids sur le bras de son compagnon. Sur le premier palier, elle fut prise d'un accès de faiblesse. Mais elle avait tenu à monter à l'atelier. Elle éprouvait un intérêt croissant pour la personnalité de son hôte et ne pouvait attendre plus longtemps de découvrir ses toiles ainsi que l'endroit où il travaillait.

– Il n'y a aucun de vos tableaux dans la maison ? demanda-t-elle. Pourquoi donc ? J'ai regardé partout depuis que je peux me lever, mais je n'en ai vu aucun.

– Non. (Il se retourna, s'appuya à la balustrade et regarda l'étroit escalier en colimaçon qu'ils avaient emprunté depuis le premier étage.) Je ne nourris aucune illusion sur la valeur de mon travail. Pour tout vous dire, j'ai une ou deux toiles dans ma chambre – mes préférées –, mais elles ne sont pas assez bonnes pour que je me permette de les exposer en public.

– Vous n'avez jamais exposé ?

– Si, quand j'étais plus jeune. Je faisais partie de la Société des Beaux-Arts de l'Australie-Méridionale; les toiles que j'ai proposées furent toujours acceptées, mais elles ne me satisfaisaient pas. Aujourd'hui, je peins pour mon seul plaisir, le plaisir de m'exprimer par la forme et la couleur.

– A mon avis, c'est la seule raison valable de peindre. Mais je crois que chez moi il y a autre chose, le désir de créer une œuvre durable, capable de résister à l'épreuve du temps, porteuse d'un ordre propre, imposé de l'extérieur, totalement distinct des contingences de la vie. L'art satisfait pour cette raison précise : il tire une structure et une forme hors du chaos et du hasard.

– Reprenons votre ascension, voulez-vous ?

Il semblait déprimé; ses sourcils se fronçaient en une expression de lassitude, ses paupières tombantes voilaient ses yeux.

– Oui. Je me sens d'attaque maintenant.

Une trappe pivotant sur ses gonds découpait un rectangle sur le plancher de l'atelier. La lumière jaillissant de l'ouverture éclaboussait d'or les marches jaunes de l'escalier. Délie poussa un léger cri de plaisir quand elle émergea dans cet univers nimbé de soleil. Tout le paysage alentour s'offrait au regard, des baies vitrées formaient les murs jusqu'aux deux pieds du plancher hexagonal. Le sol était nu, à l'exception de deux tapis persans, dont les couleurs chatoyantes brillaient au soleil. L'ameublement se réduisait à un divan couvert de velours, deux vieux fauteuils confortables, un chevalet et une table maculée de peinture, qui supportait des pots de pinceaux et des boîtes pleines de tubes de couleurs.

Il y avait une toile inachevée sur le chevalet; un

coucher de soleil sur un plan d'eau. Tout autour de la pièce, des paysages marins étaient posés à terre contre les murs.

La mer au clair de lune, au coucher du soleil, à l'aube; assombrie par un orage menaçant, inondée de lumière, parsemée de déferlantes... les seules toiles qui n'étaient pas des marines représentaient le lac ou de larges bras morts de la Murray.

N'en croyant pas ses yeux, Délie cherchait quelque chose à dire et passait d'un tableau au suivant. A quoi s'était-elle attendue? Pas à cela en tout cas. Des portraits sophistiqués, peut-être, des tableaux à intentions satiriques – mais pas à cet intérêt romantique pour les humeurs de la mer, les demi-tons de clair de lune ou de ciel pâlissant à l'aurore. Aucune toile ne représentait la lumière nette et tranchante du milieu de journée.

– Alors?

Dos tourné, il regardait le lac.

– Je suis épuisée, dit-elle enfin. Tout cela est tellement... tellement inattendu.

Elle longeait les murs, accordant toute son attention à chaque toile, même aux croquis inachevés.

– Je ne vous connaissais pas cette passion pour la mer. Dites-moi, est-ce Goolwa Beach?

Les dunes de sable, les touffes d'herbe éparses et les vagues innombrables qui se brisaient sur la grève, tout était baigné dans une lumière cuivrée qui tombait d'un soleil rouge posé très bas sur l'horizon. Il acquiesça.

– C'est bizarre; durant presque toute ma vie, j'ai imaginé cette plage, mais pour moi elle a toujours été froide, froide et blanche, avec des vagues bleues glacées, des dunes de sable semblables à des bancs d'écume gelée.

– Mais elle est ainsi! Le sable n'est pas vraiment blanc, les embruns soufflent sur la plage quand il y a du vent et forment comme des monticules de neige, et puis les vagues se brisent en un rugissement glacé, inhumain. J'ai peint cette toile le jour du grand incendie de brousse qui jetait sur la mer une étrange lueur cuivrée. L'estuaire de la Murray est juste derrière, perdu dans la brume.

Elle regarda avec intérêt l'endroit qu'il désigna sur cette plage irréelle dont elle avait souvent rêvé, des milles de rivage inhabité, battu impitoyablement par l'Océan du Sud.

– Voici mon préféré, dit-elle enfin.

Elle s'arrêta une fois encore devant une petite étude figurant une seule vague qui déferlait. Elle se dressait dans la lumière matinale; verte, translucide, ourlée d'écume et figée pour l'éternité à l'instant de sa destruction finale.

– Le titre est tout simplement *La vague,* et c'est aussi un de mes préférés. Plusieurs fois, j'ai refusé de le vendre. Quel est votre verdict ? Vous êtes restée longtemps silencieuse.

– Je vous l'ai dit, je suis surprise. Tout cela m'intéresse énormément, et je suis très impressionnée. Vous êtes tenace et plein d'énergie; mais la mer est une dure maîtresse, paraît-il.

– Je suis toujours tenace et plein d'énergie quand je désire quelque chose, dit-il avec un regard appuyé. Je vous aurai avertie.

Sans relever cette dernière phrase, elle se tourna pour regarder par les fenêtres le paysage environnant, les plaines et le lac, dont on distinguait la rive opposée, distante de près de vingt milles. Au premier plan, la jetée et le *Philadelphia* ressemblaient à des jouets. Un vapeur qui arrivait de Cap Pomander laissait dans le ciel un sillage de fumée noire.

– Encore un chargement de laine pour notre entrepôt, dit Raeburn. Il me semble que c'est le *Pevensey.* Voyons cela de plus près.

Près du mur est, il retira un tissu qui protégeait un objet à la forme bizarre, ouvrit une fenêtre, puis régla la lunette d'un grand télescope.

– Cet instrument est fort pratique pour obtenir des renseignements sur les vapeurs et leurs chargements, dit-il. La nuit, je peux aussi observer la lune et les étoiles. Cette partie du toit coulisse et le télescope pivote sur son pied. Je n'enclenche le mécanisme d'horlogerie que pour observer les corps célestes; il corrige la visée du télescope pour annuler les effets de la rotation de la terre, afin que l'objet observé reste toujours dans le champ de vision.

– Magnifique! J'aimerais tant voir les lunes de Jupiter, les anneaux de Saturne, les cratères de la Lune, est-ce possible?

– Parfaitement, si vous attendez que la nuit tombe. Le ciel est dégagé, mais malheureusement nous ne pourrons voir Saturne ce soir. En attendant, regardez donc le vapeur. Il avance à bonne allure par ce temps calme.

Délie colla son œil contre l'oculaire et vit le bateau à vapeur, comme raccourci, magiquement rapproché. La fenêtre de la timonerie était ouverte, le capitaine nettement visible derrière sa roue, regardant droit devant lui, totalement inconscient de l'œil qui l'observait de l'autre côté du lac. Elle vit quelqu'un, matelot de pont ou ingénieur, gravir les marches et lui adresser quelques mots en tendant le bras. Cela lui rappela l'un de ces nouveaux films, qu'elle avait vu avec ses enfants dans une salle de Morgan, des personnages grandeur nature qui bougeaient, gesticulaient et ouvraient la bouche sans qu'on entendît leurs paroles.

Elle se tourna vers Raeburn en souriant.

– Avez-vous utilisé cet appareil pour m'observer?

– Oui, je vous ai vue dans la timonerie de votre bateau, vous disiez quelque chose à votre fils, après quoi vous avez ri tous les deux. Vous aviez quitté l'abri du cap depuis longtemps, et les vagues malmenaient votre vapeur. Je m'étais attendu à vous découvrir tendue, anxieuse. Cela m'a beaucoup impressionné.

– En réalité, j'avais peur. Mais je ne sais pourquoi, j'ai trouvé cette aventure plutôt cocasse. Voilà ce que je disais à Gordon : " C'est amusant, n'est-ce pas? " Et brusquement, cela le devint.

– Gordon est un charmant garçon. La nuit où vous avez déliré, il est resté à votre chevet jusqu'aux premières heures du jour. Je lui ai proposé de dormir dans votre chambre, mais il a refusé de se coucher.

– Oui, il est très sensible et affectueux. Il me fait penser à... (Et alors elle parla à Alister Raeburn de son premier amour, son cousin mort à dix-neuf ans seulement, elle lui parla de Miss Barrett et de la ferme dans la partie supérieure du fleuve, de l'hostilité de tante Hester, de la fougue juvénile d'Adam.) Tout cela est tellement loin que je me demande parfois si cette enfant et moi sommes vraiment la même personne.

– Oui, évoquer le passé est parfois étrange. Dorothy Barrett, n'est-ce pas? Quel âge cette femme aurait-elle aujourd'hui?

– Oh, je ne sais pas, la soixantaine. Oui, elle doit avoir près de soixante ans. Cela me semble incroyable! C'était une personne merveilleuse, avec de magnifiques cheveux châtains, qui doivent être gris aujourd'hui. Nous nous écrivons régulièrement, environ une fois l'an, à Noël.

– Barrett, Barrett! Oui, je suis sûr que c'est elle. J'ai reçu une lettre d'un ami anglais, qui me recommande chaleureusement une gouvernante pour ma nièce et mon neveu, quelqu'un qui a travaillé à leur service; elle retournait en Australie et cherchait un emploi. Il s'agit peut-être de la même personne? Cette femme n'était plus jeune.

– C'est possible. La dernière fois que j'ai eu de ses nouvelles, elle était dans une famille du Dorset, les Polkinghornes. Ils...

– Mais oui! Quelle coïncidence; il s'agit bien de votre Miss Barrett. Vous êtes prête à la recommander aussi, à ce que je vois?

– Absolument et sans réserve. Bien sûr, je ne l'ai pas vue depuis vingt-cinq ans, mais son esprit est plus vif que jamais, ses lettres en témoignent. Ce serait merveilleux si...

– Alors, l'affaire est entendue. Miss Mellership est très bien, mais elle ne peut faire plus que garder les enfants. Je veux une personne capable de former leur esprit et leur caractère. Le jeune Jamie lui échappe déjà complètement; quant à sa mère... eh bien, franchement, sa mère n'a pas une bonne influence sur lui.

Légèrement embarrassée par cette confidence, qui confirmait ce qu'elle pensait de Mme Henry, Délie ne répondit rien. Elle plaça de nouveau son œil devant l'oculaire et distingua clairement le bateau éclairé par les derniers rayons du soleil couchant.

– Quand il accostera, il faudra que je descende régler quelques affaires, dit Alister. Mais ils ne commenceront pas à décharger avant demain matin. Je serai donc bientôt de retour. Aimeriez-vous rester ici plutôt que d'affronter de nouveau l'escalier? Je demanderai qu'on nous fasse monter un repas.

– Merci. J'ai très envie de rester et de regarder le coucher de soleil. Quel endroit merveilleux pour travailler! J'ai l'impression d'être un oiseau perché sur la cime d'un arbre.

– Promettez-moi de ne pas regarder le soleil à travers le télescope. Vous risqueriez une cécité irréversible.

– Je ne m'en servirai pas en votre absence.

– Je serai bientôt de retour, et nous mangerons... des sandwiches au poulet, qu'en pensez-vous, avec une bouteille de sauternes?

– Parfait.

Il commença de descendre par la trappe, puis s'arrêta un instant, la tête au niveau du sol. Ses sourcils et sa barbe noire taillée en pointe rappelèrent à Délie le Méphistophélès de *Faust* retournant vers les profondeurs infernales. Puis elle l'oublia, pour se perdre dans la contemplation de l'espace illimité, de l'air et de l'eau, se sentant chez elle comme l'aigle dans son repaire.

Elle regarda avec indifférence le *Philadelphia* amarré au quai, bien que là-bas ce fussent ses fils qui ramaient vers le vapeur; puis montaient à bord avec un sac plein de poissons; les panaches de fumée sortant de la cheminée de la cuisine signifiaient qu'on préparait le repas du soir, et derrière la grande fenêtre son mari cloué au lit mangeait lentement et maladroitement avec une seule main.

Elle aperçut une petite silhouette déguenillée surmontée d'un chapeau informe – ce ne pouvait être que le Jeune Suppôt – qui courait au bord du pont, poursuivie par un personnage légèrement plus corpulent, sans doute Charlie qui pourchassait sa proie préférée. Le Jeune Suppôt fit un bond prodigieux jusqu'au quai, puis se retourna pour adresser une grimace à l'ingénieur.

Délie sourit en constatant la rage silencieuse de Charlie qui leva les bras au ciel, jeta sa casquette sur le pont et la piétina furieusement. Il était étrange de ne pas entendre le moindre juron accompagnant cette danse sauvage, mais Délie était trop loin.

Quand Ethel, la servante édentée, maigre et toujours gaie, monta les marches avec un plateau, elle regarda les sandwiches appétissants, les napperons brodés, les verres en cristal, la bouteille dorée couverte de minuscules gouttelettes, et songea à son premier dîner à bord du *Philadelphia*.

Le contraste entre l'omelette à l'oignon arrosée de bière et le poulet accompagné de sauternes symbolisait le fossé qui séparait son foyer et ce nid d'aigle. Pourtant, elle avait appris à aimer la bière et les repas improvisés dans la timonerie ou sur le pont.

84

Sur le *Philadelphia*, le cuistot abattait violemment des casseroles sur le poêle de la cuisine. Il faisait toujours un bruit infernal en lavant la vaisselle. Il avait plutôt mauvais caractère et chaque fois qu'il laissait tomber quelque chose – cuillère ou poêle à frire –, il décochait un violent coup de pied qui envoyait valser l'ustensile à l'autre bout de la cuisine.

Il était mortellement las de préparer du poisson, mais ces sales gosses étaient encore revenus avec un sac plein; il n'y avait pas de glace et il ne supportait pas le gâchis.

— Hé, les morpions ! appela-t-il. Au travail !

D'ordinaire, quand le repas était prêt, il sonnait la cloche. Maintenant il appelait l'un des garçons pour qu'il vînt prendre le repas de Brenton et le porter dans sa cabine. En l'absence de Délie, ils s'occupaient de leur père à tour de rôle; ce soir-là, c'était le tour d'Alex.

Il prit le plateau et l'assiette de poisson coupé en fins morceaux, mélangé à de la purée pour que Brenton pût le manger facilement, puis il le porta avec précaution jusqu'à sa cabine sur le pont supérieur. Son père reposait, le menton collé à sa vaste poitrine, ses yeux rêveurs fixés sur la fenêtre.

Brenton n'aimait pas rester à quai aussi longtemps; il lui semblait que le bateau était piégé dans un trou d'eau, ainsi que cela était souvent arrivé dans le passé : immobilisé et inutile, comme lui-même. Contrairement au fleuve, l'eau du lac semblait stagner; privé du mouvement des rives qu'il voyait défiler par la fenêtre de sa cabine, il avait le sentiment de croupir, de dépérir.

Et puis sa femme lui manquait, bien davantage que lorsqu'il avait été en bonne santé. Sans elle, il était désorienté, il se sentait comme perdu en pleine mer et sans boussole. Car elle assurait la continuité de son existence, elle constituait le lien entre ce qu'il avait été et ce qu'il était devenu.

Charlie était si fantasque depuis quelque temps — privé de ses responsabilités d'ingénieur et de l'influence bénéfique de Délie, il n'avait quasiment pas dessoûlé à Milang. Son régime alimentaire se résumait presque exclusivement au whisky et à la bière, aux oignons crus agrémentés d'une tranche de pain. Sa main tremblait tant que Brenton avait refusé de se laisser raser le matin, si bien qu'une fois encore, il arborait une barbe fournie, non pas grise comme ses cheveux, mais raide et dorée.

L'ancienne terreur d'Alex devant son père n'avait pas entièrement disparu, bien que Brenton alité fût désormais à la hauteur de son fils, et presque aussi dépendant de sa progéniture qu'un enfant. Alex s'assit timidement au bord du lit, et demanda :

– Veux-tu que je t'aide à manger, papa ?

Brenton émit un raclement de gorge et adressa un regard furieux à Alex.

– Pourquoi donc ? Je suis parfaitement... capable... de manger tout seul. Qu'y a-t-il dans cette... bouillie ?

Saisissant sa fourchette, il remua lentement le contenu de son assiette.

– De la morue, papa. Un poisson d'eau de mer, c'est très bon. Gordie et moi venons juste de le pêcher. Je vais te préparer une tartine beurrée. (Brenton leva sa fourchette dans sa main gauche et répandit du poisson sur le plateau.) Papa, tu penses que tu aurais pu traverser le lac à la nage ? Je veux dire, avant ta maladie ? Tu n'étais pas mauvais en natation, je crois ?

– Quoi ? Traverser le lac... sur vingt-quatre milles ? Ne sois pas téméraire, mon garçon.

– Il paraît qu'il y a des gens qui traversent la Manche à la nage.

– Oui, c'est vrai... Mais attends un peu... quelques années, j'essaierai peut-être.

Alex parut sceptique.

– Attends, fiston, que je... sorte... de cette cabine. Vous allez voir. Pourquoi pas ? J'étais... meilleur nageur... sur toute la Murray.

– Mais papa ! (Alex semblait désespéré.) Tu ne pourras plus jamais marcher, n'est-ce pas ?

Le sang empourpra brusquement le visage de Brenton, ses yeux étincelèrent de colère.

– Qui t'a raconté... ce foutu mensonge ? Qui ?

Alex se mit à bafouiller :

– Je... je ne sais pas, je croyais – et puis Charlie disait – il hurlait l'autre soir quand il est rentré plutôt éméché, que tu ne... que tu ne commanderais plus jamais un bateau.

– Ha ! J' vais... te montrer quelque chose, petit. Donne-moi... cette corde. Derrière... la porte. Maintenant... attache-la... au bout du lit. Solidement. Pas de nœud de vache. Donne-moi... le bout.

Il saisit l'extrémité de la corde et l'entoura deux fois autour de son poignet gauche. Ensuite, les pieds coincés contre le montant du lit, il se hissa en position assise, tira encore jusqu'à ce que ses genoux plient et que son corps fût ramassé au bout du lit. S'appuyant de son bras gauche sur le montant du lit, il pivota sur ses fesses et laissa ses pieds glisser vers le sol. Ses deux bras s'agrippèrent au montant et il se hissa lentement sur ses jambes vacillantes.

Il jeta un regard de triomphe à son fils avant de s'effondrer sur le lit, des gouttes de sueur perlant à son front.

– Qu'en dis-tu, hein ? Je peux me tenir... sur mes... deux jambes. Mais n'en parle pas à ta mère. Lui faire la surprise. Chaque semaine... je deviens plus fort.

Alex était impressionné.

– Ouah ! papa. Tu crois vraiment que tu pourras renager ?

– Médecin a dit... natation est la meilleure chose. Moins lourd... dans l'eau. Mais elle ne doit pas être trop froide. L'été prochain... nous verrons.

– Ouah ! répéta Alex. J'aimerais bien être médecin, faire remarcher les gens.

Pour la première fois depuis sa maladie, Délie eut faim. Quand le soleil fut couché, que les couleurs eurent disparu du ciel et de l'immense miroir du lac, elle attendit impatiemment le retour d'Alister Raeburn dans la petite pièce mansardée. Elle entendit son pas dans l'escalier; ses sourcils noirs sataniques, puis son nez aquilin et sa barbe pointue émergèrent de la trappe, suivis par sa silhouette élégante.

– Des profondeurs de l'Enfer, je monte te retrouver ! murmura-t-elle pour elle-même, car il portait l'une de ses merveilleuses robes de chambre, cette fois en soie japonaise d'un rouge méphistophélique.

– Vous êtes presque dans le noir ! s'écria-t-il. Pourquoi n'avez-vous pas demandé à Ethel d'allumer la lampe? Ah, elle a monté notre repas, mais sans glace, quelle paresseuse! Il va falloir boire le vin avant qu'il ne se réchauffe.

– Oh, je vous en prie, n'allumez pas encore! J'aime tellement voir les premières étoiles scintiller dans le ciel.

– Et moi, j'aime voir ce que je mange, dit-il, imperturbable, en montant la mèche d'une grosse lampe à pétrole dont l'abat-jour peint rappela à Délie celui qu'elle avait brisé chez tante Hester voici tant d'années. Et puis j'aime vous voir.

Cela lui rappela vaguement quelque chose. Autrefois, quelqu'un lui avait dit la même chose, mais elle ne se souvenait de rien. Il déboucha bientôt la bouteille, goûta le vin doré et lui tendit un verre plein avant de se servir.

– A l'avenir!

– Je dois vous donner l'impression de penser toujours au passé.

– Vous ne devriez pas. C'est là une occupation de vieillard, de gens dont la vie est derrière eux. J'ai l'intime conviction que vous avez devant vous un avenir passionnant, et que j'en fais partie.

– Ah? Je ne vois pas...

– Tenez! dit-il, ravi. Personne n'a jamais vu une femme rougir avec autant de charme. Vous êtes restée une jeune fille : cette fraîcheur de teint, cette vivacité d'esprit qui transparaît dans votre regard.

Les yeux sombres et ardents d'Alister étaient fixés sur elle, grands ouverts pour une fois.

Détournant le regard, elle dit :

– J'ai une faim de loup, si je peux me permettre. J'ai eu beaucoup de mal à me retenir de me jeter sur ces sandwiches au poulet pendant votre absence. Il me semble n'avoir rien mangé depuis des semaines.

– Quelle tristesse, vous n'avez en effet rien mangé de consistant. J'aurais dû demander un poulet entier; je suis un égoïste; tout cela parce que je préfère dîner légèrement. Tenez, mangez-les tous.

– Non, non ! protesta-t-elle en riant. Je ne suis pas affamée à ce point.

Le vin léger fut néanmoins assez lourd pour la convalescente. Il lui sembla courir dans ses veines comme de l'or fondu; elle se sentait réchauffée, comme illuminée. Elle mangea deux sandwiches, plus la moitié du troisième. Entre-temps, le crépuscule avait fait place à la nuit; cependant le lac retenait les dernières lueurs du jour, comme s'il refusait de se laisser engloutir par les ténèbres.

Délie s'assit pour regarder le rectangle de lumière qui signalait la fenêtre de la cabine de Brenton.

– Je déteste penser qu'il est allongé là-bas, impuissant, dit-elle avec mélancolie. (Brusquement, sa présence dans ce petit nid d'aigle préservé des soucis de la vie quotidienne lui parut totalement irréelle.) Je dois retourner sur le bateau dès demain. Je lui manque certainement.

– Il a toujours été très actif, j'imagine; sa maladie doit le rendre d'autant plus malheureux, dit Alister.

– Je n'ai jamais rencontré un homme aussi vivant. Quand il était plus jeune, il pouvait travailler vingt-quatre heures d'affilée sans manger ni dormir, après quoi il allait nager pour se changer les idées. Mais maintenant...

Elle haussa les épaules.

– Oui. (Il poussa un profond soupir.) La vie peut être d'une cruauté sans nom. Je ne sais si les étoiles vous consolent parfois; pour ma part, j'ai découvert que, lorsque je suis confronté à un problème insoluble ou à des pensées insupportables, elles calment mon esprit comme rien d'autre.

– Regarder le fleuve me procure le même apaisement.

– Vous voulez dire que cela vous permet de relativiser les soucis quotidiens, les déceptions, les irritations ? Une seule constellation de la Voie lactée, contemplée à travers ce télescope, me suffit.

Il souffla la lampe, puis ouvrit une partie du toit.

La lumière des étoiles tomba sur eux; l'épi de la Vierge les surplombait, tel un glaive de lumière.

– Voici la Vierge; connaissez-vous les constellations du Zodiaque ?

– Oui; je sais me diriger d'après les étoiles. J'ai commencé de les apprendre grâce au capitaine du voilier qui nous a amenés en Australie quand j'étais enfant. Le capitaine Johannsen... Il s'est noyé avec les autres.

Elle revit la petite fille de douze ans, mince et vive, ses longs cheveux sombres fouettés par le vent.

– *Oh, capitaine Johannsen, quelle est cette odeur ? Ce sont des fleurs ?*

– *Non, c'est une odeur d'arbres, celle des eucalyptus. Même si nous ne pouvions pas voir la terre, je saurais que l'Australie est là, au vent.*

– *L'Australie !*

Ses mains frêles serraient le bastingage, ses yeux scrutaient l'eau sombre à la recherche du mince ruban de la côte sous le ciel étoilé : sa première vision de la terre promise.

– *Regarde vers le nord-est, tu verras Arcturus se lever, une magnifique étoile jaune...*

Mais les nuages avaient soudain envahi le ciel et obscurci les étoiles, si bien qu'elle n'avait jamais vu l'étoile jaune se lever au-dessus de la mer. Il y avait si longtemps...

– Où est Arcturus, est-elle au-dessus de l'horizon ? demandait-elle maintenant.

– Oui, dans le Bouvier – regardez –, on dirait une partie de la queue d'un grand cerf-volant renversé.

– Je voudrais la voir.

– Les étoiles sont assez décevantes, observées au télescope; elles ne sont pas magnifiées, simplement leurs couleurs sont plus vives. Attendez, je vais la chercher. Vous devrez régler l'œilleton à votre vue.

Il se déplaça légèrement pour lui permettre de s'approcher de l'oculaire, mais resta près d'elle. Le mécanisme d'horlogerie bourdonnait, le point de lumière jaune fixait obstinément son œil. Elle eut soudain conscience de l'intimité de leur situation : ils étaient seuls dans les ténèbres à peine éclairées par les étoiles, en haut de la maison. Ils se sentaient plus proches des cieux et des constellations que des êtres humains habitant les pièces inférieures.

– Vous la voyez? (Sa voix était étouffée, à peine audible, comme pour respecter la présence majestueuse d'autres univers.) Et maintenant, Jupiter; le spectacle sera plus intéressant.

Regardant de nouveau dans l'oculaire, Délie poussa un cri de stupéfaction. Jupiter était une boule lumineuse striée de minces bandes colorées; de part et d'autre de l'astre évoluaient un chapelet de lunes minuscules, diaprées et alignées en un ordre parfait.

Alister s'était tellement approché derrière elle qu'elle sentait son souffle sur ses cheveux. Si elle avait légèrement reculé, ou tourné son visage... Mais elle restait collée à l'instrument, l'œil fasciné par cette vision surnaturelle. Une main doucement posée sur son épaule l'écarta.

– Maintenant, une constellation. C'est un amas stellaire composé d'environ cinquante mille étoiles, toutes de même origine. A l'œil nu, cela ressemble à un brouillard lumineux. Là, vous le voyez, à proximité du second Nuage de Magellan? Ce soir, la visibilité est excellente; elles semblent innombrables à travers ce puissant objectif. Maintenant regardez.

De nouveau un léger cri de stupéfaction. Une cité stellaire, une cité d'étoiles. Des étoiles par milliers, comme un nuage brumeux.

D'autres merveilles suivirent : la nébuleuse de la Tarantule, émergeant d'un nuage de gaz lumineux et de sombre poussière interstellaire; une étoile double, verte et topaze, là où l'œil nu n'en distinguait qu'une; l'Ecrin à Bijoux, poignée de grenats, diamants et rubis jetés à travers la Croix du Sud.

Délie sentit ses genoux commencer à trembler de fatigue. Elle voulait contempler encore les splendeurs du ciel nocturne, mais depuis sa guérison elle n'était jamais restée aussi longtemps debout, et les escaliers l'avaient épuisée.

– Je crois qu'il faut que je m'assoie, dit-elle.

– Oh, ma très chère! Quel oubli impardonnable. Vous étiez si intéressée, et mon enthousiasme m'a égaré. (Il la pressa de s'installer dans un fauteuil bas, puis s'assit à ses pieds; les yeux de Délie, habitués à la lumière des étoiles, remarquèrent son regard intense.) Les astronomes amateurs adorent trouver une nouvelle victime à qui montrer leurs merveilles. Ils se sentent quasiment propriétaires de ces corps célestes, presque comme s'ils les avaient eux-mêmes créés. Pourquoi ne pas m'avoir interrompu avant?

– Je ne voulais pas vous interrompre.

Toujours assis sur le sol, il se pencha pour arrêter le moteur, et dans le silence qui s'ensuivit ils entendirent le cri d'un cygne dans les roseaux du lac. Tendant le bras, il prit sa main et la pressa contre son front.

– Vous pouvez tout me demander, savez-vous? J'offrirais volontiers ma vie... à vos pieds.

Il lâcha sa main, souleva l'un de ses pieds et embrassa l'intérieur de sa cheville.

– Je vous offrirais tout, absolument tout! Vous n'avez qu'à demander.

– Mais je ne veux pas vous demander... autant! Simplement... Ne rendez pas mon existence plus difficile qu'elle n'est, ne la compliquez pas davantage. (Sa lèvre trembla.) Je ne pensais pas... je ne m'attendais pas à cela de votre part. Je vous croyais bien au-dessus de ce genre de sentiment. Vous semblez toujours tellement autonome, maître de vous-même.

– Vraiment? (Quand il enfouit son visage dans sa robe, elle sentit les muscles de sa bouche se contracter en une grimace ou un sourire.) C'est là que vous vous trompez... J'ai une immense capacité d'amour, qui reste inemployée. Je ne demande qu'à donner et donner encore; je ne vous réclamerai rien en retour, sinon de ne pas me haïr.

– Je ne vous hais pas, mais je ne suis pas davantage amoureuse de vous. Ainsi, la question de donner ou de recevoir ne se pose pas. (La situation lui semblait irréelle; cette conversation, un rêve; l'homme affalé à ses pieds ne pouvait être M. Raeburn.) Je vous en prie, levez-vous, s'écria-t-elle.

Ses bras l'étreignirent convulsivement, son visage demeura enfoui. Retrouvant un geste maternel autant qu'immémorial, elle caressa ses cheveux; pourtant elle se sentait détachée, davantage surprise qu'émue.

– Ce n'est pas tout à fait vrai; je désire naturellement quelque chose de vous, je veux *tout* de vous, car je suis un homme. Je ne peux me scinder en un corps et une âme, la chair et l'esprit. Je vous aime de tout mon être, je vous désire de tout mon être, j'adore votre esprit et votre corps, jusqu'au dernier cheveu de votre tête bien-aimée.

– Alors ne m'ennuyez pas davantage avec toutes ces bêtises.

– Des bêtises? Je n'ai jamais dit paroles plus sensées. Ah, si je pouvais seulement vous allonger sur un lit, vous m'aimeriez un peu.

Il levait maintenant les yeux, sa voix était enfantine, audacieuse; elle aperçut l'éclat de ses dents blanches entre sa moustache impeccable et sa barbe soignée.

– Oh! Je m'en vais, je pars immédiatement. Je retourne au bateau dès ce soir.

– Ah, Délie, ne vous donnez pas la peine de me fuir. Je vous promets de ne plus vous importuner.

Les mains de Délie touchaient toujours ses cheveux, mais elle s'était inconsciemment redressée, tenant son dos très droit. Elle sentit sur la tête d'Alister l'endroit où ses cheveux s'éclaircissaient, où naîtrait la calvitie. Ce n'était pas un garçon ni un jeune homme que quelques paroles dures rabroueraient. « Tenace et plein d'énergie... » Elle le croyait volontiers; pourtant, elle se sentait protégée par sa propre indifférence.

Quand elle eut regagné sa chambre, elle resta longtemps assise au bord du lit, si étourdie qu'elle n'eut pas la force de se déshabiller. En dessous, les eaux du lac réveillées par la brise du milieu de la nuit léchaient inlassablement la rive en un doux bruissement.

Impossible de se convaincre qu'elle tombait des nues, que la déclaration d'Alister Raeburn l'avait surprise; depuis sa maladie, elle avait bien senti qu'il était séduit, mais elle ne s'était pas attendue à une telle profondeur de sentiment, à cette passion contenue qui faisait vibrer sa voix. Il lui semblait avoir foulé la croûte fragile d'un volcan.

Délie retrouva la routine du bateau, tint la roue pendant douze heures d'affilée, manqua de temps pour penser à Alister Raeburn et à sa stupéfiante déclaration; pourtant elle trouva un moment pour lui écrire ainsi qu'il l'avait demandé, mais elle ne fit aucune allusion à ce qui s'était passé entre eux.

Elle lui parla de son travail, de son projet d'acheminer des marchandises au chantier des travaux publics du lac Victoria, elle lui parla de la peinture et des tableaux qu'il lui avait montrés.

Vous m'avez donné l'impression d'être extraordinairement vivant; comme si j'avais somnolé depuis des années. Je ne demande qu'à déposer ma vie à vos pieds, à mourir comme la vague déferle puis disparaît dans le sable, si cela me permet de m'approcher un peu de vous.

Seule dans la timonerie, elle s'abandonnait parfois à des rêves éveillés de vie commune avec Alister; entourée du luxe des soies orientales et du luxe plus précieux encore de son adoration; à l'écart de tout souci, de toute responsabilité, libre de peindre toute la journée. Et de parler de son travail, de discuter des problèmes de l'art avec un autre artiste, avant de l'accueillir dans son lit, dans cette élégante et somptueuse maison au bord du lac.

Ces rêves éveillés tenaient du délire, elle le savait. Même si elle avait été libre, aucune existence ne pouvait atteindre à cette perfection; et comme elle était engagée ailleurs, ce désir plus ou moins inavoué était synonyme de trahison, à cause de Brenton et des enfants. Tous avaient besoin d'elle. Mais avaient-ils davantage besoin d'elle qu'Alister? Là n'était pas le problème : son devoir l'attachait à eux; et le devoir... triste rejeton de la voix divine! C'était un mot froid, qui réconfortait sans réchauffer le cœur, mais des générations d'austères presbytériens se tenaient derrière elle, acquiesçant gravement.

85

– Ta mère sera ici cet après-midi, Meg, dit Mme Melville. Vas-tu préparer un gâteau pour elle?

– Vous croyez que j'avais oublié? s'écria Meg. Tous les jours, j'ai barré les dates sur le calendrier.

Elle rejeta en arrière ses cheveux noirs, geste machinal qu'elle faisait souvent depuis un certain temps. Sa minceur frisait la maigreur, elle avait des épaules osseuses, de longues jambes grêles. Sa peau était pâle, presque incolore, et, dans son mince visage ingrat, de grands yeux bleu foncé brillaient d'un éclat singulier.

Tout le monde remarquait les yeux magnifiques de Meg; mais pour elle, ils soulignaient le manque de beauté de son visage, son nez retroussé, ses cheveux raides, pleins d'épis.

Mme Melville lui adressa un regard affectueux.

– Tu es tellement mince! Je ne sais pas ce que va dire ta mère. Sans le beurre et la crème de la ferme, tu serais un vrai fantôme. En tout cas, tu n'es pas assez solide pour vivre à la dure sur un bateau.

Meg s'arrêta net dans le jeu de marelle qu'elle improvisait sur le carrelage de la cuisine.

– Pas assez solide? Mais Melvie (depuis sa petite enfance, elle avait toujours appelé ainsi sa nourrice), je suis en excellente santé, vous le savez bien!

Mme Melville prit un air obstiné. Ses cheveux étaient devenus gris acier, sa bouche se durcit.

– Tu es trop menue, et n'oublie pas que tu as juste l'âge d'attraper la tuberculose, dont on ne se remet jamais complètement. Je n'en dormirais pas, si je ne te voyais pas prendre trois repas par jour, plus le verre de lait que je t'apporte tous les soirs au lit. Tu ne crois pas que tu ferais mieux de rester avec Melvie encore un an ou deux ?

– Oh, je ne sais pas...

En enfant généreuse, Meg sentit que Mme Melville serait blessée si elle répondait négativement. Pourtant, sa mère et ses frères lui manquaient; si seulement elle pouvait vivre aux deux endroits à la fois ! Et puis il y avait Garry; si elle retournait à bord du bateau, elle ne le verrait presque plus jamais.

Elle reprit avec davantage d'enthousiasme :

– Je crois que je pourrais rester encore un peu, si maman n'a pas besoin de moi.

– A mon avis, il vaudrait mieux que tu en parles toi-même. Ta mère sait que j'aimerais te garder, mais elle doit comprendre que cela est préférable pour ta santé. Et puis tu manquerais aussi à Garry.

C'était là une idée nouvelle, suggérée par l'arrivée de son fils. Sans leur accorder un seul regard, il se dirigea droit vers le moule à gâteau et se coupa une tranche de cake aux fruits.

– C'est vrai, Garry ? demanda Meg, persuadée que des taches écarlates s'épanouissaient sur ses joues, mais rougissant si légèrement que Mme Melville ne s'aperçut de rien.

– Mmm ? Qu'est-ce qui est vrai ?

– N'est-ce pas qu'elle nous manquerait si elle retournait sur le bateau ? répéta sa mère.

– Et comment ! autant qu'une dent cariée.

Il mordit voracement dans la tranche de cake.

– Garry !

Il sourit.

– Oh, je plaisantais. En tout cas, je n'aurais plus personne à taquiner. D'autant que Meg ne marche pas, elle court. Et puis elle fait de bons gâteaux.

Pour Meg, follement amoureuse, cela équivalait à une déclaration en bonne et due forme.

– Là ! Tu vois ? s'écria triomphalement Mme Melville. Et M. Melville te considère comme sa propre fille.

– Au secours ! Moi qui espérais avoir une sœur un peu plus mignonne que ça.

– Ote-toi de mon chemin, grand dadais, il faut que je prépare mon gâteau maintenant, dit Meg en le poussant.

– Au large, maigrichonne ! (Courtisa-t-on jamais une femme de la sorte ?)

– Garry ! *Sors d'ici !*

Après une légère bousculade, elle l'emporta, et Garry se laissa pousser docilement vers la porte de la cuisine.

– Solide, hein ? se moqua-t-il, la Petite Mademoiselle Moustique.

Meg mettait la dernière main à son gâteau; elle dessinait une rose avec un entonnoir plein de crème fouettée, quand la sirène du *Philadelphia* se fit entendre en contrebas. Elle sortit en courant, puis rentra en trombe pour enlever son tablier plein de farine. Elle descendit deux à deux les marches abruptes de l'escalier au flanc de la falaise, puis courut dans les bras de Délie qui posait le pied sur la berge du fleuve.

Délie remarqua qu'elle semblait plus mince que la dernière fois, et lui demanda si elle faisait trop de tâches ménagères. Mais non, répondit Meg, elle adorait ça.

Comment annoncer à sa mère qu'elle était follement amoureuse d'un soldat démobilisé, de dix ans plus âgé qu'elle, un héros qui avait perdu deux doigts au front ?

Elle monta sur le pont supérieur pour voir son père, embrassa son large visage rubicond entouré de favoris dorés. Il prit les minces poignets de sa fille dans sa main droite, autrefois paralysée, et les serra au point de lui faire mal.

– Tu vois ? Avant, je ne pouvais pas tenir une allumette dans cette main. Bientôt, je tiendrai de nouveau la roue du bateau.

Meg l'embrassa, puis courut retrouver ses frères.

– Vous montez à la ferme? J'ai fait un gâteau spécialement pour vous.

– Il ne doit pas être fameux, alors, rouspéta Gordon, qui avait déjà lancé une ligne de pêche par-dessus bord.

– Amène-nous un morceau de ton gâteau, proposa Alex. Moi, je vais me baigner.

– Moi aussi, dit Brenny, qui venait d'arriver.

Meg tint la main de Délie jusqu'à ce que le sentier devînt trop étroit pour qu'elles pussent marcher de front. Elle trouvait sa mère très belle, même avec sa vieille veste de l'armée qui accentuait la finesse de ses traits et la minceur de ses mains. Des années plus tard, elle serait dans la foule qui accueillerait Amy Johnston, l'aviatrice arrivée d'Angleterre, seule à bord de son avion, et elle remarquerait la même apparence fragile, le même teint de jeune fille, alliés à une détermination et à un courage hors pair.

Le visage de Délie rayonnait d'un éclat nouveau, ses yeux brillants semblaient rajeunis; elle avait eu beau parler durement à Alister, c'était merveilleux d'être aimée et désirée à son âge. Seigneur! Que de complications, songea-t-elle avec complaisance, se souvenant aussi de sa lutte avec Cyrus James.

Voilà pourquoi elle ne prêta aucune attention aux émotions contradictoires qui bouleversaient sa fille; peut-être refusait-elle aussi d'admettre que Meg n'était plus une enfant?

– J'ai pensé à ton avenir, ma chérie, dit-elle. Cela te plairait-il d'étudier pour devenir médecin? Je crois que je pourrais maintenant trouver l'argent nécessaire. L'approvisionnement du camp du lac Victoria est devenu notre monopole. Naturellement, cela représente des années d'études.

– Non; je veux être infirmière, répondit Meg du tac au tac.

– Eh bien, au moins tu sais ce que tu veux. J'ignore ce que va faire Gordon. Pourras-tu apprendre ton métier à l'hôpital de Waikerie? De toute façon, tu es encore beaucoup trop jeune. Tu as encore deux ans à passer avec nous sur le bateau...

– Sur le bateau ?

– Bien sûr, avec nous et sur le bateau. Tu pourras soigner ton père. Il prétend que tu es déjà une bien meilleure infirmière que moi. Il m'a dit que je ne valais rien.

– C'est parce que tu es trop impatiente, maman. Tu ne crois pas que je pourrais rester encore un an ici ? Melvie dit que je suis trop fragile. Et puis jamais ils ne m'accepteront à l'hôpital si je suis malade. Melvie m'a dit quelque chose à propos de la tuberculose, que tu l'avais eue autrefois...

– C'était une erreur de diagnostic. Cela ne rime à rien ! Elle n'a pas le droit de t'effrayer en te racontant des histoires à dormir debout. De toute façon, le médecin m'a recommandé de vivre sur le fleuve et depuis je suis en parfaite santé, mis à part cette petite pneumonie. Il ne faut pas que je me surmène, et je pensais que tu pourrais m'aider.

– Bien sûr, je viendrai si tu n'es pas bien ! Mais (la pensée de Garry dessécha sa bouche) je pourrais peut-être vous rejoindre plus tard.

– Nous verrons.

En son for intérieur, Délie décida de retirer Meg de la ferme. Mme Melville exerçait trop d'influence sur elle. Délie se rappela sa gêne diffuse, lors d'une visite précédente, les paroles un peu trop affectueuses de la nourrice. Meg était sa fille; elle refusait qu'une autre prît sa place à ses côtés. D'autant que dans un avenir relativement proche elle devrait certainement l'abandonner à un jeune homme.

En ce début de printemps, ils avaient descendu le fleuve avec la première crue, après un été exceptionnellement sec; et maintenant, montant vers la ferme avec Meg, Délie passa devant un amandier tardif encore en fleur. L'arbre offrait ses pétales blancs en un geste plein de candeur et de grâce. Il semblait s'ouvrir lui-même, dans toute sa pâle innocence, à la rude caresse du vent et aux effleurements sensuels des abeilles affairées.

86

" Brenton, je voudrais te parler; je suis inquiète à propos de Meg. " Comme ce serait simple de pouvoir se tourner vers son mari pour lui confier ses soucis, se soulager un peu des responsabilités sur des épaules plus solides que les siennes ! Mais Délie sentait que ce serait inutile. De plus en plus introverti, Brenton accordait fort peu d'intérêt à ses enfants et passait le plus clair de son temps à compulser un livre bizarre écrit en allemand, dont il ne pouvait comprendre un traître mot, selon Délie, et à ruminer son état.

Peut-être s'inquiétait-elle en vain. Elle ne pouvait croire qu'une cour de justice retirerait à une mère la garde de son enfant, surtout si l'enfant désirait le contraire. Pourtant, Meg manifestait une étrange réticence à revenir sur le bateau.

Délie regardait droit devant elle quand le vapeur s'engagea dans la portion rectiligne de Long Reach. Après le prochain virage, ils arriveraient au site de l'Ecluse Trois, où les travaux préliminaires avaient déjà commencé. L'Ecluse Un était presque terminée, et il faudrait bientôt payer un péage à chaque passage.

A l'avenir, elle aurait tout intérêt à établir sa base d'opérations à Renmark pour éviter la Murray inférieure. Ainsi, elle éviterait aussi Cyrus James et Alister Raeburn, ce qui serait certainement une bonne chose.

Elle envisagea cette possibilité sans enthousiasme. En fait, les deux hommes pourraient probablement l'aider, bien que Cyrus James ignorât certainement presque tout de la loi australienne. Elle pesa sur les rayons de la roue et entama la traversée du fleuve pour suivre le chenal invisible.

Elle ne parvenait toujours pas à croire que Mme Melville s'était retournée contre elle. Peut-être la perte de son fils Jim, mort à la guerre, l'avait-elle déséquilibrée ? En tout cas, cette disparition avait indiscutablement modifié sa personnalité.

Elle songea à Mme Melville, les joues en feu, proclamant que Meg devait rester avec elle; ses lèvres se serrant après chaque mot, sa mâchoire inférieure tendue vers Délie, pleine de défi et de hargne.

Délie aurait pu se montrer conciliante, accepter un quelconque compromis, si l'autre femme avait été moins agressive; elle avait soutenu qu'un bateau n'était pas un endroit où élever des enfants, qu'aucune mère digne de ce nom ne songerait à prendre à bord une enfant de santé délicate, et puis n'avait-elle pas perdu son bébé précisément pour cette raison ?

Ce fut à ce moment que Délie vit rouge; elle sortit de la cuisine de la ferme sans toucher à sa tasse de thé ni au gâteau de Meg, tandis que Mme Melville lui criait :

— Et si jamais vous essayez de la récupérer, je vous traînerai devant les tribunaux ! La justice ne vous permettra jamais de détruire l'existence d'une enfant.

Meg, partie appeler M. Melville et Garry pour le thé, n'assista pas à la scène. Délie la croisa sur le chemin du retour et lui demanda de venir immédiatement à bord pour remonter le fleuve avec eux. Inutile d'emporter toutes ses affaires, quelques vêtements chauds suffiraient, ils en achèteraient d'autres à Renmark. Mais Meg refusa avec autant d'obstination que sa nourrice; il se trouvait que Garry l'avait invitée à une chasse au renard pour le soir même.

Le cœur serré, Délie reprit le commandement du bateau, abandonnant sa fille derrière elle, dans cette ferme où Mme Melville la montait contre sa propre mère, contre sa propre famille. Elle ne pouvait prolonger leur halte et attendre que Meg changeât d'avis; et puis elle se refusait à lui ordonner de venir. Elle devait rejoindre le site de l'Ecluse Trois le jour même, avant l'achèvement du caisson hydraulique; en effet le fleuve était en crue, et il y avait de fortes chances pour que le canal de dérivation fût quasiment impraticable, transformé en un torrent d'eau incliné comme le flanc d'une colline se ruant vers l'aval à une vitesse de dix nœuds.

(Plus tard, une barge du gouvernement fut ancrée en amont des rapides, équipée d'un treuil puissant pour aider les vapeurs à remonter les eaux tumultueuses, ou à les descendre en toute sécurité; mais auparavant, l'*Avoca* avait perdu toutes ses superstructures jusqu'à la ligne de flottaison en essayant de se hisser au bout d'un câble fixé à un arbre de la berge.)

Devant le vapeur, un large panorama verdoyant – la plaine couverte d'herbe et parsemée d'arbres imposants – s'étendait d'un côté du fleuve, tandis que sur l'autre rive la vue était arrêtée par des falaises jaunes érodées par le vent, hautes de plus de cent pieds. Quand ils approchèrent du pied des falaises, Délie regarda leur vague d'étrave agiter la flore sous-marine des grottes, fougères vertes et plantes moussues qui croissaient sur les rochers presque toujours immergés. Sur le sommet des falaises, on ne distinguait pas la moindre trace de verdure; seulement la dure fleur métallique d'un moulin à vent ou les buissons noueux des plants de tabac sauvage. Pourtant, plus loin, les stations d'irrigation couvraient le désert d'une pellicule de verdure.

Le *Philadelphia* négocia le virage suivant, puis aborda la ligne droite de l'Ecluse Trois. Tentes et cabanes de chantier se dressaient sur une assez vaste étendue d'alluvions surplombée par les falaises. Le caisson hydraulique barrait la moitié du fleuve, et le courant était très violent dans la partie restante. A pleine vitesse, le *Philadelphia* se rua contre les rapides, les dépassa, puis se dirigea vers le camp de la rive gauche.

Délie voulait parler de Meg à Cyrus James; mais elle ne désirait pas le voir en tête-à-tête, surtout pas en tête-à-tête. Sachant qu'elle ne pouvait lui faire confiance, elle comptait envoyer l'un des garçons avec un message. Gordon et le Jeune Suppôt sautèrent à terre avec les amarres, puis Suppôt descendit la passerelle en courant dès que le bateau fut solidement relié au quai.

Charlie laissa la vapeur s'échapper des valves de sécurité avec un sifflement aigu, dit au chauffeur d'éteindre le feu, puis sortit de la cale d'un pas nonchalant, gagna le haut de la passerelle et s'accouda d'un air décontracté au bastingage.

Il bayait toujours aux corneilles quand une pince minuscule, mais qui lui parut chauffée au rouge, se ferma sur l'un de ses doigts. Il agita frénétiquement sa main en poussant des hurlements stridents, cria des bordées de jurons, après quoi il se mit à téter goulûment son doigt meurtri. Il descendit ensuite la passerelle en trombe et se plia en deux pour examiner le sol.

– Espèce de sale Suppôt! rugit-il en se redressant, poings serrés. Tu as fait exprès, hein?

– Qu'y a-t-il, Charlie? lui demanda Délie, penchée hors de la timonerie.

Prudent, Suppôt restait invisible.

– Il a fait exprès de poser la passerelle sur un tas de fourmis rouges, voilà ce qu'il y a! Par tous les diables de l'enfer, j'ai le doigt en feu! Aïe, aïe!

– Monte, Charlie, je vais te soigner. Gordon! déplace cette passerelle avec le Suppôt, mais attention, je ne veux pas une colonie de fourmis rouges à bord.

Quand elle eut calmé Charlie et soigné son doigt, déjà rouge et enflé autour d'une dure boule blanche, elle découvrit que Cyrus James était déjà arrivé alors que personne n'était allé le chercher.

– On dirait qu'une sacrée crue va encore nous retarder, dit-il joyeusement en la saluant. Cela signifie que le caisson hydraulique sera inondé et que nous devrons attendre que le fleuve baisse avant de pouvoir pomper l'eau.

– De notre point de vue, mieux vaut un fleuve en crue qu'un fleuve sans eau, rétorqua Délie en l'accompagnant vers la cabine de Brenton. Hein, Brenton? C'est vrai, non? Nous avons failli nous échouer sur un banc de sable en dessous de votre précieuse Ecluse Un, mais le fleuve est remonté juste à temps.

Elle parlait très vite, avec une volubilité excessive, pour masquer l'émotion soudaine qui l'avait saisie dès que Cyrus James était monté à bord.

– Mieux vaut beaucoup d'eau que pas assez, confirma Brenton, qui retrouvait une partie de son ancienne vigueur.

– Tout cela est fort bien, mais nous avons encore besoin de quelques années de sécheresse pour pouvoir terminer les écluses et les barrages, après quoi le fleuve sera navigable en permanence. Avec celles-ci et le barrage Hume, vous vous moquerez des sécheresses comme de votre arrière-grand-mère – si je peux me permettre. Un barrage, ou plutôt une série de barrages à l'embouchure du fleuve, aurait été idéal. Cela aurait permis de retenir tout le fleuve pendant la moitié de l'année. Un énorme barrage bloquant l'estuaire de la Murray!

Sous ses épais sourcils marron, ses yeux gris brillaient d'un éclat passionné.

– Ah, les ingénieurs! dit Délie. Vous aimez domestiquer la nature, détourner les fleuves de leurs cours, les endiguer, retenir leurs eaux avec des barrages. Mais ce fleuve-ci est trop puissant pour vous. Si vous essayez de le canaliser complètement il va tout faire sauter et provoquer une gigantesque inondation.

– Non, madame; nous connaissons notre métier. Et puis toutes les écluses sont équipées de chevalets mobiles, qu'on peut ouvrir et disposer parallèlement au courant quand le fleuve est en crue; on peut même les enlever purement et simplement. Même chose pour les barrages.

– Vous avez pensé à... l'envasement? Vous empêchez le fleuve de couler... le chenal s'envase. Se transforme en piste carrossable pour les nouveaux camions.

– Ah! Nous avons aussi pensé à cela. Nous avons construit des maquettes du fleuve grâce auxquelles nous avons fait des expériences avec du sable. Chaque fois qu'il y avait un risque d'envasement – à l'île de Hart, en haut de Pyap Reach, à l'île de Kapunda, dans la ligne droite de Renmark –, nous avons construit une digue sur la moitié du fleuve pour détourner le courant et curer le chenal.

– Les arbrisseaux... vont se multiplier... sur les berges.

– Et le chenal risque de se déplacer, ajouta Délie.

– Partout il y aura des balises, les passages difficiles seront éclairés la nuit.

– Exactement comme dans les prophéties de l'oncle Mumford, dit Délie en souriant à Brenton. Vous savez, dans *La Vie sur le Mississippi,* on apprend que le fleuve américain fut drainé, assaini, balisé, illuminé comme Broadway, juste au moment où il n'y avait presque plus de vapeurs pour en profiter. Cela me semble inévitable s'il n'y a pas de port maritime à l'embouchure. Les chemins de fer et les camions finiront par transporter toutes les marchandises.

– Ah, voilà où le bât blesse! En Amérique – ou même dans la petite Hollande –, on aurait déjà aménagé un chenal et construit un port maritime sur l'estuaire de la Murray. Ici, les Etats sont tellement jaloux de leurs privilèges qu'ils mettent cent sept ans à se décider pour la moindre broutille.

– Au moins, ils ont commencé les travaux sur le lac Victoria, et c'est un chantier inter-Etats – un barrage en Nouvelle-Galles du Sud, de l'eau pour l'Australie-Méridionale.

– Bah, soixante hommes équipés de pelles et de pioches! Ils vont mettre des années, alors qu'on aurait dû embaucher cinq cents ouvriers minimum.

– L'acheminement du matériel et des fournitures pose un problème, dit Délie. Il y a seulement une piste de brousse partant de Wentworth, et la Rufus est tellement étroite que seuls les petits vapeurs peuvent la remonter jusqu'au lac, le *Philadelphia* par exemple. J'ignore si vous le savez, mais nous gagnons beaucoup d'argent.

Brenton eut un sourire amer.

– Ma femme a le sens du commerce, il me semble. Tant mieux, avec un mari impotent et totalement inutile.

Délie parut gênée et Cyrus changea habilement de conversation, faisant remarquer qu'il ne les verrait plus pendant longtemps, car il retournerait au Canada dès que les fondations de l'Ecluse Trois seraient posées.

– Pourtant, je crois que je m'intéresserai toujours au sort de la Murray. Je suppose que je devrais ramener un petit flacon d'eau de la Murray pour mes copains au pays, exactement comme d'autres portent sur eux des bouteilles d'eau sacrée du Jourdain.

– Une eau plutôt saumâtre ! Néanmoins, nous en buvons tous les jours.

– Elle est bonne, forte, revigorante, pleine de sels minéraux. Tenez, elle rouille le métal beaucoup plus vite que l'eau de mer; ainsi, vous devez nettoyer très souvent les tubes de votre chaudière.

– Vous avez pensé à notre tube digestif ?

– Les êtres humains ne sont pas des moteurs à vapeur.

– Je me demande parfois si le vieux Charlie n'a pas une pompe à chaleur à la place du cœur. Il vit avec les moteurs, respire les gaz d'échappement des moteurs, pense sans arrêt aux moteurs. Je crois qu'il mourrait s'il devait prendre sa retraite.

– Moi, il me semble éternel, conservé dans l'alcool comme dans un bain de formol. J'imagine qu'il ne croit pas aux vertus toniques de l'eau de la Murray ?

– Qui ? De quoi ? Vous causez de moi ? Apprenez, messieurs-dames, que je ne bois d'aucune eau, dit Charlie, entrant dans la cabine dès qu'il eut frappé. Une véritable engeance, l'eau. Rien de pire pour les boyaux. Regardez un peu ce qu'elle fait de mes tubes de chaudière.

– Exactement ce que je disais, fit Cyrus James. Voilà pourquoi je vous ai apporté ce cadeau – une bonne bouteille de vin de Victoria. (Il posa un magnum de champagne Great Western sur la table de chevet.) Pour fêter l'ouverture de la première écluse.

Délie passa la bouteille à Charlie pour qu'il la mît au frais. Puis elle demanda à M. James de monter dans la timonerie pour lui expliquer l'emplacement des Ecluses Cinq et Sept sur sa carte.

– Ce sont les seules susceptibles de nous gêner, dit-elle en le conduisant vers l'escalier.

Campée de l'autre côté de la grosse roue, elle se retourna vers lui.

– Peu importent ces écluses et la carte; je tenais simplement à vous parler seul à seul.

Ses yeux s'agrandirent, il fit mine d'avancer vers elle, mais elle leva sa main pour l'arrêter.

– Je vous en prie, Cyrus! Ecoutez-moi. Voilà longtemps que je ne peux demander le moindre conseil à Brenton, c'est pourquoi j'ai à vous parler. Cela concerne ma fille, Meg.

Elle évoqua l'étrange attitude de Mme Melville, les réticences de Meg à revenir à bord du bateau, ajoutant qu'elle redoutait de perdre définitivement sa fille.

– Que dois-je faire? Légalement, il me semble quand même que Meg est ma fille! Meg vit avec cette femme, elle habite sous son toit, et Mme Melville ne veut pas la lâcher. Mais juridiquement, elle ne peut pas la garder, n'est-ce pas?

– C'est difficile à dire. D'ordinaire, la mère a la priorité, à moins qu'on ne puisse prouver qu'elle est incapable d'élever l'enfant...

– C'est exactement ça! (Délie rougit.) Elle essaie de trouver des éléments pour prouver que je suis inapte, parce que j'ai eu autrefois des problèmes pulmonaires, il y a des années, et puis mon dernier bébé... est mort... à bord. Elle dit... oh, c'est incroyable! Elle qui a toujours été si gentille, elle prenait les enfants, s'en occupait à ma place, et... et...

Elle cacha brusquement son visage dans ses mains et s'effondra sur la roue.

– Oh, Délie! J'aimerais tant vous aider. J'aimerais tant en avoir le droit! Si j'étais le père légal de cette enfant, jamais cette femme ne pourrait vous l'arracher. Mais je ne peux rien faire. Je ne peux vous épouser; tout ce que je peux vous suggérer, c'est d'aller en ville le plus vite possible pour consulter un avocat. Plus longtemps Meg restera avec elle, plus il sera difficile de la récupérer. Meg vous aime encore, mais on ne peut pas savoir à quel point elle est influencée.

– Vous voulez dire que je devrai obtenir une décision d'un tribunal, une injonction ou un ordre quelconque pour empêcher cette femme de garder Meg ?

– Oui, mais en qualité de mère naturelle de l'enfant, je ne pense pas que vous ayez de difficultés à obtenir ce papier. Et puis Meg est assez âgée pour dire ce qu'elle veut. Vous avez le sentiment qu'elle hésite à revenir à bord ?

– Pour une raison que je ne comprends pas. Je crois qu'elle me cache quelque chose.

– A son âge, il s'agit certainement d'un garçon.

– Oh non ! Je ne crois pas, Meg n'est qu'une enfant. Je ne peux pas retourner là-bas avant au moins une semaine, je dois transporter ce chargement jusqu'à la Rufus; dès que nous serons revenus à Morgan, j'irai en ville. Merci, mon cher Cyrus. Vous m'avez réconfortée.

– J'aimerais tellement pouvoir vous réconforter autrement, dit-il avec passion.

Elle se contenta de lui sourire avant de se glisser hors de la timonerie.

87

Meg se brossa les cheveux pour la cinquième fois, puis les crêpa par en dessous avec un peigne pour les faire gonfler. Elle tremblait d'excitation et de peur à l'idée de la partie de chasse avec Garry; elle sentait une petite boule dure dans son estomac. Elle serait seule avec lui sur les pâturages obscurs, tout pouvait arriver.

Elle pensa au dénouement d'une des nouvelles du *Woman's World*; l'homme était beaucoup plus âgé que la jeune fille, qui lui avait paru une simple enfant jusqu'au moment où il s'aperçut qu'elle était une femme;

la dernière scène avait pour cadre le parvis de l'église, dont les cloches sonnaient à toute volée.

Sous sa joyeuse excitation perçait un vague malaise. Elle essayait de l'ignorer, mais il persistait – le visage de sa mère quand elle était partie ce matin, blessé, choqué et furieux. Que lui avait donc dit Melvie ? Et pourquoi avait-elle voulu que Meg partît aujourd'hui même ? Elle ne pouvait évidemment pas partir, elle devait rester à la ferme, saisir la première occasion de dire à Garry combien elle l'aimait.

Trois coups impatients furent frappés à la porte de derrière : Garry attendait avec le camion. Elle versa un peu d'eau de Cologne sur un mouchoir, qu'elle glissa dans sa ceinture.

– Beuh ! s'écria Garry dès qu'elle fut montée à côté de lui. Qu'est-ce qui pue comme ça ?

– Tu parles de mon mouchoir ? C'est du parfum.

Elle le tira de sa ceinture et le brandit sous le nez de Garry qui recula avec une grimace.

– Bon Dieu ! Ça empeste davantage qu'une charogne !

– C'est de l'eau de Cologne.

Meg cacha son mouchoir tout au fond de son siège. Elle était déçue, vexée. Toutes les histoires et les publicités qu'elle avait lues prétendaient que les hommes étaient attirés par le parfum, pourtant Garry semblait différent.

Les fusils non chargés reposaient sur le plancher, et laissaient peu de place pour ses pieds. Une grosse lampe-torche munie d'une rallonge était posée entre eux sur la banquette, si bien qu'elle ne pouvait même pas se rapprocher de lui.

Quand ils arrivèrent devant le portail, Garry resta au volant pendant que Meg descendait l'ouvrir. Elle referma le battant dans l'obscurité et sentit l'immensité de la nuit continentale, la lumière des étoiles qui tombait en pluie d'un ciel limpide et sans lune. L'air était imprégné d'une fraîcheur de rosée; aucune brise ne troublait le calme nocturne. Quand elle remonta, Garry annonça qu'il avait vu une dépouille de renard dans les roseaux bordant le marécage, qu'ils iraient d'abord là-bas, et qu'elle tiendrait la lampe-torche et l'allumerait quand il le lui dirait.

— Laisse ton fusil ici, commanda-t-il en descendant du camion. Je ne tiens pas à me faire tirer dessus. Tu pourras t'exercer plus tard.

Elle le suivait timidement, telle une Indienne derrière son guerrier. Elle déroulait le câble de la lampe-torche relié à la batterie du camion.

Garry ne portait aucune lumière. Leurs yeux s'habituèrent rapidement à la pénombre. Ils marchaient à la faible lueur des étoiles, suivant un sentier sinueux dans les épineux. Soudain Garry s'arrêta et leva le bras en silence; il lui fit signe d'avancer à sa hauteur.

Elle serrait la lampe-torche dans ses mains tremblantes. Ils entendirent les roseaux bruisser quand le renard sortit à découvert.

— Allume!

Elle pressa l'interrupteur, et un faisceau aveuglant illumina les roseaux. Le renard évita la lumière, puis brusquement courut droit dedans. Il regardait la lampe-torche, fasciné par cette lueur surnaturelle. Immédiatement, un coup de fusil assourdissant retentit.

— Tu l'as eu!

Meg ressentit une immense fierté quand le renard bondit en arrière, puis roula sur le côté, tué net. Mais quand ils furent près de lui, elle s'apitoya. Du sang coulait de son cou. Elle caressa le museau pointu et la queue touffue, puis la fourrure un peu miteuse de son dos.

— Pauvre renard! murmura-t-elle.

— Pauvre renard, tu parles! Je parie que c'est lui qui a tué toutes les poules la semaine dernière. Sa fourrure est trop moche pour qu'on se donne la peine de le dépecer.

Il ramassa le corps privé de vie, puis le laissa tomber avec un geste méprisant.

Meg se sentait déçue. L'animal sauvage qu'ils avaient poursuivi dans la nuit n'était plus qu'une pitoyable charogne, un petit tas inerte à leurs pieds. Un léopard ou un lion aurait davantage convenu à son humeur.

– Bon, rentrons, dit Garry en se dirigeant vers le camion. (Le câble que Meg tenait s'entortilla dans un buisson, et Garry dut retourner sur ses pas pour le détacher.) Ah ! les femmes ! Toutes des incapables, grommela-t-il, mais sa voix ressemblait à une caresse.

Quand ils furent arrivés au camion, il posa son fusil déchargé dans la cabine, puis chargea celui de Meg, en lui disant de le tenir avec précaution, de le garder pointé par la fenêtre pendant qu'il conduirait.

– Tu pourras peut-être tirer un lapin, ajouta-t-il. Je ne crois pas que nous verrons un autre renard.

Ils roulaient au sommet des falaises, le fleuve éclairé par les étoiles coulait silencieusement dans son lit, deux cents pieds plus bas. Soudain un lapin surgit du bord de la piste et détala dans le faisceau des phares, zigzaguant sur la piste, mais restant dans la zone éclairée. Garry freina et s'arrêta.

– Vite ! Tire ! cria-t-il.

Meg leva son fusil; au même instant, le lapin s'arrêta puis s'assit sur son arrière-train, les oreilles dressées, aux aguets. Incapable de tirer, Meg baissa son arme.

– Grouille, qu'est-ce qu'il y a ? Il va s'en aller.

Garry lui arracha le fusil des mains, mais le lapin avait retrouvé ses esprits et plongé dans les ténèbres. Garry jura.

– Je... je n'ai pas pu tirer quand il s'est assis pour me regarder.

– Pfff, les femmes ! grogna Garry. Je ne t'emmènerai plus jamais à la chasse.

Cette sensibilité féminine le dégoûtait. Il songea à tous les hommes tirés comme des lapins, sous ses yeux, sans la moindre pitié : aux hommes qui hurlaient, retenaient leurs entrailles à pleines mains; aux hommes défigurés...

– Je t'ai déjà raconté l'histoire du ragoût ? demanda-t-il.

– Un ragoût de lapin ?

– Non. Cela se passait sur le front, et je peux te

garantir qu'il ne restait pas le moindre lapin dans le secteur. Nous avions réussi à trouver un bout de viande Dieu sait où; nous bivouaquions dans une ferme française, au milieu des champs de légumes. J'ai rampé dans le no man's land à la recherche de légumes, me cachant dans les trous d'obus dès que j'entendais un coup de canon; j'ai fini par trouver quelques carottes, deux ou trois navets enfouis dans la boue, que j'ai ramenés.

« Nous avons préparé un superbe ragoût; un type qui avait un oignon, nous en a donné la moitié. Nous nous tenions autour de la marmite, moi et deux copains, reniflant cette odeur délicieuse, l'eau à la bouche, quand un obus est tombé sur la ferme.

« Mes deux potes ont été tués sur le coup – apparemment, c'était leur jour. Quant à moi, j'ai été sonné, mais je n'étais pas blessé, simplement étourdi. Le ragoût avait évidemment disparu. Et j'étais furieux, vois-tu, non pas à cause de mes copains, mais à cause du ragoût. Je me suis mis à détester les Boches comme jamais. Plus tard seulement, j'ai commencé à réaliser que mes copains étaient morts... J'avais vu tellement d'hommes mourir.

Meg resta silencieuse. Loin d'être stupide, elle comprit le parallèle avec la situation présente.

– Tu dois trouver cela ridicule, dit-elle enfin d'une voix fluette, de s'inquiéter pour un lapin, après... Tu as tué beaucoup d'Allemands ?

Il haussa brièvement les épaules.

– Pas mal. C'est le premier qui est le plus dur. Ensuite, tu es vacciné. Les combats à la baïonnette sont terribles, car tu distingues les yeux de ton ennemi quand ta lame s'enfonce dans son corps. Rien à voir avec le bombardement d'unités éloignées, tu ne vois ni les blessés ni les morts. L'un de mes camarades a été aveuglé par un obus. Un type solide, joyeux, généreux. On l'a évacué vers l'arrière comme un bébé.

A son insu, il remuait les doigts mutilés de sa main gauche. Meg posa sa main sur les siennes. Elle s'émerveillait de ce qu'il eût commencé à lui parler de son expérience au front; à la maison, il n'y faisait jamais allusion.

– Raconte-moi comment tu as perdu tes doigts, dit-elle.

Il la repoussa avec un juron, puis mit le moteur en route.

– Allez, on rentre, dit-il. Je déteste remuer toute cette affaire.

Meg se recroquevilla sur son siège et des larmes coulèrent sur ses joues. Elle avait espéré qu'il l'embrasserait; au lieu de quoi il avait retiré ses mains, comme si un serpent l'avait mordu.

Un autre lapin jaillit sur la piste; Garry fonça délibérément dessus et l'écrasa. Il y eut un léger bruit écœurant quand les roues du camion broyèrent le petit corps. Meg frissonna mais ne dit mot.

De retour dans la cuisine de la ferme, il essaya maladroitement de se montrer plus aimable, prépara du thé, entoura Meg de mille attentions aussi maladroites que guindées. Quand il découvrit les traces de larmes sur son visage, il se sentit misérable et en même temps furieux contre cette jeune fille qui le mettait dans son tort.

Malgré sa déconvenue, Meg était sans rancune; il dut admettre qu'elle avait bon cœur, et elle fut éperdue de reconnaissance pour le thé qu'il lui servit avec une gentillesse bougonne. Quand elle lui dit bonsoir, elle leva ingénument son visage vers lui, et presque sans y penser il le prit entre ses mains et posa ses lèvres dures sur le coquelicot rouge de sa bouche tendre et juvénile.

A la consternation de Garry, elle enlaça aussitôt son cou et lui rendit fiévreusement son baiser. Il dut lever les bras pour dénouer les mains de la jeune fille et la repousser, tandis qu'elle chuchotait des paroles incohérentes.

– Je savais que tu m'aimais. Je le savais, parce que je t'aime tellement, tellement, tellement...

– Pour l'amour du Ciel, Meg! Maman va t'entendre et elle va descendre. Tu t'es simplement entichée de moi parce que je suis plus vieux, que je suis le seul garçon dans les parages. Ça te passera, bientôt tu n'y penseras plus.

– Non, non, non ! gémissait-elle. C'est pour toujours. Je t'aime parce que tu es si bon, si courageux, et que...

– Je ne suis pas courageux ! Mets-toi bien ça dans la tête ! (Exaspéré, il se mit à crier.) Tu vois cette blessure ? Cette blessure qui m'a permis d'échapper à la guerre avec tous les honneurs ? Je me la suis infligée avec mon propre fusil, pour pouvoir quitter cette saloperie de guerre et rentrer chez moi. Alors que mon frère a préféré rester et y a laissé sa peau. Voilà ce qu'il a fait, ton héros ! Il s'est lui-même amputé pour être démobilisé !

– Garry !

C'était Mme Melville, ses cheveux gris noués en longues tresses, le visage livide; elle vacillait sur le seuil de la cuisine, en chemise de nuit à manches longues, comme sur le point de tomber.

– Oui, maman; autant que tu saches tout. Cela me soulage de pouvoir en parler à quelqu'un. Je ne supporte plus toutes ces phrases grandiloquentes à propos du Héros blessé pour Sauver la Patrie.

Mme Melville tituba à travers la cuisine, puis s'effondra sur une chaise.

– Très bien, mon fils, dit-elle faiblement. Ne crie pas; il est inutile que ton père soit au courant. Simplement, je suis heureuse que Jim ait eu assez de cran pour aller jusqu'au bout.

– Jim a toujours été mille fois plus courageux que moi, c'est lui qui aurait dû rentrer. Maintenant vous êtes condamnés à ma présence.

– C'est bien ce qu'il y a de pire !

Piquée au vif, Meg vola au secours de son bien-aimé.

– Je m'en moque, il faut du courage pour retourner un fusil contre soi et auparavant, tu avais tué des Allemands. Moi, je suis contente que tu sois rentré, Garry.

– Merci, petite. Tu devrais aller te coucher maintenant. Tout ça à cause de ce sacré lapin que tu as refusé de tuer !

Il lui adressa un sourire douloureux.

– Oui, file au lit, Meg chérie. Je crois que je vais prendre une tasse de thé, je n'ai plus envie de dormir. Il en reste dans le pot ? Tu ferais mieux d'aller te coucher aussi, Garry. Demain matin, je me serai peut-être habituée à cette nouvelle.

Haussant les épaules, il se dirigea lentement vers la porte et prit son fusil au passage pour le nettoyer.

– Laisse ce fusil ! s'écria-t-elle.

Il lança à sa mère un regard cynique.

– Tu crois peut-être que j'ai assez de cran pour me faire sauter la cervelle ? Ne t'inquiète pas !

88

Le camp du chantier du lac Victoria ressemblait à une petite ville, plus civilisée que les anciens campements, où les hommes vivaient sous la tente, avec pour seules distractions le whisky et les bagarres.

Les baraquements des ingénieurs étaient équipés de doubles portes grillagées. Quelques femmes bravèrent l'isolement et l'inconfort pour rejoindre leur époux. Il n'y avait pas de médecin, mais la femme de l'ingénieur en chef, excellente infirmière, prodiguait aux malades sa sympathie, ses conseils, ainsi que les médicaments qu'elle pouvait trouver sur place.

Des massifs de fleurs poussaient dans les jardins devant les huttes, des cordes à linge garnies de vêtements colorés et de lingerie de femmes égayaient le paysage. Il y avait même quelques enfants.

Une fois tous les quinze jours, le *Philadelphia* remontait le lit étroit de la Rufus jusqu'à l'embarcadère situé à l'entrée du lac. Dès que sa sirène retentissait sur le plan d'eau, les habitants du camp accouraient, toutes affaires cessantes.

D'habitude, les eaux peu profondes du lac étaient

bleues sous le ciel sans nuages. De basses collines sablonneuses d'un rose orangé soutenu l'encerclaient, couvertes d'une profusion de lis crémeux de la Darling.

Revoyant ce paysage sous un jour ensoleillé, Délie se sentit trop fébrile pour peindre une vue du lac, qu'elle désirait montrer à Alister. Les bleus pastel et les ocres doux étaient trop paisibles pour son humeur présente. Elle voulait aller en ville au plus vite pour consulter un avocat.

Charlie avait déjà ouvert les panneaux pour la foule agglutinée sur l'embarcadère. L'un des clients était un chien – un chien rapporteur qui appartenait à l'un des ouvriers du chantier. Il arriva avec un billet de dix shillings, une tinette vide attachée au cou, et un morceau de papier sur lequel était écrit : *Un paquet de tabac (gris), 1 dzne de boîtes d'allumettes, 1/2 mesure de thé. Prière de mettre les achats et la monnaie dans la tinette. Merci.*

Tous les hommes connaissaient Nigger. On racontait que son propriétaire l'avait dressé à pêcher les bouteilles vides dans l'eau, et qu'il en possédait maintenant une riche collection dans sa hutte, qu'il espérait vendre avant de partir. Un jour, quelqu'un avait essayé de dérober l'argent dans la tinette de Nigger – « histoire de rigoler » – et avait bien failli perdre sa main. L'animal ne permettait à personne d'y toucher avant d'être arrivé au comptoir du magasin flottant.

Délie sortit vivement la commande, plaça les marchandises demandées ainsi que la monnaie dans la tinette, donna un biscuit au chien, puis lui caressa la tête. Nigger descendit sur la rive pour manger son biscuit, après quoi il rapporta les provisions à son maître.

– Chaque fois, il s'arrête sur la berge pour compter la monnaie, dit un homme au visage solennel, connu sous le nom de Larry le Menteur, nonchalamment appuyé au comptoir. Dites, m'dame, vous n'auriez pas une 'tite bouteille de derrière les fagots? Le Noir à Quatre Sous me plaît particulièrement.

– Vous savez très bien que nous n'avons pas le droit

de vendre de l'alcool au camp, dit Délie d'une voix crispée.

Elle savait que les autres vapeurs pratiquaient la contrebande de l'alcool, un capitaine transportait même sa marchandise illicite dans des noix de coco vides. Le « Noir à Quatre Sous » était un vin rouge exécrable, renforcé par de l'alcool blanc, officiellement interdit parce qu'à l'origine de bagarres mortelles. Elle espérait qu'aucun des hommes présents ne se rappelait que le *Philadelphia* avait jadis vendu du whisky au camp provisoire installé au même endroit, à l'époque où Brenton commandait encore le vapeur.

– Des biberons pour bébés? Oui, j'ai le dernier modèle, qui s'ouvre aux deux bouts pour faciliter le nettoyage, dit-elle à une jeune femme émaciée, au visage marqué par les intempéries, qui se tenait timidement au comptoir parmi la foule des hommes.

A voix basse, elles discutèrent tailles de tétine et marques de lait. Délie pensait aider réellement les femmes qui vivaient cette existence précaire, en apportant dans leurs foyers toutes les petites choses indispensables à la vie quotidienne; de plus, elles appréciaient la présence de Délie.

Les marchandises s'écoulaient rapidement et le commerce prospérait. Délie aurait bientôt assez d'économies pour envoyer l'un de ses enfants dans une école de médecine. Pas Meg, Meg voulait devenir infirmière; et puis sa situation financière pèserait peut-être devant le tribunal. Sa vie privée devait être absolument irréprochable. Grâce au Ciel, elle n'avait pas cédé aux avances de Cyrus James.

L'avocat se cala confortablement dans son fauteuil en cuir, joignit l'extrémité de ses doigts, et regarda Délie par-dessus l'arche de ses mains.

– Je suppose que votre vie privée est au-dessus de tout soupçon. Vous n'êtes pas séparée de votre mari, il n'y a pas eu le moindre problème entre vous?

– Non, mais il est cloué au lit, voyez-vous, et il ne

s'intéresse pas beaucoup aux enfants ni à leur éducation.

– Eh bien, il vaudrait mieux que vous le convainquiez de signer la pétition pour le retour de votre fille. A moins que cette femme ne puisse prouver que vous menez une vie dissolue et que vous êtes inapte à élever votre enfant, ou que l'atmosphère familiale risquerait de lui nuire.

Il eut un sourire méprisant en songeant à l'absurdité de pareille suggestion. C'était un homme qui avait vécu, un grand connaisseur de vins et de femmes; ce petit bout de femme aux grands yeux bleus apeurés charma pourtant son cœur cynique, endurci par une longue pratique de la faiblesse et de la faillibilité humaines.

– Oh non; il n'y a rien de tel, répondit Délie, soulagée de pouvoir l'affirmer.

Elle, et elle seule, savait qu'elle avait frisé la catastrophe; dans sa position actuelle, le moindre ragot pouvait s'avérer désastreux.

– Quant aux autres arguments – votre tuberculose, votre existence nomade sur le fleuve, la mort de votre dernier enfant à bord du bateau, même le fait que les Melville ont de l'argent et peuvent fournir un vrai foyer à votre fille –, tout cela ne saurait convaincre le tribunal de retirer un enfant à sa mère naturelle, à moins qu'il n'y ait une autre raison valable. Elle a déjà reçu un minimum d'éducation, elle n'a jamais été négligée; les lois concernant les enfants existent pour protéger les mineurs contre les parents abusifs. Et pour autant que je le sache, vous n'avez pas à vous inquiéter.

Il sourit courtoisement, dévoila des dents d'une blancheur immaculée sous sa moustache impeccable, puis raccompagna sa cliente vers la porte.

– Au revoir, madame Edwards. Je vais rédiger la demande au tribunal, qui interdira à Mme Melville d'influencer votre fille contre ses parents et l'obligera à vous rendre cette personne dès que le tribunal aura statué.

– Mais si l'enfant désire rester chez elle?

– Heureusement, elle est encore trop jeune, le tribunal décide ce qui est le mieux pour elle. Ce serait évidemment différent si elle n'était plus mineure.

Délie rentra à son hôtel d'Adélaïde, songeant qu'il valait mieux que cet homme aimable ne connût pas toute la vérité. Peut-être aurait-elle dû tout lui dire. Car une angoisse persistait au fond de son esprit. Le médecin de l'hôpital de Waikerie savait, et Mme Melville avait peut-être deviné – tout comme Brenton – qu'elle était moralement responsable de la mort de son bébé mongolien. Le médecin avait pris le parti de Délie, qui était persuadée qu'il recommencerait, mais elle ne se sentait pas tranquille. Décidément, nos actes passés hantent notre vie ! « L'action est transitoire – une simple étape, un souffle... » mais ses conséquences sont inéluctables. Elle se souvint du soir où elle avait enjambé le rebord de la fenêtre, puis fermé celle-ci – avait-elle vraiment fermé cette fenêtre ? – en tout cas son geste avait été décisif, elle avait condamné Adam à mort. Loin, très loin en amont de votre existence, un obstacle vous obligeait à un détour, vous poussait dans une autre direction, vers une autre fin.

Elle songea alors au fleuve; à une époque reculée, une convulsion mineure de l'écorce terrestre avait dressé un obstacle sur le cours de la Murray, qui coulait déjà régulièrement vers le nord-ouest, la contraignant à obliquer brusquement vers le sud et à se jeter dans l'Océan Austral, au lieu de se perdre dans les sables du désert continental comme tant de fleuves qui coulaient vers l'ouest. Un seul changement de direction, et toute l'histoire de cette partie du continent australien avait été bouleversée.

Alors qu'ils descendaient le fleuve après la Rufus et traversaient un paysage sauvage et désert, ils avaient été hélés par un vieil « ermite » habitant une hutte d'écorce grossièrement bâtie sur la berge. Délie s'était alors souvenue de Harry le Barbu et de sa philosophie élémentaire; car Scotty, c'était son nom, ne croyait pas aux vertus du travail. Pourtant, quand le vapeur s'était arrêté, ils avaient découvert un campement aussi propre qu'un lit d'hôpital : devant l'entrée de la hutte, le sol était régulièrement balayé; les boîtes de conserve et autres bouteilles vides s'empilaient soigneusement dans un coin, des filets de pêche étaient impeccablement pliés sur la berge.

– J'ai vendu quelques cabillauds à un vapeur, si bien que j'ai un peu d'argent à dépenser, dit Scotty. Du tabac, j'ai besoin de ça; du tabac, de la farine et du thé. Pour moi, l'indispensable se réduit à ça. Les femmes ne sont pas indispensables, pas plus que la bière, mais attention, ajouta-t-il avec un clin d'œil, je ne crache ni sur l'une ni sur les autres chaque fois que l'occasion se présente. Mais devenir esclave pour entretenir une femme et des gosses? C'est pas pour Scotty. Lézarder au soleil en regardant le fleuve, voilà mon idée de l'existence.

C'était sans conteste une philosophie hérétique dans le monde moderne de l'après-guerre, où tout s'accélérait, le jazz, les voitures, les avions, le désir insatiable de gagner de l'argent, de « réussir », qui semblait venir directement du jeune et vigoureux pays qu'étaient les Etats-Unis. Mais pourquoi? se demandait Délie. Le vieux Scotty et le millionnaire le plus puissant finiraient tous deux en poussière; qu'on repose sous un mausolée de marbre ou un monticule de sable au bord du fleuve, le corps se décompose de la même façon.

Pour le taquiner, elle dit :

– Mais la pêche, c'est du travail, non?

Scotty haussa les épaules.

– Bah, vous parlez d'un boulot! Je lance une ligne dans l'eau, un grand crétin de cabillaud s'accroche tout seul à l'hameçon et attend que je le remonte. Ou bien il se prend dans le filet; en tout cas, moi je ne fais rien pour l'attraper.

Quand ils reprirent leur descente du fleuve afin de recharger rapidement d'autres marchandises, Délie se demanda si elle connaîtrait jamais le genre d'existence dont elle rêvait. Elle commençait à se considérer comme une lointaine cousine de Scotty ou de Harry le Barbu, prise à la gorge par les responsabilités et les soucis quotidiens. Tout ce qu'elle demandait à la vie, c'était de la nourriture et un toit, du temps pour réfléchir et des loisirs pour peindre.

89

Quand Délie revint de la métropole pour retrouver le bateau à Morgan, Brenton l'accueillit assis dans un fauteuil roulant.

Les enfants étaient ravis de cette surprise; ils riaient et gambadaient autour d'elle, tandis que Brenton souriait de plaisir et de fierté. Les vacances scolaires avaient commencé, Brenny les avait rejoints pendant que Meg restait à la ferme.

– Tu n'as rien deviné, maman! Papa a fait beaucoup d'exercices, le médecin de Milang lui a donné un livre, et Charlie s'est débrouillé pour trouver le fauteuil.

– Alors comme ça, vous étiez tous au courant, et vous ne m'avez rien dit? (Essuyant une larme, elle embrassa Brenton.) C'est merveilleux, je n'en crois pas mes yeux! Je suis si contente pour toi, Brenton.

– Je ne voulais pas... te donner de faux espoirs... au cas où ça n'aurait pas marché. Regarde!

Il actionna les roues avec ses mains et se propulsa à travers le salon.

– Je peux aller partout sur ce pont. Charlie propose de construire... rampe pour monter à la timonerie. Quand elle sera terminée...

Délie prit un air pensif. Quand la rampe serait terminée, il pourrait retourner à la timonerie, redevenir capitaine du vapeur, dans les faits, et non plus nominalement.

Elle comprit brusquement qu'elle ne voulait pas qu'on lui prît sa place, qu'elle tenait à sa position unique de seule femme capitaine sur le fleuve, au respect d'hommes comme Charlie, le capitaine Ferguson ou le capitaine Ritchie. Elle avait songé avec nostalgie à une vie sans responsabilités, consacrée à la peinture et aux rêveries sur le pont du navire; maintenant, cette perspective ne lui plaisait plus guère. Brenton ne serait pas capable de tenir la roue. Elle serait toujours dans la timonerie, travaillant aussi dur que d'habitude, mais il commanderait. Brenton arborait déjà un air décidé qu'on ne lui avait pas vu depuis longtemps.

Une autre idée traversa son esprit : elle pourrait engager un second digne de confiance pour aider Brenton et trouver un cottage au bord du fleuve, dans une portion fréquentée par les vapeurs, aménager une maison pour Meg et elle. Mme Melville ne pourrait alors plus prétendre que Délie ne donnait pas un vrai foyer à sa fille. Elle ne doutait plus de pouvoir récupérer Meg, maintenant qu'elle possédait l'ordonnance du tribunal, mais elle connaissait l'entêtement de Mme Melville. Elle tenterait de reprendre Meg avant sa majorité.

Pendant ce temps, Meg oscillait entre un bonheur sans nuages et les souffrances d'un premier amour non payé de retour. Malgré lui, Garry était touché par l'adoration que la jeune fille lui vouait ouvertement, mais elle l'embarrassait et l'agaçait parfois, si bien qu'il alternait entre la tendresse et une soudaine brusquerie qui blessait profondément la jeune fille.

– Quand retournerons-nous chasser? le suppliat-elle.

Elle avait attendu à la porte son retour de Waikerie afin de pouvoir lui parler seul à seul. Depuis les révélations de Garry, Mme Melville manifestait envers son fils une sorte d'indifférence mêlée de mépris, mais elle surveillait Meg plus attentivement qu'auparavant; car elle avait remarqué les intonations amoureuses de sa voix quand la jeune fille avait pris la défense de son bien-aimé.

Penché au-dessus du corps frêle de Meg, il claqua la portière du camion avant de lui répondre. Ses sourcils couleur sable se rapprochèrent en un froncement d'impatience.

– Quand Garry? Quand, quand, quand?

Elle posa ses pieds sur le siège et enlaça ses genoux comme une enfant boudeuse.

– Je ne sais pas, Meg; laisse-moi le temps de respirer, dit-il d'une voix irritée. Je ne comprends pas pourquoi tu tiens tant à y retourner, ça n'a pas été un tel succès la dernière fois.

– Nous avons tué un renard.

– Oui, un renard. Et maman a appris une amère vérité dont elle ne s'est toujours pas remise.

– C'est aussi bien qu'elle sache.

– J'ai tendance à penser que, lorsqu'ils peuvent choisir, les gens préfèrent *ne pas* connaître la vérité si elle risque de les blesser.

– Alors, allons pêcher en barque, proposa Meg, changeant son angle d'attaque.

– D'accord, disons dimanche après-midi, dit Garry.

Il croyait plus prudent de sortir avec Meg pendant la journée; elle était si passionnée qu'il était impossible de prévoir quand cette petite délurée allait vous sauter dessus pour vous couvrir de baisers.

Le dimanche après-midi où Meg partit en barque avec Garry, le *Philadelphia,* amarré à moins de quarante milles en aval juste en dessous de Morgan, attendait d'accoster pour charger des marchandises dès le lendemain matin. Les droits de quai étaient si élevés qu'aucun bateau ne s'y amarrait sans être sûr de pouvoir charger rapidement. Aux dépenses courantes s'ajouterait bientôt le péage de l'Ecluse Un, dont l'ouverture officielle était prévue pour le Nouvel An. Délie était ravie que son trajet actuel – de Morgan, juste au-dessus de la première écluse, jusqu'au lac Victoria – ne l'obligeât pas à emprunter cette écluse.

Les droits de passage devaient servir à améliorer l'état du fleuve, draguer les accès aux quais, et financer l'*Industry,* le bateau du gouvernement chargé de l'entretien du fleuve; au cours de l'année passée, ce vapeur avait retiré du fleuve un millier de souches et de billes de bois entre Blanchetown et la frontière.

Gordon était plongé dans le classement de son herbier – un nouvel album à feuilles intercalaires en papier cristal – pendant que Brenton et Brenny regardaient Charlie fabriquer une rampe reliant le pont à la timonerie pour son fauteuil roulant; cette rampe était équipée d'une poulie et d'une corde le long de laquelle « le patron » pourrait se hisser. Tout ce qui touchait à la mécanique ou concernait son père attirait Brenny comme un aimant la limaille de fer.

– Ce truc devrait être relié au moteur à vapeur, disait Charlie, une lueur fanatique brillant toujours dans ses yeux bleu délavé. Un cordage relié au treuil à vapeur, passant sur la poulie, puis rejoignant le sommet de la rampe – simple comme bonjour. Maintenant, si...

– Et s'il n'y a pas de vapeur, je ne pourrai pas aller dans la timonerie, c'est bien ça? dit Brenton. Tu veux être obligé de monter la vapeur simplement pour hisser ce bon Dieu de fauteuil? Non, Charlie; je me contenterai d'un treuil mécanique pour pouvoir me hisser tout seul : je veux quelque chose de vraiment *simple*.

Il donna une vigoureuse impulsion à la roue de son fauteuil, et traversa à toute vitesse le pont supérieur sous la timonerie; il leva les yeux vers la cage de verre comme vers la Terre promise, tel un ambitieux garçon de cabine rêvant au jour où il serait enfin capitaine. Son bras gauche était maintenant tellement musclé qu'il envisageait sérieusement de tenir à nouveau la roue, au moins dans les portions rectilignes du fleuve. Il avait des fourmis dans les doigts à l'idée de toucher les rayons.

Alex observait la scène depuis un moment quand il réalisa brusquement qu'aucun de ses frères aînés n'utilisait la barque, et qu'il l'avait pour lui tout seul. Cette perspective l'excita, mais ce fut avec calme et méthode qu'il réunit tout ce dont il aurait besoin pour son expédition. Il ne comptait pas jouer les Leichardt, les Burke ou les Wills, son exploration serait parfaitement organisée et il serait bien équipé.

Quand il eut déposé dans la barque son barda contenant de la nourriture, des allumettes, un couteau et une gourde, il retourna chercher sa boîte à insectes et son « marteau de géologue », en fait le même outil que celui utilisé par Charlie pour les travaux de menuiserie. Puis il largua rapidement les amarres et se laissa dériver en silence sous la poupe, redoutant que Brenny ne décidât subitement de l'accompagner. Sa mère, qui peignait, avait à peine levé les yeux quand il lui avait annoncé qu'il partait faire un tour en barque.

Comme elle avait disposé trois pommes sur une assiette devant un tissu bleu, Alex en conclut qu'elle essayait de peindre une nature morte, mais les formes représentées sur la toile ne ressemblaient guère à des pommes, du moins à ses yeux; un épais trait noir délimitait des carrés approximatifs, tandis que la cruche qu'Alex voyait d'un blanc uni prenait sur la toile toutes les teintes de l'arc-en-ciel. Néanmoins, il se dispensa de tout commentaire et se retira sur la pointe des pieds. De tous les enfants de Délie, Alex était celui qui avait le plus de tact.

Il ramait dans le sens du courant et s'éloignait de la ville; dès qu'il eut franchi la première courbe, il se sentit tout seul sur le fleuve, aussi isolé que les compagnons de Sturt dans leur baleinière, partant à l'aventure sur un fleuve inconnu et vers une mer étrangère.

Il ramait énergiquement, enthousiasmé par la vitesse de la barque presque vide poussée de surcroît par le faible courant, jusqu'au moment où il se rappela un conseil de son père : ne jamais aller trop loin vers l'aval, sinon le courant risquait d'être trop fort quand il faudrait revenir. La brise légère qui l'avait d'abord poussé soufflait maintenant contre lui; car les nombreuses courbes faisaient dévier le cours du fleuve de cent quatre-vingts degrés.

Il se mit à chercher des cavernes à explorer et pénétra dans un bras mort formé par un large méandre du fleuve lors d'une crue précédente, et maintenant isolé de son cours. Sur la rive opposée, les falaises de la berge étaient érodées, comme alvéolées, jusqu'à leur sommet; plus haut, des aigles criards planaient dans le ciel bleu. Leurs cris descendaient jusqu'à lui en une succession de sifflements de plus en plus aigus, qui culminaient en un craquement sec comme le bruit d'une balle ricochant sur la pierre.

Il aperçut une grotte dont l'entrée était très au-dessus du niveau du fleuve, mais accessible en escaladant la falaise. Il amarra la barque puis entreprit de gravir la pente de calcaire inégal; bientôt, il put se hisser sur le rebord de la caverne. Le sol n'était pas rocheux, mais couvert d'une épaisse couche de sable et d'argile déposée par de très hautes crues.

A l'entrée de la caverne, dans une crevasse de la paroi, poussait un bouquet de jacinthes bleues qui semblaient flotter comme des papillons sur leurs minces tiges fibreuses; il en ramènerait quelques-unes pour la collection de Gordon.

Alex se retourna afin de hisser sa gourde, les allumettes et les sandwiches au corned-beef avec la corde qu'il avait nouée à sa cheville. Il fit descendre la gourde vide au bout de la corde pour puiser de l'eau, puis il entama son exploration.

La caverne s'étrécissait rapidement, son plafond descendait vers le sol si bien qu'Alex fut bientôt obligé de s'accroupir. A mesure que la caverne s'enfonçait dans la falaise, l'obscurité grandissait, ainsi que l'humidité. Il frotta une allumette, puis une autre, et dans la lueur vacillante aperçut quelque chose sur la paroi en pierre; cela ressemblait à une main humaine blanche.

Frottant une autre allumette, il distingua le contour flou d'une main peinte à l'argile blanche; à côté, plusieurs cercles concentriques et des bandes d'ocre jaune et rouge délimités par un trait noir. Ces dessins semblaient très anciens. Il pensa à Tannanobi, le dernier survivant de la tribu des Pujinook, mort autrefois à Morgan à cause de l'alcool, trop souvent « imbibé » par les Blancs qui le considéraient comme une relique du passé.

Tannanobi aurait pu lui expliquer ces étranges symboles. Aujourd'hui, personne peut-être ne savait plus les interpréter. Alex regretta de ne pas avoir d'appareil photo équipé d'un flash, ou même un crayon et du papier. Poursuivant ses recherches, il ne découvrit pas d'autre dessin, mais il réfléchit que le temps en avait peut-être recouvert certains sous les couches de terre et d'alluvions accumulées sur le sol. La caverne s'étrécissait de plus en plus pour finir en cul-de-sac.

Il retourna sur ses pas, examina la paroi et le sol sous les dessins, et aperçut une bande de sable et de charbon de bois tendre et friable, presque au niveau du sol. Au fond de la caverne, des racines tordues d'arbustes qui poussaient en surface s'étaient frayé un chemin jusque-là pour trouver de l'eau; il en brisa une et utilisa son extrémité pointue pour creuser. Du charbon de bois et des fragments de pierre tombèrent, des pierres aux formes bizarres, présentant des facettes incurvées et des bords tranchants. Il en ramassa une et s'aperçut que son pouce et son index l'avaient instinctivement saisie comme un outil. Il avait découvert un ensemble de couteaux et de hachettes en pierre taillés par les aborigènes, des racloirs et des pointes de flèches, certains inachevés, d'autres brisés, mais incontestablement façonnés par l'homme.

Alex était excité. Il glissa les plus beaux spécimens dans le col de sa chemise, malgré leurs arêtes tranchantes et leur saleté. Il comptait les laver dans le fleuve pour admirer toute la beauté de ces silex brillants, qu'on avait dû amener de fort loin dans cette région de sable et de calcaire.

Il creusa le sol de la caverne juste en dessous de la veine de charbon, et mit au jour un objet blanc – un fémur! Poussant un cri de stupéfaction, il se mit à creuser comme un chien déterrant des os; dans la pénombre, il contempla bientôt un squelette presque complet : fémur et tibia, articulations des doigts et des orteils, côtes et vertèbres, puis le crâne, où la mâchoire inférieure manquait.

Accroupi, il examina les orbites vides, la rangée des dents carrées et plates, puis il eut brusquement la chair de poule. Il jeta un coup d'œil inquiet par-dessus son épaule. Le petit point de lumière qui signalait l'entrée de la grotte semblait tellement loin! D'un geste vif, il remit le crâne où il l'avait découvert, prit ses jambes à son cou et s'élança vers la lumière.

Dès qu'il eut retrouvé le grand soleil, le paisible bras mort du fleuve et ses rangées d'arbres, sa panique lui parut stupide. Il se sentit fier de son esprit scientifique, d'autant qu'il avait toujours voulu posséder un squelette afin de pouvoir l'étudier à loisir.

Alex avait besoin de manger et de boire du thé pour reprendre des forces. Il retourna d'un pas décidé vers le fond de la caverne, dépassa résolument les ossements silencieux, et se mit à briser des racines sèches pour faire un feu...

Quand celui-ci fut allumé, il se découvrit une sorte de parenté avec l'homme dont les os reposaient dans les ténèbres. Il s'accroupit à l'entrée de la caverne audessus de son maigre foyer – l'obscurité se pressait derrière lui, et un univers lumineux s'étendait à ses pieds – tel un homme de l'âge de pierre. Alex s'émerveillait de la mort et de son mystère, s'interrogeait sur le mystère plus grand encore de la vie. Son esprit logique repoussait l'idée de la résurrection de la chair; ce squelette ne pouvait retrouver la vie, il y en avait des milliers, peut-être des millions, enfouis dans le sol de l'écorce terrestre sous forme de fragments, en solution, émiettés en une poussière microscopique. Même saint Pierre n'aurait pu les rappeler à la vie. Et puis, personne ne voulait vivre éternellement, car la vie serait alors dépourvue de sens. Au lieu de concentrer son esprit sur une hypothétique vie future, il préférait rendre cette vie aussi bonne que possible.

Déjà, depuis la guerre, on avait découvert de nouveaux médicaments, de nouvelles façons de lutter contre la souffrance et la maladie pour allonger la vie humaine. On commençait à entrevoir l'interdépendance de l'esprit et de la matière; on pressentait qu'un esprit malade pouvait miner un corps, une blessure physique altérer l'esprit.

Le corps humain était un réceptacle, une lampe fragile et merveilleuse qui abritait la flamme de la vie. Protéger ce réceptacle contre tous les dangers qui le menaçaient, le préserver aussi longtemps que possible, empêcher la flamme de s'éteindre – voilà le but le plus élevé, songea Alex.

Devant l'immense cours d'eau près duquel il était né, il décida alors, à l'entrée de cette caverne, de devenir médecin.

Dans une autre barque, à quarante milles en amont sur le fleuve, Meg était tranquillement assise, la ligne à la main, silencieuse bien que submergée de bonheur et mourant d'envie de parler avec son bien-aimé.

Garry avait senti quelques touches, mais n'avait rien pris et il n'était pas de très bonne humeur. Un unique poisson-chat reposait au fond du bateau, attrapé par Meg, mais sorti de l'eau par Garry.

– Remets cette horrible bestiole à l'eau ! l'avait-elle vainement supplié.

Elle détestait sa peau visqueuse, semblable à celle du crapaud, ses moustaches caoutchouteuses et répugnantes; elle était intimement persuadée que sa chair avait un goût de serpent.

– C'est délicieux sans la peau, dit Garry. Maman connaît une excellente recette pour le poisson-chat. Mais méfie-toi de l'épine dorsale, elle est venimeuse.

– Toute cette fichue bestiole me paraît venimeuse. Je n'ai jamais aimé les poissons-chats. J'aurais préféré qu'un joli gardon morde à mon hameçon.

– Moi, je me contenterais amplement d'attraper quelque chose, dit Garry, avant de retomber dans un silence morose.

Peu après, Meg pêcha un gardon argenté de deux livres, mais son instinct lui conseilla de mettre une sourdine à son enthousiasme et de regretter que Garry ne l'ait pas pêché à sa place.

– Tu te débrouilles mieux à la pêche qu'à la chasse, grommela-t-il.

– C'est vrai, n'est-ce pas ? J'ai passé presque toute ma vie sur un bateau; nous allions tous pêcher en barque; dès que nous nous arrêtions quelque part, on mettait une ligne à l'eau.

– Le bateau et ta famille ne te manquent pas ?

– Je désire seulement rester avec toi et Melvie, répondit-elle avant de citer avec ferveur : « Où que tu ailles, j'irai; où que tu habites, j'habiterai; ta famille sera ma famille, et ton Dieu, mon Dieu. »

– N'oublie pas que ma mère vieillit, elle ne vivra pas éternellement, et dès que je pourrai partir, j'irai en ville. Je reste uniquement pour aider papa lors de la prochaine tonte.

Meg le dévisagea, bouche bée. Elle ramena soigneusement sa ligne de pêche; ses lèvres tremblaient.

– Garry ! (Elle joignit instinctivement les mains en un geste de supplication.) Garry, emmène-moi avec toi, je t'en prie. Je ne veux pas te perdre, je ne veux pas !

– Pour l'amour du Ciel, Meg ! Tu ne peux pas venir avec moi à la ville.

– Pourquoi pas ? Pourquoi ne peux-tu pas m'emmener ? Je ne te demande pas de m'épouser, je m'en moque. Je veux simplement être à tes côtés, te voir de temps en temps. Je ne te demande même pas de me parler. Pourquoi ne veux-tu pas de moi ? Je t'aime, Garry. Pourquoi ?

– Parce que je ne suis pas amoureux de toi et que je ne le serai jamais, dit-il, incapable de retenir sa colère.

– O - Oh !

Meg fondit en larmes, les épaules secouées de sanglots, sa tête posée sur la dame de nage, ses cheveux noirs pendant par-dessus bord.

– Bon Dieu, tu n'as que quatorze ans !

– L'âge de Juliette.

– Nous ne sommes pas au théâtre. Tu n'es qu'une petite écolière romantique; il est temps que tu te réveilles, que tu comprennes que la vie n'est pas un feuilleton à l'eau de rose, ni même une tragédie pathétique, ce n'est qu'une farce sanglante. Un obus tombe sur une marmite; mes deux potes sont volatilisés, et moi je n'ai pas une égratignure. Pourquoi ? Je n'en sais foutrement rien. Maman passe toute la guerre à prier pour que son Jim revienne sain et sauf, et il se fait tuer un mois avant l'armistice. Elle est donc obligée de me supporter sous son toit, et maintenant je ne suis même plus un héros. (Il eut un rire amer.) C'est plutôt drôle quand on y pense.

— Garry ! Ne sois pas si dur avec toi-même.

Elle refoula un sanglot, puis essuya son visage avec sa robe.

— Je n'y peux rien, Meg. Je suis aussi désabusé qu'un vieillard. Voilà ce que la guerre a fait de moi. Ce n'est pas que tu sois trop jeune, simplement je suis trop vieux. L'amour, le mariage, tout cela ne m'intéresse pas.

Ecrasée de douleur, Meg ne prononça pas un mot tandis que Garry ramait vers l'embarcadère sous la falaise. L'expression désespérée de la jeune fille le toucha et il la tint un instant contre lui en l'aidant à descendre du bateau.

Elle se remit aussitôt à pleurer, le visage enfoui dans la chemise du garçon, mais ses larmes l'agacèrent.

Seigneur, il ne supportait pas toutes ces pleurnicheries, il aurait tant voulu qu'elle retrouvât la gaieté et l'entrain qu'il lui avait connus lors de son retour à la maison. Il lui prêta son mouchoir, et attendit qu'elle se fût calmée avant de gravir la falaise vers la ferme.

90

Le chant matinal des appareils d'arrosage sur les pelouses fut le souvenir le plus vivace que Meg conserva de l'été suivant.

Le grésillement des grillons, le chuintement des tourniquets d'arrosage et les stridulations des cigales qui avaient envahi les arbres, les buissons et l'herbe, composaient une symphonie estivale, une musique brûlante et vibrante.

Délie avait acheté une petite maison au milieu d'un terrain irrigué par le fleuve, à quelque distance de la ville. Il y avait un modeste embarcadère constitué de deux planches qui s'avançaient sur le fleuve et auquel était amarrée leur barque.

Pour aller au lycée de Renmark, Alex et Meg prenaient un car au croisement de la grand-route. Quand Mme Melville avait dû rendre Meg à sa mère, Délie décida d'aménager un foyer pour Meg sur la terre ferme, tandis que Brenton s'occuperait du vapeur avec Charlie McBean, un nouveau second et ses deux fils aînés.

Elle avait espéré trouver en sa fille sa première vraie compagne depuis la mort de ses propres sœurs noyées avant même d'avoir débarqué en Australie; mais ses espoirs furent déçus. Si Meg s'était toujours montrée affectueuse lors de ses brèves visites à la ferme, elle était maintenant distante et fermée.

Meg fut cependant heureuse de s'installer dans ce nouveau foyer afin de panser ses blessures après le départ de Garry Melville pour la cité. Le jeune homme avait annoncé qu'il y séjournerait seulement le temps de trouver un embarquement sur un navire quittant Adélaïde.

Meg désirait s'éloigner d'un lieu dont le moindre détail lui rappelait douloureusement son bien-aimé : le salon où ils jouaient aux cartes après le dîner, le portail sur la route de Waikerie près duquel elle attendait le camion, les berges où ils avaient pique-niqué, les endroits où ils avaient chassé ou pêché.

Dans la maison des Melville, elle ne pouvait tourner un robinet ou une poignée de porte sans penser : sa main s'est posée ici. Elle restait éveillée des nuits entières, revivait toutes les scènes dont elle pouvait se souvenir – même les plus douloureuses –, se rappelait le moindre mot qu'il avait prononcé.

Dans sa tristesse, elle trouva sa mère exaspérante. Meg, qui souffrait comme une femme mais qu'on traitait en enfant, se sentait beaucoup plus mûre et sage que Délie, dont le va-et-vient incessant dans la cuisine l'emplissait de mépris.

Elle devint susceptible, cassante, puis se mit à jouer

les grandes sœurs. Elle appelait Délie « ma chère maman », mais sur un ton plus supérieur qu'affectueux. Petit à petit, elle prit en main l'entretien de la maison et la préparation des repas, tandis que Délie s'occupait des courses et du jardin.

Délie aurait aimé que sa fille devînt une artiste, mais puisque ses talents s'exerçaient ailleurs, elle trouvait agréable de la voir si industrieuse et – elle dut le reconnaître – si bien éduquée par Mme Melville. Si seulement Meg avait été plus affectueuse! Délie était profondément agacée par les critiques de sa fille, par son hostilité à peine camouflée.

Si Meg devait se rappeler les bruits de l'été, le souvenir des fruits resta à jamais gravé dans la mémoire de Délie : les abricots qu'on cueillait sur l'arbre et dont la pulpe jaune fondait délicieusement dans la bouche; les pêches dégoulinant de jus; les nèfles comme des globes de cire dorée et leurs noyaux satinés. Des grappes de raisin pendaient d'une treille sur le mur arrière de la maison et les vrilles s'entortillaient contre la fenêtre de la cuisine.

Les oiseaux arrivèrent, leurs becs pointus perforèrent les sphères translucides, suivis de peu par les fourmis et les abeilles qui ne laissèrent de chaque grain que la peau. Pour protéger le raisin, Délie fixa des sacs en papier marron sur les plus grosses grappes.

Elle adorait son jardin, où tout poussait avec luxuriance dans la terre rouge sablonneuse : tomates, melons et melons d'eau à la chair pourpre croquante; patates douces, maïs et haricots, ainsi qu'une rangée d'arbres fruitiers en fleurs.

Tel un nomade dans une oasis, elle se reposait en ce lieu paisible avant d'affronter un avenir qui semblait receler autant de menaces que le désert. Brenton risquait une autre attaque; ils pouvaient perdre le vapeur; le bruit courait que le trafic fluvial était condamné à plus ou moins longue échéance. Afin de mettre un petit pécule de côté en cas d'urgence, elle décida de donner des cours de peinture. Trois après-midi par semaine, elle ramait jusqu'à Renmark pour prendre en charge une classe d'amateurs enthousiastes, uniquement composée de femmes. Elle découvrit que l'enseignement lui plaisait mais ne lui laissait pas beaucoup de temps pour peindre.

Elle trouvait étrange d'habiter la terre ferme après tant d'années d'errance sur divers fleuves. Le trajet en barque jusqu'à Renmark calmait sa nervosité. Elle faisait ses courses en ville, puis retournait à la rame au fil du courant, jouissant du rythme régulier des avirons.

Elle reçut des lettres d'Alister Raeburn, tendres, passionnées, pleines de désir et de nostalgie, mais elle refusa de les laisser entamer sa tranquillité. Elle ne l'avait pas vu depuis plus d'un an. Cyrus James, rentré au Canada, lui avait envoyé une magnifique collection de livres d'art avec des reproductions de tableaux en couleurs. Pour la première fois, elle put étudier l'œuvre de Braque, de Cézanne et de l'Ecole de Paris, un univers totalement nouveau dont elle n'avait eu qu'un aperçu auparavant.

Délie ne se sentait d'affinités ni avec le cubisme ni avec le surréalisme, mais ces deux styles lui apprirent quelque chose et elle en assimila les éléments susceptibles d'enrichir sa vision personnelle. Elle se sentait parfois submergée par la panique, tout cela arrivait trop tard, elle avait gâché vingt années de sa vie, qu'elle aurait dû consacrer à sa formation personnelle, et bientôt elle serait vieille, ou morte; dans les deux cas, cela signifierait la mort de l'art. Si seulement le temps pouvait retrouver la lenteur de sa jeunesse! Sa fuite lui donnait le vertige.

Le monde avait connu tant de bouleversements au cours des dix dernières années : la guerre mondiale et ses séquelles; l'émancipation de la femme, la domestication du fleuve; et dans sa vie privée, la maladie et la demi-guérison de Brenton, son retour inespéré à la vie et sa reprise en main du vapeur.

Même sa voix s'était affermie, ses phrases se succédaient sans hésitation quand il criait des ordres aux matelots de pont. Deux d'entre eux étaient ses propres fils, mais ils lui obéissaient avec autant de zèle que le

Jeune Suppôt, qui vouait une adoration sans borne à son capitaine. Gordon, qui allait sur ses dix-neuf ans, préparait déjà son brevet de second.

Le premier jour où Brenton se hissa jusqu'à la timonerie, Délie donnait un coup de main à l'équipage pour retirer les amarres du quai de Morgan; dès qu'ils se retrouvèrent au milieu du fleuve, il fit clairement comprendre à sa femme qu'il pouvait diriger le bateau tout seul.

Il commença par critiquer durement sa façon de négocier les virages.

– Reste à l'intérieur, reste bien à l'intérieur, si tu veux gagner quelques mètres... Telle que tu es au milieu du fleuve, tu as tout le courant contre toi.

Délie se mordit les lèvres pour ne pas lui rétorquer qu'elle avait mis au point une méthode toute personnelle pour se servir du courant et s'éviter trop d'efforts musculaires. Elle amena docilement le *Philadelphia* vers l'intérieur du virage, en espérant qu'il n'y avait pas de banc de sable à fleur d'eau. Brenton l'aida en pesant sur les rayons de la roue.

– Maintenant laisse-moi barrer, murmura-t-il.

Les yeux mi-clos, le visage empreint d'une expression de joie rêveuse, il saisit la roue du bateau pour la première fois depuis six ans. Calé sur un coussin dans son fauteuil roulant, il atteignait presque le haut de la roue; ses bras puissants, musclés aux dépens de ses membres inférieurs chétifs, faisaient légèrement dévier le vapeur pour donner à Brenton le plaisir de le ramener vers son cap initial.

– Allez, reviens, mon grand, reviens, chuchotait-il d'une voix caressante. Encore un petit effort. Ah, tu n'as pas changé d'un poil ! Aussi léger qu'une plume et solide comme le roc. Tu vois comme il me reconnaît ? Tu vois comme il réagit à moi ?

Il lança un coup d'œil à Délie, de l'autre côté de la timonerie, et brusquement, à cause du reflet du ciel bleu sur l'eau tranquille, ou de son excitation – qui sait ? – ses yeux redevinrent vivants, aussi brillants et bleus que l'Océan Austral, aussi charmeurs et irrésistibles qu'à l'époque où elle l'avait rencontré. Une tendresse inhabituelle s'empara de Délie; le contraste entre ses yeux juvéniles et le visage marqué, ses cheveux gris, les muscles lâches de ses joues, les bourrelets de chair sur son cou, lui rappelèrent douloureusement le passage du temps.

Quelle force de caractère il avait montrée – pour remonter la pente jusqu'à ce semblant de vie, certainement préférable à l'absence totale de vie (rester cloué sur une couchette équivalait pour lui à la mort). Ce n'était encore qu'un semblant de vie, il le savait parfaitement; Brenton abhorrait la moitié inférieure de son corps, insensible et impotente; il ne voulait plus entendre parler des plaisirs de la chair qu'il avait si bien connus et ne goûterait plus jamais.

– J'imagine que tu es satisfaite, avait-il lancé à Délie en un moment d'amertume. Je ne serai... plus jamais... un homme. Plus de grossesses non désirées, hein? (Quand elle protesta, il partit d'un rire cynique.) Mais c'est à double tranchant, ma chère... Tu as toujours été... si chaude... et maintenant... Bon Dieu, si jamais j'apprends que tu te consoles avec, avec...

– Brenton, cesse de nous tourmenter tous les deux! Bien sûr que je ne suis pas satisfaite, et je ne me... Oh, je ne devrais même pas te répondre, je refuse de discuter.

Et elle s'enfuit, les larmes aux yeux.

Le seul inconvénient de Renmark était l'affabilité excessive de ses habitants. Délie désirait avoir davantage de temps à elle, et les journées étaient trop courtes, bien qu'elle se réveillât toujours avec le soleil.

Au bout d'un mois seulement, on lui demanda de s'inscrire au club des mères, à l'association des femmes rurales, à l'association pour le progrès et au comité des parents d'élèves; avec autant de tact que possible, elle dut expliquer qu'elle n'avait pas le temps de se consacrer à toutes ces activités.

Les femmes qui lui avaient proposé d'entrer dans leur groupe ne comprirent pas ce qui l'occupait tant, car elle n'avait pas de mari, seulement une fille en âge de l'aider, et une petite maison. Toutes ces femmes achevaient leurs tâches ménagères vers dix heures du matin et consacraient le restant de la journée aux potins et aux bonnes œuvres.

Délie s'occupait sporadiquement de son intérieur, elle se débarrassait parfois simultanément de la lessive, du ménage et de la vaisselle. Mais elle était souvent distraite; ainsi elle sortait vider la théière après le départ des enfants pour l'école, et le chaud soleil doré la retenait dans le jardin; elle plantait ou soignait ses plantes, ou bien restait immobile, absorbant le soleil comme une plante.

Quand elle rentrait, le spectacle de la cuisine en désordre, des assiettes sales et des casseroles empilées dans l'évier, la décourageait tant qu'elle quittait la pièce, soi-disant pour aller chercher une serviette dans la lingerie, au lieu de quoi elle se mettait au travail sur une toile en cours. Quand une faim tenace lui disait que l'après-midi était bien entamé, elle filait à la cuisine se préparer un casse-croûte, puis elle rangeait deux ou trois choses avant le retour de Meg.

Seules les chambres étaient toujours impeccables. Parce qu'elle avait passé de nombreuses années dans une cabine exiguë, Délie avait appris à ranger ses vêtements et à faire son lit tous les matins; mais la poussière sur les vérandas, les miettes sur le plancher, elle ne les voyait même pas avant que Meg n'entreprît méthodiquement de les balayer.

– Tu es une vraie souillon, ma chère maman, disait Meg avec l'indulgence d'une adulte s'adressant à un enfant.

Alex était méticuleux et soigneux de nature, contrairement à Gordon et Brenny, plutôt désordonnés; mais Alex ne comprenait pas l'utilité de faire son lit alors qu'il irait inévitablement s'y coucher. Sa chambre débordait de boîtes étiquetées contenant des ossements, des serpents et des lézards conservés dans des flacons, des scarabées et des papillons horriblement crucifiés par des épingles.

C'était un vrai capharnaüm. Délie fit son lit le plus vite possible puis regagna le perpétuel soleil de l'hiver. C'était une matinée particulièrement agréable, l'avant-dernier jour du deuxième trimestre scolaire; elle sortit dans le jardin couvert de rosée où un oiseau migrateur noir chantait d'une voix claire et fluide, comme si la rosée avait empli sa gorge.

Elle sarclait les rangées de petits pois, les mains couvertes de sable rouge humide, quand elle entendit le portail grincer et aperçut une silhouette impeccable et barbue, un costume clair et un panama. Elle se redressa, le cœur battant la chamade, ses cheveux tombant sur ses yeux, puis fit mine de battre en retraite vers la maison; trop tard...

Alister l'avait déjà vue. Elle se figea sur place tandis qu'il avançait en arborant un sourire de circonstance; mais son regard était brûlant et attentif.

91

– Comment avez-vous découvert où j'habitais?

– Je savais que vous étiez à Renmark; je me suis simplement renseigné à la poste.

Assis dans le petit salon, ils conversaient poliment, pendant que Délie lui servait du vin local et un cake aux fruits préparé par Meg. Comme s'il ne lui avait jamais écrit aucune lettre, qu'il ne se fût rien passé entre eux dans l'atelier de la maison de Milang, elle essayait de conserver une atmosphère normale, parlait de ses cours de peinture, de son jardin, de tout et de rien, pendant qu'il lui souriait en haussant ironiquement un sourcil.

Délie suffoquait un peu; sa bouche était tellement sèche qu'elle y portait fréquemment son verre de vin; brusquement, Alister se pencha vers elle – Délie venait de renverser un peu de vin sur le tapis –, saisit son poignet dans une main de fer, puis lui enleva le verre de vin, qu'il posa sur un guéridon.

– Arrêtez cette comédie, Délie, dit-il. Qu'essayez-vous donc de faire – me maintenir à distance avec une conversation de salon ? C'est inutile, vous pouvez me croire.

Regardant ses yeux sombres, elle se tut.

– Je sais, dit-elle d'une voix à peine audible.

– Je ne vous ai pas vue depuis plus d'un an, et vous me parlez de haricots !

Elle rit.

– Mais oui ! C'est un sujet parfaitement neutre.

– Avez-vous oublié ce que je vous ai écrit ?

– Non, malheureusement. Vos lettres m'effraient. Vous m'idéalisez beaucoup trop ! Je ne ressemble aucunement à la femme merveilleuse que vous vous plaisez à imaginer; quand vous aurez découvert que votre cygne n'est finalement qu'une oie, eh bien...

Il se leva pour prendre le visage de Délie entre ses mains, incliner un peu sa tête en arrière afin de plonger ses yeux dans les siens.

– Quel visage magnifique ! murmura-t-il. La beauté à l'état pur. Quand vous serez bien vieille, quand vous aurez quatre-vingt-deux ans, je vous aimerai toujours à la folie. Pourrai-je vous inviter à dîner au soir de votre quatre-vingt-deuxième anniversaire ?

– Dans quarante ans ? Si nous sommes encore de ce monde.

– En tout cas, vous vivrez au moins jusqu'à cent ans, lui prédit-il d'une voix pénétrante.

– Seigneur, j'espère que non ! Je n'ai aucune envie de devenir gâteuse, je préfère mourir avant.

– Vous ne serez jamais gâteuse, vous serez toujours une femme merveilleuse.

Brusquement, il l'obligea à se lever et la prit dans ses bras, nicha son visage au creux de son épaule; et ils restèrent ainsi immobiles, tandis que ses lèvres frôlaient doucement sa gorge et remontaient vers l'oreille.

Reprenant ses esprits, Délie le repoussa faiblement,

puis s'effondra dans un fauteuil à dos droit, si bouleversée qu'elle ne pouvait plus ni parler ni respirer.

C'était ridicule, c'était impossible, se répétait-elle sans cesse, Alister Raeburn ne pouvait la troubler à ce point. Elle avait décidé depuis longtemps qu'il ne l'attirait pas, et pourtant sa simple présence l'empêchait maintenant de penser et de parler.

– Vos enfants reviennent-ils déjeuner? demanda-t-il. Je suppose qu'ils fréquentent l'école de la ville.

Ces paroles étaient assez anodines, mais l'effort qu'il faisait pour réprimer ses sentiments lui donnait l'air d'un fou; ses yeux étincelaient dans son visage livide.

– Non, l'école est trop éloignée pour qu'ils rentrent déjeuner. Ils prennent le car matin et soir. Alex me paraît très doué, très éveillé pour son âge; Meg est plus paisible, plus adulte. J'ai parfois l'impression qu'elle est plus âgée que moi.

– Vous êtes encore une jeune fille à maints égards.

– Meg est souvent choquée par mon manque de dignité. Tenez, quand nous allons faire des courses en ville le samedi après-midi, s'il fait beau et que je suis en forme, je me mets à chantonner et je la sens très gênée. Un jour, je me suis assise au bord du trottoir pour dessiner une vieille femme qui attendait le bus, et Meg s'est éloignée en faisant mine de ne pas me connaître. Il me semble que je suis toujours décalée par rapport à la génération qui me précède ou qui me suis. Je scandalisais souvent la tante qui m'a élevée, quand j'avais l'âge de Meg.

– Comme un coucou dans un nid d'oiseaux d'une autre espèce!

– Oui. Bien que je ressemble peut-être davantage à un pélican. Vous savez, cet oiseau maladroit et disgracieux, sauf dans son élément, l'eau ou l'air.

– Pour moi, vous ressemblez au phénix; le feu est votre élément. Je brûle à votre contact, votre regard me réduit en cendres, je suis consumé par la flamme la plus vive...

– Alister, soyez sérieux. Nous parlions de...

– De haricots ?

– Exactement. De la culture des légumes.

– Je préférerais cultiver votre affection. Je désire croître dans votre cœur, enlacer votre taille, m'enfouir au plus profond...

– Alister !

– Bon, je redeviens sérieux. Faites-moi donc visiter votre maison, montrez-moi ce que vous avez peint.

Elle l'entraîna dans le petit couloir qui divisait la maison.

– Je travaille ici; cela explique le désordre. (Quand il eut longuement examiné les toiles terminées et en cours, elle annonça d'une voix qui tremblait légèrement :) Je crains que la cuisine ne soit sens dessus dessous. Je sortais juste quand...

– Je me moque de la cuisine. Je désire voir votre chambre à coucher.

Il sourit malicieusement en remarquant son air décontenancé.

– Ne vous inquiétez pas, Délie; ne vous ai-je pas promis de ne plus vous importuner ? Je veux simplement voir l'endroit où vous dormez, pour vous imaginer là, parmi vos enfants, vos légumes et vos toiles. Voici donc votre chambre ? Ces meubles blancs me plaisent; avez-vous peint ces fleurs blanches ? Et ce dessus-de-lit uni, sans dentelle, sans fioritures, sans motif banal. Oui, tout cela est charmant, reposant, et puis, tellement virginal.

– Mais qu'attendiez-vous donc, du satin cramoisi, des commodes dorées, des abat-jour à perles ?

Il éclata de rire.

– Seigneur, non ! Maintenant, je ne peux plus vous imaginer ailleurs. Savez-vous que chez moi j'entre souvent dans la chambre de malade, imaginant que vous êtes toujours alitée, si menue et fragile, perdue dans le grand lit ?

– Le papier mural bleu et argent, un tapis blanc sur le sol, un fauteuil recouvert de brocart couleur prune.

– Ce décor vous allait bien.

– Non ! Beaucoup trop fastueux.

– Mais vous méritez d'être entourée par la beauté et le luxe, vous êtes si merveilleuse.

– Je préfère être libre plutôt qu'entravée par la possession d'objets luxueux. Je n'ai jamais réussi à conserver le moindre bijou en dehors de mon alliance. Je les perds comme l'arbre perd son écorce, naturellement, instinctivement. Même l'amour est un fardeau, il peut devenir une tyrannie. Je crains maintenant de me lier à quiconque.

– Est-ce pour cela que vous me maintenez à distance ? Ou à cause de votre mauvaise conscience ?

– Les deux, probablement, dit-elle sombrement. Bon, je vais préparer le déjeuner. Allez donc me cueillir quelques tomates mûres pendant que je mets un peu d'ordre dans la cuisine.

Il obéit aussitôt. Ils étaient encore à table, séparés par une bouteille de vin de Renmark et ce qui restait d'une excellente salade préparée par Délie, quand Meg et Alex rentrèrent de l'école. Dès qu'il entendit Alex arriver au loin, Alister contourna la table pour embrasser longuement et silencieusement Délie, comme s'il regrettait les occasions perdues de la matinée.

92

Quand Délie pensait objectivement à ses enfants, elle s'émerveillait de leur âge et de leur taille. Si le moindre brin d'herbe était un miracle, alors l'être humain l'était bien davantage, lui qui se développait à partir d'un minuscule œuf invisible pour atteindre à cette complexité physique et mentale ! La pensée de Meg mariée, de Meg donnant le jour à une fille, qui elle-même pourrait avoir une autre fille, la pensée de générations successives qui avaient abouti à elle, tout cela amenait Délie à une conscience aiguë du flux de la vie, qui, tel un fleuve, reliait sa source à la mer.

Elle tenta d'expliquer cela à Alister lors de sa visite suivante, mais il ne partageait pas son impression quant à la nouvelle génération; comme il n'avait aucun enfant et ne désirait pas ce genre d'immortalité physique, il s'agaça de son respect pour la continuité de la vie, la famille, le genre humain. Il voulait assurer l'immortalité de sa propre personnalité, il croyait qu'elle se perpétuait sous une forme supra-physique.

– Je ne peux croire que pour moi, tout s'achève avec ma mort, disait-il, qu'une personnalité, une âme – appelez cela comme vous voulez – est condamnée à exister si brièvement, puis à disparaître définitivement. Ce que nous appelons la vie n'est peut-être qu'une période de sommeil, un rêve que nous oublions à notre réveil; peut-être nous éveillons-nous après la mort à une réalité plus vraie, plus profonde que celle-ci ?

– Mais la mort, répondit Délie, la mort de l'individu n'importe pas vraiment. Je crois que toute vie vécue intensément ajoute quelque chose à la conscience du monde, de même que la moindre goutte d'eau augmente le volume du fleuve; je crois que chacun de nous, dans certaines circonstances, peut puiser dans ce fleuve, dans ce réservoir de conscience et que chacun de nous peut l'enrichir. Je crois que je suis meilleur peintre parce que Rembrandt et Goya ont existé, ont été fidèles à l'art, et pas seulement parce qu'ils nous ont légué des tableaux fabuleux. Il s'agit d'autre chose.

– Vous êtes donc une mystique a-religieuse. Pour ma part, je crois à l'existence d'une divinité omnisciente, et pour cette raison je suis certain qu'un jour vous serez mienne. *Tu devi esser mia.*

– Que signifie cette phrase ?

– Garibaldi la prononça quand il vit pour la première fois la femme qui allait devenir son épouse : « Tu m'appartiendras ! »

Délie rougit comme une jeune fille, puis regarda par la fenêtre. Ils prenaient le café dans son petit salon; le soleil dessinait des formes dorées sur le tapis délavé qu'elle avait acheté d'occasion. Elle espéra que les enfants rentreraient bientôt, car elle trouvait la voix d'Alister tendre et caressante, encore plus troublante que sa proximité physique.

Elle chercha à le ramener vers une discussion abstraite, sachant combien il aimait « disserter sur la vie, la poésie, la peinture, *et cætera* », ainsi qu'il l'avait écrit dans une de ses lettres.

– J'ai du mal à croire à votre divinité bienveillante ou à la survie de l'individu, alors que celui-ci existe à un si grand nombre d'exemplaires. Des milliers d'êtres humains naissent et meurent à chaque seconde. La nature produit d'innombrables existences tout en restant indifférente à l'individu. Seule la conservation de l'espèce l'intéresse. Les astronomes affirment que dans vingt millions d'années le soleil grossira au point d'absorber la terre à des centaines de kilomètres de profondeur. Qu'adviendra-t-il alors de l'humanité?

– L'homme se sera peut-être libéré de son enveloppe charnelle pour devenir une créature purement spirituelle, heureuse d'habiter l'incandescence blanche d'une étoile en feu. Après tout, un homme et une étoile ne sont que deux manifestations différentes de l'énergie.

– Trop fantastique à mon goût, dit Délie.

– La vie elle-même est fantastique. Et fantastiquement belle. Et pour moi, en cet instant, toute sa beauté se résume à un seul visage : le vôtre. Délie, cessez de nous faire souffrir inutilement, laissez-moi vous faire mienne. Je peux vous offrir un foyer digne de vous, un foyer où vos enfants vivront, laissez-moi éduquer vos garçons. Vous m'avez dit que votre mari se désintéressait d'eux, et puis il a désormais son vapeur, rien ne compte davantage pour lui. Il n'a pas besoin de vous comme j'ai besoin de vous, il ne peut vous donner de l'amour.

– Vous n'avez pas le droit!

Délie se raidit sur son fauteuil, le visage crispé de colère.

– Non, je sais, je suis navré. Pardonnez-moi, ma chérie. (Il était maintenant à genoux près d'elle, ses bras l'enlaçaient, et sur son visage tendu vers elle,

Délie vit des larmes briller.) Oh, c'est terrible d'aimer quelqu'un comme je vous aime. Je suis totalement soumis à vous, je ne pense qu'à vous, il est des nuits où je pleure comme une femme. J'essaie de me raisonner, de comprendre mes sentiments, de comprendre pourquoi votre visage, ces sourcils sombres et ces joues légèrement creuses ont scellé mon destin. C'est insensé, pourtant je ne peux y échapper.

Ses paupières étaient rouges, remarqua Délie, et au-dessus de sa barbe noire impeccable, ses lèvres étaient trop rouges, trop minces. Elle se sentit frissonner de dégoût. Mais l'instant suivant, ces lèvres se posèrent sur les siennes, une barbe soyeuse se pressa contre son visage, une langue sensuelle explora délicatement sa bouche. Elle s'affaissa dans son fauteuil en gémissant doucement, toutes ses défenses battues en brèche. Le sang qui martelait ses oreilles oblitérait tous les bruits du monde extérieur; seul demeurait ce fauteuil où ils luttaient et haletaient pour se rapprocher, ne plus faire qu'un, se fondre l'un dans l'autre.

La porte qu'on ouvrait fut le premier bruit qui pénétra dans sa conscience, accompagné du gai « Où es-tu ? » de Meg. Regardant par-dessus la tête d'Alister, Délie vit les yeux de Meg, écarquillés de stupeur, fixés sur les deux corps dans le fauteuil.

En un éclair, le point de vue de Délie s'inversa : elle se vit avec les yeux de Meg; sa mère vautrée dans un fauteuil avec un homme qui n'était pas son mari; hirsute, ses vêtements en désordre, et sur leurs deux visages l'expression hagarde, effarée, de la passion; elle vit tout.

– Meg !

Elle se débattit pour se redresser, pour repousser Alister. La porte se ferma doucement, Meg était partie. Alister se releva, mais il semblait ailleurs, nullement gêné. Il était toujours dans un état second.

– C'était Meg, elle nous a vus ?

– Oui. Donnez-moi une cigarette, s'il vous plaît.

Ses mains et ses lèvres tremblaient tant qu'il eut beaucoup de mal à allumer la cigarette de Délie.

– Maintenant, vous êtes obligée de lui parler, et de venir avec moi. C'est mieux ainsi.

– Non ! Vous ne comprenez pas. Je ne peux pas quitter Brenton.

– Vous l'avez déjà quitté; il dirige le vapeur tout seul.

– Pour un an ! Et seulement à cause de Meg. Je le rejoindrai ensuite.

– Délie ! Vous êtes merveilleuse, et tellement passionnée... Je voudrais tant que vous m'aimiez.

– Je crois que je vous aime déjà. Mais partez maintenant, et ne revenez pas. Vous devez quitter Renmark dès maintenant, sur-le-champ.

– Mais j'ai encore des affaires à régler.

– Vous devez partir. Je risque de perdre Meg à cause de vous. Vous ne comprenez donc pas ? Vous devez partir immédiatement.

– Je suis désolé, Délie.

– Si vous restez et que Meg me quitte, je ne vous le pardonnerai jamais.

– Je partirai dans deux jours, quand j'en aurai fini avec notre agent. Je suis votre humble esclave en tout, mais ce serait stupide de m'enfuir tout de suite sans finir mon travail. C'est un voyage coûteux à partir des lacs.

Délie en resta sans voix : il comptait son argent, alors que son propre avenir à elle était en jeu !

Incrédule, elle attendit qu'il réalisât l'énormité de ses paroles; mais ses lèvres minces et ses narines arrogantes exprimaient seulement la détermination. Nul remords ne se lisait sur son visage.

– Alister, je vous demande...

– Je suis désolé, Délie. Ne craignez pas de me revoir. Je resterai désormais à l'écart de votre chemin.

– Meg risque de vous apercevoir sur le trajet de l'école, et puis je dois donner mes cours de peinture. Si Meg raconte cela à Mme Melville, je sais que cette femme me la reprendra. Et puis que va-t-elle penser de moi, sa propre mère ?

– Je crois que vous avez tort de prendre Meg pour

une oie blanche. A son âge, elle sait que les femmes, comme les hommes, ont des instincts, des désirs. Elle connaît certainement son corps. Pourquoi attendrait-elle de vous un comportement de sainte ?

Délie songea à l'époque où elle-même, pas beaucoup plus jeune que Meg, avait surpris son oncle et la jeune indigène au clair de lune. Elle possédait déjà une bonne connaissance théorique de la sexualité, mais ce coup d'œil jeté dans le monde des adultes l'avait profondément traumatisée.

Elle ignorait tout de l'amour malheureux de Meg pour Garry Melville, tout des fantasmes érotiques où sa fille s'était réfugiée, ainsi que des baisers bien réels d'un jeune soldat expérimenté. Délie croyait avoir détruit la cage de verre où vivait sa fille jusqu'ici.

– Partez, dit-elle. Je vais essayer de lui expliquer.

93

Après le départ d'Alister, Délie attendit comme une enfant coupable que Meg lui parle. Elle se réfugia dans sa chambre, persuadée que Meg frapperait à sa porte, entrerait, qualifierait d'innommable la conduite de sa mère, avant de lui annoncer qu'elle retournerait habiter chez Melvie.

Elle commença presque à haïr Raeburn, la cause de sa propre honte. Elle espérait qu'il partirait vite et qu'elle ne le rencontrerait pas par hasard dans la rue avant son départ.

Quand elle dut enfin sortir de sa chambre pour préparer le repas des enfants, elle découvrit que Meg avait déjà épluché les légumes et jouait tranquillement aux cartes avec Alex. Assise au bout de la table de la cuisine, elle leva brièvement les yeux, puis lui annonça que le four était chaud et qu'elle avait mis le couvert dans le salon. Bénissant l'esprit pratique de Meg, Délie n'eut qu'à glisser dans le four la tarte préparée le matin même, avant l'arrivée d'Alister. Des années lui semblaient s'être écoulées depuis.

– Quel genre de tarte? demanda Alex en l'examinant d'un air méfiant, car depuis quelque temps il n'aimait plus la viande.

– Œufs et bacon, répondit Délie.

Elle regarda Meg à la dérobée; la jeune fille était pâle mais paisible, concentrée sur les cartes. On ne remarquait aucune trace de larmes sur son mince visage juvénile.

Quand le repas fut terminé et la table débarrassée, pour que les enfants puissent faire leurs devoirs, Délie se mit à errer sans but. Elle sortit sous les étoiles silencieuses, écouta le glissement feutré du fleuve tout proche.

Le ciel nocturne était comme un ami, les constellations familières brillaient d'un vif éclat, les grillons chantaient sur la pelouse exactement comme à Echuca quand elle n'était qu'une enfant. Une fois encore, elle se sentit sur le point de comprendre une vérité profonde concernant la vie; mais comme toujours cette vérité restait insaisissable, et Délie dut replonger dans le flux des événements quotidiens, enchaînée à la roue de la personnalité et du destin.

Elle revint vers la maison. Une forte brise emportait la fumée qui sortait par la cheminée de la cuisine. Brusquement, la petite maison solidement bâtie sur sa parcelle de terrain se métamorphosa en un vapeur naviguant sur une mer inconnue sous la clarté mystérieuse des étoiles; les étoiles elles-mêmes devinrent les lumières dérisoires de navires lointains qui voguaient au hasard dans les ténèbres menaçantes; et tout devint mouvement, flux et instabilité.

Prise de vertige, elle tendit la main vers une treille et sentit la piqûre d'une épine bien réelle sur la tige d'une rose. Suçant son doigt, elle rentra et sentit aussitôt la chape de la normalité retomber sur ses épaules.

Alex terminait ses devoirs en bâillant. Il ne faisait jamais d'histoires pour aller se coucher; il avait beau dormir dix heures par nuit, il se levait avec difficulté tous les matins.

Délie prépara du cacao pour ses deux enfants et Alex emmena sa tasse dans sa chambre pour qu'elle refroidît pendant qu'il se déshabillerait. Délie et Meg restèrent seules dans un silence pesant.

Elle désirait faire un geste vers sa fille, lui manifester sa tendresse, en caressant ses cheveux par exemple, mais elle redoutait de voir Meg s'écarter instinctivement de sa main. Meg termina bruyamment son cacao, puis reposa sa tasse. Délie rassembla son courage et dit posément :

– M. Raeburn ne reviendra pas ici. Il part pour Milang dans un ou deux jours.

Meg fixait la table d'un air gêné.

– Je suppose qu'il va te manquer, se contenta-t-elle de répondre.

Délie se demanda si elle avait bien entendu, mais Meg continua :

– Es-tu très amoureuse de lui ? Bien sûr, il a l'air tellement romantique, mais il est vieux. Et tu es encore jolie.

Trop ébahie pour rassembler ses idées, Délie se sentit simplement choquée par le jugement de Meg; elle ne pouvait accepter le fait qu'elle-même ou Alister fussent vieux.

– Je... je n'en suis pas sûre, bafouilla-t-elle. Il est très impulsif et... et très attaché à moi. Il aimerait m'épouser si c'était possible. Je ne sais pas ce qui m'a pris aujourd'hui, mais je suis seule depuis si longtemps, et puis ton père...

– Je sais; il n'est plus l'homme que tu as connu autrefois. Mais je me souviens bien de lui avant sa maladie, tellement gai, jovial, solide; j'essayais toujours de monter le long de sa jambe, il riait puis me posait sur ses épaules. Maintenant, on dirait qu'il se désintéresse de nous.

– Je ne crois pas que ce soit le cas; c'est pourquoi je dois retourner sur le bateau dès qu'Alex aura obtenu son certificat d'études. De toute façon, nous passerons les vacances de Noël avec lui.

— Tu penses qu'il va t'écrire ? Raeburn, je veux dire.

— Oh ! Je pense bien ! Nous nous écrivons depuis un certain temps déjà.

— C'est terrible de vivre loin de la personne qu'on aime.

Délie lança un regard aigu à sa fille.

— Tu lis trop de livres romantiques, ma chérie. A ton âge, tu ne peux pas comprendre ces choses-là.

— Je comprends plus de choses que tu ne le crois, mère, rétorqua doucement Meg en ramassant ses livres de classe. Bonsoir, ma chère maman. Tâche de dormir.

Avant de franchir la porte, elle déposa un baiser sur les cheveux de Délie.

Eh bien ! Délie s'assit à la table, l'esprit en déroute. Aussitôt, elle se leva, se dirigea vers l'étagère et se servit un cognac. Qui aurait imaginé pareille réaction ? Elle était toujours à mille lieues de comprendre sa fille.

Dans la première lettre qu'il lui envoya, Alister lui apprit que Dorothy Barrett, arrivée en Australie, habitait maintenant Milang. Jamie l'avait immédiatement adoptée; mais il ne pouvait encore rien dire pour Jessamine, qui considérait comme une rivale potentielle toute nouvelle femme séjournant dans la maison.

Miss Barrett meurt d'envie de vous revoir, écrivait-il. *Elle correspond tout à fait au portrait que vous m'avez fait d'elle; c'est une femme merveilleuse, pleine de bon sens et de calme, extraordinairement ouverte, exactement ce dont Jamie a besoin.*

J'ai pu lui donner des nouvelles récentes de vous et de Meg, et elle compte vous écrire très bientôt. Elle a hâte de connaître votre fille. J'imagine qu'elle espère vous retrouver à travers Meg, telle qu'elle vous a connue — je l'ai pourtant avertie que Meg ne vous ressemblait pas, sinon par les yeux.

Serait-il envisageable, avant votre retour sur le bateau, que vous veniez passer quelques jours ici ? Le lac plairait beaucoup à Meg, et nous pourrions vous loger toutes les deux, ainsi qu'Alex, le cas échéant.

Cela vous reposerait et vous changerait de votre vie présente, Miss Barrett serait ravie, et je n'ai pas besoin de vous dire combien je serais heureux de vous avoir de nouveau sous mon toit. Vous seriez magnifiquement chaperonnée, avec votre ancienne gouvernante, mes deux tantes, Cecily, les enfants et les deux domestiques : la maison sera pleine de femmes.

Songez-y, ma chérie, et j'espère que vous accepterez. Vous pouvez voyager par voie de terre à partir d'Adélaïde, ou en train jusqu'à Meningie, puis en vapeur à aubes, le Jupiter, *jusqu'à Milang. La traversée du lac vous plaira peut-être davantage comme passagère que comme capitaine.*

Délie réfléchit longuement à cette proposition; plus elle y pensait, plus elle était tentée. Elle savait qu'il n'était pas sage de trop fréquenter Alister dans l'intimité de son foyer, mais elle ne croyait pas qu'ils pussent jamais être seuls en tête-à-tête.

Alors qu'elle hésitait encore, elle reçut une lettre de Miss Barrett, qui lui disait son plaisir de retrouver l'Australie et évoquait si affectueusement de vieux souvenirs communs que Délie eut envie de la revoir. Elle fut ravie des jugements que Miss Barrett portait sur Alister, car ils confirmaient son point de vue.

Un homme d'une authentique douceur et d'une très grande sensibilité, alliées à un esprit cultivé. Nous veillons tard le soir pour discuter de l'état du monde; nous parlons parfois de vous. Il admire énormément votre peinture, mais considère que jusqu'ici vous n'avez pas tiré parti de vos talents; votre mariage le rend furieux, ainsi que ce qu'il appelle « tous ces enfants »! Je lui rétorque qu'une existence bien remplie n'a jamais nui à un artiste. Votre épanouissement personnel se reflète certainement dans vos toiles.

J'espère tellement que vous viendrez nous rendre visite à Milang! Sinon, nous devons absolument nous retrouver à Adélaïde dès que possible : après tout, vous n'habitez qu'à cent vingt milles de la cité, et moi à cinquante. Et je désire voir vos peintures. Je crois que mon existence est justifiée dans la mesure où j'ai modestement contribué à épanouir vos talents artistiques naissants.

Délie examina l'écriture régulière et appliquée, puis essaya d'imaginer Miss Barrett aujourd'hui, à soixante ans; avait-elle les cheveux blancs?

Elle ne pouvait bouleverser l'année scolaire de ses enfants et elle devait retrouver Brenton et les garçons sur le bateau à Noël. Mais en janvier, elle pourrait partir avec Meg; en fait, le bateau serait même un peu surpeuplé quand ils seraient tous à bord.

Brenton ne fit pas la moindre objection. Sa reprise en main du vapeur l'absorbait tant qu'il parut à peine remarquer leur présence. Quand Délie essaya de lui parler de la maison de Renmark, du jardin, de la barque, de ses cours de peinture, il la laissa discourir sans lui répondre ni lui poser la moindre question.

Ils échangeaient un dialogue de sourds; dès qu'elle se taisait, il retournait invariablement à ses problèmes personnels, disant par exemple :

– Je me demande combien de temps cette crue va durer. J'aimerais bien refaire un aller-retour jusqu'à la Rufus avant que le fleuve ne baisse. Ce sont les eaux de fonte des neiges qui coulent maintenant, et après ça, le niveau va dégringoler.

– Ça ne te ferait rien si je restais avec Meg au bord du lac jusqu'à la fin des vacances?

– Pour l'instant, nous mettons cent livres de côté par semaine. Ça ne durera pas, il faut en profiter... le plus longtemps possible.

– Nous prendrons donc le train demain à Morgan.

94

Ses mains étaient telles que dans le souvenir de Délie; les ongles en amande, vernis de rose, les doigts musclés et souples, les poignets solides. Seule la peau était ridée, d'une blancheur qui contrastait avec les veines bleues et les taches de son.

Miss Barrett – elle se rappelait parfaitement le jour où elle lui avait dit au revoir à la gare, leurs derniers mots, son costume sévère en tartan, ses cheveux châtain clair dont les boucles gracieuses tombaient sur sa nuque. Elle avait aimé Miss Barrett, avec peut-être davantage de pureté et d'innocence que quiconque, mais maintenant elle ne sentait presque plus rien. Une vague de nostalgie tout au plus.

Elle saisit la main solide, embrassa la joue flétrie, regarda les yeux gris pailletés d'or, reconnut la bouche ferme et les narines palpitantes; mais sous les lèvres la peau était flasque, et les cheveux jadis brillants étaient devenus gris souris et s'étaient ternis.

Son regard allait de Miss Barrett à Meg, Meg dans le plein épanouissement de la jeunesse, avec son teint frais et ses cheveux noirs luisants; alors elle sentit son esprit se révolter. Elle songea à l'enfant de quinze ans qu'elle-même avait été, jolie, stupide, ignorante, nerveuse, vivant dans un monde irréel, imaginaire. Non, elle ne voulait pas retourner en arrière.

Et si Adam avait vécu – Adam dont la mort précoce l'avait bouleversée –, que serait-il devenu ? Un journaliste imbibé de whisky, la calvitie naissante et les yeux bouffis par l'alcool, regrettant perpétuellement le chef-d'œuvre qu'il n'aurait pas écrit ? Ou bien un esthète grassouillet débordant d'autosatisfaction ? Quels ravages le temps aurait-il fait subir à Adam, hormis la destruction de sa jeunesse et de sa beauté ? Aussi longtemps qu'il demeurait dans la mémoire de Délie, Adam triomphait du temps.

– Et voici Meg! (Dorothy Barrett saisit la main de la jeune fille, et la tint tendrement en la regardant dans les yeux.) J'ai toujours cru que ta mère avait les plus beaux yeux que j'aie jamais vus; je constate que les tiens sont presque aussi jolis.

Meg était si habituée à entendre les gens s'extasier sur la beauté passée de sa mère, et si convaincue de sa propre banalité, qu'elle jugea la comparaison flatteuse et sourit.

– Quant à vous, Délie, ajouta Miss Barrett, je vous aurais reconnue n'importe où. L'expression de votre visage n'a pas beaucoup changé, même si je constate que vous avez vieilli et que la vie vous a marquée. Vous n'avez pas beaucoup grossi. Je craignais toujours qu'une bourrasque un peu forte ne l'emporte, confia-t-elle à Meg.

– " Vous êtes si éthérée, Miss Gordon ", cita Délie. Vous souvenez-vous du jeune pasteur? Je me demande ce qu'il est devenu.

– Il est probablement président de l'assemblée paroissiale.

– Ah! Dire que j'aurais pu devenir Mme Polson!

– Vraiment, maman?

Meg était enchantée. Elle imaginait mal la vie de sa mère avant sa propre naissance.

Délie regarda Miss Barrett avec curiosité.

– Vous ne vous êtes jamais mariée? Vous avez certainement eu des dizaines de propositions.

– Oh, n'exagérons rien! Pas des dizaines!

Elle sembla flattée.

– Adam et moi étions tous les deux amoureux de vous.

– Oui, je sais. Tout cela me paraît si loin!

– Bien avant la guerre.

– *Au siècle dernier!*

– Seigneur, vous êtes donc si vieille? s'écria naïvement Meg.

– Je vous envie vos voyages autour du monde, dit Délie. J'ai beaucoup voyagé sans vraiment aller nulle part; en fait, j'ai l'impression d'être presque toujours restée au même endroit. Pourtant, l'Australie est riche en contrastes. Un jour, j'ai entendu un passager du *Marion* déclarer : " Quand on a vu un eucalyptus, on les a tous vus. " Manifestement, il n'en avait jamais regardé un seul.

– C'est tellement merveilleux d'être de retour au pays. Tout cet espace quand je regarde le lac par les fenêtres du dernier étage; parfois j'aperçois les dunes de sable de Coorong! On devine tout ce qui se trouve au-delà, la plage de quatre-vingt-dix milles, déserte et vierge comme aux premiers temps du monde, et puis l'océan Austral, les étendues désertiques de l'Antarctique, Scott et ses compagnons gelés dans la barrière de glace, et puis le Pôle.

– Oui; j'avais la même impression sur la Darling, quand je regardais vers l'ouest. Je sentais le vide du désert de Simpson, les dunes de sable, les plaines arides, les lacs salés et les malheureux voyageurs cheminant sur la piste de Birdsville. Et pas simplement parce que je savais que tout cela existait; je crois qu'un étranger sentirait la même chose. Il paraît que les voyageurs qui traversent le Sahara ont cette impression.

Au dîner, Délie observa Miss Barrett et Miss Raeburn. Miss Raeburn était légèrement plus âgée, mais les deux femmes avaient une égale fermeté de caractère. Leur rencontre allait certainement provoquer des étincelles.

Pourtant elles semblaient en excellents termes. Miss Alicia et Miss Janet Raeburn étaient passionnément attachées à la « métropole » où elles s'étaient rendues voici bien longtemps. Miss Barrett, qui avait récemment séjourné à Londres, et qui connaissait Edimbourg ainsi que les dernières nouvelles concernant la famille royale, fut pour elles une source d'informations précieuse.

– La bruyère, s'écria Miss Janet d'une voix perçante. La merveilleuse couleur de la bruyère sur les collines. Ici, il n'y a rien de comparable.

– Et les fleurs sauvages? protesta Délie. J'ai vu les

plaines de l'Ouest pourpres et bleues à perte de vue; impossible d'apercevoir la terre sous le tapis des fleurs.

– Vous voulez parler de ces terribles mauvaises herbes? Elles envahissent les collines autour d'Adélaïde, mais rien ne saurait ressembler à la bruyère, rien.

– Et ces étés si doux, soupira Miss Alicia. S'il n'y avait pas le vent du lac, je crois que je ne pourrais plus supporter un autre été en Australie. Ah, le mois de juin en Angleterre...

– Il est tombé des cordes pendant tout l'été dernier. C'est entre autres cela qui m'a décidée à rentrer chez moi, dit Miss Barrett de sa voix profonde teintée d'humour.

– Chez vous? (Miss Raeburn semblait ne pas comprendre.) Ah, vous voulez dire en, euh, en Australie?

– Oui, bien sûr. L'Australie est ma patrie, je suis née ici.

– Nous aussi, mais la métropole sera toujours notre patrie, n'est-ce pas, Janet?

– Toujours, Alicia, acquiesça Janet en essuyant nerveusement ses lèvres avec son mouchoir bordé de dentelle.

Alister, que ses livres avaient retenu à l'étage inférieur, arriva en retard et s'assit entre Meg et Miss Barrett. Délie observa Meg anxieusement, mais ne remarqua aucune hostilité sur le visage de sa fille; au contraire, elle semblait apprécier la compagnie d'Alister, tandis qu'entre lui et Miss Barrett s'était développée une amitié chaleureuse, nullement entravée par la différence des sexes. Miss Barrett, avec sa voix profonde et ses grosses chaussures lacées, sa chemise ornée d'une cravate en soie, était devenue plus masculine au fil des ans, et n'y avait-il pas quelque chose de féminin – mais non d'efféminé – chez Alister, avec ses mains soigneusement manucurées, son élégance et son goût pour les somptueuses robes de chambre en soie?

– Je constate que vous n'êtes nullement déçue par la fille de Délie, dit-il en prenant un gâteau et en regardant alternativement Miss Barrett et Meg. Je vous avais prévenue qu'elles ne se ressemblent pas complètement.

Quand Miss Raeburn entendit le diminutif Délie dans la bouche de son neveu, ses sourcils se haussèrent d'étonnement.

– Déçue? Mais je suis ravie, dit Miss Barrett en adressant un regard chaleureux à Meg. C'est merveilleux de faire sa connaissance à l'âge qu'avait Délie quand je suis partie; chaque fois que je regarde ses yeux, il me semble que le temps s'est arrêté et que je n'ai pas vieilli.

Meg ne s'écria pas, comme Délie autrefois et en d'autres circonstances : « Mais vous n'êtes pas vieille! » Pour elle, Miss Barrett appartenait à une époque surannée; pourtant, dans la salle de classe, Jamie et Jessamine avaient découvert qu'elle semblait plus jeune que leur propre mère. Une existence consacrée à la jeunesse lui avait permis de conserver un esprit neuf et toute sa vitalité.

Elle pratiquait toujours la natation; au cours des semaines suivantes, ils descendirent tous à la plage pour se baigner dans l'eau tiède et un peu trouble du lac – Miss Barrett et Délie, qui n'avait pas nagé depuis des années; Meg, Jamie, et Jessamine qui apprenait à nager, poussait des cris de paon et éclaboussait les autres.

Le soir, Alister les invitait dans son observatoire, ou bien ils s'asseyaient autour de la table en bois de rose du salon pour jouer aux cartes avec les enfants avant qu'ils n'aillent se coucher.

Miss Raeburn avait immédiatement deviné qu'il ne s'agissait pas d'une autre Miss Mellership, qu'on maintenait poliment mais fermement à sa place. Son intelligence aiguë appréciait la culture et l'esprit chez autrui; jusqu'ici Miss Barrett et elle ne s'étaient jamais affrontées ouvertement. L'harmonie régnait donc, du moins en apparence.

Miss Barrett s'intéressait aux aborigènes qu'on voyait parfois en ville; elle se souvenait alors des canoës d'écorce qui sillonnaient le fleuve au-dessus d'Echuca, des indigènes du camp qui venaient travailler à la ferme des Jamieson. Elle s'informa sur la mission de Cap McLeay et apprit que quatre cents aborigènes y vivaient, dont seulement une quarantaine n'étaient pas de sang mêlé.

Le trois-mâts *Ada et Clara* assurait une liaison régulière avec l'autre rive du lac. Miss Barrett et Délie décidèrent d'y aller, laissant à Meg la responsabilité des deux jeunes Raeburn.

Le voilier leva l'ancre par une matinée limpide, utilisant le moteur auxiliaire car le schooner naviguait contre un vent de sud-est que les pêcheurs locaux qualifiaient de « déplumé », car il n'apportait jamais ni nuage ni pluie.

Après une traversée de dix milles, ils accostèrent au Cap, et Délie emboîta le pas de Miss Barrett – dont la démarche était aussi alerte et rapide qu'autrefois – pour arpenter les rues de la mission.

Debout sur le seuil de leurs huttes, les filles tenaient leur petit frère ou leur petite sœur sur leur hanche et laissaient les mouches s'agglutiner autour de leurs yeux noirs. Presque toutes portaient des robes de coton chatoyantes et multicolores – rouge, magenta, jaune, orange – si bien que Délie se rappela les indigènes Minna et Bella et les robes qu'elles avaient reçues à Noël, voici tant d'années.

Une école accueillait les plus jeunes, mais les filles trop âgées pour la fréquenter n'avaient apparemment d'autre occupation que de traîner au soleil. Il n'y avait pas de travail pour elles, et peu de ménage à faire dans les minuscules cases qu'elles occupaient avec leur famille. Elles attendaient un mariage, ou un bébé hors mariage, acceptant d'avance leur destinée; leurs yeux exprimaient un sombre désespoir, la conviction d'être nées dans un monde où il n'y avait pas de place pour elles.

Elles allaient parfois ramer ou pêcher sur le lac, mais passaient le plus clair de leur temps accroupies devant leurs cases, dessinant oisivement dans la poussière, jouant aux osselets ou s'occupant des bébés à la place de leurs mères placides et indolentes.

– Comment t'appelles-tu? demanda aimablement Miss Barrett à une jeune fille assez belle qui s'était manifestement donné la peine de coiffer ses cheveux bruns légèrement frisés.

Délie taquina le petit frère que la fille tenait sur sa hanche, un enfant aux grands yeux marron.

La fille baissa la tête.

– Elaine.

Sa voix était douce et méfiante.

– Elaine comment? Comment s'appelle ton père?

– Elaine Paroutja.

Son nom était le symbole de son sang mêlé, du no man's land qu'elle occupait : le prénom anglais, avec ses connotations de légende arthurienne; le nom de famille aborigène, issu du peuple originel et dépossédé, un nom tribal désormais privé de signification.

– Dis-moi, Elaine, tu ne préférerais pas travailler au lieu de t'occuper de tes frères et sœurs toute la journée?

– Travailler? (Elle semblait perplexe.) Y a pas d' travail. (Puis, avec davantage d'entrain :) Je regrette d'avoir quitté l'école. J'étais bien là-bas. Ecole chouette.

– Ecole chouette, répétait Miss Barrett d'une voix outrée tandis qu'elle et Délie s'éloignaient. Cela en dit long sur l'éducation qu'elle a reçue, la pauvreté de son vocabulaire. Pourtant, l'école était tout pour elle, tout ce qui manque à son foyer, l'occasion de changer de vie, de quitter toute cette poussière. Oh, quelle honte! Moi qui reviens en Australie, pleine d'amour pour tout ce qui touche à ma patrie, je tombe sur ce... sur cette misère!

– Vous remarquerez que ce camp a été construit dans une région isolée, dit Délie. Sur l'autre rive du lac et à soixante milles de la cité où vivent une majorité de Blancs, dont plusieurs membres du Parlement. Ces gens ne sont que des chiffres dans les statistiques annuelles déposées au Parlement : tant d'indigènes de race pure, tant de sang mêlé, tant de naissances et de décès. Et les politiciens constatent avec soulagement que le taux de natalité est inférieur au taux de mortalité; ils se félicitent alors de ce que le problème se résoudra de lui-même avec le temps.

– Quelle solution ! L'extinction d'une race, exactement comme ce qui s'est passé en Tasmanie. Il faut faire quelque chose.

Pour le voyage de retour sur le lac, les marins hissèrent les voiles, et le schooner dansa sur les vagues comme une ballerine emportée par le vent du sud-est. Assise à l'avant du voilier, Délie s'abandonna à la griserie du mouvement, à cet état second où elle se sentait se déplacer en harmonie avec le flux du temps. Ce fut avec un pincement au cœur qu'elle vit monter vers elle le rivage bas, la haute cheminée de la minoterie et les bâtiments construits en bordure du lac.

Miss Barrett était encore déprimée par le spectacle qu'elle avait découvert à la mission. Remarquant que le matelot de pont était aborigène, elle réfléchit que beaucoup devaient gagner leur vie ainsi, ou en pêchant. En tout cas, les jeunes filles étaient certainement davantage à plaindre.

Quand la domestique eut desservi la table du salon ce soir-là, quand toute la famille mangea le fromage et les fruits sous les lampes à pétrole du plafond, elle demanda à Miss Raeburn :

– Avez-vous jamais songé à employer une aborigène de la mission dans votre maison ? Simplement pour aider le chef cuisinier à ses fourneaux ? J'ai rencontré aujourd'hui une jeune fille qui m'a paru intelligente et tout à fait capable.

– Certainement pas ! (Les sourcils de Miss Alicia se haussèrent au point de disparaître sous les boucles de ses cheveux.) Ces filles sont sales et très probablement malades. En aucun cas je n'accepterais que l'une d'elles touche à la nourriture.

– En aucun cas, répéta Miss Janet, en tamponnant légèrement ses lèvres avec sa serviette.

Miss Barrett adressa à Délie un regard outré, puis ajouta :

– Mme Edwards peut témoigner que sa tante – maîtresse de maison on ne peut plus exigeante – a employé pendant des années des aborigènes tout droit sorties de leur campement. N'est-ce pas, Délie ?

– Oui, je ne sais pas comment tante Hester aurait pu se passer d'elles. Bien sûr, elles abattaient à trois le travail qu'une vigoureuse fille blanche aurait exécuté dans le même temps; mais tout simplement parce qu'elles considéraient le travail comme un jeu. Elles n'étaient peut-être pas très efficaces, mais en tout cas elles étaient propres. Elles passaient la moitié de leur temps à se baigner dans le fleuve.

– Et ce n'étaient pas des filles formées à la mission, elles n'avaient jamais reçu la moindre éducation, poursuivit Miss Barrett. Pour ce qui est de leur santé, vous pourriez leur faire passer une visite médicale. J'ajouterai qu'elles se lavent beaucoup plus fréquemment que les bonnes de Londres. Leur malheur est d'avoir la peau marron alors que la nôtre est rose. Maintes paysannes espagnoles ou irlandaises ont la peau aussi foncée.

– Hmf !

La colère fit frissonner tout le corps de Miss Raeburn : on l'avait contredite sur un de ses préjugés fondamentaux. Les rides profondes qui reliaient ses narines à la commissure de ses lèvres se creusèrent encore.

– Alister, je vous prie d'expliquer à Miss Barrett que, voici des années, vous m'avez suggéré la même chose, que nous en avons débattu pour aboutir tous deux à cette conclusion que cela était hors de question.

Alister se servit un peu de vin avant de répondre. Pesant ses mots, il dit :

– Il me semble en effet qu'abriter sous notre toit une jeune fille de la mission représente une lourde responsabilité. Elle aura très probablement des ennuis avec un homme blanc manquant de scrupules; ainsi, en essayant de combattre un mal, on risque d'en développer un autre.

Délie repensa à Minna et se demanda si Alister avait

raison. Son oncle avait été de ces hommes peu scrupuleux qui avaient contribué à la déchéance de la jeune aborigène. Pourtant, quel enfer terrestre était pire que l'ennui et le désespoir qu'elle avait lus sur le visage de ces filles ? En ce bas monde, une seule distraction était permise et gratuite pour tous et pour toutes; tôt ou tard, elles y goûteraient, avec ou sans alliance. Ainsi la nature, indifférente au bonheur individuel, veillait-elle à la perpétuation de l'espèce.

– Je ne vois pas en quoi un enfant illégitime par-ci par-là importe vraiment, s'obstina Miss Barrett.

Miss Janet émit un hoquet de stupéfaction tandis que le dos de Miss Raeburn se raidissait. Mme Henry, qui s'était tenue à l'écart de la conversation pour découper soigneusement son orange, leva alors les yeux avec une innocence feinte :

– Vraiment, Miss Barrett ? Vous parlez en connaissance de cause ?

Les narines de Miss Barrett frémirent. Elle foudroya du regard Mme Henry Raeburn.

– Je parle ainsi par comparaison, par simple devoir humanitaire. Avez-vous jamais traversé le lac jusqu'à la mission ? Leur avez-vous seulement consacré une pensée, alors qu'elles ne vivent qu'à une dizaine de milles de votre maison ? Vous êtes responsables de leur sort; tous les Australiens blancs qui ont usurpé leurs terres en sont responsables. Souvenez-vous de cela, la prochaine fois que vous en verrez un à Milang dans la rue : sans travail, exclu de la société, désespéré.

– La mission est là pour s'occuper d'eux. Ils sont sous la responsabilité du gouvernement.

Mme Henry paraissait pétulante, elle ressemblait étonnamment à sa fille Jessamine quand elle était de mauvaise humeur.

– Tout le monde est responsable d'eux, c'est-à-dire personne. La mission veille à ce qu'ils ne meurent pas de faim, un point c'est tout.

Miss Raeburn se racla bruyamment la gorge, puis adressa un regard lourd de sens aux convives.

– Je crois que nous avons tous terminé, annonça-t-elle avant de se lever et d'entraîner les autres au salon.

95

Autour de la ville, en bordure des routes poussiéreuses qui s'éloignaient du lac, se dressaient de hauts murs de figuiers de Barbarie : une espèce de cactus importée sur cette terre et plantée en guise de clôture bon marché, mais qui avait proliféré hors de tout contrôle. Rien ne lui résistait, les branches qui en tombaient s'enracinaient d'elles-mêmes pour donner naissance à un autre cactus.

Les lapins avaient trouvé là un refuge idéal. Nés et grandis au cœur d'une forêt de figuiers de Barbarie, ils n'en sortaient que la nuit. En été, au crépuscule, on les voyait bondir par centaines sur les routes et dans les champs. Leur seul ennemi, en dehors du fusil des hommes, était le serpent noir qui infestait les marécages de passe-pierres; d'innombrables reptiles mouraient sous les roues des voitures.

Meg aimait regarder les lapins gambader avant la tombée de la nuit. Ils lui rappelaient Garry; à mesure que le temps les séparait davantage, les souvenirs s'estompaient et devenaient aussi doux que douloureux. Mais parfois, quand par une calme soirée une chanson sentimentale sortait d'une fenêtre éclairée, le lac lui rappelait le fleuve coulant entre les berges de Waikerie, et une souffrance aiguë lui serrait la gorge.

Meg pleurait rarement; d'ailleurs, elle s'en voulait de toutes les larmes qu'elle avait versées lors de ses dernières rencontres avec Garry. Maintenant, elle ne pleurait plus, mais son visage était parfois d'une pâleur et d'une tristesse qui inquiétaient Délie.

Meg ne désirait nullement se confier à sa mère. Elle passait le plus clair de son temps à penser à Garry et à réfléchir aux relations de sa mère avec M. Raeburn. Elle ne voyait pas comment ils pourraient jamais être heureux ensemble.

Les héroïnes des livres qu'elle lisait n'étaient jamais mariées, du moins jamais avant la dernière page ou le dernier chapitre. Si, cas exceptionnel, elles étaient mariées au début du livre, à des hommes évidemment insipides, la mort se chargeait d'éliminer rapidement cet obstacle à la romance. Parfois le héros était marié, et c'était sa femme qui mourait, mais Meg ne doutait jamais de l'issue heureuse de leurs aventures.

L'épouse de M. Raeburn était partie à l'étranger, mais elle n'était pas morte; et il allait de soi qu'elle-même ne pouvait souhaiter la disparition de son propre père. Tout cela était très compliqué. Sa propre expérience malheureuse lui faisait souhaiter le bonheur de sa mère.

Elles séjournaient dans une maisonnée mal assortie, et elles ajoutèrent à son déséquilibre; avec trois vieilles filles, une veuve, et Jamie comme seul allié masculin, Raeburn évoluait dans une atmosphère vouée aux seules femmes. Il y avait aussi Jessamine – jalouse et capricieuse – ainsi que les deux servantes, Flo et Ethel (sans oublier leurs « admirateurs » qui venaient les rejoindre aux cuisines le vendredi soir).

Depuis son arrivée, Délie n'avait jamais été seule avec Alister, et c'était en un sens un soulagement. Elle passait beaucoup de temps avec Miss Barrett, admirait cette maison où tout était en ordre, où l'on servait les repas à heure fixe et en grande pompe, elle était ravie d'être à mille lieues d'un cuisinier morose ou d'un équipage susceptible qui se plaignait de la nourriture du bord.

Elle s'émerveillait parfois de la nouveauté de son existence présente : la nappe en dentelle, l'argenterie rutilante, les verres en cristal; elle songeait alors aux repas pris sous l'auvent du pont, aux sandwiches mangés debout dans la timonerie tandis que le vapeur naviguait sur un fleuve en décrue.

– Je me souviens d'un voyage, racontait-elle au petit

déjeuner, alors qu'elle fendait la coquille blanche d'un œuf dans son coquetier d'argent, où nous avions un maître de barge végétarien qui ne mangeait que des œufs. Quand nous naviguions longtemps sans rencontrer âme qui vive, je débarquais Gordon pour qu'il trouve une ferme, puis je le reprenais à un ou deux milles en aval, de l'autre côté du méandre – le fleuve revenait sans arrêt sur lui-même et Gordon n'avait pas beaucoup de chemin à faire. Un jour, il trouva des œufs, mais en sortant de la ferme il s'engagea dans le pâturage du taureau. L'animal furieux le poursuivit jusqu'à la clôture, Gordon dut sauter de l'autre côté, et il tomba sur les œufs. Il me jura que pour rien au monde il ne serait retourné en chercher. Il monta à bord avec seulement deux œufs intacts, le visage et les cheveux couverts de jaunes et de blancs. Heureusement, le maître de barge trouva l'aventure si cocasse qu'il se contenta des deux œufs jusqu'à Renmark. Aujourd'hui encore, Gordon hésite à s'approcher d'une ferme.

– Harrietta a pondu mon œuf, dit Jamie. Hier, je l'ai pris sous ses plumes juste après qu'elle l'a pondu.

– D'où sortent les œufs ? demanda Jessamine d'un air intéressé.

– Ils...

Jamie s'interrompit et lança un regard interrogateur à Miss Barrett, qui déclara d'une voix ferme :

– Ils sortent de l'oviducte, un organe de reproduction particulier aux poules. La prochaine fois que Flo en préparera un, elle te montrera comment ils se forment – ils sont d'abord mous, puis ils durcissent de plus en plus à mesure qu'ils approchent de l'ouverture située juste sous la queue de la poule.

– De la biologie au petit déjeuner ! murmura avec dégoût Miss Alicia Raeburn. Je vous prie de nous épargner les détails.

– Je trouve toujours préférable de répondre aux questions des enfants, rétorqua Miss Barrett qui découpait le sommet de son œuf coque avec des gestes secs et précis.

– Vraiment, je ne pense pas... dit vaguement Mme Henry.

Délie fut tentée d'ajouter : « Alors vous devriez vous taire, comme le grossier personnage d'*Alice au pays des merveilles* », mais elle resta silencieuse.

Quand le temps le permettait, Alister emmenait Délie et Meg canoter sur le lac pour leur montrer les nids de cygnes dans les roseaux près du rivage. Des centaines de cygnes noirs nageaient sur le lac; Délie trouva qu'ils ressemblaient à des gondoles.

– En effet, dit-il. Car les gondoles sont noires, avec une haute proue incurvée comme un cou d'oiseau, bien que moins gracieuse que le cou des cygnes, et une sorte de bec carré. Shelley les comparait à des lucioles.

– Parlez-moi de Venise, des tableaux de l'Académie, de Florence, des toiles de Raphaël, du palais Pitti...

Il lui raconta donc ses voyages, parlant tranquillement en ramant, et Délie buvait comme un nectar tout ce qui se rapportait à l'Italie, pendant que Meg, le regard dans le vague, pensait à Garry à bord d'un navire qui faisait peut-être escale dans quelque port exotique de la Méditerranée où des femmes ravissantes accueillaient les marins.

– Mon Botticelli préféré n'est pas aux Offices, il n'est même pas à Florence, mais dans le petit musée de Piacenza. Et le *Museo nazionale* de Naples abrite un Raphaël qui m'importe davantage que tous les autres réunis, car c'est le premier que j'aie jamais vu, aussi calme, exquis et... et *inévitable* qu'une fleur fraîchement éclose.

– J'aimerais tant visiter l'Italie.

– Je... (Il regarda Meg, qui semblait perdue dans un rêve, puis Délie.) J'aimerais tant vous y emmener, murmura-t-il d'une voix vibrante et passionnée. (Puis, à haute voix :) Vous seriez un excellent guide!

– Je sais que tout me plairait.

– Et les Italiens vous aimeraient, parce que vous êtes belle et que vous êtes une artiste. Quand je leur ai dit que j'étudiais l'art, ils m'ont laissé visiter leurs musées gratuitement et ils débordaient d'amabilité.

– Oui, je crois que j'aimerais les Italiens.
– Ils absorbent l'art et la musique avec le lait de leur mère. Le moindre employé de banque connaît et aime les monuments et les sculptures de sa ville, alors qu'ici tout le monde pratique le culte du mérinos à cause de sa laine.
– Ah, ne méprisez donc pas ces malheureux moutons. La laine continue de faire la prospérité du pays, c'est grâce à elle que vous pouvez acheter de beaux objets d'art. Si un jour on découvre un substitut moins cher que la laine, la position de l'Australie dans le monde s'en trouvera compromise.
– Rien ne remplacera jamais la laine.
– Pourtant, on a déjà inventé la soie artificielle.
– On ne trouvera jamais l'équivalent du brocart chinois. Aimeriez-vous porter de nouveau la robe de chambre turquoise ? Elle vous attend depuis votre maladie.
– Non merci, répondit vivement Délie. Je me suis acheté une robe de chambre en velours.
– Elle est noire ! dit Meg. Pourquoi n'as-tu pas choisi une couleur plus gaie ?
– J'aime le velours noir.
– C'est sans doute une couleur qui convient bien au monde où nous vivons, dit Alister. Comme constata Anatole France : " Le monde est une tragédie, écrite par un excellent poète. "
– Je ne suis pas d'accord, car le monde est trop chaotique. Un poète aurait ordonné tout cela en laissant moins d'arbitraire. Voilà ce qui nous séduit dans les tragédies de Shakespeare : la perversité et la cruauté de la vie, anoblies et organisées par une profonde intelligence.
– Vous avez raison, comme toujours.
D'un bout à l'autre de la barque, ils échangèrent un sourire, et Délie se sentit plus proche de lui que jamais. La présence de Meg lui permettait d'être moins sur ses gardes, de se détendre pour jouir du spectacle, jouir de ses discussions avec Alister, de ses yeux posés sur elle.
Pourquoi cela ne pouvait-il durer toujours ? demandait-elle le même soir à son reflet, tandis qu'elle bros-

sait ses longs cheveux devant son miroir. Elle se sentait si heureuse qu'elle prit tout son temps pour se déshabiller; elle se souriait dans la glace, souriait même de la large mèche grise qui striait ses cheveux. Elle venait d'enfiler sa chemise de nuit quand elle entendit des pas dans le couloir, puis des coups doucement frappés à sa porte.

Elle mit rapidement sa robe de chambre en velours – sa seule fantaisie, car Alister lui avait donné le goût des robes d'intérieur luxueuses; les manches évasées et les longs pans du vêtement lui donnaient un air médiéval. Elle se demanda si c'était Miss Barrett qui venait bavarder avant d'aller se coucher.

Mais c'était Alister dans son brocart écarlate, ses cheveux et sa barbe en désordre comme s'il sortait du lit.

– Alister ! Que...

– Chut, ma chérie, chut. Vous vouliez que je vienne, n'est-ce pas ? Je ne pouvais pas dormir, je ne peux supporter cela plus longtemps, vous savoir sous mon toit, alors que je vous désire tant, que je vous aime tellement. Allons-nous gâcher ces heures précieuses en faisant chambre à part ? Y tenez-vous vraiment ? Vous êtes déjà mienne en tout, sauf ceci.

Et son dur corps viril se pressa contre le sien, jusqu'à ce qu'elle gémisse du même désir. Elle se trouva si faible qu'elle dut jeter ses bras autour du cou d'Alister pour ne pas tomber, mais quand sa tête se renversa, elle aperçut par la fente de ses yeux mi-clos leurs deux corps reflétés dans le miroir en pied, écarlate et noir, ses manches de velours étreignant Alister comme deux grandes ailes : Méphistophélès et un succube noir, noir comme la nuit.

Elle faillit pousser un cri de stupéfaction, mais il pressa sa bouche contre la sienne en prononçant des mots incohérents. Un puissant courant l'envahit, la souleva, l'entraîna au loin jusqu'à ce qu'elle perde tout espoir de regagner le rivage. Poussant un profond soupir, elle s'abandonna à cette marée tumultueuse.

96

– Personne n'a vu Jessamine?

Mme Henry entra dans la salle à manger, ses sourcils dessinant un accent circonflexe plus prononcé que jamais. Elle portait une de ses robes pâles et informes aux pans bordés de dentelle.

Délie, en jupe courte rayée et corsage sans manches, se sentait jeune et libre à côté d'elle. Ce matin, sa conscience restait plongée dans des limbes bienheureux; elle était gaie, reposée et sereine.

– Elle n'est pas venue me voir pour que je boutonne ses chaussures, dit Miss Barrett. Délie, vous ne l'auriez pas vue, par hasard? Pourquoi souriez-vous?

– Moi? (Délie rougit légèrement.) Je souriais? Je ne m'en rendais pas compte. Non, je n'ai pas vu Jessie. Elle n'est pas avec Jamie?

– Non, il est en train de s'habiller dans sa chambre.

– Meg, tu dors à côté d'elle. Tu ne l'as pas entendue sortir?

– Non, maman. Je me suis réveillée de bonne heure, mais je n'ai pas entendu Jessie.

– Avez-vous interrogé Alister? demanda sèchement Miss Raeburn. Peut-être est-il sorti se promener avec elle? Il devait aller sur le quai pour attendre un vapeur.

– Alors il n'est pas encore rentré. Oui, je suppose qu'elle est avec lui.

Rassurée, Mme Henry prit une tranche de jambon et un toast. Comme elle avait récemment un peu grossi, elle suivait un régime.

Toutes avaient terminé leur petit déjeuner quand Alister arriva. Délie sentit son cœur s'emballer et souhaita quitter rapidement la pièce avant que les autres ne l'entendent. Mme Raeburn l'interrogea à propos de Jessamine.

– Je n'étais pas avec elle, répondit Alister. Je suis descendu sur le quai de bonne heure et je ne l'ai pas vue de toute la matinée. Le fait est que je n'ai pas fermé l'œil de la nuit. Je me suis promené au bord du lac et j'ai regardé le soleil se lever.

Ses yeux fixèrent Délie qui détourna le regard en frissonnant.

– Alors où peut-elle bien être? (La mère de Jessie semblait plus angoissée et désespérée que jamais.) Elle prend toujours son petit déjeuner avec nous.

– Nous allons toutes la chercher. Elle doit être quelque part au fond du jardin.

Prenant la direction des opérations, Miss Barrett se leva, et les femmes lui emboîtèrent le pas, laissant seulement Miss Raeburn préparer le petit déjeuner d'Alister, tandis que Miss Janet restait à la cuisine avec les domestiques.

Elles franchirent le portail qui séparait la cour du potager; à certains endroits, les mauvaises herbes étaient assez hautes pour dissimuler un enfant; les carrés de rhubarbe, les plants de tomates, les feuilles luxuriantes des courges et des potirons formaient comme une jungle miniature.

– Jessamine! s'égosillait Mme Henry.

Meg et Délie explorèrent vainement les buissons, et Meg marcha malencontreusement dans un massif d'orties. Une poule se mit à caqueter dans le poulailler.

– J'ai trouvé! dit Miss Barrett, qui entraîna aussitôt les autres à sa suite.

Dans le poulailler, la jeune Jessie était accroupie dans l'allée, la tête renversée pour observer le derrière d'une poule pondeuse, immobile à l'exception de la mince membrane qui battait nerveusement sur son œil jaune.

Le sang empourprait le visage de l'enfant, ses boucles traînaient dans la poussière.

– Jessamine! Que fais-tu là? Tu n'as pas entendu nos appels, polissonne?

– Si. (Jessie se redressa, le temps de fusiller sa mère du regard.) Ne dérange pas Harrietta. Elle est en train de pondre un œuf et je veux voir par où il sort.

– Jessamine!

– Laissez donc, madame Raeburn. (La voix de Miss Barrett était ferme et apaisante.) Je resterai avec elle jusqu'à ce que l'œuf soit pondu. Mais tu ne pourras pas le manger pour ton petit déjeuner, Jessie; les œufs sont déjà cuits et ils refroidissent sur la table. Tu aurais dû nous dire où tu voulais aller.

– *Elle* m'en aurait empêchée.

Le visage de Cecily Raeburn vira au cramoisi.

– Laisse immédiatement cette poule et rentre à la maison te laver les mains! dit-elle en saisissant le bras de Jessie, qu'elle entraîna de force.

Miss Barrett serra les lèvres et manifesta son indignation par un soupir exaspéré, mais elle ne dit mot avant que les cris de rage de Jessie n'eussent diminué aux abords de la maison.

– Je vais prendre l'œuf pour elle, dit Meg en s'asseyant près de la poule.

Sur le chemin de la maison, Miss Barrett déclara de but en blanc à Délie :

– Leur mère détruit les nerfs de ces enfants. Si M. Raeburn ne me donne pas carte blanche avec eux, je ne pourrai rien faire; je serai obligée de partir.

– Oh non, vous ne pouvez pas partir! (Délie se sentit aussi malheureuse que le jour où, petite fille, elle avait entendu Miss Barrett évoquer la possibilité d'une autre place de gouvernante.) Je suis sûre que nous pouvons arranger cela. Pourquoi est-elle aussi brutale? Pourquoi semble-t-elle prendre plaisir à les brimer?

Miss Barrett haussa les épaules.

– Parce qu'elle-même a été frustrée toute sa vie, elle leur transmet ses angoisses et ses frustrations. Mais elle ne brime pas Jamie; elle le gâte mille fois trop. Ce n'est pas vraiment un enfant délicat, mais il risque de le devenir si elle continue à le cajoler. Il vaudrait mieux qu'il parte en pension.

– Elle n'acceptera jamais!

– Vous pourriez peut-être en parler à M. Raeburn. J'ai le sentiment qu'il vous écouterait. Je crois qu'il est prêt à tout pour vous.

Délie rougit. Elle avait oublié que Miss Barrett était

non seulement une gouvernante fort compétente, mais aussi une femme observatrice.

– Très bien, je lui en parlerai, murmura-t-elle.

– C'est un homme charmant. Mais il dissimule une main de fer dans un gant de velours. Je le crois capable de convaincre Mme Henry.

Délie se dit qu'elle tenait un prétexte pour rendre visite à Alister ce soir-là, bien après que Mme Henry fut montée se coucher; elle aurait pu se dispenser de mettre sa chemise de nuit, mais elle adorait porter sa robe de chambre médiévale qui balayait le sol. Elle noua la ceinture de velours noir autour de sa taille fine, s'engagea dans le couloir puis frappa à sa porte.

Il la fit entrer et la prit dans ses bras d'un seul mouvement. Quelques minutes s'écoulèrent avant qu'elle n'ait pu retrouver son souffle pour dire :

– Je voulais vous parler, je suis seulement venue...

– Vous êtes venue, voilà ce qui importe. Les mots sont inutiles entre nous.

– Je suis venue parce que...

– Parce que vous le désiriez. Je craignais tant de ne pas vous voir, de vous avoir blessée ou choquée hier soir. C'est pour cela que je ne suis pas allé frapper à votre porte. Cela faisait si longtemps, comme les premières pluies après une sécheresse interminable, mais maintenant je veux prendre le temps de vous savourer, de vous embrasser pour goûter à toute votre personne, ma douce, ma chérie.

C'était la vérité; elle était restée loin derrière le furieux torrent qui l'avait submergée la nuit précédente, mais maintenant elle était emportée dans le tourbillon impétueux jusqu'au centre paisible du cyclone; là, elle s'abandonna à la paix et à l'extase, elle ouvrit la moindre parcelle de son corps en une délicieuse offrande. Elle devint une fleur s'épanouissant au soleil, la terre accueillant la pluie : comblée, régénérée, ravie.

Ils bavardèrent pendant des heures dans la tendre intimité des draps tièdes, dans ce cocon qui les protégeait du monde. Pour la première fois, il lui parla de son mariage et de son échec, mais ce fut avec ironie et amertume qu'il évoqua son ancienne femme.

– Elle essayait de me transformer, de me couler dans le moule de ses opinions préconçues, mais je renâclais, je me révoltais, dit-il. C'était une enfant gâtée, habituée à ce que tout le monde lui passe ses moindres caprices. Mes tantes m'avaient fatigué de la domination des femmes. Et maintenant, Alicia fait des pieds et des mains pour que j'épouse Cecily.

– Mme Henry!

– Oui, la veuve de mon frère. Elle considère que c'est mon devoir.

– Comme dans l'Ancien Testament!

– En effet. Alicia est une farouche partisane des familles, et elle pense que Jamie a besoin d'un père. Elle redoute que Cecily ne se remarie ailleurs et ne lui enlève Jamie.

– C'est donc *cela* que voulait dire Miss Janet!

– Quand?

– Oh, il y a bien longtemps, à l'époque de ma maladie. C'est justement à propos de Jamie et de sa mère que je voulais vous parler.

Délie lui répéta ce qu'avait dit Miss Barrett, et il promit d'en parler à sa belle-sœur, ajoutant qu'il y avait peu d'espoir qu'elle acceptât d'envoyer Jamie en pension.

– A moins... qu'elle ne s'intéresse à autre chose. Elle a vraiment besoin d'un mari. Je devrais essayer de lui en trouver un.

– Tant que vous ne l'épousez pas vous-même, dit Délie avec un pincement de jalousie et d'inquiétude.

– Ne craignez rien. De toute façon, je ne crois pas qu'elle voudrait de moi.

Au bout d'un moment, Délie se leva pour regarder les tableaux accrochés dans la chambre, deux peintures d'Alister et une reproduction du *Printemps* de Botticelli. Il y avait le lac au coucher du soleil, une étude impressionniste de l'eau paisible chatoyant de couleurs lumineuses; et un lever de soleil au-dessus d'un large chenal, de sombres roseaux au premier plan et des berges basses mauves à mi-distance.

– Le chenal de Goolwa en amont de l'île de Hindmarsh, dit-il. (Délie examina attentivement le tableau.)

– Je ne connais pas Goolwa, mais je dois y aller. Alors j'aurai parcouru tout le fleuve, des lacs Moira jusqu'à son estuaire.

– Ce n'est pas encore l'estuaire, mais il est tout proche.

– Comme la Murray inférieure est large et majestueuse !

– Parce que le fleuve est vieux. " L'esprit en paix, quand la passion s'éteint. " Au diable les pensées ! Revenez au chaud, dépêchez-vous.

Quand elle se leva enfin pour regagner sa chambre, Délie se sentit transformée, telle une chrysalide devenue papillon; elle s'était libérée de la lourde gangue des années pour déployer enfin ses ailes tremblantes à la lumière de l'amour.

Mais quand la porte de la chambre d'Alister se referma derrière elle, elle se figea sur place. Une femme portant une bougie allumée arrivait dans le couloir : cheveux bouclés gris sable au-dessus de sourcils arqués et de grands yeux gris, un nez formidable d'où partaient de profondes rides, Miss Raeburn !

La main de Délie lâcha le bouton de porte en porcelaine peinte comme s'il l'avait brûlée, et elle s'éloigna rapidement de cette porte compromettante. De tous les gens réunis sous ce toit, Miss Raeburn était la dernière personne à qui elle aurait confié son secret.

Ses joues étaient en feu quand elle arriva à hauteur de Miss Raeburn, qui l'avait forcément vue. Délie remarqua alors une chose étrange chez la tante d'Alister. Elle marchait lentement, d'un pas hésitant, et tenait si maladroitement son bougeoir que la cire chaude dégoulinait sur le tapis où elle laissait une longue traînée.

Cela ressemblait si peu à sa brusquerie, à sa méticulosité habituelles que Délie la dévisagea et remarqua que son nez comme ses joues étaient rouges, et qu'elle tenait une bouteille de brandy dans l'autre main.

– Je vais juste chercher quelques réserves, ma chère, dit Miss Raeburn d'une voix pâteuse quoique digne. J'en... j'en garde toujours dans ma chambre en cas d'urgence. Bon... bonsoir.

– Bonsoir! répéta Délie, stupéfaite.

Elle n'en croyait pas ses yeux. A l'extrême rigueur, elle aurait imaginé Mme Henry s'enivrant en secret, mais jamais Miss Raeburn, cette femme hautaine et si pleine de morgue.

Le lendemain matin, elle observa soigneusement Miss Raeburn, mais comme ses mains ne tremblaient pas et qu'elle ne présentait aucun signe d'indisposition, Délie se demanda si elle n'avait pas imaginé toute la scène. Apparemment, Miss Raeburn avait totalement oublié leur rencontre de la nuit passée.

Après le petit déjeuner, Alister demanda à Mme Henry Raeburn de le rejoindre dans son bureau, d'où elle sortit la mine défaite, ses yeux inexpressifs mouillés de larmes; elle lança un regard venimeux à Miss Barrett et regagna sa chambre.

Au dîner, Délie observa de nouveau Miss Raeburn et remarqua qu'elle buvait plusieurs verres de vin, davantage qu'Alister, et qu'un fin réseau de veines rouges sillonnait son nez et ses joues; mais elle ne perdit rien de sa dignité et de son ton cassant. Délie en conclut qu'elle était habituée à des quantités considérables d'alcool, et qu'elle avait sans doute bu toute une bouteille de brandy avant leur rencontre inopinée dans le couloir.

Alister ne pouvait ignorer que le brandy disparaissait rapidement des magasins de la maison, même si sa tante, qui supervisait l'approvisionnement, pouvait aisément commander des bouteilles supplémentaires en les faisant passer pour du vinaigre ou des médicaments. Délie devait-elle le prévenir? Elle hésita, car malgré leur intimité tant physique que spirituelle, elle se sentait étrangère à sa vie quotidienne, à ses affaires, à ses rapports avec sa famille. Elle avait remarqué sa surprise quand elle avait parlé de Mme Henry et des enfants; mais elle défendait alors la cause de sa vieille amie, Miss Barrett. En cette affaire plus personnelle, elle hésitait à intervenir.

Si Miss Raeburn souffrait de *délirium tremens,* Alister le découvrirait bien assez vite, sinon, cela ne regardait qu'elle. Délie décida de n'en parler à personne; d'autant que jusqu'à son départ, elle ne la revit jamais dans cet état d'ébriété.

Alister était désormais devenu le centre de son univers, le soleil autour duquel gravitaient toutes ses pensées. Le seul fait de se trouver dans la même pièce que lui l'emplissait de joie et de bonheur, même si d'autres personnes étaient présentes. Quand, l'espace d'un instant, ses yeux sombres rencontraient les siens et semblaient les caresser, c'était comme s'il la tenait dans ses bras et l'enlaçait passionnément. L'idée de son départ fut insupportable à Délie.

Le dernier soir, ils se promenèrent au bord du lac, avant le lever de la lune, pour se faire leurs adieux. Le reflet des étoiles sur l'eau permettait à peine à Délie de distinguer son visage livide et douloureux, sa bouche tordue par la souffrance. Pour une fois il resta muet, et ils se séparèrent presque en silence, après une dernière étreinte désespérée à la porte de la maison, avant de regagner leurs chambres respectives.

Elle avait voulu que, pour la dernière fois, ils fissent l'amour hors de la maison, sous les étoiles; ils s'étaient allongés parmi les roseaux sur le sable du rivage. Levant les yeux vers les constellations qui brillaient dans le ciel estival, Délie avait vaguement pensé à Adam, à Brenton, à Kevin, qu'elle avait presque oublié, et au bébé qu'elle avait mis au monde sur la berge du fleuve, sous ces mêmes étoiles. Mystérieusement, toutes ces expériences se fondirent en une seule vision, celle du fleuve qui absorbait tout. Là, au bord des eaux assoupies, elle se sentit inondée d'amour et de paix, tandis que la lumière des étoiles pleuvait sur le lac.

97

Teddy Edwards était un autre homme depuis qu'il avait repris le commandement du *Philadelphia*. Certes, une personne était toujours nécessaire dans la timonerie pour l'aider à négocier les courbes les plus serrées, mais c'était lui qui choisissait le chenal, lui qui décidait du moment où prendre un raccourci comme celui de Higgins, ou de suivre l'ancien méandre du fleuve.

Il maudissait les ingénieurs des travaux publics qui avaient construit des balises et des digues barrant le fleuve sur la moitié de sa largeur pour détourner le courant et empêcher la vase de s'accumuler dans le chenal. Comme d'autres vieux capitaines, il était convaincu que le sable et la boue accéléraient la croissance de nouvelles souches immergées, qui rendraient la navigation encore plus difficile. L'Ecluse Un, inaugurée au début de l'année, rapportait de l'argent au gouvernement; quatre cent soixante-cinq vapeurs avaient déjà franchi le péage. Le fleuve en aval du déversoir était dangereux car peu profond, mais les effets bénéfiques du barrage étaient indéniables en amont, où un immense bassin s'étendait jusqu'à Morgan.

Les eucalyptus, dont les troncs étaient désormais immergés sous plusieurs pieds d'eau, semblaient plus verts et plus florissants que jamais; mais cette vitalité était trompeuse, car les arbres allaient bientôt se métamorphoser en squelettes gris, noyés par l'immersion continuelle de leurs racines.

Délie relayait souvent Brenton dans la timonerie et l'aidait parfois à tenir la roue, mais il préférait la présence d'un de ses garçons, ou du Jeune Suppôt; maintenant qu'ils habitaient tous à bord (sauf Alex, parti en ville pour préparer son examen de fin d'études dans une pension), Meg assurait de nombreuses tâches, dont la couture et la lessive, laissant à Délie davantage de temps libre qu'elle n'en avait eu depuis des années.

Elle peignait beaucoup et lisait des ouvrages de philosophie et d'esthétique. Plongée dans *Les pierres de Venise* de Ruskin ou *La recherche de l'absolu* du baron Corvo, elle rêvait de l'Italie et d'un voyage en compagnie d'Alister; elle lut toute la correspondance de Shelley ainsi que les carnets de Mary Shelley, et s'imprégna de l'esprit de la Renaissance florentine; ses pensées s'envolaient par-delà l'océan vers les rivages fabuleux de la Méditerranée, pendant que son être physique restait rivé à un bateau de trente mètres qui naviguait sur un cours d'eau dont les ports glorifiaient l'Art sous la forme dérisoire d'un monument aux morts.

Les merveilles de la nature ravissaient Délie : la beauté imprévue d'un edelweiss dans l'anfractuosité du roc, la structure géométrique d'un flocon de neige placé sous le microscope; les couleurs surnaturelles cachées dans les profondeurs obscures de l'océan; les étoiles et leurs voyages stupéfiants dans le ciel nocturne.

Un minuscule bacille en forme de bâtonnet pouvait modifier l'histoire du monde en se multipliant dans le corps d'un dictateur; le même bacille pouvait nous priver d'un génie, tel Keats mort à Rome. Et si elle-même entourait la chaîne de l'ancre autour de sa cheville avant de sauter par-dessus bord pour mettre un terme à ses désirs inassouvis, qui s'en souviendrait ou la regretterait dans cent ans ?

Dès qu'elle remarquait que ses pensées prenaient cette tournure, elle se secouait et s'attelait à une nouvelle toile comme si le destin du monde en dépendait, et bientôt, comme par magie, plus rien ne comptait en effet. L'odeur de la peinture, la fascination de la couleur et de la matière la transportaient dans un univers où l'exactitude d'un coup de pinceau importait davantage que l'histoire tumultueuse de l'humanité. Ainsi Délie s'évadait-elle vers une autre réalité plus satisfaisante.

Elle songea bientôt à organiser une autre exposition de ses peintures, à retourner à Melbourne après tant d'années pour essayer de renouer les fils de ses anciennes amitiés. La grande cité lui semblait fantastiquement lointaine, un autre univers presque aussi éloigné que l'Italie.

Mais avant d'aller à Melbourne, elle voulait retourner à Adélaïde, et peut-être à Milang – pour voir Miss Barrett. Alex, le plus studieux de ses enfants, avait besoin de lunettes, et elle désirait profiter des vacances scolaires pour l'emmener en ville chez un spécialiste. Il avait obtenu de bons résultats à ses examens de milieu d'année, et elle voulait mettre toutes les chances de son côté afin qu'il pût obtenir une bourse pour l'université, laquelle l'aiderait à payer une chambre en ville ainsi que ses frais de scolarité.

Elle envoya une lettre à Alister et reçut sa réponse à Adélaïde. Comme ses affaires l'appelaient à Melbourne, il lui demandait de le rejoindre là-bas, avec une telle éloquence qu'elle fut submergée d'amour pour lui et que les cinq cents milles à parcourir lui semblèrent dérisoires. Elle aurait voulu avoir des ailes pour voler vers lui, maintenant, sur-le-champ, sans prendre de train ni fixer de rendez-vous.

Dès qu'Alex eut ses lunettes, elle le ramena à Morgan, où elle apprit que le vapeur venait de partir pour Mildura.

Ils empruntèrent donc la route cahotante qui portait le nom de Sturt, l'explorateur. Elle n'avait jamais voyagé par voie de terre ni longé la crête des hautes falaises; le regard embrassait la vaste plaine stérile et le fleuve qui serpentait au fond d'un canyon encaissé entre les deux bandes vertes d'une végétation improbable. De temps à autre, la route descendait jusqu'au niveau de la Murray quand la plaine d'irrigation s'élargissait, avant de remonter à flanc de colline, jusqu'à ce que le fleuve fût masqué par les replis du calcaire, sa surface émeraude apparaissant çà et là entre les parois jaunes.

A Waikerie, elle avait redouté de croiser le camion des Melville, mais elle ne le vit pas. Ils traversèrent ensuite le fleuve à bord d'un ferry, et Alex descendit de l'autocar pour examiner le moteur à deux temps qui faisait avancer la grosse barge le long de son câble tendu et graisseux.

Toutes les villes paraissaient différentes quand on les approchait par la terre; Délie ne connaissait pas le gros bourg de Barmera, sur le lac Bonney, où ils s'arrêtèrent pour déjeuner, car le bras principal du fleuve évitait ce grand lac d'eau douce. Là, de superbes eucalyptus poussaient dans le sable de la plage et de petits yachts blancs dansaient sur l'eau bleue; le paysage était si paisible que Délie aurait voulu rencontrer Alister sur cette grève. Elle se sentit soudain fatiguée à l'idée de retrouver Melbourne, sa foule, ses tramways électriques, l'obligation de s'habiller pour sortir dîner.

Etait-elle trop âgée pour vivre de nouvelles aventures, trop habituée à sa vie tranquille sur le fleuve? Pourtant, Alister, où qu'il fût, était désormais le centre de son être et de ses pensées.

En pleine nuit, le train bringuebalant s'arrêta dans le désert entre Mildura et Melbourne. Délie s'assit au bout de sa couchette, pressa son visage contre la vitre froide, et découvrit un univers immobile et vide, faiblement éclairé par la lune. La locomotive ahanait doucement, la portière d'un wagon claqua au loin.

Baissant la fenêtre, elle passa la tête dehors et aperçut vers l'avant du train une petite plate-forme où l'on agitait une lanterne rouge — un drapeau rouge pendant la journée — pour que le train s'arrêtât.

Juste avant le départ du train, un pluvier qui volait dans l'obscurité poussa un cri perçant — il y avait donc de l'eau à proximité. Délie eut la chair de poule et frissonna, s'abandonnant délicieusement à cet étrange tremblement que provoquaient en elle certains poèmes ou peintures. Non, elle n'était pas trop âgée. Le monde immense et mystérieux l'appelait comme le pluvier; elle était encore capable d'entendre son cri et d'y répondre.

Le train arriva peu après l'aube; elle se poudra anxieusement le nez, puis se coiffa d'une main tremblante. Elle avait perdu la plupart de ses épingles à cheveux. Dans le miroir du compartiment, son visage semblait hagard et ridé, seuls ses yeux bleus étaient vivants dans un masque de fatigue. Elle avait parcouru deux cents milles supplémentaires, faisant un crochet par Mildura pour ramener Alex sur le vapeur et s'assurer que Brenton n'était pas surmené. Bien au contraire, il lui avait paru plus animé et vigoureux qu'à l'époque de son départ, bien que son élocution se fût légèrement empâtée. Il allait et venait dans son fauteuil roulant sur le pont supérieur, criait des ordres et poussait force jurons. Non, il n'avait pas besoin d'elle; en tout cas, il avait beaucoup moins besoin d'elle qu'auparavant.

Elle descendit sur le quai animé de Spencer Street, et vit aussitôt Alister qui l'attendait, regardant dans la direction opposée. Il se retourna et accourut vers elle, débordant d'un enthousiasme juvénile; mais Délie se sentait lointaine et comme étrangère. Ses pensées restaient auprès de Brenton, et elle croyait Alister déçu. A sept heures du matin, après une nuit d'insomnie, une femme d'âge mûr, correctement habillée mais sans élégance, retrouvait nerveusement son amant avec des paroles vides.

Lui aussi semblait plus petit, plus anonyme, perdu dans la foule de la grande ville; elle l'avait toujours vu seigneur et maître en sa demeure, ou entouré d'une nuée d'employés qui lui obéissaient au doigt et à l'œil.

Ils descendirent à pied une longue pente à l'écart de la foule. Lui prenant le bras, il lui dit tranquillement :

– Je vous aime.

Mais ces mots semblaient vides.

– Non! s'écria-t-elle. Cela sonne faux, ne faites pas semblant. Je n'aurais jamais dû venir.

Elle était au bord des larmes.

– Ecoutez, ma chérie. J'ai passé une nuit blanche, je n'ai pris ni douche ni thé ce matin, je ne me sens pas encore humain. J'ai réussi à sauter dans un taxi, à être à l'heure pour vous retrouver, mais mon esprit est resté en route. Venez prendre un petit déjeuner avec moi, cela nous fera du bien.

Dans le salon de thé lugubre, elle continua de se

sentir étrangère à cet homme qu'elle connaissait à peine, avec qui elle échangeait des banalités. Prendre une chambre dans un hôtel nécessita des subterfuges sordides, mais elle réfléchit malicieusement que l'employé de la réception ne soupçonnerait certainement pas leur situation irrégulière.

Dans la chambre, ils se dévisagèrent tristement, puis Délie remarqua les lits séparés.

– Peureux ! s'écria-t-elle.

– Oui, j'aurais dû demander un lit double, mais je n'ai pas osé.

La chambre semblait plongée dans la grisaille, le bruit de la circulation montait jusqu'à elle. Quand il la prit dans ses bras, Délie protesta d'une voix désespérée :

– Non, sortons, marchons dans les rues, j'ai besoin de respirer.

La vitalité de la cité l'enthousiasma; elle se sentit une fois de plus dans la métropole, tout près du cœur et de la pulsation fondamentale des choses. Le soleil émergea des nuages, tandis que quelques traînées blanches et crémeuses rendaient le ciel plus romantique. Ils remontèrent Swanston Street et entrèrent dans la National Gallery.

La femme du pêcheur était accroché en bonne place dans les salles réservées aux peintres australiens du XXe siècle. Examinant objectivement son tableau, Délie n'en eut pas honte, mais ce genre de travail ne l'intéressait plus guère; cette période de réalisme romantique était désormais derrière elle, enveloppe vide abandonnée comme la peau d'un serpent après la mue, pour lui permettre de croître et de s'épanouir. Elle s'inspirait toujours de formes réalistes, mais elle les transformait en demi-abstractions, en structures de couleur pure; en ce moment elle était fascinée par l'emploi du noir.

Marchant aux côtés d'Alister, elle écoutait ses commentaires pertinents, elle se sentait de nouveau attirée vers lui, elle cédait à un enchantement auquel elle avait presque renoncé. Ils déjeunèrent dans un petit café, mais dès les hors-d'œuvre, Alister plongea son regard au fond des yeux de Délie et en oublia de manger.

– Retournons à l'hôtel, dit-il. Je veux te faire l'amour maintenant, je crois que ce sera merveilleux.

Ce fut en effet merveilleux. Ils s'habillèrent à la nuit tombante pour sortir dîner. Délie regarda son profil tandis qu'il s'asseyait à côté d'elle, que leurs genoux se touchaient sous la table, et elle s'écria brusquement :

– C'est vraiment toi !

– Tes yeux brillent tellement ! répondit-il. Tu as rajeuni de dix ans depuis ce matin. Comment expliquer cela ?

– C'est à cause de toi, de toi seul.

Retournant à leur chambre, ils se découvrirent une fois encore, partagèrent ce qu'ils savaient déjà et de nouvelles expériences, des bribes de souvenirs d'enfance, des facettes de leur personnalité; tels des voyageurs découvrant un pays encore mal connu, tout les ravissait parce que tout était nouveau.

Cela dura plus d'une semaine, comparable à des mois d'une existence normale vécue à un niveau moins exalté, une semaine pendant laquelle Délie ne songea même pas à joindre Imogen ou ses anciens amis. Un jour, elle dit soudain :

– J'ai perdu le sens du péché, je ne sais même plus si ce que nous faisons est un péché, mais j'ai le sentiment superstitieux que c'est trop beau pour durer. Je pourrais rester encore, mais je préfère partir demain.

Inflexible, elle réserva une couchette dans le train, nageant toujours dans le bonheur, persuadée de son invulnérabilité. Pourtant, quand elle se rendit à la poste où elle avait demandé à sa famille de lui expédier tout son courrier urgent, quand on lui tendit un télégramme, ce fut comme si tout son être s'y était attendu.

Ce soir-là, Alister l'accompagna à la gare, son visage livide crispé en un masque douloureux, mais elle s'était déjà détachée de lui, rappelée à ses devoirs familiaux, bourrelée de remords. Maintes fois dans le train elle ressortit l'horrible feuille de papier jaune et lut :

Reviens immédiatement Murray Bridge — Papa état grave — Baisers — Meg.

Le 15 à quatre heures de l'après-midi — deux jours s'étaient écoulés pendant lesquels elle n'avait même pas pris la peine d'aller chercher son courrier. Elle se méprisait d'avoir abandonné Brenton, qui était peut-être déjà mort; et Meg supportait seule le choc et les responsabilités que ses frères pouvaient partager, mais non soulager.

Toute la nuit, elle demeura assise, le visage pressé contre la vitre, regardant le paysage défiler et les arbres se pencher gravement sur son passage.

98

A l'hôpital de Murray Bridge, Brenton reposait entre la vie et la mort. Debout à côté de son lit, le visage fermé, Délie se rappela le cri sauvage qu'elle avait poussé voici des années, aux premiers temps de leurs amours :

— Tu ne dois pas mourir ! Tu ne dois pas mourir !

Mais il n'était plus conscient de sa présence; son appel suppliant ne pouvait l'aider à rester en vie, comme un homme cramponné à la paroi d'une falaise, étreignant un arbuste malingre dont les racines s'arrachent lentement du rocher.

— Combien... combien de temps cela va-t-il durer? avait-elle chuchoté au médecin, se demandant si elle pourrait supporter longtemps cette épreuve, sachant qu'elle ne communiquerait plus jamais avec lui en cette vie.

Le médecin haussa légèrement les épaules.

— Difficile à dire. Il ne se remettra jamais de sa dernière attaque, mais comme elle ne lui a pas été fatale, il peut rester dans cet état pendant des mois, voire des années.

Des années! Il avait lutté de toutes ses forces pour remonter la pente, il avait presque rejoint le sommet de la falaise, retrouvé une vie normale, mais une fois encore la vie l'avait brutalement terrassé. Pourrait-il se battre de nouveau, essayer de reconquérir un semblant de sensibilité?

Impossible, répondit le médecin. Les cellules de son cerveau étaient irrémédiablement détruites, aucune amélioration de son état n'était envisageable. Il resterait dans le coma jusqu'à la fin.

Alex était retourné à l'école; à quoi bon le garder à bord du bateau? Meg prit en main les tâches quotidiennes et s'occupa de toute la famille, même de Délie qui semblait tellement écrasée de douleur que Meg s'inquiéta presque autant pour elle que pour son père.

Un jour, Brenny insista pour accompagner Délie à l'hôpital, mais le garçon ne put supporter le spectacle des yeux fixes qui ne voyaient plus, le son rauque de la respiration, la bouche ouverte qui semblait privée de vie, car les borborygmes qui s'en échappaient témoignaient seulement de la force tenace qui habitait encore le corps prostré de son père.

Délie reconnut cette force avec amertume : l'énergie vitale, la volonté aveugle qui dominait encore la chair souffrante : l'enfant brûlé, le vieillard arthritique, le corps malade de sa tante nourrissant une prolifération anarchique des cellules. Elle comprit que le monde était ainsi, mais Brenny était trop jeune pour cette vérité; il ne reviendrait pas à l'hôpital.

De toute façon, ils devraient partir bientôt; elle ne pouvait immobiliser plus longtemps le bateau, alors qu'il fallait gagner de l'argent, d'autant que les notes d'hôpital risquaient d'être lourdes. Le médecin lui assura que sa présence au chevet de Brenton était totalement superflue, car le malheureux ne pourrait jamais la reconnaître ni prendre conscience de sa présence.

Ah, elle aurait dû être à ses côtés quand l'attaque l'avait terrassé, pendant ces minutes terribles où la paralysie l'avait frappé, l'empêchant d'appeler au secours, le laissant seul, impuissant et terrifié. Meg ne lui avait pas appris grand-chose, et elle ne voulait pas l'interroger; elle s'était montrée courageuse et efficace pour son âge, mais Délie redoutait un choc à retardement.

Meg et Gordon l'avaient accueillie à l'aube à la gare de Murray Bridge, où la plupart des passagers, qui allaient jusqu'à Adélaïde, descendaient du train pour avaler rapidement un petit déjeuner indigeste. Ils l'embrassèrent en silence, geste qu'ils ne faisaient pas en temps ordinaire, et dans le taxi Meg l'informa des récents événements.

– Papa semblait très bien en allant se coucher, mais le lendemain matin, il ne s'est tout simplement pas réveillé. C'est le vieux Charlie qui l'a découvert. Je crains que Charlie n'ait pris un coup de vieux, avec le choc et le reste, je ne crois pas qu'il vivra longtemps. J'ai tout de suite vu qu'il était dans un coma avancé, ses yeux ne réagissaient pas à la lumière, il n'avait plus de réflexes; j'ai téléphoné immédiatement à un médecin, qui l'a fait transporter à l'hôpital. Après quoi je t'ai envoyé le télégramme. Je regrette d'avoir abrégé tes vacances...

– Oh ! Ne dis pas ça, je me sens déjà assez coupable de ne pas avoir eu le télégramme tout de suite. Ça n'aurait pas changé grand-chose, mais je crois... je crois que j'aurais dû être ici. Ce n'est pas à des enfants comme vous...

Elle ne put achever sa phrase tant ses lèvres tremblaient. Gordon serra tendrement la main de sa mère.

– Arrête, maman. Ton absence n'est pour rien dans ce qui est arrivé à papa : tu n'aurais rien pu faire si tu étais rentrée deux jours plus tôt.

Ils étaient allés directement à l'hôpital, puis sur le bateau. Là le vieux Charlie l'accueillit avec des yeux humides, car lui seul avait pleuré ce jour-là. Les enfants avaient eu le temps de surmonter le choc initial; en revanche, Délie ne réalisait pas encore très bien la nouvelle.

– Le capitaine, patronne, ce pauvre vieux capitaine ! J'aurais préféré que ce soit moi. Foutue injustice –

excusez l'expression –, c'est une foutue injustice. Dire que ces six derniers mois, il était presque comme autrefois.

– Oh ! Charlie, je sais, et c'est vous qui l'avez soutenu, qui l'avez aidé à remonter la pente.

– Pas moi, patronne. Il avait du cran comme personne; refusait de déclarer forfait.

– Cette fois, il ne reviendra plus à bord, Charlie. Cela prendra peut-être un peu de temps, mais... c'est la fin.

– La fin. Je le savais.

Accablé, il se détourna; le lendemain matin il resta au lit, déclara qu'il n'avait pas envie de se lever, qu'il ne voulait pas de petit déjeuner. Meg et Délie s'occupèrent de lui pendant une semaine, et en désespoir de cause appelèrent un médecin, qui dit simplement :

– Il s'agit d'un homme âgé qui décline. Nous ne pouvons que l'aider à s'éteindre.

Une semaine plus tard, Charlie McBean mourut, devançant de peu les bateaux à vapeur qui avaient été sa raison de vivre.

Il ne laissa que quelques billets de banque froissés et plusieurs photographies jaunies d'anciens vapeurs. Comme Délie ne lui connaissait aucun parent, elle paya les frais de son enterrement à Murray Bridge et réunit les équipages de quelques bateaux à quai pour l'accompagner jusqu'à sa tombe.

Elle dépensa les quelques livres pour acheter des couronnes de fleurs; à la sortie du cimetière après la cérémonie, on entendit un collègue de Charlie déclarer cyniquement :

– Je parie que ce vieux Charlie aurait préféré qu'on verse une bouteille de scotch sur sa tombe.

Une fois encore, Délie fut sauvée par ses fils. Elle voulait reprendre le commandement du navire et engager un ingénieur plus efficace que Charlie. Une barge et un maître de barge n'étaient pas nécessaires à son commerce; elle comptait donc vendre la barge pour payer les frais d'hôpital, et se contenter du chauffeur et d'un matelot de pont supplémentaire.

Au cours des derniers mois, le jeune Brenny avait beaucoup appris de son père et était déjà bien plus compétent dans la timonerie que le matelot de pont ordinaire. Il aurait bientôt son brevet de second, puis de capitaine – Teddy Edwards avait pris le commandement de son premier bateau à vingt-trois ans. Meg aurait volontiers accepté de s'occuper de la cuisine, mais comme elle voulait devenir infirmière, elle devait commencer sa formation, et puis il y avait les études de médecine d'Alex, qui coûteraient cher s'il ne décrochait pas une bourse. Brusquement, Délie se sentit infiniment lasse. Elle avait assumé trop de responsabilités pendant trop longtemps, elle était fatiguée, trop épuisée pour continuer, pour faire face avec son courage habituel. Ce fut son heure la plus sombre. Quelque part sous la ligne d'horizon, encore trop faibles pour être visibles, montaient les premières lueurs de l'aube.

99

Le dernier dimanche de septembre 1927 fut marqué par la matinée la plus froide de mémoire d'homme. Sur mille milles le long du fleuve, dans la campagne ingrate de Victoria et de l'Australie-Méridionale, ainsi que dans les cultures maraîchères prospères, les berges étincelèrent comme du verre sous les premiers rayons du soleil levant. La gelée blanche recouvrait les vallées comme une couche de neige et scintillait sur les arbres.

Remontant le fleuve à travers l'Ecluse Trois, où les hommes durent se servir de chiffons pour manœuvrer les cabestans métalliques qui ouvraient les portes (car personne ne possédait de gants), l'équipage du *Philadelphia* découvrit un spectacle surnaturel. Le fleuve était bordé par les squelettes d'eucalyptus morts, tués par la montée du niveau de l'eau en amont de l'écluse; l'écorce et les feuilles étaient tombées, dénudant un bois lisse argenté, dur comme le fer. Ce matin-là, les troncs et les branches étaient couverts de cristal; quand le soleil se leva derrière eux, il les transforma en une forêt enchantée scintillant de mille feux, aussi merveilleuse qu'un conte de fées. Ravie par cette vision irréelle, Délie en oublia qu'elle s'était levée de mauvaise humeur, quittant à contrecœur la chaleur de sa couchette quand, à l'aube, Brenny l'avait appelée sur le pont.

Mais lorsqu'ils atteignirent les premiers vergers d'arbres fruitiers un peu plus en amont du fleuve, elle comprit soudain que ce merveilleux spectacle équivalait à un désastre pour les fermiers et les paysans. A mesure que le soleil réchauffait l'atmosphère, les oranges noircissaient sur les arbres, les abricots se ratatinaient et les jeunes vignes se flétrissaient. Quelques jours plus tard, elles étaient mortes, brûlées par le gel comme par un incendie. La récolte fruitière fut anéantie, les vignes plus anciennes devraient mettre des années à retrouver leur vigueur d'antan. A chaque halte, des visages lugubres accueillaient le vapeur, et personne ne proposa au cuisinier des paniers débordant de fruits splendides. Une seule nuit avait suffi à ruiner une récolte valant un million de livres.

Brenny dirigea de main de maître le *Philadelphia* dans le sas de l'Ecluse Trois, s'engageant à pleine vitesse dans l'étroite ouverture avant d'inverser le mouvement des pales pour immobiliser le vapeur sur quelques mètres. Délie l'observa avec admiration; il ressemblait tellement à son père au même âge! Il possédait son brevet de second et dès qu'il aurait suffisamment d'heures, postulerait pour celui de capitaine. Il connaissait déjà parfaitement la théorie de la navigation fluviale.

Gordon était maintenant un jeune homme sérieux, toujours plongé dans ce que ses frères appelaient « ses bouquins poussiéreux ». Il empruntait tous les livres d'histoire et les biographies qu'il pouvait trouver dans les instituts locaux, et le service de prêt d'une bibliothèque municipale lui envoyait tous les mois un paquet de livres. A la grande surprise de sa mère, il se passionna pour Napoléon, dévorant les biographies de Nelson, du duc de Wellington, de Marlborough et d'autres héros militaires, ainsi que des ouvrages plus récents sur Beatty, Earl Haig et le maréchal Foch. Gordon prétendait étudier la théorie de la stratégie militaire et la personnalité des plus grands généraux, d'Alcibiade aux figures marquantes des temps modernes. Il ne montrait ni ambition ni intérêt pour le moindre métier, sur le fleuve ou ailleurs, aidait vaguement le cuistot dans la cuisine, donnait un coup de main dans la timonerie et fabriquait des modèles réduits de vapeurs à aubes.

Cachant sa déception, Délie attendait qu'il trouvât lui-même sa voie. Après tout, il n'avait que vingt-quatre ans. Heureusement pour lui, il n'était tombé amoureux d'aucune jeune fille, et tant qu'il n'avait pas de famille à charge, il était le bienvenu à bord. En revanche, Brenny s'intéressait à toutes les filles le long du fleuve, mais n'avait jeté son dévolu sur aucune. Les deux frères étaient solides, hâlés et bien faits, mais les yeux bleu clair de Brenny brillaient d'une malice qu'on ne trouvait pas chez Gordon; dans la rue, les filles feignaient de ne pas remarquer ses œillades, mais elles se retournaient infailliblement sur son passage.

Meg et Alex habitaient en ville; Meg apprenait le métier d'infirmière dans un hôpital privé, Alex suivait ses cours de médecine grâce à une bourse obtenue après ses notes exceptionnelles aux examens de l'an passé.

Si seulement Brenton avait pu les voir! Il aurait été fier de sa famille, surtout du jeune Brenny et de ses talents de marinier, hérités de son père ou acquis à ses côtés. Elle pensait avec davantage de fatalisme, moins d'amertume, à la dernière année de la vie de son mari, son corps paralysé transporté à l'hôpital, maintenu en vie par les soins attentifs des médecins. Elle ne fut pas à ses côtés quand il mourut.

Tout se passa comme s'il avait été inhumé une première fois, puis ressuscité pour la seule raison d'un deuxième enterrement, celui-ci en bonne et due forme, à Murray Bridge. Délie aurait souhaité le voir reposer au bord du fleuve, mais au moins il était à portée des sirènes des vapeurs et du halètement régulier de leurs moteurs; pour combien de temps encore? Elle redoutait que Brenny n'apprît un métier voué à disparaître avec les vapeurs, peut-être d'ici une dizaine d'années. On construisait maintenant de bonnes routes, qu'empruntaient toujours davantage de camions et d'autocars. Elle remarqua que les capitaines de vapeurs qui avaient assisté à l'enterrement étaient tous beaucoup plus âgés que Gordon ou Brenny.

Pourtant, il y avait toujours énormément de marchandises à transporter; leur cargaison actuelle était typique : dix tonnes de farine, quatorze sacs de son, six de sucre, douze sacs de maïs et dix-neuf de blé, une demi-douzaine de caisses de whisky et un fût de bière, le tout destiné à un seul port en amont du fleuve; sans oublier le matériel agricole fabriqué à l'usine de Mannum et plusieurs tonnes de rails métalliques destinés au chantier de l'Ecluse Quatre.

Brenny refusait catégoriquement d'utiliser le bateau comme magasin flottant. Il disait que ce genre de denrées était bon pour les femmes et les invalides, mais que lui était un homme, moyennant quoi il se refusait à trimbaler des aiguilles à tricoter, des tissus brodés ou des tétines de biberons. Il désirait une cargaison d'homme, même si elle était difficile à manœuvrer : comme le marinier célèbre de la Darling qui, racontait-on, avait hissé cinq melons et un piano en un seul voyage au sommet d'une berge escarpée, avant de se plaindre, non du poids des marchandises, mais de leur encombrement.

Un an s'était écoulé depuis la mort de Brenton, mais Délie n'avait pas revu Alister, ni eu de ses nouvelles; après son retour de Melbourne, elle avait répondu froidement à ses lettres, lui interdisant de venir lui rendre visite; ainsi sa mauvaise conscience les punissait-elle tous deux.

En réponse aux journaux de Murray Bridge qu'elle

avait envoyés à Alister et Miss Barrett pour qu'ils lisent la chronique nécrologique, où deux capitaines en retraite relataient les exploits de Brenton sur le fleuve, elle reçut une lettre de condoléances assez formelle.

Délie apprécia la délicatesse d'Alister qui ne faisait aucune allusion à leurs rapports anciens, aucune tentative pour les prolonger; dans sa solitude et sa détresse, elle lui écrivit de nouveau : une lettre où, s'il le désirait, il pouvait lire ses sentiments entre les lignes.

Quand la réponse arriva, adressée au *Philadelphia* à Murray Bridge, Délie l'emporta jusqu'à la réserve pour la lire en paix; elle s'assit sur un banc sous un des vieux eucalyptus du parc, ouvrit la lettre, puis se figea comme une statue pendant que ses yeux incrédules transmettaient à son esprit horrifié le message suivant :

Je vous écris pour vous dire que Cecily et moi nous sommes mariés voici un mois environ, en fait peu après que j'ai reçu votre première lettre. Cette alliance était prévue depuis un certain temps déjà, je savais que les enfants en seraient les principaux bénéficiaires; d'autre part, elle a apporté la paix en notre demeure, et j'aime par-dessus tout la paix.

Tante Alicia, bien sûr, est enfin satisfaite, et Jamie est parti en pension où il semble très heureux.

J'espère, chère Délie, que vous aussi serez heureuse, que vous avez le temps de peindre de nouveau, maintenant que vous êtes plus libre, et que vos charmants garçons sont en âge de s'occuper du bateau. Si je peux vous aider financièrement (doucement, ne montez pas sur vos grands chevaux, je parle d'un arrangement entre gens d'affaires, d'un investissement si vous préférez), par exemple pour les frais universitaires d'Alex, je vous prie instamment de me le faire savoir. *Je pourrai certainement vous proposer du travail après la prochaine tonte de la laine, je compte sur vous pour nous rapporter un chargement à Milang.*

Miss Barrett s'occupe de Jessamine pour l'instant; elle a décidé de travailler comme institutrice à l'école de la mission de Cap McLeay. Elle a déjà organisé des cours d'artisanat hebdomadaires pour les jeunes filles aborigènes.

Oh, chère Délie, pourquoi m'avez-vous interdit de vous rendre visite? Vos lettres ont été cruelles et froides. J'ai cru que vous n'éprouviez plus rien pour moi! Comme si je m'étais donné à vous, corps et âme, et que vous m'aviez repoussé de votre petit pied dédaigneux...

Tu as donc épousé Cecily! songea Délie, qui tremblait de jalousie impuissante envers la futile, l'incapable Mme Henry, laquelle avait sans doute manigancé tout cela; Délie fut pourtant sensible à l'émotion qui perçait dans les dernières phrases de cette lettre impersonnelle.

Il était trop tard maintenant, mais elle regretta sa dernière lettre à Alister. Quant à leur rendre visite dans cette maison! Jamais, elle n'y remettrait plus les pieds.

Une année entière s'écoula, durant laquelle elle ne se rendit pas à Milang, mais Miss Barrett vint en visite à bord du vapeur et fit un court voyage avec eux, jouissant de chaque instant, débordant d'énergie et d'enthousiasme.

Au Cap McLeay, elle avait contesté l'organisation générale de la mission et s'était mis à dos le directeur qui occupait son poste depuis maintes années et rédigeait mécaniquement son rapport annuel : tant de décès, tant de naissances, tant de demi-castes, tant d'élèves... Dès que les aborigènes avaient quitté l'école, on se désintéressait d'eux, sauf pour les statistiques. Elle avait eu beaucoup de mal à trouver une salle ou même une petite pièce où les jeunes filles pourraient travailler, et quand elle l'obtint, il n'y avait pas de placards où ses élèves pussent ranger leurs travaux, si bien que de jeunes enfants y pénétrèrent et mirent tout sens dessus dessous; mais sa fermeté et sa persévérance vinrent pourtant à bout de la mauvaise volonté des responsables.

— Il faudrait que je sois là tout le temps si je veux

arriver à quelque chose. M. Raeburn m'a dit que je pouvais habiter sous son toit et me rendre à la mission tous les jours, si je donnais à Jessie ses cours de musique et de français pour payer ma pension. J'espère que vous reviendrez nous voir bientôt.

Délie se renfrogna.

– Je ne crois pas que Mme Raeburn apprécierait ma présence, dit-elle.

– Bêtises ! De toute façon, ce n'est pas elle qui fait la pluie et le beau temps dans la maison.

– Pourtant, c'est désormais *sa* maison. Et puis Miss Alicia ne me porte pas dans son cœur.

– Ce différend n'a maintenant plus lieu d'être.

Elles échangèrent un regard entendu, et Délie comprit que Miss Barrett cherchait à savoir si elle souffrait encore. Quittant son masque d'indifférence, Délie s'enquit du mariage, mais ne reçut aucun réconfort.

Pour Miss Barrett, c'était la solution la plus sage; cette alliance avait probablement évité une sorte de dépression nerveuse à Jamie, et tout le monde était de bien meilleure humeur dans la maison, y compris Alister.

– Il était solitaire, il hésitait beaucoup à s'engager une nouvelle fois parce que sa première femme l'avait quitté et avait blessé son orgueil. Il est vaniteux comme certains hommes de petite taille qui n'oublient jamais un affront et se ferment plutôt que d'en risquer un autre. Lui et Cecily se connaissent bien et cohabitent fort paisiblement.

Délie sentit que Miss Barrett se doutait qu'elle avait repoussé les avances d'Alister pour le renvoyer dans sa coquille de fierté et d'arrogance bien avant que leur liaison ne fût allée très loin; car sa perspicacité lui avait permis de comprendre la nature de leurs rapports, ne fût-ce qu'à cause de l'hostilité de Miss Raeburn.

Afin de renforcer ses convictions, Délie finit par accepter de se rendre à Milang à l'occasion de la prochaine tonte, tout en décidant intérieurement de rester à bord du vapeur et d'y inviter Miss Barrett.

– Mais maintenant Brenny prend toutes les décisions, ajouta-t-elle non sans fierté.

C'était septembre, les eaux de fonte des neiges faisaient monter le niveau du fleuve, et la laine s'entassait sous les abris des berges jusqu'au confluent de la Darling. Remontant la Murray par cette matinée glaciale, le *Philadelphia* et les vagues de son sillage brisaient la mince couche de glace qui s'était formée près des berges.

A Renmark un télégramme attendait Délie : Alister lui demandait d'aller prendre un chargement de laine à Avoca Station puis de l'acheminer jusqu'à l'entrepôt de Milang.

Délie laissa le sort et Brenny trancher à sa place; Brenny, qui n'avait jamais navigué sur les lacs et, en bon marinier, se méfiait des vastes plans d'eau, décida qu'ils avaient suffisamment de marchandises à transporter jusqu'au port plus proche et plus sûr de Morgan. Délie eut le sentiment que son fils avait sauvé son amour-propre, même si sa décision impliquait qu'elle ne reverrait plus jamais Alister.

LIVRE QUATRE

VERS LE DERNIER RIVAGE

Et ceci, ô moines, est la noble vérité
[de la cessation de la douleur;
la cessation qui vient à bout de tout
[désir;
la libération, le non-attachement.

BOUDDHA,
Le Sermon dans le parc des Cerfs.

100

En 1931, la Murray connut sa plus grosse crue depuis celle de 1870, que les « anciens mariniers » se rappelaient comme la pire qu'on ait jamais vue. Le fleuve recouvrit sa plaine alluviale, inonda les stations de pompage et submergea les digues de terre qui furent emportées comme des fétus de paille.

Certains murmurèrent sombrement que des saboteurs avaient creusé des brèches dans les berges et réduit à néant le travail d'ouvriers consciencieux qui avaient peiné nuit et jour avec des sacs de sable, de la paille et de la boue; certains fermiers soutenaient que les inondations étaient des phénomènes naturels, qu'elles nettoyaient le lit du fleuve, curaient le chenal et déposaient des alluvions fraîches sur les pâturages des basses terres. D'autres accusèrent le ministère des Travaux publics d'avoir construit des écluses et des barrages – maintenant on parlait même d'une série de barrages sur l'estuaire –, qui asservissaient tant le fleuve qu'il n'avait d'autre choix que de submerger ses berges en période de crue. En tout cas, tous étaient d'accord pour rejeter la faute sur autrui : certains accusèrent même les catholiques romains qui avaient organisé une semaine de prières pour la pluie lors de la saison sèche qui avait précédé la crue catastrophique.

Ceux qui pâtirent le plus des inondations, bien que leur préjudice ne fût pas d'ordre financier, furent peut-être les habitants des huttes et des tentes dressées sur les berges en contrebas des falaises, car leurs habitations furent inondées ou même emportées. De nombreux colons s'étaient installés là définitivement, cultivant de petits jardins, aménageant des canalisations et toutes sortes de dispositifs ingénieux pour pomper l'eau du fleuve.

Cette année-là ils étaient plus nombreux que jamais à cause de la grande dépression qui frappait le monde occidental et créait des milliers de chômeurs dans chaque ville. Nombreux étaient ceux qui rejoignaient le fleuve pour camper sur ses berges, car là au moins il y avait toujours de l'eau et du poisson. Ils s'installaient généralement autour des campements – comme les aborigènes – afin de pouvoir toucher leurs indemnités hebdomadaires et les coupons de nourriture qui leur donnaient droit à de la farine, du sucre et une modeste ration de thé. Ils considérèrent la crue comme une calamité supplémentaire et imméritée qui s'abattait sur eux.

Le *Philadelphia* sauva un groupe d'hommes isolés par les eaux de la Murray et incapables d'escalader la falaise à pic qui se dressait derrière leur camp. Touchée par leur misère, Délie leur donna tous les vêtements de Brenton, mais elle ne pouvait offrir à aucun l'emploi qu'ils désiraient tant, le sentiment d'être utile et de tenir sa place dans un monde qui semblait les renier : un monde en proie à la folie, où des millions d'hommes étaient affamés pendant qu'on jetait la nourriture à la mer ou qu'on la brûlait parce que la vendre serait revenu plus cher; un monde où les banques fermaient leurs portes et empêchaient les consommateurs potentiels d'acheter, ralentissant ainsi la machine industrielle et créant toujours davantage de chômeurs.

Les fils de Délie avaient la chance d'être leurs propres maîtres et, ainsi, de ne pouvoir être licenciés; contrairement à tant d'employés, ils ne vivaient pas dans la terreur perpétuelle de perdre leur emploi.

Les deux aînés s'occupaient du vapeur tandis qu'Alex, qui terminait son internat, faisait des remplacements de médecins de campagne. Il avait passé une année entière dans un grand hôpital où il s'était passionné pour la chirurgie et envisageait sérieusement de se spécialiser dans ce domaine; il avait voulu travailler à l'étranger, mais la Grande Crise l'obligeait à repousser ses projets. Il y avait peu de marchandises à transporter, et si la vie sur un bateau n'avait pas été si bon marché, Délie aurait eu beaucoup de mal à joindre les deux bouts.

Meg apprenait son métier d'infirmière dans un hôpital d'Adélaïde dirigé par des bonnes sœurs. Sa formation était austère et éprouvante; pendant sa première garde de nuit, une sœur l'avait envoyée, seule, retirer la sonde nasale et le goutte-à-goutte d'un malade qui venait de mourir.

Les gardes de nuit avaient quelque chose d'irréel; on dormait pendant la journée, et l'on veillait tandis que les autres dormaient, les couloirs obscurs et l'hôpital tout entier étaient silencieux; on entendait seulement quelques gémissements et le bruit feutré des semelles pendant les rondes. Après une longue période de gardes de nuit, Meg faillit perdre le sens de la réalité et dut se forcer à sortir dans l'agitation du grand jour.

Elle préférait le secteur de la maternité; en pleine nuit il se passait toujours quelque chose dans la salle de travail, il fallait faire boire les nouveau-nés ou leur donner des rations supplémentaires de nourriture. Meg détestait brusquement l'hôpital quand une mère ou un enfant mourait, mais cela arrivait rarement.

Elle rêvait d'atteindre le sommet de sa carrière,

d'être nommée infirmière en chef de quelque grand hôpital comme celui de Murray Bridge, ou même d'un hôpital de la cité; mais pour l'instant elle voulait simplement exercer son métier d'infirmière. Ses jambes étaient souvent douloureuses après onze heures de travail seulement interrompues par une pause de deux heures; mais elle adorait cela. Même dans l'amphithéâtre où les futures infirmières s'évanouissaient facilement, elle gardait la tête haute. Chaque fois qu'ils se rencontraient, Meg et Alex avaient beaucoup de choses à se raconter, et ils parlaient toujours « médecine ». Un jour, pensait-elle, elle épouserait un médecin. Mais elle n'aimerait jamais personne comme elle avait aimé Garry Melville.

Elle regrettait que sa mère ne se fût pas remariée. Délie avait maintenant plus de cinquante ans, tous ses cheveux étaient gris, et son visage profondément creusé par les rides du temps; mais ses dents étaient parfaites et son sourire conservait tout son charme.

Meg avait commencé à mettre du rouge à lèvres en dehors des heures de service; maintenant elle se sentait quasiment nue quand elle n'en portait pas. Elle avait tenté de persuader Délie d'en utiliser et de se faire couper les cheveux, mais jusqu'ici Délie ne s'était pas laissé convaincre. Apparemment désireuse d'oublier son propre sexe, elle tenait pourtant à ses cheveux longs; elle s'était fait tailler des pantalons sur mesure à l'époque de l'horrible mode des pyjamas de plage, et comme ses hanches ne s'étaient pas beaucoup élargies (en revanche, sa taille avait épaissi), elle ressemblait à un ouvrier quand elle portait ses fameux pantalons. Brenny était scandalisé – il avait des idées vieux jeu sur les femmes –, mais Gordon et Meg l'encouragèrent, et Gordon lui parla de femmes qui avaient revêtu un uniforme de soldat pour aller se battre, de femmes que les autres soldats avaient accueillies comme leurs semblables.

Tous les ans, Meg passait ses vacances sur le vapeur. L'année suivant la grande crue, elle les rejoignit à Morgan et ils devaient remonter tous ensemble vers Mildura. Les travaux d'aménagement du lac Victoria étaient terminés depuis 1928, mais le lac s'était avéré trop petit pour contenir la crue du fleuve. Maintenant, la Commission de la Murray construisait un énorme barrage près d'Albury, qui contiendrait davantage d'eau que le port de Sydney, suffisamment pour alimenter la Murray pendant deux ans. Quand le barrage Hume serait achevé, il n'y aurait plus de période de sécheresse. L'Ecluse Sept, juste au-dessus de la frontière de l'Etat de Victoria, avait été intégrée au chantier du lac Victoria, car elle barrait l'extrémité de la Rufus, contribuant ainsi à retenir l'eau du lac. C'est là que le *Philadelphia* arriva en milieu de matinée.

Brenny, dans la timonerie, s'engagea à pleine vitesse dans le sas de l'écluse selon son style habituel. Sur la porte, l'éclusier déplaçait la grue mobile qui hissait les panneaux hors de l'eau quand il fallait faire descendre le niveau du sas.

Délie, debout dans la timonerie à côté de Brenny au cas où son fils aurait eu besoin de son aide, vit la grue commencer à basculer. Elle poussa un cri d'avertissement qui se perdit dans le vacarme de la vapeur; au même instant, l'éclusier comprit le danger et voulut courir, gêné par l'étroitesse du passage qui canalisait sa fuite dans une seule direction.

Comme dans un film au ralenti, elle vit la lourde grue s'abattre et l'homme courir avec une horrible lenteur.

– Attention ! hurla-t-elle en vain.

Brenny comprit brusquement ce qui se passait et se mit à jurer, en proie à une fureur impuissante. La grue tomba, et tandis que les roues à aubes cessaient de baratter l'eau, ils entendirent le cri animal d'un homme souffrant atrocement : l'éclusier était allongé au-dessus de la porte de l'écluse, un pied coincé sous la carcasse métallique.

Prise de nausées, Délie s'accrocha au bastingage pendant que Brenny dégringolait les marches en appelant Meg. Elle alla chercher la trousse de premiers secours du vapeur, et ils rejoignirent les deux ouvriers qui manœuvraient le cabestan pour fermer le sas de l'écluse; l'un d'eux courut chercher une barre de fer sur la rive.

La trousse contenait une ampoule de morphine et une seringue hypodermique qu'Alex avait fournies à Délie. En effet, elle craignait toujours qu'un membre de l'équipage n'eût un accident loin de tout dispensaire et de tout médecin, et elle se souvenait de Brenton lui racontant comment le vieux capitaine Tom, l'ancien propriétaire du vapeur, s'était fait arracher la jambe par l'arbre d'entraînement du moteur. C'était une des raisons qui avaient poussé Charlie McBean à boire toujours davantage, le souvenir de la mort de Tom, et sa propre incapacité à retirer le taquet de l'arbre.

Meg fit une piqûre de morphine au blessé, puis souleva sa tête pendant que les ouvriers de l'écluse et les hommes du vapeur – même Gordon, dont le visage était vert – essayaient de soulever la grue au-dessus de son pied écrasé.

L'éclusier était toujours conscient; il fit même une plaisanterie, prétendant qu'il avait parfaitement minuté son accident.

– J'ai quand même une sacrée veine dans mon malheur, grommela-t-il entre ses dents pendant que Meg soulevait doucement sa tête. La grue est tombée juste au bon moment pour qu'une jolie fille se pointe et me tienne la main.

– Vous avez plus de chance que vous ne croyez, dit gravement Brenny. Meg est une infirmière diplômée, elle ne risque pas de s'évanouir en voyant un peu de sang.

Gordon rougit légèrement en entendant ces mots, puis détourna la tête. Meg eut une pensée pour lui et lui dit :

– Gordon, il y a assez d'hommes pour soulever la grue; va donc lui chercher quelque chose à boire, une boisson chaude avec du sucre.

L'éclusier était très pâle, sa peau couverte de sueur froide.

Dégager son pied écrasé ne fut pas une mince affaire,

mais il resta tout le temps conscient, ses yeux marron rivés au visage de Meg. Il ne cria pas, mais serra de plus en plus fort la main de la jeune fille. Dès qu'ils l'eurent allongé sur un brancard et qu'elle vit le pied écrasé, les fragments de botte comme incrustés dans les chairs, Meg comprit qu'une attelle serait superflue. Seul un chirurgien pouvait arranger ça, et plus tôt il serait à l'hôpital, plus il aurait de chances d'éviter l'amputation.

L'Ecluse Sept était située dans une région sauvage de la Nouvelle-Galle du Sud, non loin de la frontière de l'Australie-Méridionale; la brousse s'étendait à perte de vue, l'éclusier recevait son salaire de l'Australie-Méridionale, son courrier de l'Etat de Victoria, et garait sa voiture sur la berge de la Nouvelle-Galle du Sud. Du côté de Victoria il n'y avait pas de route et l'hôpital le plus proche était à Wentworth. On décida que le vapeur l'y emmènerait sans trop d'inconfort, car il pourrait reposer sur une couchette au lieu d'être bringuebalé dans un vieux Model T sur une piste de brousse.

Meg était contente; certes, ce ne seraient pas de vraies vacances, mais elle aimait pratiquer son métier d'infirmière, et, pour tout dire, cet éclusier – un homme dans la force de l'âge, aux yeux pétillant d'humour, dont la bouche exprimait calme et sérénité – lui plaisait. Il s'était montré courageux et l'avait qualifiée de « jolie fille ». Si bien que lorsqu'ils atteignirent Wentworth, elle ne voulut pas abandonner son malade.

– Je vais rester avec lui pour veiller à ce qu'il soit bien soigné à l'hôpital, annonça-t-elle à Brenny et Délie. Allez à Mildura, vous me reprendrez au retour. Avec des soins intensifs, je crois qu'on pourra sauver son pied. Je n'ai aucune envie de le voir marcher sur des béquilles.

Délie souleva quelques objections. Son instinct maternel l'avertit obscurément que Meg ne devrait pas rester au chevet de l'éclusier. Mais Meg avait déjà pris sa décision et se montra intraitable, si bien que le *Philadelphia* repartit vers Mildura sans elle.

Quand le vapeur atteignit Mildura, le pied de l'éclusier avait déjà subi deux opérations couronnées de succès, il était sauvé. Quand le vapeur repartit, le malade était tombé amoureux de son infirmière; et quand le vapeur arriva à Wentworth, retrouvant une fois de plus les eaux troubles de la Darling inférieure, les deux amoureux parlaient déjà mariage.

Délie fut stupéfaite et horrifiée. Elle avait accepté le fait que Meg se marierait « un jour », mais pas aussi vite, et pas avec un homme coincé au cœur de la brousse, loin de tout, sans le moindre médecin à appeler en cas d'urgence.

– Exactement, ma chère maman, le genre de vie que tu as toi-même choisi, fit remarquer Gordon avec un sourire en coin.

– Je ne connais même pas son nom, se plaignit Délie. Un nom bizarre, qui commence par un G, il me semble ?

– Ogden, maman. Ogden Southwell. Personnellement, je trouve ça assez distingué. Il occupe un poste de responsabilité. Et puis tu me verras chaque fois que tu iras au lac Victoria, à Wentworth ou à Mildura.

– Et ta carrière ?

– J'exercerai mes talents sur ma famille... Allez, viens faire connaissance avec Ogden, il t'attend et doit se faire un sang d'encre à l'idée de te rencontrer, bien que je lui aie dit que tu étais douce comme un agneau.

– Mais je n'ai même pas de chapeau.

– Un chapeau ! Pourquoi diable aurais-tu besoin d'un chapeau pour rencontrer ton futur gendre ? Mets-toi donc un peu de rouge à lèvres, tu verras comme c'est agréable.

Alors qu'ils descendaient de nouveau le fleuve, Délie demanda à Brenny de lui laisser la roue quelques minutes. Elle voulait réfléchir, se faire à l'idée que Meg allait se marier. Seule dans la timonerie, au milieu des reflets mouvants et des arbres qui semblaient venir à sa rencontre, parmi les oiseaux qui s'envolaient sans cesse pour se poser un peu plus loin sur l'eau scintillante, Délie pensa à ses propres réactions.

Pourquoi étaient-elles hostiles ? Meg avait parfaitement le droit de se marier. Elle avait terminé sa formation et pourrait probablement trouver du travail dès qu'elle le voudrait. Elle désirait un mari et une famille; Ogden semblait un homme droit, en tout cas il était manifestement très amoureux de Meg.

Délie avait aimé ses yeux marron et son regard honnête, son sourire éclatant dans son visage hâlé, les rides autour de ses yeux quand il riait. Il ne risquait plus d'être infirme et il avait un emploi; elle ne pouvait émettre aucune objection. Aucune ! Simplement, il n'était pas assez bien pour Meg. Mais elle était assez lucide pour sourire de ses propres préjugés maternels. Aucun homme ne serait assez « bien » pour sa fille, voilà le problème ! Elle devait s'habituer à l'idée que Meg partagerait désormais sa vie avec un homme. Ogden – quel prénom ! – ferait aussi bien l'affaire qu'un autre.

101

Miss Barrett écrivit à Délie que Jessamine était partie en voyage à l'étranger avec un groupe d'élèves accompagnées par une dame de Melbourne habituée à voyager en Europe.

Voilà quelque chose que je ferais volontiers moi-même si j'étais moins âgée, écrivait-elle. *Initier à l'ancien continent de jeunes esprits réceptifs comme Jessie serait une sorte de redécouverte. Cependant, je crains qu'elle n'ait tendance à s'ennuyer très facilement, chose que j'ai beaucoup de mal à comprendre. Je peux dire en toute sincérité que, durant toute mon existence, je ne me suis jamais ennuyée !*

La vie continue à se montrer pleine de surprises — ainsi la sœur d'Elaine, qui s'est avérée une merveilleuse chanteuse et a décroché une bourse pour le Conservatoire. Les aborigènes ne réussiront jamais dans le commerce, car toutes les activités supposant un esprit de compétition sont étrangères à leur nature; si on les respecte un jour, s'ils parviennent à s'intégrer à la communauté australienne, ce sera grâce à leurs talents artistiques.

J'habite toujours avec les Raeburn dans leur maison si confortable que je considère maintenant comme mon foyer. En fait, j'hésite à la quitter dans l'immédiat, car Miss Janet se fait beaucoup de soucis. Elle m'a confié que sa sœur boit de telles quantités d'alcool que sa santé est en jeu.

Je ne sais ce que je peux faire, car elle m'interdit d'en parler à Alister. Je lui ai suggéré d'avertir le médecin de famille pour qu'il soigne sa sœur, mais Miss Janet prétend qu'il ne la croira jamais. C'est un vieillard sourd et têtu; d'autre part, Miss Raeburn n'acceptera jamais un autre médecin. Quant à Mme Raeburn, inutile de lui demander quoi que ce soit, elle répondrait aussitôt que cela ne la regarde pas. J'en profite pour vous dire qu'elle ne semble pas désirer de progéniture. C'est peut-être une preuve de sagesse.

Délie reposa la lettre. Elle constata avec surprise qu'elle en voulait toujours à Cecily et qu'elle ressentait une sorte de soulagement à savoir Alister et elle sans enfant. En revanche, la première partie de la lettre de Miss Barrett ne l'étonna pas; en effet, elle ne comprenait pas comment Miss Raeburn avait pu conserver son secret aussi longtemps.

Dix années avaient passé depuis son dernier séjour dans la maison au bord du lac, et elle n'était jamais retournée à Milang. Plusieurs fois elle avait retrouvé Miss Barrett en ville, et un jour avec la jeune Jessie transformée en une beauté aux traits volontaires, aux vêtements coûteux et à la coiffure sophistiquée. Je n'aurais jamais pu me sentir à l'aise parmi ces gens, avait alors songé Délie en remettant en place une mèche de cheveux rebelle.

Miss Barrett avait maintenant soixante-dix ans, mais son écriture était toujours aussi ferme et lisible. Elle atteindrait probablement l'âge de quatre-vingt-dix ans et conserverait toutes ses facultés jusqu'à son dernier jour. Il était tout bonnement impossible de l'imaginer gâteuse.

Quelques semaines seulement s'étaient écoulées quand Délie reçut un télégramme d'Alister – à Morgan, au moment précis où elle accostait – qui lui demandait de le rejoindre à Milang toutes affaires cessantes. Elle s'était juré de ne plus jamais remettre les pieds dans cette maison, mais cette fois c'était différent. Miss Barrett, gravement malade, la réclamait. Délie prit le train le jour même et arriva à Milang dans l'après-midi.

Comme elle n'avait pas télégraphié l'heure d'arrivée de son train, elle prit un taxi à la gare.

– La maison des Raeburn, dit-elle au chauffeur.

La maison n'était qu'à deux pas de la gare, mais Délie avait des bagages.

Le chauffeur se retourna et lui adressa un regard incrédule.

– Pouvez-vous répéter, madame ?

– La maison des Raeburn. Vous êtes nouveau ici ?

– La maison et l'entrepôt ont été détruits par un incendie, avant-hier. J' croyais que tout le monde était au courant.

Délie sentit sa bouche s'arrondir en un O ridicule. Elle reprit aussitôt ses esprits et dit :

– Conduisez-moi directement à l'hôpital, vite !

Quand ils tournèrent pour s'engager sur la route bordant le lac, elle découvrit la façade noircie du grand bâtiment de pierre. Le balcon et le chambranle des fenêtres avaient disparu, le toit s'était affaissé, l'observatoire effondré, probablement avec toutes les toiles d'Alister. Mais lui était sain et sauf ! Car il avait signé le télégramme.

Les fenêtres dessinaient des trous noirs dans la ruine

calcinée qui paraissait vieille de plusieurs siècles. Délie crut contempler le cadavre momifié d'un vieil ami. Elle détourna les yeux et dit au chauffeur d'accélérer, car il faisait mine de s'arrêter pour lui raconter les divers épisodes de l'incendie, dans lequel deux habitants de la maison, deux femmes, avaient trouvé la mort, et une autre avait été gravement brûlée. C'était l'événement le plus palpitant qui se fût produit à Milang depuis des années. Au bord de l'évanouissement, Délie trouva la force de demander leurs noms.

– Des Raeburn, bien sûr, répondit le chauffeur sur un ton d'impatience.

– Madame ou mademoiselle ?

– Les deux dames de la maison, c'est tout ce que je sais.

Délie le paya, sauta du taxi et gravit rapidement les marches de l'hôpital.

– Je vous prie de laisser mes bagages à l'hôtel. (Il n'y avait qu'un seul hôtel en ville.) Savez-vous où est M. Raeburn ?

– J' suppose qu'il est à l'hôpital, au cas où on aurait besoin de lui.

Pourquoi ne m'a-t-il pas prévenue ? songeait Délie, presque furieuse. Peut-être avait-il craint qu'elle ne s'inquiétât davantage en apprenant la nouvelle. Elle ne savait rien et redoutait le pire.

A l'hôpital, elle demanda d'abord à voir Miss Barrett. La religieuse à qui elle s'adressa prit un air grave.

– Etes-vous une parente ?

– Elle n'a plus de parents ici. Je suis sa plus vieille amie. Dites-moi où elle est, s'il vous plaît. M. Raeburn...

– Ah, vous êtes une amie de M. Raeburn. Je crois qu'il dort en ce moment, il a passé toute la nuit au chevet de Miss Barrett; je vais voir si vous pouvez lui rendre visite. Son état est grave, vous savez; je dirais même critique.

– C'est elle-même qui m'a demandée. Je viens de faire deux cents milles pour la voir; si vous ne vous hâtez pas, il sera peut-être trop tard ! Allez voir tout de suite si elle est en état de me recevoir.

La religieuse s'éloigna dans un bruissement d'étoffe et revint rapidement.

– La malade va légèrement mieux, vous pouvez lui parler, mais ne restez pas trop longtemps. Peut-être préférez-vous voir M. Raeburn d'abord ?

– S'il n'y a pas urgence...

– Non, ne vous inquiétez pas.

– Dans ce cas, volontiers.

Alister n'avait pas changé, telle fut la première impression de Délie. Elle s'était attendue à le trouver transformé par son mariage. Bien sûr, il avait vieilli, ses cheveux grisonnaient, mais il était toujours aussi svelte et le même feu brûlait dans ses prunelles sous ses paupières alourdies par la fatigue consécutive à deux nuits de veille.

– Je me suis senti responsable envers vous, lui expliqua-t-il en saisissant ses deux mains, tandis que ses yeux scrutaient le moindre détail de son visage, comme un connaisseur examine un tableau bien-aimé pour y déceler des traces de décrépitude ou de vieillissement. Dix ans... ajouta-t-il à moitié pour lui-même. Cela fait longtemps, Délie. Et quelles étranges retrouvailles.

– Oui. Racontez-moi ce qui s'est passé, Alister. Je ne sais rien, sinon qu'il y a eu un incendie, et que vos tantes sont...

– Je crois que c'est tante Alicia qui a mis le feu à la maison. J'étais à Adélaïde. Il semble qu'elle buvait beaucoup depuis des années, et cette nuit-là elle a allumé une bougie et mis le feu au rideau; peut-être, en proie au *délirium tremens,* elle a voulu faire des fumigations dans sa chambre, Janet m'a dit qu'elle se plaignait des cafards qui grouillaient sur ses murs, ou bien elle a sombré dans l'inconscience, nous ne le saurons jamais. En tout cas, l'incendie s'est déclaré en pleine nuit. Miss Barrett s'est réveillée la première, elle aurait pu s'en sortir indemne, mais elle est allée dans la chambre d'Alicia, elle l'a secouée, et ma tante a refusé de bouger. Miss Barrett a perdu beaucoup de temps et quand elle a voulu descendre l'escalier, il était en feu. Elle a alors réveillé Janet qui dormait dans la pièce voisine, l'a enveloppée dans une couverture et l'a fait descendre; Janet s'est évanouie dès qu'elle a été en sécurité au-dehors. Miss Barrett espérait que Cecily s'était réveillée et échappée, mais quand elle a remarqué son absence elle a tenté de remonter l'escalier... c'est du moins ce que j'ai cru comprendre... et alors tout l'étage supérieur s'est effondré. Pauvre Cecily! J'espère qu'elle était déjà évanouie et qu'elle est morte dans son lit. Mais je ne peux rien affirmer avec certitude.

– Cecily! Oh, mon Dieu, je croyais...! Je suis désolée.

Délie sentait une pensée se former dans son esprit : ce décès changeait tout. Mais pour l'instant elle n'avait pas le temps d'y réfléchir.

Alister ajouta tristement :

– Oui, c'est Janet qu'on a sauvée. Je n'ai pas encore annoncé la nouvelle à Jamie et Jessie, je redoute de le faire.

– Pauvres enfants! (Délie frappa dans ses mains.) Oh, j'aurais dû vous en parler voici des années! Je savais que Miss Raeburn buvait. Un soir, je l'ai croisée dans le couloir, alors que... alors que je sortais de votre chambre; elle avait beaucoup de mal à tenir sa bougie. Et dernièrement Miss Barrett, dans une de ses lettres, faisait allusion à l'alcoolisme de Miss Raeburn. Toutes ces vies anéanties, et votre belle maison, vos toiles, votre Lely...

D'un geste las, il balaya les dernières paroles de Délie.

– Le monde n'a pas perdu grand-chose. Pourtant vous aussi, vous avez perdu quelque chose. A son âge, Miss Barrett n'a aucune chance de guérir.

Les yeux de Délie s'emplirent de larmes, qu'elle refoula à grand-peine.

– Pouvez-vous me conduire à son chevet?

– Oui, elle vous réclame depuis qu'elle a repris connaissance. Voilà pourquoi je vous ai envoyé ce télégramme. Elle souffre de brûlures au troisième degré, et vu leur étendue c'est un miracle qu'elle ne soit pas encore morte. Je crois que seule la perspective de votre visite la maintient en vie.

Délie appréhendait ce qu'elle allait découvrir dans la chambre d'hôpital, mais le corps informe allongé sur le lit, cette masse amorphe de coton blanc où l'on ne voyait que deux yeux, n'avait que peu de rapport avec son ancienne amie.

Alors Miss Barrett parla. Sa voix profonde et vibrante, qui faisait tellement partie de sa personnalité, n'avait pas changé, malgré la lassitude qui l'obligeait à s'arrêter entre deux phrases pour reprendre son souffle.

– Bonjour, Délie.

– Oh, Miss Barrett! J'ai pris le train dès que j'ai reçu le télégramme d'Alister.

– Dorothy, s'il te plaît. Nous sommes presque des contemporaines désormais, nous aurions pu vieillir ensemble si j'avais tenu le coup encore une dizaine d'années. Quel âge as-tu maintenant, cinquante-cinq?

Incapable de parler, Délie acquiesça. Plus que par des larmes, elle était bouleversée par le ton humoristique de la voix de la mourante.

– Délie... Tu arrives juste à temps, je crois. Demain... mais ne parlons pas de ça. Les choses prennent parfois une tournure étrange; Alister était absent, Janet s'évanouit pour la première fois de sa vie... Je devais prendre une décision... Brusquement, tout reposait sur mes épaules... J'aurais pu d'abord aller dans *sa* chambre, Délie, mais je ne le fis pas. Je savais qu'il était trop tard quand j'ai remonté l'escalier, mais... je devais accomplir ce geste. Sinon ma propre existence me serait devenue insupportable... Sois heureuse, ma chère enfant... Tu le mérites. (Sa voix n'était plus qu'un murmure, un chuchotement désincarné qui s'élevait d'un monceau de coton.) Alister... n'a jamais cessé de... Ah!

Ce fut comme un soupir de soulagement. Les yeux s'obscurcirent, devinrent fixes, et Délie bondit vers la sonnette. Dorothy Barrett respirait encore, mais son souffle irrégulier était à peine perceptible. Coma irréversible, pensa Délie, se souvenant d'une expression médicale lue dans les manuels de Meg. Deux religieuses arrivèrent et s'empressèrent de la faire sortir de la chambre.

102

Elle trouvait fort étrange d'être passagère, de ne pouvoir pénétrer dans la timonerie selon son bon plaisir. Elle marchait de long en large sur le pont, évitait les groupes de femmes mûres aux cheveux contenus dans une résille, souriant aux enfants qui jouaient. Chaque fois qu'elle faisait demi-tour sur le pont avant, elle levait les yeux vers les fenêtres de la timonerie.

Ce jeune freluquet (elle ne pouvait qualifier l'homme autrement) était donc le capitaine, il n'avait certainement pas trente ans, mais maintenant, en 1939, son propre fils aîné avait trente-cinq ans et vivait encore d'expédients, incapable de s'engager dans une profession définie. On aurait dit un artiste incapable de réaliser quoi que ce fût.

Elle remarqua que ce jeune capitaine avait l'âge de Brenton quand elle l'avait connu, et qu'il avait semblé si sûr de lui et adulte, après les garçons d'Echuca, à la timide jeune fille élevée à la campagne.

Dire que cette jeune fille a été moi, pensa-t-elle avec étonnement en regardant les rides et les taches de son qui couvraient ses mains. Il s'était passé tant de choses, sa vie avait été bouleversée, enrichie, compliquée par tant d'événements et de rencontres !

Le fleuve majestueux qu'elle était devenue, plus imposant, plus profond et infiniment plus complexe — comparé à la naïve écolière gambadant sur les pentes neigeuses de Kiandra —, le fleuve approchait déjà de la mer. Encore quelques années... elle entendait déjà le grondement lointain des déferlantes qui se brisaient sur le dernier rivage. L'an prochain, elle aurait soixante ans.

Un vieil homme qui portait un seau arriva sur le pont. Il avait un double menton, une peau pâle et ridée, des yeux d'un bleu délavé mais encore vifs. Ses cheveux étaient poivre et sel. Délie le regarda, s'imaginant elle-même dans quelques années sombrant dans une vieillesse asexuée.

– Faites-vous partie de l'équipage? lui demanda-t-elle en souriant.

– Oui.

Il s'arrêta, releva la tête pour mieux la voir, sa bouche osseuse légèrement entrouverte.

– Je me demande si vous vous souvenez de Teddy Edwards, du *Philadelphia*? Vous naviguez sur le fleuve depuis longtemps?

– Teddy Edwards! Pour sûr que je me le rappelle. J'ai jamais travaillé pour lui personnellement, mais j' sais que c'était le capitaine le plus rapide du fleuve. Et le meilleur. Le *Philadelphia* : laissez-moi réfléchir une seconde.

– Ce vapeur est amarré à Murray Bridge. Il n'y a plus guère de travail pour lui.

– Ah, les vieux vapeurs disparaissent les uns après les autres. Pourtant, le *Melbourne* est toujours en activité à Echuca, vous le connaissez? Et le petit *Adélaïde* et l'*Edwards* en amont du fleuve, j' crois bien qu'ils m'enterreront.

– Mon fils a travaillé à bord de l'*Industry* pour le gouvernement d'Australie-Méridionale. Je suis Mme Edwards. Mon mari est mort, comme vous le savez sans doute. Je fais une sorte de pèlerinage sur les lieux de mon enfance, la ferme des Jamieson.

– Les Jamieson! Bon Dieu, dans le temps on s'y arrêtait pour acheter des œufs, y a bien quarante ans de ça! Reste plus rien aujourd'hui – la ferme a été détruite par un incendie voici des années – mais du fleuve on aperçoit les anciens poulaillers. D'ailleurs, nous y sommes presque.

Il la regarda plus attentivement.

– Vous avez bien dit Mme Edwards ? Vous seriez la dame de Teddy ?

– Exactement.

Il serra chaleureusement la main de Délie.

– M'dame Edwards, hein ? Pour une surprise... Vous vous rappelez sûrement Echuca dans l'ancien temps. Ah, c'était un fameux petit port. Voyez, j'ai navigué sur le *Clyde,* et puis le *Coorong,* nous avons même remonté la Murrumbidgee à l'époque. Ah, le bon vieux temps... Tout change tellement vite aujourd'hui...

Délie s'aperçut que ses yeux pâles s'embuaient de larmes. Même ce vieillard usé par le temps était sensible au caractère transitoire des choses.

Elle retourna vers les paysages du passé quand le vapeur négocia les innombrables courbes du fleuve, dévoilant les langues de sable jaune et les berges argileuses où les eucalyptus enfonçaient leurs racines noueuses. Il restait peu de gros arbres, à l'exception de ceux qui poussaient sur les rives. Une forêt de jeunes « arbrisseaux » (ainsi que Brenton les appelait toujours) fut bientôt remplacée par une clairière herbeuse, et Délie découvrit le bois usé des poulaillers toujours debout.

Il ne restait rien d'autre. Aucune trace des maisons ni des dépendances, aucune du pin où elle était si souvent montée, aucune de la treille ni des amandiers. Seul un citronnier solitaire témoignait de l'ancien verger. Tout un pan de son passé avait disparu, exactement comme cinq ans auparavant, après l'incendie de la maison et de l'entrepôt des Raeburn à Milang.

Pourquoi n'avait-elle pas épousé Alister ? Il le lui avait demandé à maintes reprises, malgré sa fierté indomptable, la dernière fois juste avant son départ pour Londres où il devait s'occuper de son entreprise.

– C'est trop tard, avait-elle répondu, sans éprouver le besoin de se durcir contre lui, ne ressentant désormais qu'une amitié paisible envers celui qu'elle avait follement aimé. Il y a dix ans, cela m'aurait comblée. Mais aujourd'hui je préfère ma liberté. A l'époque où je désirais vous épouser, vous n'étiez pas libre. Maintenant, je ne suis plus la même personne.

– Délie ! Si nous pouvions revenir en arrière... Si je tenais de nouveau cette occasion... comme je vous l'ai dit, la situation me semblait sans issue, je croyais que votre attitude envers moi avait changé. Pourtant il n'est pas trop tard. Laissez-moi vous montrer...

Quand il essaya de la prendre dans ses bras, elle tendit une main ferme pour l'en empêcher. Ah, les années l'avaient rendue plus sage, ou peut-être plus dure ?

– C'est inutile, Alister. Vous essayez de rallumer une flamme morte.

L'espace d'un instant, elle se demanda si elle n'avait pas seulement été amoureuse de la maison, du décor luxueux où évoluait Alister. Depuis l'incendie, tout lui paraissait différent, peut-être à cause des dernières paroles de Dorothy Barrett. Pauvre Dorothy ! Après une décision aussi lourde de conséquences, il valait mieux pour elle qu'elle fût morte.

Quand Alister avait renouvelé sa proposition, il partait pour Londres afin d'y entamer une vie nouvelle, et Délie ne voulait pas retourner en Angleterre, peut-être pour toujours. L'Australie était sa patrie depuis bientôt cinquante ans; son ciel bleu et ses paysages grandioses faisaient partie d'elle-même comme si elle y était née.

Délie se retourna quand le vapeur s'engagea dans la courbe en amont de la ferme. Tout avait disparu, balayé par le temps, ainsi que tous les gens qui avaient vécu là, sauf elle. Désormais, ces souvenirs n'existaient plus que dans sa mémoire; et quand elle disparaîtrait à son tour, qu'en resterait-il ? Cette vie passée deviendrait une goutte perdue dans le fleuve, un fragment du tissu infiniment complexe de la vie.

La silhouette des sombres eucalyptus penchés au-dessus du fleuve était étrangement familière et Délie sentit le temps voler en éclats. Tout fut de nouveau présent : les fleurs d'Hester, Lige et ses « mistiques », le corps souple et gracieux de Minna, Charles marchant sur les berges en sifflant, Adam plongé dans un livre... Un frisson glacé courut entre ses épaules.

La voix du vieux marinier la tira de son rêve :

— Vous vous rappelez les gros eucalyptus qu'il y avait là ? Tous abattus pour les pontons du gouvernement, les traverses des chemins de fer, la charpente des bateaux, et ainsi de suite. Maintenant, on essaie de les faire repousser; les Eaux et Forêts contrôlent tout, on ne peut rien couper en dessous d'un diamètre de huit pieds. Mais ça va prendre un sacré temps. Moi, j' dirais cinq cents ans. Reste plus un arbre valable, sauf ceux qui ont les pieds dans le fleuve.

Délie se félicita de ne pas avoir voyagé par voie de terre à partir de Moama, à travers les pâturages sans arbres et les terres stériles couvertes de sable, où poussaient autrefois des marguerites sauvages sous les pins de la Murray. Tout au long des courbes familières, elle se sentit envahie par le calme bienfaisant du fleuve; car le flux éternel qui sans cesse coulait vers la mer demeurait inchangé.

103

Quand Meg accoucha pour la deuxième fois à l'hôpital de Wentworth, Délie accepta de rester avec Ogden pour s'occuper de leur premier enfant, une fille. Délie fut surprise par l'intensité de l'affection qu'elle ressentait pour la petite Vicki, une fillette enjouée à qui son père passait tous les caprices, et qui était déjà trop gâtée.

Meg croyait que toutes les grands-mères étaient trop indulgentes envers leurs petits-enfants, et elles se disputèrent pour la première fois quand Délie voulut sortir de son berceau la fillette qui pleurait. Délie décida alors de prendre ses distances et de laisser Meg s'occuper de sa progéniture. Elle constata avec horreur qu'elle se comportait en grand-mère gâteuse type, elle qui avait toujours déclaré qu'elle avait eu assez de bébés dans son existence et qu'elle ne désirait nullement jouer les gouvernantes avec ses petits-enfants.

Mais Vicki... Un sentiment inhabituel s'empara de Délie quand elle se pencha pour la première fois au-dessus de la petite tête brune, aux yeux hermétiquement clos, avec les poings minuscules plaqués contre les joues. Ce n'était pas simplement un bébé parmi les millions qui naissaient chaque jour, c'était un symbole de la permanence de la vie.

Elle-même, sa propre mère, Meg et la fille de Meg étaient autant de maillons dans la chaîne infinie qui se perdait dans la nuit des temps, inaugurée par le premier accouchement de la première femme. Chaque être était un bourgeon éclosant sur l'immense arbre de la vie, où chaque bébé de sexe féminin renfermait miraculeusement les germes de l'avenir. Et pour Délie, Vicki était son propre miracle.

Elle avait maintenant cinq ans et savait à peine ce qu'était la pluie. Car les quatre dernières années avaient été particulièrement sèches; sur le site continental de l'Ecluse Sept où ils vivaient, il pleuvait rarement et les hivers étaient froids et ensoleillés.

Mais il y avait de l'eau en abondance, qu'on pompait dans le fleuve. Meg avait un beau jardin où poussaient fleurs et légumes, et dont s'occupait le personnel de l'Ecluse, trois ouvriers zélés qui semblaient passionnés par le jardinage. On avait installé une solide clôture au fond du potager pour que Vicki ne risque pas de s'aventurer plus loin et de tomber dans le fleuve.

C'était l'inquiétude constante de Meg; quand les portes de l'écluse étaient ouvertes, l'eau dégringolait de six ou huit pieds en une cascade bouillonnante d'où le meilleur nageur n'aurait pu sortir vivant. Même les poissons étaient étourdis et désemparés; les pélicans se rassemblaient en bandes nombreuses et les pêchaient dès qu'ils remontaient à la surface du bassin inférieur.

Sinon, Meg était parfaitement heureuse dans son foyer. Elle aimait le rugissement de l'écluse et la surface unie du plan d'eau supérieur; elle avait intelligemment espacé la naissance de ses enfants, elle aimait son mari d'un amour tranquille, et Ogden considérait son épouse comme la femme la plus merveilleuse du monde. Elle pensait rarement à Garry, et quand cela lui arrivait, c'était sans amertume ni douleur. Elle exerçait ses talents d'infirmière sur les employés de l'écluse lorsqu'ils tombaient malades et pour soigner les maladies infantiles de Vicki.

C'était la fin du mois de septembre, l'hiver était terminé et le printemps bien entamé quand Délie arriva chez sa fille. Les fleurs sauvages, jonquilles jaunes et bruyère rose pâle, parsemaient encore les prés. Elle emmena Vicki en promenade, habillée d'une salopette pour se protéger des épineux et des branches mortes.

Vicki préférait les fleurs bleues, les tigrenium bleu foncé et les orchidées bleu ciel avec leurs yeux jaunes, mais les orchidées-araignées l'effrayaient. Délie prenait beaucoup de plaisir à ces expéditions. Quand elle sentait la main douce et menue de Vicki dans la sienne, quand elle regardait ses boucles châtaines, ses cheveux fins comme de la soie, une sorte de paix rêveuse s'emparait de son esprit.

Elle lui montrait les oiseaux colorés, perroquets jaunes et verts, roselles rouges, cacatoès à la crête écarlate, et elle pensait parfois à Brenton et à leur séjour dans la forêt de Barmah. Brenton aussi vivait dans cette enfant délicieuse qui gambadait à ses côtés. Sur le doux visage de la fillette, Délie entrevoyait parfois les traits fermes et rudes de son mari défunt; d'ailleurs, elle ressemblait davantage à son oncle Brenny qu'à sa mère, ce qui signifiait que Vicki était une petite fille ravissante. Ses joues étaient roses, et ses yeux marron foncé.

A cinq ans, elle commençait à réfléchir et à poser de nombreuses questions. Elle avait déjà parcouru un long chemin depuis son état de nouveau-né sans défense ni conscience; déjà, elle pensait à la mort.

Après une nuit de gelée, Vicki ramassa un papillon

mort, insecte orange au corps violet sombre; ses ailes étaient raides et cassantes.

– Ils ne meurent pas vraiment, grand-maman, dit-elle sérieusement, parce qu'en été ils ressortent des œufs.

L'année précédente, elle avait conservé des œufs puis des chenilles dans une boîte à chaussures, mais elle s'était ensuite désintéressée de son élevage, et sa mère avait dû s'occuper des chenilles.

Délie fut impressionnée. La fillette avait exprimé une vérité profonde : rien ne meurt, tout se renouvelle éternellement. Sauf, bien sûr, quand une espèce s'éteint; mais la vie, comme la matière, est indestructible.

En revanche, les idées de Vicki relatives à Dieu étaient primaires et anthropomorphiques.

– Dieu est-il plus grand que le roi ? demandait-elle. Dieu peut-il manger des pastèques tous les matins au petit déjeuner ?

Délie jugea préférable de laisser l'enfant découvrir les choses par elle-même, ainsi que chacun doit le faire, en définitive, pour ne pas adopter la pensée du troupeau ni endosser une idéologie toute faite.

Quand Délie remarqua une grande déchirure dans sa plus belle robe, Vicki prit un air innocent et déclara :

– Une mite doit l'avoir mangée.

– Aucune mite n'est assez grosse pour faire de pareils dégâts ! répondit Délie.

– C'est sûrement la *reine* des mites, expliqua l'enfant.

Délie éclata de rire, et la petite fille rit aussi, se roula par terre en donnant des coups de pied en l'air, surtout pour imiter son aînée car elle ne voyait rien de drôle dans ce qu'elle avait dit. Elle aimait sa grand-mère, qui riait avec tout son visage, ses yeux, ses sourcils et sa bouche, et puis ses dents étaient blanches et jolies. De tous les adultes aux cheveux argentés que Vicki connaissait, Délie était la seule à avoir conservé un beau visage. Vicki détestait les vieilles dames au menton pointu et poilu, aux dents jaunes. Elle croyait que c'étaient des sorcières, et les sorcières troublaient ses rêves presque chaque nuit. Il y avait surtout une vieille sorcière qui l'attendait dans le monde des rêves, si bien qu'elle redoutait souvent d'aller se coucher et qu'elle tenait absolument à ce qu'on laissât un peu de lumière dans sa chambre pour pouvoir retourner rapidement dans l'autre monde quand elle se réveillait. La sorcière ne pouvait pas la suivre jusque-là, traverser la frontière de la conscience; mais Vicki redoutait qu'elle ne sût ce qui se passait dans ce monde-ci. Elle se réveillait parfois en criant, mais refusait de raconter ce que la sorcière lui faisait subir dans ses rêves, car celle-ci risquait de la punir la nuit suivante quand le sommeil s'abattrait sur elle, la livrant à l'horrible harpie.

Délie tenait à être appelée « grand-maman ». La perspective de devenir grand-mère l'avait autrefois horrifiée; elle trouvait ridicules les surnoms inventés par les enfants pour désigner leurs grands-parents : « mammy » ou « granny » ainsi que tous les autres. Elle s'était presque habituée à son nouveau statut quand elle apprit qu'elle allait de nouveau être grand-mère. Elle se considérait toujours comme la Délie arrivée en Australie au début des années 1890, avant l'invention de l'aéroplane et la mort de la reine Victoria. Elle refusait cette étrange impression d'être entraînée au fil du temps.

Dans le petit cocon de l'écluse et des barrages, elle était active et heureuse et ne s'inquiétait nullement pour Meg; quand Ogden revint à la maison, rayonnant de bonheur, il annonça qu'ils venaient d'avoir un fils, et Délie eut l'impression de l'avoir toujours su.

Elle ne se lia jamais d'amitié avec son gendre. Il était plutôt agréable, cet Australien travailleur, facile à vivre, mais il n'avait rien de remarquable. Ils ne dépassèrent jamais le stade des généralités, des politesses quotidiennes, n'abordèrent aucun sujet plus intime que le menu du déjeuner ou la santé des enfants; Délie frémissait à la seule pensée de la vie sexuelle de sa fille avec cet inconnu séduisant, sujet dont Meg ne lui parlait jamais. Le bonheur évident de Meg poussa Délie à conclure que les deux jeunes gens s'entendaient bien.

Délie s'était à peine donné le mal de lire le journal depuis des semaines quand, soudain, un énorme roc tomba dans son petit bassin tranquille. Hitler avait franchi une nouvelle étape en Europe et on lui avait lancé un ultimatum : s'il envahissait la Pologne, ce serait la guerre.

Politiquement inculte, ignorant tout de la vie internationale, Délie ne put croire cette nouvelle. Elle refusa d'admettre qu'après l'holocauste de la dernière guerre, une autre guerre pouvait éclater. Aucune nation ne pouvait se montrer assez stupide pour désirer cela.

Un soir, elle resta assise avec Ogden près du poste de TSF dans l'attente des nouvelles de la BBC; ils entendirent alors la voix fatiguée de Chamberlain, la voix d'un homme vaincu : « Je dois vous dire que nous n'avons reçu aucune réponse de Hitler; cela signifie que notre pays est désormais en guerre avec l'Allemagne. »

Plus jamais ! s'était écriée Mme Melville en apprenant la mort de son fils aîné. Toutes les mères qui avaient perdu un fils avaient dit : Plus jamais ! Cela ne doit plus jamais arriver ! Et pourtant, cela arrivait de nouveau.

Elle chuchota quelques mots à Ogden – qui grommelait qu'il manquerait sans doute de personnel quand on mobiliserait les jeunes gens –, puis elle se précipita dehors comme si elle allait étouffer. Pour une fois, le ciel était couvert; un couvercle noir semblait oppresser la terre, pas une étoile n'était visible. Elle marcha de long en large dans le jardin, pensant à ses fils, heureuse que Gordon et Brenny ne fussent plus des jeunes gens, et qu'Alex fût plus utile comme médecin que comme soldat. Spécialiste en chirurgie, il était maintenant bien installé en ville et considéré comme l'un des éléments les plus brillants de la nouvelle génération.

Le lendemain matin, elle se leva de bonne heure – bien avant Vicki – et se promena le long du fleuve en aval de l'écluse, où la turbulence des eaux reflétait bien son agitation intérieure. Le ciel était toujours couvert, phénomène si inhabituel qu'elle sentit une idée ridicule et superstitieuse s'emparer de son esprit : la nature semblait se lamenter à cause de la stupidité des hommes, comme si cette région perdue de l'Australie représentait la terre entière.

Ogden ne désirait absolument pas aller se battre, d'autant qu'il avait maintenant un fils. Comme il avait toujours été timide avec les filles, il n'en croyait pas ses yeux quand il regardait Meg, qui était revenue de l'hôpital plus ravissante que jamais; sa peau était d'une pâleur magnifique et ses yeux brillaient de tendresse et d'amour.

— Meg, petite mère! dit-il en se penchant au-dessus d'elle pendant qu'elle s'occupait du nouveau-né, la masse sombre de ses cheveux masquant son visage.

Elle éloigna le bébé de son sein, puis essuya sa bouche couverte de lait. Ses yeux se fermaient de contentement, il était trop épuisé pour faire son rot, ce qui signifiait qu'il se réveillerait probablement vers minuit, mais Meg n'eut pas le courage de le secouer. Depuis un mois qu'elle était rentrée à la maison, ils étaient dérangés presque toutes les nuits.

Elle le remit dans son berceau, puis se glissa dans le lit à côté d'Ogden, laissant la veilleuse allumée.

— Meg! Je suis un veinard.

Il la prit dans ses bras, l'attira contre lui, et aussitôt elle se pelotonna frileusement contre le torse chaud et musclé; tel un roulement de tambour lointain, elle entendit bientôt le tonnerre croissant de son sang.

104

La paix. Rien n'était plus paisible que le fleuve à l'aube, songea Délie. Pas le moindre mouvement, sauf une araignée d'eau qui longeait silencieusement la rive, laissant derrière elle le V évasé de son minuscule sillage. L'eau semblait aussi tranquille que celle d'un lac;

elle coulait imperceptiblement et sa surface polie comme un miroir réfléchissait les premiers rayons du soleil à travers les volutes opaques de la vapeur qui en montait lentement. On aurait dit un antique serpent vert se chauffant au soleil.

La lumière dorée n'évoquait pas la mélancolie du soleil déclinant en fin d'après-midi, mais la promesse encore incertaine de fastes à venir. La guerre faisait rage au loin, à l'autre bout de la terre : des villes polonaises étaient détruites, des patriotes polonais assassinés traîtreusement, des Juifs polonais « liquidés » sans pitié alors que le monde ignorait encore les noms terribles d'Auschwitz et de Bergen-Belsen. Ici, le soleil montait avec une splendeur tranquille et les saules laissaient traîner leur longue chevelure verte au-dessus de leur reflet immobile.

Il faisait trop froid pour nager, car les eaux de fonte des neiges commençaient à alimenter le fleuve, descendues des hautes montagnes depuis le mois de septembre, deux mois auparavant. Délie comptait prendre la barque pour aller chercher des œufs et du lait en aval, une promenade qui lui procurait plaisir et exercice. Elle était absolument libre de l'emploi de son temps.

Elle connaissait enfin la vie qu'elle avait tant désirée : pas d'obligations, pas de distractions, pas de voisins, un bateau amarré près de la maison, et tout le temps qu'elle voulait devant elle. Elle lisait, elle peignait, mais toute passion l'avait quittée. Peut-être s'était-elle trompée : une existence d'ermite ou purement contemplative ne l'aurait peut-être pas aidée dans son travail...

Aucun conflit, aucune tension ne l'agitait plus; et elle avait peint ses meilleures toiles dans la fébrilité et l'insatisfaction. Son style était désormais connu et respecté; un tableau de Delphine Gordon attirait immédiatement l'attention des connaisseurs; mais elle savait qu'elle ne produisait plus désormais que des copies de ses œuvres passées; son évolution s'était arrêtée.

A soixante ans, sa vie active touchait-elle à son terme? Allait-elle tricoter des chaussettes pour les soldats et finir son existence dans les bonnes œuvres? Elle ressemblait à d'innombrables vapeurs à aubes, définitivement abandonnés tandis que leurs barges vides reposaient tristement dans la vase. Seuls quelques bateaux transportant des passagers fonctionnaient encore, le *Marion* basé à Murray Bridge, le *Gem* à Mildura, et le petit *Merle*. Quant au *Philadelphia,* il mouillait dans une partie abritée du chenal, entre la berge et une petite île verte, en aval du quai de Murray Bridge où le *Murrundi* restait amarré en permanence. (A son bord vivait le capitaine Murray Randell, fils du capitaine Randell qui avait construit le premier bateau à vapeur de la Murray, le *Mary Ann*.)

Là le fleuve était large et rectiligne, aucune écluse à moins de cent milles, avec des pâturages verdoyants de part et d'autre, où paissait un bétail prospère. Une petite jetée constituée de deux planches reliait les saules de la berge à l'eau profonde; Délie y amarrait sa barque et allait se baigner chaque matin.

Il n'y avait plus d'équipage, seulement Gordon pour entretenir la peinture du bateau, pomper l'eau dans la cale et s'occuper de tout, cuisine comprise. Il avait décidé de s'inscrire à un cours d'histoire par correspondance dont le programme s'étendait sur de nombreuses années.

Elle se réjouit égoïstement de ce que Gordon fût trop âgé pour être mobilisé. Il ne se porterait certainement pas volontaire; en revanche, Brenny... Il avait toujours aimé l'aventure, et le commerce fluvial qui avait été le gagne-pain et la raison de vivre de son père, ainsi que les siens au début de sa vie, était quasiment au point mort. Les vapeurs à aubes pourrissaient à leur mouillage, les barques vides s'envasaient, tandis que les camions et les trains monopolisaient un commerce qui avait été autrefois leur apanage.

Une seule partie du fleuve restait animée, à Goolwa où l'on achevait de construire l'immense barrage sur l'estuaire. Les petits vapeurs toujours en activité dans « le bas » du fleuve transportaient ciment et gravier, bois pour les huttes des ouvriers du bâtiment, pompes et machines à battre des pieux qu'on chargeait sur le chantier de la dernière écluse. L'acier du barrage arrivait par wagons entiers. Le *Renmark* et le *Rothbury*, le *J. G. Arnold* et l'*Oscar W.* retrouvèrent momentanément du travail; et l'*Industry*, le navire du gouvernement, ne chômait pas sur le chantier.

Brenny vint dîner avec eux à bord du *Philadelphia* quand l'*Industry* remonta jusqu'à Murray Bridge. A son grand soulagement, Délie remarqua qu'il s'intéressait peu à la guerre, mais se passionnait pour le chantier de Goolwa.

– Ce barrage est quelque chose d'énorme, dit-il, les yeux brillants à la lueur de la lampe à pétrole, ses boucles blondes hirsutes. (Comme il ressemble à son père! pensa Délie, remarquant ses traits réguliers qui se creusaient déjà, et les minuscules veines rouges qui apparaissaient sur ses joues.) Rendez-vous compte, le barrage de l'estuaire fera presque *cinq milles* de long! Seul le chenal de Goolwa restera navigable. D'un côté il y aura de l'eau salée, et de l'autre de l'eau douce. Il va empêcher l'eau de mer de remonter jusque dans les lacs. Gordie, tu te souviens des mulets qu'on pêchait à Milang, on prenait même des tas de poissons d'eau douce en période de sécheresse.

– Je n'aime pas qu'on s'oppose ainsi à la nature, dit Gordon. L'histoire montre que cela crée presque toujours d'autres problèmes. D'abord, tout le chenal de Goolwa et les lacs vont être envahis par les roseaux. Et puis les algues d'eau douce vont proliférer sur la coque des bateaux.

– De toute façon, il y a toujours des algues, d'eau douce ou d'eau de mer.

– Un jour, il y aura une grande crue, une vraiment grande, bien plus grave que celle de 31!

– Mais je t'ai déjà dit que les écluses de Goolwa étaient amovibles. Quant à celle de Tauwitcherie, elle pivote pour se placer dans le sens du courant, un peu comme une valve à sens unique; l'eau douce peut sortir, mais l'eau de mer ne peut pas entrer. Tu vois bien que les ingénieurs ont pensé à tout.

– Pourtant, ça ne va pas plaire à la Murray, intervint Délie.

Ils la dévisagèrent comme si elle avait dit une chose incroyable, et néanmoins plausible. Elle essaya de s'expliquer : les hommes se montraient présomptueux en essayant d'imposer leur loi à une masse d'eau aussi énorme, malgré son apparence paisible.

– Eh bien, je crois que quelqu'un va tenter de m'apprivoiser, lança Brenny sur le ton de la plaisanterie. Je vais me marier, maman. Mavis va te plaire. Elle a passé toute son existence à Goolwa.

Oh non ! pensa Délie, puis elle se dit : Cela le tiendra à l'écart de la guerre.

Après Noël, quand Vicki vint passer une semaine à bord pour donner à Meg le temps de se reposer, ils descendirent jusqu'à Goolwa pendant qu'on nettoyait la coque du *Philadelphia*. Gordon avait parfaitement entretenu les superstructures du bateau, et Délie confectionna des rideaux neufs pour les cabines et le salon.

Pour une raison inconnue, Meg avait choisi de baptiser son dernier enfant Charles; elle n'avait pourtant jamais connu son grand-oncle Charles, en fait simple parent par alliance, mais Délie vit dans ce nom un présage de mauvais augure. Le jeune Charley ressemblait étonnamment à son père.

– Un vrai petit Australien, s'écria fièrement Ogden en le lançant en l'air.

Délie avait examiné le marmot braillard sans lui découvrir la moindre beauté. Quand il arriva à la maison pour la première fois, il était malade, son visage recouvert de plaques rouges. Délie ressentit pourtant une immense pitié pour ce petit bout d'homme. Il sera bon pour la prochaine guerre, pensa-t-elle, et elle se demanda brusquement si l'Australie devrait se battre contre une invasion venant du Nord, peut-être du Japon ?... Il y avait tous ces territoires vides, la majorité de la population s'étant installée dans les villes côtières du Sud et de l'Est.

Mais elle était encore suffisamment amoureuse de la

vie pour conclure que cela valait la peine : même vingt années d'existence étaient préférables au néant. Ensuite, quand le monde apprit les horreurs des camps de concentration, elle se mit à en douter. Le mal existait, profondément enraciné dans l'être humain, pourquoi tous les animaux et les oiseaux sauvages fuyaient-ils instinctivement l'homme? Dans la guerre le mal remontait à la surface comme une écume dégoûtante. Déjà on polluait les fleuves, on empestait l'air avec la poussière de charbon et les fumées des raffineries, on déversait du pétrole dans les océans; on brûlait l'oxygène, on décimait les forêts, les cités se développaient comme un cancer de la peau qui rongeait les campagnes, partout elles se multipliaient, comme ces virus qui prolifèrent aux dépens de leur hôte. Seigneur, quand tout cela finirait-il?

Pour l'instant, la guerre ne semblait pas aussi meurtrière que la précédente, bien qu'elle fût sanglante et terrible pour les Tchèques et les Polonais. Alors arrivèrent la capitulation de la France, la « trahison » de l'Italie, la défaite de la Belgique et l'évacuation de Dunkerque par les troupes anglaises. Pour Délie, tout cela se passait dans un autre univers, jusqu'à ce que Gordon annonce brutalement qu'il partait en ville pour s'inscrire dans une école d'officiers.

– Tout sera peut-être terminé à ma sortie de l'école, maman, dit-il pour rassurer sa mère blême. Je sais enfin ce que je veux faire, pour la première fois de ma vie. Et puis après la guerre, je pourrai suivre gratuitement n'importe quel cours à l'université. Je ne serai pas trop vieux.

– Je ne crois pas que la guerre sera terminée. On disait toujours que la dernière guerre ne pouvait pas durer, mais celle-ci risque d'être encore plus longue. Oh, Gordon, ne fais pas ça! Tu ne connais rien à la guerre, tu as toujours détesté souffrir, tu n'as pas l'étoffe d'un soldat. Laisse les jeunes gens aller se battre. Tu as trente-six ans, tu en auras peut-être quarante ou davantage quand elle sera terminée.

Mais il demeura intraitable. Délie ne pleura pas car

elle avait dépassé le stade des larmes, mais il était proprement grotesque que Gordon, le doux Gordon qui ne supportait pas l'idée d'écraser une fourmi, fût entraîné dans le massacre. Brenny aurait peut-être fait un bon soldat, il était plus solide, moins sensible, plus extraverti; mais il s'intéressait peu à la guerre, car la vie des vapeurs à aubes accaparait toute son attention.

– La petite Angleterre écrasera les Allemands comme elle l'a toujours fait, prophétisa-t-il.

Il envisageait de se marier au Nouvel An.

Délie partit en ville pour supplier Alex de plaider sa cause et convaincre Gordon de changer d'idée; mais Alex refusa de l'aider.

– Si Gordon survit à la guerre, dit Alex, il en sortira régénéré. Il y a en lui de la mollesse, une sorte d'indécision; pour moi, il souffre d'un profond complexe d'échec. Il n'a jamais trouvé sa voie et c'est peut-être pour lui l'occasion de se révéler.

– Gordon va souffrir le martyre s'il doit monter au front. Et toi, Alex, ne me dis pas que tu pars aussi?

– Non, je crois que les chirurgiens seront plus utiles que jamais après cette guerre, pour soigner les aviateurs et les victimes des bombardements. J'ai commencé à me spécialiser dans la chirurgie esthétique – les greffes de peau et d'os. On peut même fabriquer de nouveaux visages à partir de fragments de peau prélevés sur les cuisses; c'est fascinant, tu te prends presque pour le Créateur, mais pas au point de fabriquer une femme à partir d'une côte.

105

Lorsque le barrage fut terminé, on construisit une route qui longeait le coude du fleuve, lequel portait le même nom que la ville de Goolwa. Délie marchait jusqu'au bout de cette route, puis s'engageait dans les dunes de sable le long d'un vague sentier bordé d'herbes qui montaient plus haut que sa tête.

Les grillons chantaient doucement dans la chaleur somnolente, le sable glissait dans ses chaussures en brûlant ses pieds. Elle avançait avec précaution, prenant garde aux serpents, bien que le tonnerre croissant des vagues fît battre son cœur de plus en plus vite. Par les nuits paisibles, elle avait perçu leur martèlement sourd loin à l'intérieur des terres, et depuis qu'elle séjournait à Goolwa, elle avait toujours conscience de leur rumeur incessante : tantôt à peine audible dans les intermittences du vent, tantôt assourdissante quand soufflait la brise du sud-ouest et que la mer montait à l'assaut du chenal, formant comme un mascaret immobile qui déferlait à deux ou trois pieds au-dessus des eaux du fleuve.

Délie allait contempler pour la première fois la plage dont elle avait rêvé pendant la moitié de son existence; elle s'attendait à être déçue. Elle gardait la tête baissée, les yeux fixés devant ses pieds, inspectant le sentier. Elle descendit une dune, arriva dans un goulet où le rugissement des vagues se calmait, puis gravit une crête où il redevint assourdissant.

Une bourrasque d'air marin la bouscula brusquement, et elle leva les yeux. Puis elle s'effondra sur le sable brûlant en poussant un cri inarticulé.

Bleu, incroyablement bleu, l'Océan Austral s'étendait à perte de vue jusqu'aux glaces de l'Antarctique. D'un saphir profond, lapis-lazuli, turquoise près de la plage où le sable remontait progressivement; bordées par des rangées de colliers blancs le long de la côte incurvée, les vagues montaient inlassablement à l'assaut du rivage. Une brise fraîche portait jusqu'à elle leur rugissement profond ponctué de brusques éclats; et loin vers l'est, elle aperçut les dunes de sable de Coorong, blanches comme du sel.

Délie contemplait ce paysage grandiose, la bouche entrouverte comme si elle buvait à longs traits cette grandeur solitaire : la plage qui s'étendait sur quatre-vingt-dix milles vers le sud et l'est où, pour autant qu'elle pût voir, aucune créature vivante ne bougeait, sauf un groupe de petites bécasses aux pattes invisibles qui semblaient poussées par le vent au ras du sable.

La bourrasque balayait des monceaux d'écume semblable à de la mousse savonneuse, qui s'entassaient à la base des dunes en masses blanchâtres. Délie se releva et se mit à courir maladroitement vers la mer, en glissant dans le sable meuble. Au bord des dunes, hors d'haleine et ruisselant de sueur, elle jeta un bref coup d'œil derrière elle, puis se déshabilla. Presque furtivement, elle traversa la large bande de sable lisse jusqu'à la mer.

Quel spectacle grotesque, songea-t-elle, une vieille femme à la poitrine tombante, qui se baigne nue en plein jour! Pourtant elle se baignait souvent de la barque, sans maillot de bain, et maintenant elle ne supportait plus le moindre vêtement dans l'eau. Elle pénétra dans la mer jusqu'à la taille, et fut bientôt soulevée et roulée en tous sens, ses oreilles s'emplirent de l'entrechoquement mat des galets et du crissement du sable, son corps fut meurtri par la pierre, et son cœur battait la chamade tandis qu'elle retenait interminablement son souffle.

Quand elle réussit à reprendre pied, elle avait de l'eau jusqu'aux genoux, mais elle sentit aussitôt ses jambes fauchées par une autre vague qui, dans son reflux, essaya de l'emporter vers la pleine mer. A quatre pattes, elle réussit à regagner la plage où elle resta longtemps immobile, hors d'atteinte des vagues, pour retrouver son souffle. Ses genoux et ses coudes étaient meurtris; à l'avenir, elle respecterait davantage les vagues de Goolwa Beach quand le vent soufflerait dans cette direction.

Dès qu'elle se fut rhabillée, elle partit d'un bon pas vers l'estuaire en laissant l'océan sur sa droite. Le vent était froid dans ses cheveux mouillés; heureusement, elle avait enfin décidé de les couper, car ils étaient gris et ternes; ce n'était peut-être pas très seyant, mais ils étaient infiniment plus faciles à entretenir.

Elle distingua une échancrure dans les courbes des

dunes, puis découvrit l'estuaire de la Murray; un fort courant coulait dans un chenal profond mais étroit – aboutissement assez ridicule pour un fleuve aussi majestueux.

On racontait que l'estuaire tout entier s'était beaucoup déplacé sous l'influence des vents dominants du sud-ouest. Ici, Sir John Younghusband avait péri dans les vagues en essayant de prouver que l'estuaire était navigable, après quoi on avait construit une balise; à la belle époque des vapeurs à aubes, de nombreux bateaux s'étaient aventurés en mer quand le vent et la marée étaient favorables; maints autres avaient fait naufrage.

Délie regarda la rive opposée, cette terrasse de sable qui semblait si proche. Allait-elle tenter la traversée à la nage ? C'était sans doute une folie de la part d'une femme ayant dépassé la soixantaine, mais ce genre de défi lui plaisait. Elle n'avait rien perdu de sa fougue romantique, de son goût du risque.

Et si le courant s'avérait trop fort, si elle était entraînée vers les tourbillons d'eau bouillonnante, ne serait-ce pas une belle fin, un point final digne de son long voyage ? De la mer aux montagnes, avant de retourner vers la mer...

Elle se secoua et fit demi-tour. Une ancêtre plus raisonnable prit le pas sur l'esprit celte romantique qui commandait parfois ses décisions. Elle se moqua gentiment d'elle-même; elle n'avait aucune raison de vouloir mourir. Elle goûtait enfin à ce qu'elle avait vainement désiré depuis si longtemps : la solitude, du temps pour réfléchir, pour rattraper les idées fugaces que l'on perd si souvent dans la succession des soucis quotidiens, comme on oublie un rêve évanescent emporté dans le flot des impressions du réveil.

Non, elle n'était pas seule. Elle possédait un petit cottage près du fleuve, loin de la ville et du chantier bruyant du barrage, qu'elle avait trouvé beaucoup trop fatigant après son existence tranquille au bord du fleuve. Pourtant, elle reconnaissait que ce n'était pas la vraie raison qui l'avait poussée à quitter la maison où elle avait passé quarante années de sa vie. C'était le mariage de Brenny qui l'avait décidée, le désir de laisser les jeunes gens entre eux, ainsi que le besoin de s'éloigner de Mavis.

Pourquoi elle? Pourquoi elle? s'était-elle demandé quand il lui avait présenté Mavis.

Elle habitait au-dessus d'une boutique dans la grand-rue de la ville; de sa vie, elle n'avait jamais quitté Goolwa et n'avait jamais ouvert un livre depuis sa sortie de l'école. Les potins et les nouvelles locales suffisaient à remplir son esprit étriqué; son visage était étroit et certains de ses commentaires dénotaient une mesquinerie hargneuse annonçant la future mégère. Elle n'était même pas séduisante, avait soupiré Délie en parlant à Alex au téléphone, car ses fils avaient tenu à ce qu'elle eût le téléphone si elle voulait vivre seule. Alex avait ri, puis répondu que l'alchimie de la séduction était chose compliquée, que le solide Brenny trouvait peut-être extrêmement désirables les charmes discutables de Mavis. Mais Délie ne voulait pas dire *cela*; elle était scandalisée que Brenny pût désirer un être dénué de la moindre qualité morale ou spirituelle. Délie ressentait la même indignation que le jour où Brenton était allé avec cette fille au visage dur dans le cabanon près du fleuve. Elle devait désormais reconnaître chez Brenny une étoffe grossière et vulgaire, totalement étrangère à sa propre nature. Et maintenant que Gordon était parti à l'armée, elle était beaucoup plus heureuse seule dans son cottage.

La maison lui appartenait et elle avait partagé légalement les droits du *Philadelphia* entre ses trois garçons; Meg avait reçu sa part en espèces lors de son mariage. Alex, qui touchait des revenus substantiels et n'avait pas participé à l'entretien du bateau depuis de nombreuses années, céda sa part à ses deux frères. Le départ de Gordon laissait donc Brenny seul à bord, et Mavis leur aménagea un nid douillet : elle posa des rideaux de dentelle à toutes les fenêtres, recouvrit de velours tous les divans, broda des dessus de table et décora les escaliers avec des canards en céramique.

Délie avait commencé par émettre quelques suggestions, essayé d'influer sur le goût de Mavis, mais elle abandonna bientôt : elle n'avait jamais été très attachée aux biens matériels.

Elle remonta les dunes, puis s'allongea sur le sable doux, laissant ses yeux errer le long de l'immense plage déserte qui disparaissait dans la brume des embruns soulevés par le vent au-dessus des déferlantes.

Le vacarme incessant renfermait une sorte de noyau silencieux et paisible; de même, par les calmes nuits estivales, loin à l'intérieur des terres, on devinait la rumeur sourde des lames. Le silence émanait des lacs immobiles de l'arrière-pays, des dunes de sable infinies abandonnées à la vipère et au serpent noir, aux touffes d'herbe rares et aux cris des oiseaux de mer.

Tel était l'endroit dont elle avait rêvé pendant si longtemps. Comme la Vieille Femme, l'indigène légendaire de l'histoire racontée par King Charlie voilà si longtemps, qui avait créé la Murray avec son bâton et son serpent magique, Délie était arrivée au bout de son voyage; elle avait enfin trouvé son foyer spirituel sur ce rivage sauvage et désolé. Dans le tonnerre des lames et les intensités changeantes du vent, elle crut entendre, éternelle et anonyme, la voix de la Vieille Femme qui chantait en dormant.

106

Convaincue de vivre une grande aventure, Délie prit l'avion pour rendre visite à Meg; elle devait atterrir à Mildura, d'où elle prendrait un car pour Wentworth, où Ogden viendrait la chercher. C'était un long détour, mais malgré tout plus rapide que le voyage par la route.

Avant de partir, elle mit toutes ses affaires en ordre, inscrivit le nom et le prix de ses tableaux au dos de toutes les toiles terminées (depuis qu'elle était connue, elle vendait facilement ses tableaux aux galeries, bien qu'elle préférât les conserver le plus longtemps possible avec elle), et écrivit à Gordon.

Les lettres qu'elle recevait du camp d'entraînement étaient joyeuses. La vie de soldat semblait plaire à son fils; il disait qu'on décidait tous les détails de la vie quotidienne à la place des soldats, ce qui laissait l'esprit libre pendant que le corps suivait une routine machinale. Il n'avait encore participé à aucun combat, mais Délie était persuadée qu'il traverserait la guerre sans la moindre égratignure, tout comme elle était superstitieusement convaincue que son baptême de l'air lui serait fatal.

L'avion décolla avant l'aube dans une lumière grise; Délie serra les bras de son siège et se mit à transpirer en prenant mentalement congé de ce monde. Puis, miraculeusement, après l'accélération du décollage, ils s'envolèrent, soutenus sans effort par les ailes de l'appareil. Elle se détendit en regardant un énorme stratocumulus touché de plein fouet par les premières lueurs de l'aube. Ils pénétrèrent ensuite au cœur du nuage, dans un univers opalescent de coton rosâtre que découpait l'éclair gris-bleu des hélices. Elle sentit son cœur frémir et des larmes mouiller ses yeux. A plus de soixante ans! Oh, elle n'était pas encore prête à mourir.

L'avion survola le fleuve non loin de Mannum; elle pressait si fort son front contre le hublot de la carlingue qu'il était douloureux. Elle aperçut le serpent vert foncé dont les méandres descendaient vers le sud, ainsi que la lointaine tache pâle des lacs. Quand ils rejoignirent la Murray au-delà de Renmark, les saules avaient disparu, laissant place au jade laiteux du fleuve qui sinuait dans sa plaine alluviale, et aux croissants de sable jaune visibles à l'intérieur de chaque courbe.

Tel était le spectacle qui s'offrait au regard des aigles, quand elle les voyait décrire des cercles au-dessus du vapeur, par les après-midi torrides. Comme ce serait merveilleux de voler, sans cette vibration du verre et de l'acier! Déjà le bruit des moteurs lui donnait la migraine. Elle fut heureuse d'atterrir et de monter dans le car.

La perspective de retrouver Vicki l'enchantait pardessus tout, et elle ne s'attendait pas à découvrir autant de beauté chez le jeune Charley qui, en dix-huit mois, était devenu un magnifique bambin aux cheveux dorés, aux sourcils parfaitement dessinés, et aux yeux marron frangés de longs cils dignes des plus grandes vedettes de cinéma.

A regret, Délie détourna les yeux de lui pour embrasser Vicki qui observait la scène avec une attention jalouse. On devinait sans peine qui était le préféré de sa mère. Vicki devait commencer l'école à la nouvelle année, elle voyagerait avec le car scolaire, et Meg confia son soulagement à Délie, car la fillette était devenue difficile, une sorte d'« enfant à problèmes »; mais tous ses problèmes s'exprimaient clairement dans le regard d'angoisse qu'elle avait lancé à Délie : sa grand-mère aussi allait-elle tomber sous le charme du nouveau venu ?

Délie glissa la main de la fillette sous son bras quand elle eut embrassé Meg et Charley, puis elle entraîna Vicki à l'écart.

– Il faut que tu m'emmènes et que tu me fasses tout voir, dit-elle à Vicki.

Puis elles s'éloignèrent joyeusement. En compagnie de sa petite-fille, Délie retrouvait une partie de son enfance à jamais disparue, elle voyait avec les yeux qui avaient été les siens soixante ans auparavant.

Meg ne parlait que des fiançailles d'Alex avec une femme médecin qui avait étudié à la même université que lui, mais quelques années plus tard.

– Ils engendreront fatalement des petits médecins, commenta Délie assez sèchement. Je ne sais jamais s'il faut attribuer cela à l'hérédité, à l'exemple ou à la pression des parents; en tout cas, Alex a sûrement hérité de son grand-père son penchant pour la médecine. Car ni moi ni son père ne l'avons jamais poussé dans cette voie.

Délie se réjouit de voir Alex épouser une femme indépendante, possédant un métier. Mais pourquoi sentait-elle donc une pointe d'hostilité contre cette fiancée qu'elle ne connaissait même pas ? Peut-être parce qu'elle redoutait tous les salamalecs, les politesses des beaux-parents qui, elle en était certaine, réclameraient une cérémonie en grande pompe.

Alex était devenu un excellent parti, un des meilleurs chirurgiens de la cité, un homme riche et respecté doublé d'un connaisseur en matière de peinture. On l'invitait à tous les vernissages, le genre de réunion mondaine consacrée au sherry et aux ragots que Délie méprisait. (Il avait tenu à acheter plusieurs toiles de sa mère pour sa salle d'attente.)

Délie avait scandalisé Meg et Alex en refusant d'acheter un chapeau pour le vernissage de sa dernière exposition de peinture à Adélaïde, se promenant parmi les invités avec ses vieilles chaussures plates, ses cheveux gris tombant sur le col de son manteau bleu, les mains dans les poches; heureusement, les couleurs vives et brillantes de son écharpe en soie indienne avaient racheté le laisser-aller de sa tenue.

Et maintenant elle devrait s'habiller en mère du futur marié ? Porter un ridicule chapeau à fleurs et une voilette ? Non, elle avait vécu trop longtemps seule pour se livrer à de pareilles facéties. Elle décida de tomber malade dès que le jour de la cérémonie serait fixé. Pour excuser son absence, elle enverrait un cadeau à Anne.

Au cours de l'année de leurs fiançailles, Alex amena plusieurs fois la doctoresse Anne chez Délie; tous deux parlaient souvent médecine, et Délie préférait cela au bavardage habituel, même lorsque la conversation devenait technique. Anne parlait vite et avec enthousiasme, mais elle ne savait pas écouter; elle aimait tenir le devant de la scène et Alex était trop imbu de lui-même pour l'en empêcher. Délie se demandait dans combien de temps il commencerait à la reprendre en main.

Anne était trop blonde, potelée, dotée de dents légèrement saillantes qui faisaient le charme de certains visages. Elle avait de grandes mains aux ongles impeccables, coupés court. Comment allait-elle s'entendre, s'interrogeait Délie, avec sa belle-sœur Mavis, dont les ongles douteux étaient plus ou moins dissimulés par un vernis pourpre souvent écaillé? Les yeux bleu pâle et observateurs d'Anne les remarqueraient aussitôt.

Sa grossesse ne développa aucune qualité chez Mavis, qui eut bientôt un deuxième bébé en route. Délie commençait à se lasser de son rôle de grand-mère – au bout de quatre fois, cela tournait à la routine –, et elle n'avait nullement l'intention de transformer sa maison en crèche à l'usage des enfants de Brenny. Avec tact mais fermeté, elle refusa de s'occuper du petit Keith quand Mavis attendit son deuxième enfant.

Lorsque la nouvelle de Pearl Harbor éclata comme un coup de tonnerre, Délie ne soupçonna nullement que sa vie allait en être modifiée; pour elle, l'entrée en guerre des Etats-Unis d'Amérique signifiait seulement que les hostilités cesseraient plus vite. Gordon écrivit alors pour annoncer qu'il partait au nord, dans l'Etat de Queensland, afin de s'entraîner au combat de jungle.

Il profita de sa dernière permission pour venir voir Délie à Noël et lui dire que son unité montait vers le nord afin d'essayer d'enrayer la progression rapide des Japonais en Malaisie. Il avait été bien noté à l'armée et était maintenant lieutenant. Délie admira malgré elle la haute silhouette de son fils en tenue kaki – elle avait toujours détesté la guerre et l'armée, les uniformes et la discipline militaire –, mais le fait est qu'il était très élégant et très beau. Elle se dressa sur la pointe des pieds pour l'embrasser et caresser ses cheveux coupés court sur la nuque.

Elle poussa un soupir en songeant à la naissance de Gordon à Melbourne et à sa propre fierté dérisoire : « mon fils ». Des millions de femmes avaient accompli la même chose, avant de voir leurs fils partir à la guerre.

– J'ai une sorte de pressentiment à propos des Japonais, dit-elle. Je crois qu'ils ont préparé leur opération de longue date, ce sont des fanatiques, ils sont très bien entraînés. Tu penses qu'ils avanceront jusqu'à l'Australie ?

– Jamais. Nous les arrêterons avant.

– Mais il y a tellement d'Australiens qui se battent au Moyen-Orient.

– Il faudra les rapatrier. Mais les Japs ne dépasseront jamais Singapour.

Délie fut touchée quand son fils lui demanda s'il pouvait emporter sa photo, celle prise à Echuca alors qu'elle avait à peine vingt ans.

– J'ai toujours adoré cette photo quand j'étais gosse, dit Gordon. Je trouvais que tu ressemblais à une princesse.

Gordon semblait maintenant savoir ce qu'il voulait, ses yeux bleus avaient perdu leur regard vague et rêveur, mais il n'était pas dans l'armée depuis assez longtemps pour afficher l'allure et le maintien d'un officier de carrière. C'était simplement Gordon en uniforme, et non le lieutenant Edwards revenant chez lui pour sa dernière permission, songea Délie.

Elle l'accompagna sur le quai de la gare; mais auparavant, il se rendit à la maison des Travaux publics qu'occupait Brenny avec sa famille. Là, il fit la connaissance de Mavis et de ses deux neveux; ce Keith est un vrai petit monstre.

Ce fut son seul commentaire.

A côté de lui, Délie se mordait la lèvre en attendant le départ du train. Dans le monde entier, se disait-elle, des mères font leurs adieux à leurs fils qui partent en guerre. Tu n'es qu'une parmi elles. Il ne faut pas que tu pleures; Gordon déteste les effusions. Si seulement ce train pouvait se hâter de partir !

Il finit par démarrer. Un bras kaki lui dit au revoir, puis disparut. Deux mois plus tard, Singapour tomba et Gordon disparut dans le raz de marée de l'avance japonaise.

107

Une nuit, Délie s'éveilla d'un rêve saisissant. Elle voyait une clairière au sol rouge éclatant, des cocotiers, des paillotes et le ciel bleu. Dans son rêve elle se demandait ce qu'elle faisait là quand elle vit Gordon s'avancer vers elle, seulement vêtu d'un short kaki.

Il la salua distraitement.

– Tu m'as apporté les tubes de couleur, lui dit-il.

– Quels tubes ? De quoi parles-tu ?

– Tu sais bien, je t'ai demandé de m'acheter quelques tubes de couleur.

– Oh, j'ai oublié ! Je suis si contente de te revoir.

Il passa son bras sous celui de sa mère, puis l'entraîna vers un long bâtiment bas et sans murs. Quand ils arrivèrent, elle découvrit qu'il s'agissait d'une grande boutique, et elle acheta à Gordon une boîte en bois contenant des tubes de peinture à l'huile.

– Oh, merci maman ! s'écria-t-il. Et brusquement ils se retrouvèrent à bord du *Philadelphia*, ses fils étaient redevenus de jeunes garçons, et Brenton disait d'un air agacé :

– Qu'est-ce qu'il va faire avec cette peinture ? C'est pour les filles, tout ça !

A son réveil, le rêve restait si présent qu'elle se demanda une fois encore où elle était. Elle ne reconnaissait pas la petite chambre à la grande fenêtre, par laquelle elle distinguait vaguement une berge calcaire et quelques touffes d'herbe sèche. Regardant le paysage nocturne, elle aperçut le champ de passe-pierres de l'autre côté de la route, les arbustes le long du fleuve, puis le large chenal de Goolwa, calme et obscur sous les étoiles. Bas sur l'horizon, elle vit la Croix du Sud qui se reflétait sur le miroir du fleuve. Le tonnerre assourdi des vagues déferlant sur la plage lointaine emplissait la nuit. On aurait dit le bruit feutré de coups de canon. Délie se rallongea pour écouter ce bruit qui ne la gênait pas. Plus que jamais, elle était certaine que Gordon était vivant, prisonnier de guerre quelque part en Malaisie. Elle se rappela lui avoir acheté une boîte de peintures à l'huile pour l'anniversaire de ses douze ans, croyant discerner du talent dans ses croquis au fusain et au crayon; mais il n'avait pas persévéré, les remarques méprisantes de Brenton et les moqueries de ses frères étaient venues à bout de son intérêt pour la peinture.

Mavis lui rendit visite avec ses deux garçons qui agacèrent Délie par leurs galopades incessantes sur le plancher en bois de la maison. Leur mère débordait d'une sympathie sincère pour la disparition de Gordon.

– Je vous trouve si courageuse, dit-elle de sa petite voix nasillarde. Je deviendrais folle de douleur si je perdais l'un de mes garçons, vraiment.

– Gordon n'est pas mort, rétorqua sèchement Délie. On a seulement perdu sa trace. Dès que les prisonniers de guerre seront recensés, nous aurons de ses nouvelles.

– Eh bien, j'espère que vous êtes dans le vrai, dit Mavis d'un ton qui suggérait que sa belle-mère se trompait.

Mais des nouvelles arrivèrent enfin, qui donnèrent raison à Délie. Le capitaine Gordon Edwards était prisonnier des Japonais dans le camp de Changi, à Singapour. Ainsi, Délie apprit également sa promotion.

Meg commenta joyeusement la nouvelle et donna des siennes. Ogden aussi venait d'être promu; ils allaient s'installer à Renmark, en Australie-Méridionale, où il devait remplacer le chef éclusier qui partait à la retraite. Il boitait encore à cause de son accident, mais déclara qu'il ne regrettait rien, car grâce à lui, il avait rencontré sa femme. Les enfants étaient tout excités, Vicki avait de bons résultats scolaires, mais à Renmark il y aurait davantage de compétition, ce qui était une bonne chose. Ogden lui transmettait toutes ses amitiés...

Si seulement Gordon était libéré, songea Délie, elle

serait parfaitement heureuse. Mais aucune lettre n'arrivait du camp de prisonniers et le bruit courait qu'on ne pouvait envoyer aucun paquet.

La guerre s'étendit jusqu'en Nouvelle-Guinée, et l'océan soi-disant Pacifique devint le théâtre de batailles sanglantes. Darwin fut mitraillé et bombardé. Pour la première fois, l'Australie entendit le bruit de la canonnade, mais aucun ennemi ne posa le pied sur son sol.

Plus que jamais, le tonnerre des lames de Goolwa évoqua le grondement lointain des canons. Une nuit où un vent violent faisait clapoter le fleuve dans les roseaux (ils avaient poussé, conformément aux prédictions de Gordon), Délie, incapable de dormir, se promenait sur la berge et vit une lune tardive se lever entre des nuages aux formes sculpturales. Toute jaune, elle ressemblait à une lanterne japonaise en papier, à un disque blafard devant lequel les roseaux agitaient leurs lames tranchantes comme des centaines de sabres de samouraïs.

La victorieuse 9e division revint du Moyen-Orient et fut immédiatement jetée dans la mêlée; des hommes qui avaient souffert de la soif dans le désert se retrouvèrent englués dans une boue nauséabonde au milieu d'une jungle étouffante et luxuriante, sous les pluies diluviennes de la mousson.

Le général MacArthur débarqua en Australie avec ses troupes; ce fut l'« occupation américaine ». Les uniformes de GI emplirent les rues, les casquettes de marins s'alignèrent sur les quais des ports et les filles des quartiers chauds débordèrent d'enthousiasme. Ainsi que les hôteliers, les patrons de bordels et les chauffeurs de taxi n'avaient jamais eu l'occasion de gagner autant de dollars américains.

Le raz de marée qui avait déferlé vers le sud fut arrêté, puis commença à refluer vers le nord. Les soldats australiens et les marines américains reprirent île après île, et les Australiens repoussèrent obstinément les Japonais jusqu'à la côte de la Nouvelle-Guinée, résistant aux charges suicidaires, aux embuscades et à toutes sortes de pièges.

– Ces salopards ressemblent à des bêtes sauvages; impossible de les considérer comme des hommes, déclara un soldat blessé qui souffrait de malaria et de dysenterie, et avait connu Gordon au Queensland. Au bout d'un moment, on s'est mis à les descendre comme des chiens enragés. Nous avons cessé de faire des prisonniers, après certains trucs qu'ils ont fait subir à des copains.

Délie fut submergée de terreur. Gordon était aux mains de ces « bêtes sauvages ». Pourtant, il y avait la convention de Genève, il y avait des accords internationaux... mais le Japon les avait-il signés ?

Quand le jour de la victoire arriva en Europe et que la guerre fut terminée pour des millions de civils et de militaires, Délie planta un sapin de Noël au bord du fleuve; mais pour les Australiens et les Américains, ce n'était qu'une étape vers la victoire finale dans le Pacifique.

Pour Délie, les réjouissances suivant la capitulation du Japon furent vides de sens; le monde entier avait maintenant la bombe atomique sur la conscience, elle avait même entendu un hypocrite citer la Bible pour justifier son emploi. Elle se sentait déprimée, fatiguée. Pourtant, elle n'était pas préparée à subir le choc de la nouvelle, quand elle apprit officiellement que Gordon était mort, « de maladie ».

Ce ne fut qu'ensuite, quand on eut trouvé des témoins oculaires pour témoigner contre les criminels de guerre, qu'elle apprit qu'un officier japonais avait décapité son fils, pour « refus de coopérer ». Gordon avait refusé d'ordonner à des hommes malades de travailler sous le soleil tropical, en fait il leur avait même commandé de rester allongés, et assumé toute la responsabilité de sa décision.

Délie fut stupéfaite et incrédule; elle aurait dû connaître l'instant de sa mort, croyait-elle, grâce à quelque perception extrasensorielle avertissant les mères de la disparition de la chair de leur chair. Mais peut-être avait-elle eu un pressentiment, un avertissement, la nuit où les roseaux s'étaient transformés en sabres.

Meg lui demanda de venir habiter chez elle, mais elle refusa; Brenny et Mavis lui proposèrent de s'installer au cottage, et elle refusa encore plus fermement. Alex lui rendit visite; inquiété par l'apathie et la perte de poids de sa mère – elle lui dit qu'elle n'allait pas « s'enquiquiner » à cuisiner pour elle seule –, il insista pour qu'elle paye une fille de la ville qui viendrait chaque matin lui préparer son petit déjeuner et son repas de midi.

Délie passait de longues heures à méditer et à contempler le fleuve par la grande fenêtre. Elle passa en revue toute l'existence de Gordon, se souvint du petit garçon aux cheveux dorés qui avait peur de ses leçons de natation, qui se battait avec Brenny, qui apprenait à lire et à écrire sur le pont du bateau. Où avait-elle échoué? Pourquoi avait-il perdu le fil de son existence? Il avait cru trouver dans la guerre une solution, et il y avait sacrifié sa vie aussi sûrement que s'il s'était jeté du toit d'un immeuble. Il avait participé à peu de combats, s'était rapidement retrouvé prisonnier et était mort dans ce camp.

Quand la vérité éclata au grand jour, d'abord les horreurs de Bergen-Belsen et d'Auschwitz, puis celles des camps japonais où n'arrivait aucun paquet de la Croix-Rouge, où les prisonniers squelettiques mangeaient un seul bol de riz par jour et devaient travailler dans des conditions effroyables, les jambes rongées jusqu'à l'os par les ulcères tropicaux – quand elle lut tous ces récits atroces, son esprit horrifié imagina les souffrances de Gordon ainsi que sa douleur de voir les autres souffrir. Incapable de dormir pendant plusieurs nuits, elle prit des somnifères pour la première fois de sa vie.

Elle songea qu'elle aimerait retourner à bord du *Philadelphia,* retrouver ce monde mouvant qui avait toujours calmé son esprit et ses sens; mais Brenny avait signé un contrat avec le département des Eaux pour draguer et assainir les petits cours d'eau dans les régions de Pompoota et de Wellington, où l'on envisageait d'irriguer les terres par simple gravité. Il y aurait un équipage masculin à bord, elle pourrait seulement demander le poste de cuisinière. Non, elle devait rester là et goûter sa chance d'avoir le fleuve juste devant sa porte.

De l'endroit où elle vivait, le barrage était invisible, mais elle voyait le ferry aller et venir entre le ponton de Goolwa et l'île de Hindmarsh.

La coque d'une barge pourrissait juste au-dessus de l'eau en contrebas de la berge, et plus bas en aval le vieux *Cadell* reposait dans la vase du profond chenal, gîté à un angle impressionnant. Les rayons de la roue du gouvernail se détachaient sombrement sur le ciel, car le toit de la timonerie avait disparu; mais son nom était encore nettement visible, commémorant le capitaine pionnier du *Lady Augusta*.

Un peu plus loin vers la ville, le fier *Captain Sturt* avait été hissé à terre, et sa cale remplie de ciment pour l'immobiliser définitivement. Sa grosse roue à aubes de poupe ne tournait plus; les touristes du dimanche montaient à bord pour le visiter, car le navire était désormais une relique, un anachronisme.

Quand elle se promenait entre les murs de roseau qui grandissaient chaque année, Délie guettait toujours les serpents qui grouillaient dans les marécages. C'était un terrain idéal pour les serpents tigrés de la campagne. Il y avait un petit croissant de sable gris d'où elle aimait aller nager le matin.

Elle leva les yeux vers les lacs, puis regarda sa petite maison bâtie au bord de la vraie berge de la Murray, à une centaine de mètres de l'endroit où elle était. Alors son cœur faillit s'arrêter, car une mince silhouette en short kaki, aux jambes hâlées couvertes de cicatrices, et portant un vieux chapeau de l'armée repoussé sur la nuque, se penchait sur la porte de sa propriété. Elle se hâta autant que le lui permettait son souffle court, et remarqua que l'inconnu tenait une serviette en cuir sous le bras.

– Bonjour, vous êtes bien Mme Edwards? (Il parlait avec l'accent traînant des gens du Queensland.) Je m'appelle Burns, Mick Burns.

– Oui, oui, entrez, je vous en prie.

Sa voix et sa main tremblaient tandis qu'elle ouvrait le loquet de la porte.

– Vous avez connu Gordon, c'est bien ça?

– J'étais à Changi avec lui; un des plus chics types que j'aie jamais rencontrés, dit-il simplement.

Ils entrèrent dans la maison. Bouleversée, Délie entreprit de mettre le feu sous la bouilloire, lâcha les allumettes en essayant d'allumer le poêle à mazout, éparpilla les feuilles de thé dans ses mains tremblantes.

– Si nous parlions un peu? Nous boirons une tasse de thé plus tard, dit l'homme.

Mick Burns était mince et sévère; son visage encore jeune portait la trace d'expériences douloureuses. Elle songea un instant à Garry Melville, bien que le visiteur eût le nez osseux d'un faucon, mais si crochu que son visage en devenait presque drôle.

– Je l'ai vu mourir, dit-il calmement. Il a été formidable jusqu'au bout; on nous avait tous réunis pour assister à l'exécution. Les Japs étaient très fiers de leur habileté au maniement du sabre; ce fut net et sans bavure.

Délie se mordit la lèvre et regarda par la fenêtre.

– Avant... avant qu'il soit décapité, il m'a demandé de sortir du camp certaines choses. Je les ai cachées, et les voici. Il dessinait et peignait énormément, voyez-vous.

N'en croyant pas ses yeux, Délie saisit les bouts de papier, les dos de vieux cartons, les enveloppes décollées, jusqu'aux morceaux de bois sur lesquels Gordon avait travaillé. Ce n'étaient que des croquis, mais pleins de vie et de talent : un homme aidant son camarade à marcher, tous deux des squelettes vivants aux jambes sanguinolentes; un soldat à l'agonie sur un brancard, un coin de l'hôpital, un portrait du commandant, petit et arrogant.

– Il ne reçut qu'un coup de trique en travers du

visage en récompense de son travail, et c'était ce salaud qui le lui avait demandé. Il ne l'a pas trouvé suffisamment flatteur, commenta Mick Burns.

Elle découvrit une vue du camp peinte au dos de sa propre photo.

– Mais c'est très bon ! fit Délie. Où a-t-il trouvé les couleurs ?

– Tenez-vous bien; il broyait des herbes pour le vert, de l'argile blanche, du charbon, il tirait l'ocre de la terre, il était tellement ingénieux, ce vieux Gordon. Ses croquis amusaient les hommes; parfois ils lui demandaient de faire leur portrait quand ils savaient qu'ils allaient mourir. Généralement, nous ne nous entendions pas avec les officiers, là-bas; ils restaient dans leur coin et se moquaient de ce qui arrivait à leurs hommes. Mais pas le capitaine Edwards, il n'a jamais tiré gloriole de son grade, il était l'un d'entre nous. Nous l'aimions tous. Sauf ce commandant teigneux qui le haïssait parce que Gordon refusait de céder à tous ses caprices. Il l'avait dans le collimateur depuis le début de son séjour au camp.

A travers un voile de larmes, Délie regarda la pile de dessins et de peintures. Ils lui faisaient mieux comprendre la guerre que tous les récits des rescapés et les articles des journaux. Gordon avait un réel talent, si seulement il l'avait utilisé, était-ce sa faute ? Sa propre peinture l'avait-elle trop absorbée, au point qu'elle n'avait pu l'aider à trouver sa voie ?

Elle se sentit coupable, mais comprit aussitôt ce qu'elle pouvait maintenant faire pour lui. Elle allait peindre une série de toiles à partir des croquis et des esquisses de son fils, les formes et les couleurs étaient déjà là. Ces toiles parleraient pour lui et ses camarades, elles seraient un cri s'élevant de la tombe contre la guerre.

– Prenons maintenant une tasse de thé, voulez-vous ? proposa-t-elle en souriant. Je ne vous serai jamais assez reconnaissante pour ce que vous venez de m'apporter.

108

Délie sortit de son inactivité et se mit à peindre avec une vigueur nouvelle. Elle avait maintenant soixante-sept ans, il ne lui restait que trois ans avant l'échéance qu'elle-même s'était fixée; elle tenait à les consacrer au travail. Elle avait acquis une certaine notoriété, ses toiles figuraient dans toutes les grandes galeries d'Australie, mais elle désirait accomplir quelque chose de nouveau. Plus de personnages héroïques, plus de toiles immenses et de paysages grandioses : seulement la peau d'un serpent après la mue sur le bord d'une route, une souche calcinée, quelques boutons-d'or dans la fissure du calcaire, elle pouvait contempler ces choses jusqu'à ce qu'elles se chargent de symboles et que sa vision illumine son esprit. Faire que les autres voient la même chose, tel était le but pour lequel elle avait formé son œil et sa main durant cinquante ans :

Voir le Ciel dans une Fleur Sauvage,
Et l'Univers dans un Grain de Sable.

Alors, cruellement, au moment précis où elle commençait à entrevoir comment elle allait s'y prendre, elle fut frappée par une fatalité invisible, un virus minuscule qui attaqua son point faible, sa poitrine. « Pneumonie virale », diagnostiqua le médecin tandis que sa température montait et qu'une fièvre froide glaçait ses mains.

A moitié inconsciente, on la transporta à l'hôpital, mais elle ne mourut point. Elle attribua sa guérison à son désir et à sa volonté de ne pas mourir, mais les médecins, qui enfonçaient les aiguilles dans ses bras douloureux, affirmèrent qu'elle devait la vie à la découverte de la pénicilline, un champignon aux pouvoirs miraculeux.

Pourquoi un virus voulait-il détruire, sans haine ni

sentiment d'aucune sorte, et pourquoi un champignon pouvait-il sauver cette vie qui était notre bien le plus précieux ? se demandait-elle pendant sa convalescence. Une fois encore, les hasards de l'existence la stupéfièrent. Nous vivons notre vie sans la comprendre, à la lisière d'univers qui nous demeurent étrangers. Et le temps sous-tend tout cela, tel un flux irréversible s'écoulant sans fin.

Délie retourna dans son cottage au bord du fleuve, et refusa avec une obstination tranquille de vivre avec ses enfants ou d'héberger quelqu'un pour s'occuper d'elle.

– Je m'en tire parfaitement, disait-elle, avec l'aide de Doreen, et puis j'ai besoin de rester un peu seule tous les jours. (Doreen était la fille gaie et bien en chair, au sourire édenté, qui venait le matin lui préparer son déjeuner.)

Elle refusait d'admettre la faiblesse de son organisme : elle était léthargique, sans énergie, trop faible pour marcher jusqu'au fleuve. Elle regardait pensivement le vieux *Cadell* qui s'accrochait à la vie, ses ponts de plus en plus inclinés au-dessus du profond chenal.

– Tous les anciens vapeurs disparaissent, entendit-elle soupirer un vieillard.

Délie regarda la toile à demi terminée sur laquelle elle travaillait quand on l'avait transportée à l'hôpital. Elle avait essayé de continuer de peindre alors qu'elle commençait de délirer sous le coup de la fièvre, et aujourd'hui cette peinture n'avait plus aucun sens pour elle. Elle était trop fatiguée pour s'atteler à une nouvelle toile. Ses poignets et ses genoux étaient douloureux, son dos commençait à se voûter, ses muscles refusaient désormais de le soutenir.

Puis elle comprit que ce n'était pas seulement la fatigue, qu'il y avait autre chose. Ses articulations rougirent et enflèrent, la douleur ressemblait à un perpétuel mal de dents. Elle demanda à Alex de venir l'examiner.

Il palpa ses poignets et ses doigts, ses genoux douloureux et enflés, puis prit sa température; après quoi il jura à voix basse.

– Arthrite rhumatismale, dit-il, au stade infectieux. Cela peut durer un an ou deux.

– Et ensuite je serai guérie ?

Il baissa les yeux.

– Je crois qu'il vaut mieux te dire la vérité. Je sais à quel point la peinture t'importe, maman. Mais quand l'infection aura disparu, tu seras peut-être infirme.

Délie regarda ses mains et tenta de les imaginer tordues et atrophiées au point de ne plus pouvoir tenir un pinceau.

Une infirmière stagiaire vint la soigner, une grosse femme têtue au visage fermé que Délie détesta de prime abord. Mais elle cuisinait merveilleusement et massait de ses grosses mains les articulations douloureuses, elle apportait des bouteilles d'eau chaude et de l'aspirine à point nommé, si bien que Délie s'en remit bientôt complètement à elle.

Alex vint lui annoncer qu'il partait à l'étranger pour compléter sa formation à l'université d'Edimbourg. Il voulait se spécialiser dans la chirurgie esthétique des aviateurs blessés, les pilotes de la RAF qui avaient été brûlés ou horriblement mutilés. Délie s'illumina dès son arrivée; ses yeux, ternis par la douleur et la fatigue, redevinrent bleus et brillèrent presque avec leur ancien éclat. Mais le médecin remarqua combien ils s'étaient enfoncés dans leurs orbites, à quel point ses joues étaient creusées, et ses bras amaigris quand elle les tendit vers lui, ses poignets et ses articulations enflés de façon inquiétante.

Elle passait presque toute la journée allongée sur un divan sous la grande fenêtre, par laquelle elle pouvait voir le fleuve. Elle ne fréquentait presque personne en dehors de l'infirmière, Doreen venait toujours « mettre un peu d'ordre », et parfois Mavis accompagnée de ses enfants. Brenny était absorbé par de nouvelles modifications du *Philadelphia*, il voulait y installer l'ancienne chaudière d'un vapeur qu'il avait acheté dans l'intention de faire visiter les lacs aux touristes. Son père tout craché, pensa-t-elle...

Alex n'avait pas amené Anne avec lui, car elle venait d'accoucher d'un bébé, et le voyage était long à partir de la ville.

– Combien de petits-enfants ai-je maintenant? lança gaiement Délie. Il y a les quatre enfants de Brenny, les deux de Meg, et celui-ci est ton deuxième, cela fait huit, n'est-ce pas? J'ai du mal à me souvenir de leurs noms. Comment as-tu appelé celui-ci?

– Tu devrais t'en souvenir facilement, car c'est un prénom assez inhabituel : Alister.

– Alister! (Elle dévisagea son fils en silence. Aurait-il remarqué quelque chose quand il était enfant?) Pourquoi ce prénom?

Alex haussa les épaules.

– C'est Anne qui l'a choisi. Elle l'a trouvé dans un livre.

S'enfonçant dans ses oreillers, Délie se perdit dans un rêve éveillé. Quel visage magnifique! disait Alister. Vous serez encore belle, et je vous aimerai toujours à la folie quand vous aurez quatre-vingt-deux ans. Belle! Ah, Alister, si tu pouvais me voir aujourd'hui! Son premier bal : inutile de porter des myosotis, Miss Gordon. Vos yeux sont tellement plus bleus, et celui qui les a vus ne saurait les oublier. Et Adam : Délie, tu es si adorable, si douce. Tu ressembles à un papillon blanc... Et puis Brenton, et Ben...

– C'est drôle, tous leurs prénoms commencent par un A ou un B, dit-elle en souriant à Alex, tandis que deux grosses larmes coulaient de ses orbites creuses.

Il lui rendit son sourire et tapota sa main brûlante. Sa température avait monté et elle délirait un peu.

Il laissa ses instructions au médecin local, lequel devait essayer tous les traitements possibles, y compris les injections d'or, Alex en supporterait le coût. L'idée de quitter sa mère lui déplaisait, mais Meg et Brenny étaient là, et elle était de constitution robuste. Sa maladie présente était un contrecoup de la pneumonie virale; et puis, la mort de Gordon ne devait pas y être étrangère, Délie y réagissait avec des symptômes bizarres que les médecins ne comprenaient pas encore. Il rédigea une ordonnance de sédatifs qu'il laissa à Délie, et ajouta que, malgré tous les progrès de la médecine, la bonne vieille aspirine restait certainement l'un des meilleurs médicaments.

Le courage de Délie lui permit de tenir bon pendant quelque temps, mais au bout d'une année passée à souffrir, à somnoler pour se réveiller avec cette douleur impitoyable et lancinante, elle ressentit pour la première fois le désir de mourir. Non que la douleur fût insupportable, elle avait connu bien pire au cours de son existence; mais elle était interminable. Si seulement elle s'était arrêtée, une journée, une heure, si Délie s'était une seule fois réveillée libre! C'était comme une cage de fer dont elle resterait prisonnière jusqu'à sa mort.

109

La petite voiture arriva en cahotant sur les pierres du chemin, hésita, s'arrêta devant la porte; repartit, revint en arrière, monta sur le bas-côté qui constituait la vraie berge du fleuve, puis s'immobilisa à l'ombre d'un vieil arbre.

Délie s'arrêta de respirer. On venait rarement la voir, et les visites l'inquiétaient, maintenant qu'elle se considérait comme une épave hideuse, la caricature d'une femme. Elle déplaça avec difficulté ses genoux raides sous la couverture. Chaque matin et après-midi, elle descendait de son divan pour se promener dans la maison avec sa canne, sortir sur le pas de la porte, puis rentrer par la porte de derrière, car il n'y avait heureusement pas de marches. Tous les jours elle donnait de l'exercice à ses mains en tricotant maladroitement des petits bouts d'étoffe en laine ou en coton.

Une élégante jeune femme sortit de la voiture. Elle avait des cheveux châtains coupés court, des jambes minces et bronzées. Ses sandales étaient si légères qu'on aurait cru qu'elle marchait pieds nus.

– Infirmière! appela Délie d'une voix qui n'était plus que l'imitation rauque de sa voix d'antan.

L'infirmière stagiaire qui habitait maintenant avec elle entra, lissa la couverture, ramassa la pelote de laine; la porte de derrière s'ouvrit alors bruyamment et une voix jeune et gaie s'écria :

– Grand-mère!

Délie laissa retomber sa pelote de laine et ouvrit grand les bras.

– Vicki! dit-elle d'une voix soudain affermie et joyeuse. Comment as-tu...

– Les arbres ont tellement poussé que je n'ai pas reconnu ta maison. Bientôt, tu ne pourras même plus voir le fleuve.

Ses yeux marron brillant de plaisir, Vicki s'assit tout près de sa grand-mère.

– Comment j'ai fait pour arriver jusqu'ici? Tu ne devineras jamais! J'ai été mutée de mon poste à Melbourne, le *Herald* veut que je reste ici pendant un an, et mon premier travail consiste à interviewer mon illustre grand-mère!

– Cesse de te moquer de moi.

– Je ne me moque pas de toi, je suis sérieuse! Tu as donc oublié que tu auras soixante-dix ans la semaine prochaine? C'est une date dans l'histoire de l'art australien.

– Maligne comme tu es, je parie que tu vas réussir à les convaincre.

– C'est déjà fait. Alors, vas-y, parle!

– Que veux-tu que je dise?

– Je ne sais pas, moi. Ce que tu penses de l'art moderne, par exemple.

– Une telle chose n'existe pas.

– Excellent début. Continue...

Une demi-heure après, Vicki avait griffonné plusieurs pages illisibles sur des feuilles volantes, et Délie s'inquiétait de ce qu'elle avait bien pu raconter. Elle adorait la présence de Vicki, car il lui semblait que la jeune fille lui transférait un peu de son enthousiasme et de sa vitalité.

– Maintenant, à mon tour de t'interviewer, dit-elle. Que comptez-vous faire quand vous aurez fini votre stage de journalisme, Miss Southwell ? Vous marier ?

Le nez de Vicki se fronça.

– Seigneur, non ! Je n'ai pas l'intention de me marier dans l'immédiat, si même je me marie un jour. (Délie eut un sourire complice.) Je compte partir en Europe et à Londres dès que j'en aurai l'occasion. Une amie et moi connaissons un bateau qui peut nous emmener à Naples pour trois fois rien; de là, nous ferons le tour de l'Europe en auto-stop et nous visiterons l'Angleterre au printemps.

– L'Angleterre au printemps... Tu sais, ce pays ne m'attire pas beaucoup, j'ai dû en partir trop jeune. Mais je vous envie votre séjour en Italie. Ouvre bien les yeux là-bas, Vicki. (Délie voulut tendre la main vers sa petite-fille, mais son bras était trop ankylosé. La main juvénile rejoignit la sienne à mi-chemin.) Pars, quoi qu'il arrive. Surtout, ne te marie pas avant.

– Mais je t'ai déjà dit...

– Oui, je sais, fit Délie qui sourit avec la lucidité et l'indulgence que lui conféraient son âge et sa sagesse. Vois-tu, je n'ai pas envie d'être déjà arrière-grand-mère. J'ai remarqué que les très jeunes enfants me fatiguent. Je ne sais pas ce qui est pire, leurs hurlements et leurs pleurs quand ils sont malheureux, ou le vacarme de tous les diables qu'ils font quand ils s'amusent. Ecoute !

Elle leva la main pour lui intimer le silence, et Vicki détourna les yeux. Contre la fenêtre éclairée se détachait une main maigre et difforme, dont les doigts recroquevillés touchaient presque le poignet, chaque articulation tordue comme les branches d'un arbre dans la bourrasque.

– Ecoute ! (Avec effort, Délie tourna la tête jusqu'à faire face à la fenêtre.) Tu entends ?

A peine audible dans les accalmies de la brise méridionale, on entendait le tonnerre sourd des brisants.

– Voilà le bruit le plus fort que j'aime aujourd'hui. Un bruit qu'on perçoit à peine. Dire que certains prétendent que je deviens sourde. Je ne suis sourde qu'aux voix, parce qu'elles me fatiguent. Mavis ne cesse de me casser les oreilles, au bout d'un moment je n'entends même plus ce qu'elle dit. Ce n'est que du bruit.

– Voilà une des compensations du grand âge. Tu n'entends que ce que tu veux bien entendre.

– Et comment va ta mère ?

– On ne peut mieux. Elle est folle de Charley, bien sûr, ce grand bêta de douze ans ! Sais-tu qu'elle travaille de nouveau à l'hôpital de Renmark, maintenant que mon frère se débrouille plus ou moins tout seul ?

– Elle est bien bonne de continuer à m'écrire alors que je ne peux même plus lui répondre. (Délie baissa les yeux vers ses mains posées sur la couverture.) Je ne peux même plus tenir un pinceau, encore moins un crayon. Un temps, j'ai essayé de peindre en attachant les pinceaux à mon poignet – comme Renoir, tu sais – mais j'étais trop maladroite, j'avais trop mal aux bras et aux épaules. Comme Alex m'a dit de continuer à faire quelque chose, je tricote.

– J'irai le voir à Londres. Crois-tu qu'il reviendra un jour ?

– J'espère, avant ma mort.

– Tu vivras encore longtemps, grand-mère.

Elle regarda gravement Vicki.

– Je crains que tu n'aies raison. J'ai déjà vécu trop longtemps, sais-tu. Je me rappelle m'être dit un jour que, si je ne pouvais plus sauter en l'air à soixante-dix ans, le moment serait venu de mourir. Les aborigènes étaient plus réalistes : ils assommaient les vieux quand ils ne pouvaient plus continuer à marcher. Beaucoup plus humain que de les maintenir en vie avec des médicaments, pour qu'ils poursuivent une existence misérable, qu'ils vivotent à coups de vitamines, de piqûres et de transfusions. Tu sais ce que ça coûte de maintenir en vie un seul vieillard? Autant que de nourrir une douzaine de bébés affamés du Bengale.

– Mais tu as encore toutes tes facultés, grand-mère. Tu es plus vivante que la moitié des zombis qui gesticulent sur les courts de tennis.

– Ah, ma chérie, c'est ta présence qui me remonte le moral. D'habitude, je suis à moitié endormie, je ressasse mes souvenirs; et la nuit, je reste éveillée en m'imaginant que j'entends le fleuve couler, que je me dissous dedans et que je descends jusqu'à la mer.

Elle n'ajouta pas qu'elle gardait toujours une veilleuse allumée à son chevet, comme une ancre qui la reliait au monde normal quand elle se réveillait dans l'obscurité informe, en proie à une terreur mortelle et irraisonnée.

– Vous prendrez bien une tasse de thé, proposa l'infirmière en entrant avec un plateau.

Vicki, qui détestait le thé, acquiesça poliment. Ensuite, sa grand-mère se mit à somnoler; sa tête retomba sur sa poitrine et un mince filet de salive resta suspendu à la commissure de ses lèvres crevassées.

Toute vie avait disparu de son visage qui ressemblait maintenant à un masque mortuaire. La peau était collée aux os, le crâne, les pommettes et les maxillaires, la fine arête du nez paraissaient sur le point de faire éclater l'enveloppe aussi mince et sèche que du papier froissé. Ses yeux fermés s'étaient enfoncés dans leurs orbites; mais ses sourcils presque aussi noirs qu'autrefois, ses narines délicatement ourlées prouvaient à Vicki que c'était bien sa grand-mère, la belle femme rieuse aux joues rondes qui l'emmenait jadis se promener parmi les buissons en fleurs.

Cédant à une impulsion subite, elle se pencha pour toucher sa pauvre main tordue et désormais inutile; elle était glacée, comme si la mort s'en était emparée en attendant d'envahir le corps tout entier. Vicki sortit à pas de loup, demanda à l'infirmière de ne pas réveiller Mme Edwards et de lui dire qu'elle reviendrait la voir le week-end prochain. Elle laissa sa voiture descendre en roue libre avant de faire démarrer le moteur.

110

1956 fut l'année de la Grande Inondation, ainsi qu'on devait l'appeler. Tout commença au mois de mai par l'annonce que le niveau de la Darling était inhabituellement élevé, après des pluies torrentielles au Queensland. A Renmark, Ogden ouvrit quelques vannes de l'écluse pour faire descendre le niveau de l'eau. Mais vers la fin du mois l'échelle graduée fixée au quai annonçait vingt pieds; le bruit courut alors que les ferries allaient interrompre leurs activités sur la Murray inférieure.

Cela s'avéra un magnifique euphémisme. Au bout de quelques jours, les pontons du ferry de Morgan furent submergés; deux semaines plus tard, les lignes de Kingston et de Walker furent fermées et l'eau inonda la route d'Angove à Renmark. Les responsables estimèrent la hauteur d'eau à vingt-cinq pieds « tout au plus »; mais Ogden, qui surveillait anxieusement les signes imperceptibles que toute une existence passée au bord du fleuve lui avait appris à reconnaître, prédit vingt-huit pieds, une véritable catastrophe.

Vers le 30 juin, l'échelle graduée de Renmark annonçait vingt-cinq pieds, hauteur jamais vue depuis 1931. Les estimations officielles montèrent alors d'un cran; les eaux avaient inondé Paringa Street. A Waikerie, il fallut évacuer une douzaine de familles habitant la plaine alluviale, et construire une digue pour protéger la station de pompage. L'Ecluse Cinq devint une île perdue dans une mer immense.

La Darling, que ne canalisaient ni digues ni falaises, envahit les plaines sur une largeur de soixante-dix milles; mais ses flots boueux se jetaient toujours dans la Murray où ils se mêlaient aux eaux abondantes des hauts plateaux. Dans le cours inférieur de la Murray, les colons ne pouvaient qu'attendre tandis que le fleuve enflait tous les jours comme un animal vivant. Ils savaient ce qui allait arriver, et qu'on ne pouvait rien faire. Le commerçant de Swan Reach évacua autant de marchandises qu'il put de sa boutique bâtie près de la berge, puis battit en retraite sur une position plus élevée. A Morgan, la gare de chemin de fer fut bientôt sous l'eau.

On commença à regretter les vapeurs à aubes disparus. Le responsable du courrier entre Wentworth et Renmark dut faire un énorme détour par le sud du fleuve, pour le traverser sur le pont de chemin de fer de Renmark; l'inondation l'obligea à effectuer un périple de quatre cents milles.

L'eau recouvrit la grande rue de Mannum, inonda les maisons et les cahutes situées en bordure du fleuve. Tout le long de la Murray inférieure, le niveau montait inexorablement, comme si l'eau jaillissait de quelque source souterraine. Mais il n'y avait pas de tourbillons ni de torrent dévastateur.

L'Ecluse de Blanchetown fut bientôt submergée, et en amont de Waikerie le fleuve inonda la campagne sur des kilomètres à la ronde; les eaux de fonte des neiges de la Murrumbidgee, puis celles de l'Etat de Victoria gonfleraient bientôt celles de la Murray.

Renmark fut déclarée sinistrée et l'armée entreprit de lutter contre l'inondation. Pelleteuses, tracteurs et bulldozers, ainsi que des centaines de volontaires construisirent des digues de fortune avec deux mille sacs de boue, puis s'employèrent à colmater les brèches. Des hommes épuisés surveillaient les travaux toute la nuit, repérant les points faibles, braquant leurs lampes-tempête et appelant des renforts par radio.

La première victime de la crue fut un camarade d'école de Charley Southwell, qui partit en bicyclette dans Paringa Street et qu'on ne revit jamais. Terrifiée, Meg exhorta Charley à la prudence; il lui semblait que le fleuve avait réclamé un sacrifice humain et que désormais il serait satisfait, idée saugrenue qui ne lui serait jamais venue à l'esprit en temps ordinaire, car Meg était une personne sensée, mais les longues heures de garde de nuit dans l'univers irréel de l'hôpital –

transformé en île entourée de tous côtés par les eaux — étaient venues à bout de sa raison. Les digues devaient pouvoir contenir une crue de trente pieds; mais si le fleuve montait davantage, il faudrait évacuer les malades.

Le 11 août, en pleine nuit, la digue céda et les malades furent évacués par ferry. Des hommes travaillèrent d'arrache-pied pour colmater les brèches, mais la digue fut définitivement emportée deux jours plus tard, et Hale Street submergée aux premières heures du lendemain. Le fleuve avait gagné; les vignobles, stations de pompage et maisons particulières furent inondés, mais sans perte humaine, bien que mille cinq cents personnes aient dû fuir devant la crue du fleuve.

Tous les repères des échelles de mesure furent bientôt submergés, et il fallut ajouter des graduations supplémentaires. Des pluies régulières commencèrent à tomber sur Renmark, et la dernière digue céda le 22 août. Ce fut la fin d'un combat par trop inégal contre une inondation désormais incontrôlable.

Le drame se déplaça vers le cours inférieur du fleuve, où l'on luttait encore pour sauver les riches pâturages et les maisons construites sur les berges. A Berri, Cadell, Murray Bridge et Wellington, on rehaussa les berges de plus en plus haut; se tenir sous l'une d'elles fut bientôt une expérience effrayante, car un mur liquide haut de trois mètres vous surplombait, seulement retenu par des sacs de sable et de boue.

La plupart des terres furent défendues contre tout espoir, et au bout d'une longue bataille le fleuve l'emportait toujours. Peu à peu, inexorablement, il montait comme un gigantesque reptile engloutissant tout dans son ventre liquide. Il enflait toujours davantage, jusqu'à ce que maisons, boutiques, fermes laitières, orangeraies, vergers et vignobles, tout fût englouti par l'inondation. Il monta jusqu'au balcon du premier étage de l'hôtel de Mannum, léchant les mots « Bières et Vins », il tua les arbres des vergers et noya les pieds de vigne. Des meules de foin, des cabanes, des moutons et du bétail morts ainsi que des arbres déracinés descendaient au fil du courant, accompagnés par quelques cadavres méconnaissables qui avaient été autrefois des êtres humains.

Chaque arbre dont la cime surplombait encore les eaux devint le refuge de milliers de créatures qui livraient un combat impitoyable pour la survie, tels les derniers habitants des marais à la fin d'une période de sécheresse; mais le péril était inverse et tous ces êtres tentaient d'échapper à l'eau qui montait.

Araignées, scorpions, mille-pattes et serpents grouillaient dans ces derniers refuges et s'entre-dévoraient quand ils ne trouvaient plus de nourriture. Comme la guerre, le cataclysme de l'inondation mettait à nu les instincts sauvages qui sommeillaient sous l'apparence souriante de la vie. La loi cruelle de la nature « dévorer ou être dévoré » devint la seule vérité tout le long du fleuve.

Dès que les digues eurent cédé, le fleuve sembla se déverser à perte de vue en poussant un immense soupir de triomphe, sur les vastes plaines de la région des lacs. L'eau peu profonde était sans danger; les trains quotidiens à destination de Melbourne circulèrent au ralenti et pendant des mois en soulevant de grandes gerbes d'eau. Les fermiers se déplaçaient en barque pour élaguer les arbres qui commençaient à apparaître tandis que le niveau baissait; un agriculteur de Berri vit même ses pêchers qui essayaient de fleurir sous l'eau. Des milliers d'arbres moururent, des milliers d'acres de vigne furent perdus, mais une fois encore la vie allait reprendre le dessus.

A bord du *Philadelphia*, Brenny s'activait joyeusement; à Renmark et avec l'aide de l'*Industry*, ils allèrent secourir des villageois bloqués par l'inondation.

A Goolwa, le vieux *Captain Sturt* se dressait fièrement sur la vase pendant que les flots tourbillonnaient autour de ses ponts inférieurs, accrochant des herbes et des débris de toutes sortes aux pieds de table. Ses propriétaires s'étaient réfugiés sur le pont supérieur où ils étaient parfaitement au sec.

Un matin, Délie regardait l'eau qui léchait déjà le

rebord en pierre du portail, quand elle s'aperçut brusquement que le vieux *Cadell* avait enfin disparu. Il était parti ! Le courant l'avait entraîné dans le profond chenal pendant la nuit.

Allongée, elle pensa au *Philadelphia* et se demanda quelle serait sa fin : une mort rapide, la coque crevée par une souche flottant entre deux eaux; un incendie suivi d'un naufrage en eau profonde; ou une lente agonie le long d'un quai, une dégradation progressive menant à l'anéantissement final ? Seul Brenny pouvait continuer de s'en occuper, mais peut-être le bateau finirait-il par devenir une maison flottante ?

Elle avait suivi avec grand intérêt toutes les péripéties de la crue, toutes les étapes de l'inondation. Chaque matin, elle lisait attentivement le journal en le tenant près de ses yeux. Avec l'égocentrisme des vieillards, elle ne s'inquiéta pas outre mesure des souffrances et des dommages causés par l'inondation.

– C'est à cause de tous ces barrages et de toutes ces digues, murmurait-elle. Je savais bien que la Murray n'aimerait pas ça.

Un matin, elle lut à haute voix :

– Henry Morgan, soixante ans, s'est noyé en essayant de sauver ses meubles. (Puis elle ajouta :) Infirmière, je ne suis pas allée à la selle hier. Il faudrait que vous me donniez un cachet.

Plus tard, elle lut :

– Au fur et à mesure que le niveau baisse, les maisons s'écroulent, comme écrasées par un géant... " Ecrasées par un géant ". Très belle expression. Vicki aurait pu écrire cela.

Elle se mit à songer à son fils parti dans la lointaine Angleterre. Alex était revenu une fois pour la voir, et elle l'avait trouvé changé, imbu de lui-même, tout à fait le chirurgien qui a réussi.

Il est resté trop longtemps là-bas, son succès lui est monté à la tête, dit-elle à Brenny. Même sa voix...

Brenny vint lui annoncer que le jeune Keith allait nager aux Jeux olympiques de Melbourne en décembre, mais elle répondit seulement :

– Vraiment, mon chéri ? Dans le temps, tu n'étais pas mauvais en natation, mais ton père était le meilleur nageur que j'aie jamais connu.

Elle comprit ensuite que Brenny était extrêmement fier de son fils, mais aux yeux de Délie, Keith ressemblait trop à sa mère pour être intéressant. Elle était persuadée qu'il ne nageait pas aussi bien que Brenton autrefois. D'ailleurs, plus rien n'était aussi bien que dans le temps.

111

Après le petit déjeuner le téléphone sonna, événement si inhabituel qu'il fit battre le cœur de Délie.

– Qui est-ce ? Que me veut-on ? lança-t-elle d'une voix irritée à l'infirmière jusqu'à ce qu'elle eût raccroché.

– Ne vous mettez pas martel en tête, ma chère, dit l'infirmière d'une voix apaisante. C'était votre petite-fille...

– Vicki ! Pourquoi ne me l'avez-vous pas passée, idiote que vous êtes ?

L'infirmière, habituée aux sautes d'humeur de sa malade, ne se laissa pas démonter.

– Elle va venir ici pour vous montrer sa nouvelle voiture. Elle se propose de nous emmener faire un tour.

– Un tour en voiture ? Je ne sais pas. J'ai déjà tellement de mal à sortir de la maison, marmonna Délie. Enfin, ce n'est peut-être pas une mauvaise idée...

Elle continua à peser le pour et le contre. Pendant que Vicki accomplissait les soixante milles qui la séparaient de sa grand-mère, Délie arriva à la conclusion que c'était une excellente idée et commença à attendre fiévreusement Vicki.

Le niveau du fleuve avait baissé, laissant une sorte

d'écume grise sur les barrières et les troncs d'arbres; une fois encore le fleuve avait réintégré son lit. Quant à Délie, elle avait atteint ce qui lui paraissait l'âge incroyable de soixante-dix-neuf ans. Elle somnolait sur son divan et se retrouva dans la ferme à mille milles en amont, nageant avec Miss Barrett dans le courant vif et limpide, le sang de la jeunesse irriguant de nouveau ses veines. Ses muscles se relâchèrent et elle sentit un liquide tiède se mêler au courant froid... C'était la nuit, elle se dissolvait dans cette fraîcheur soyeuse tandis que les étoiles se reflétaient sur le sein paisible du fleuve; des profondeurs du ciel, arriva l'appel lointain et musical des cygnes noirs qui remontaient vers l'amont.

A son réveil, elle s'aperçut que son lit mouillé empestait l'ammoniaque. Les draps étaient trempés, mais maintenant il y avait toujours une alèse pour protéger le matelas. Elle pouvait encore marcher avec de l'aide, et en été elle descendait tous les jours au bord du fleuve. Elle perçut une pulsation régulière qui s'amplifiait. Etait-ce son propre cœur? Non, car une superstructure immaculée envahit soudain le ciel et elle entendit le doux sifflement de la vapeur. Ils étaient dans la salle de classe, elle et Adam; un vapeur à aubes passait en contrebas de la ferme pour la première fois...

Soudain attentive, Délie s'efforça de se redresser, regarda le chenal de Goolwa et vit un vapeur glisser sous ses yeux. C'était un spectacle maintenant fort rare. Elle appela Miss Bates pour qu'elle l'aidât à se lever, puis elle regarda les vagues du bateau se briser contre les berges.

A ce moment, un élégant cabriolet rouge apparut sur la route et s'arrêta devant la porte. Vicki klaxonna en agitant le bras.

– Regarde, grand-mère! s'écria-t-elle par la vitre de la voiture. C'est une Chevrolet d'occasion, mais elle est belle, non? Et elle marche rudement bien. Tu viens faire un tour?

– Oui, si Miss Bates veut bien s'occuper un peu de moi. Je croyais que tu n'arriverais jamais.

Elle avait décidé de l'endroit où elle voulait aller : à Victor Harbour, pour regarder la mer endiguée et domestiquée, puis à Port Elliot pour voir les énormes lames du sud se briser sur le granit.

– Et puis je veux me baigner.

– Te baigner !

Les deux femmes la regardèrent avec stupéfaction, puis se dévisagèrent.

– J'ai toujours mon maillot de bain. Et je désire me baigner dans la mer.

– Dans la *mer* !

– Cessez de répéter tout ce que je dis comme deux perroquets ! Vous avez bien entendu, je veux me baigner une dernière fois dans la mer. Je ne ressortirai probablement plus jamais de cette maison. Si bien que vous pouvez appeler ça ma dernière volonté.

– Grand-Mère ! (La main souple et chaude de Vicki toucha la peau froide de sa grand-mère.) Bien sûr que tu peux te baigner. N'est-ce pas, Miss Bates ?

– Eh bien, je préfère ne pas prendre cette responsabilité. Mais puisque vous le dites.

– Absolument. (Vicki alla chercher le vieux maillot accroché derrière la porte de la salle de bains.) Juste une trempette. De toute façon, tu trouveras l'eau trop froide pour y rester longtemps.

Ensemble, elles passèrent le maillot sur le corps décharné de Délie.

Chaudement vêtue et assise sur un coussin imperméable à l'avant de la voiture entre les deux jeunes femmes, Délie était ravie.

– Pourquoi ai-je attendu si longtemps pour faire un tour en voiture ? s'écria-t-elle. C'est merveilleux !

Les formes basses de l'île de Hindmarsh couverte d'herbe brillaient d'un éclat doré; le bâtiment des douanes et le tribunal en pierre de taille semblaient dormir au soleil. Le large chenal reflétait le ciel immaculé et les massifs luxuriants des roseaux qui avaient poussé depuis la construction du barrage. Brenny descendait souvent sur la berge pour les couper à l'endroit où Délie se baignait.

Tandis que les poteaux des clôtures défilaient rapidement de chaque côté de la route, Délie songea que toutes ces dernières années avaient filé aussi vite. Autrefois, quand elle était enfant, une année durait une éternité et l'avenir semblait un brouillard doré plein de surprises et de promesses. Le temps était relatif. Ainsi, cette journée paraissait déjà plus longue que les autres, parce que Délie faisait quelque chose d'inhabituel. Brusquement, elle contempla toute sa vie peinte en scènes saisissantes sur un rouleau déroulé devant ses yeux.

La voiture s'arrêta. Le rouleau se replia, toutes les images disparurent...

– Nous sommes arrivées ! dit Miss Bates.

Vicki s'était avancée jusqu'au talus herbeux jouxtant la plage intérieure du port. C'était certainement interdit, mais elle avait tout simplement ignoré les pancartes pour s'approcher aussi près que possible de la pente douce de sable fin où les vagues venaient se briser, refluaient, déferlaient de nouveau et refluaient encore.

Non sans difficulté, elles enlevèrent le corsage et la jupe de Délie, puis, enveloppée dans un grand peignoir de bain, elles l'accompagnèrent jusqu'au bord de l'eau. Miss Bates retira son peignoir, et Vicki, remontant sa jupe, supporta le poids de Délie qui avança dans l'eau transparente sur ses frêles jambes blanches.

L'eau lui arrivait seulement à mi-mollet, elle était délicieuse, limpide et scintillante.

– Sais-tu que ta mère a vu l'océan pour la première fois à l'âge de dix ou douze ans ? dit-elle. Je l'ai emmenée à Glenelg, oui, je crois que c'était là-bas, un merveilleux sable blanc...

– Aujourd'hui il y a une usine de traitement des eaux, dit Vicki, la plage est couverte d'algues et le sable s'en va.

– Je ne veux pas entendre parler de ça. Maintenant

aide-moi à m'agenouiller. Là! Je vais rester un peu comme ça.

Elle tourna ses yeux bleu pâle vers le soleil bienfaisant. Les blocs de pierre d'un môle lui cachaient l'horizon. L'eau peu profonde était tiède, car la marée montait sur le sable chauffé par le soleil. Une vaguelette déferla contre ses cuisses. Puis une autre. Elle sentait le sable aspiré entre ses genoux quand l'eau refluait vers la mer. Elle attendit la suivante, tournée vers l'océan, ce vieil amant : elle acceptait son rythme immémorial, la poussée et la succion des vagues.

C'était la vie, et non la mort, même si l'océan signifiait la fin du fleuve et de ses méandres. Le corps, l'identité, la mémoire allaient se dissoudre dans l'immense océan de l'inconscient d'où naîtraient de nouveaux courants.

Le temps, semblable au fleuve éternel, emporte avec lui tous ses fils... Tel était le cantique qu'ils chantaient souvent à la maison; autrefois elle s'était agenouillée à l'église près de sa mère, sur un petit coussin rouge; autrefois la mousse luisante était sortie d'un coup entre les briques pour reposer comme une bande de velours vert sur sa paume enfantine.

L'éclat du soleil sur l'eau se métamorphosa en une vision de neige éblouissante. Dans la lumière uniforme, chaque cristal de neige portait une minuscule ombre bleutée, et d'un endroit tout proche arrivait un faible tintement, aussi clair et musical qu'une cloche. Une fois encore elle se retrouva près des sommets des Alpes australiennes, où un ruisseau naissait, puis se faufilait, invisible sous la neige; et tous les fleuves allaient vers la mer.

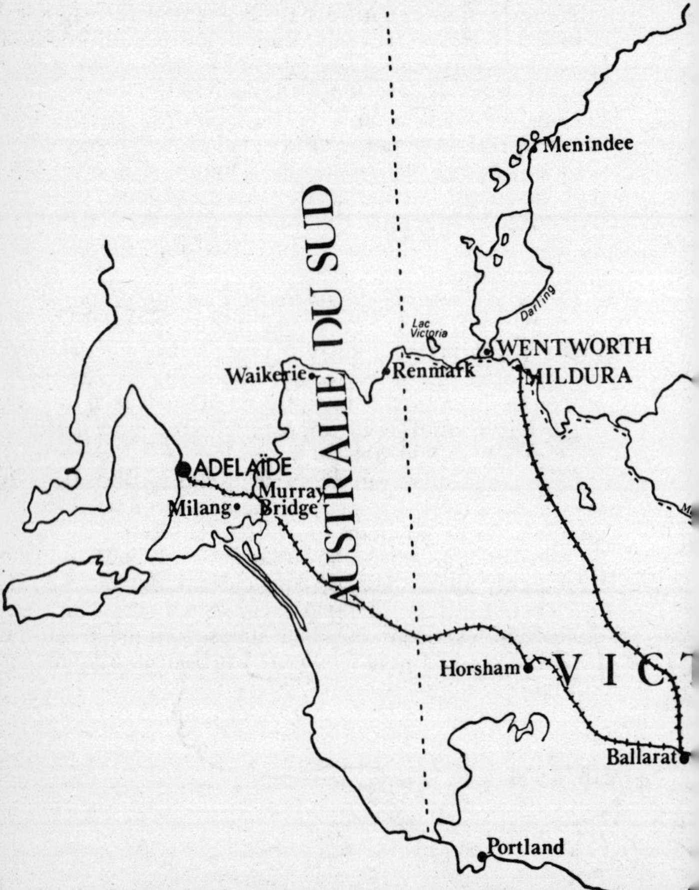
Menindee
AUSTRALIE DU SUD
Darling
Lac Victoria
WENTWORTH
MILDURA
Waikerie
Renmark
ADELAÏDE
Murray Bridge
Milang
Horsham
VICT
Ballarat
Portland

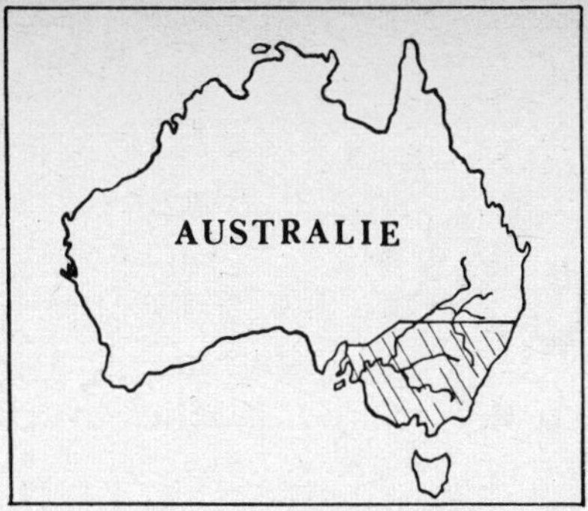
AUSTRALIE

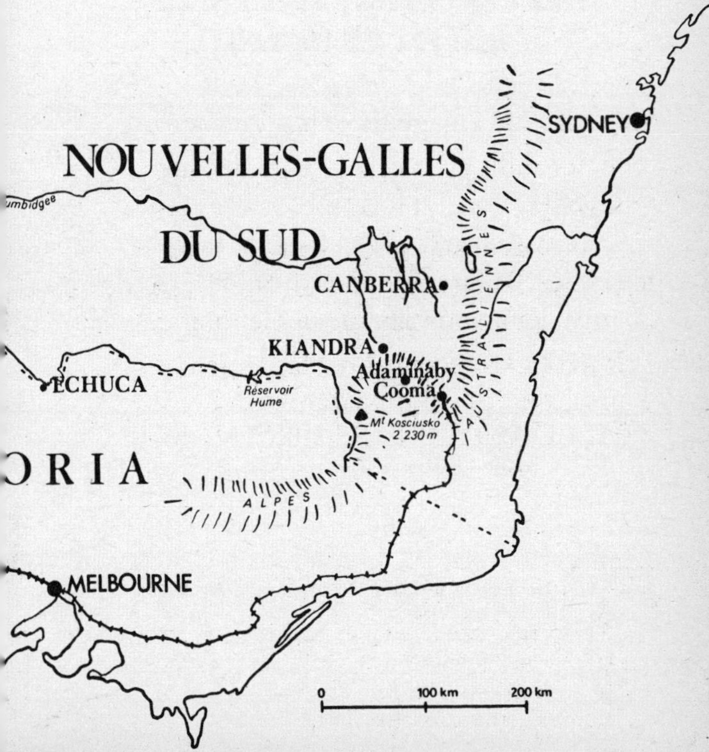
SYDNEY
NOUVELLES-GALLES
DU SUD
umbidgee
CANBERRA
AUSTRALIENNES
KIANDRA
Adaminaby
ECHUCA
Réservoir
Hume
Cooma
Mt Kosciusko
2 230 m
ORIA
ALPES
MELBOURNE
0
100 km
200 km

1970
★ ★ ★ ★

Impression Brodard et Taupin à La Flèche (Sarthe)
le 10 mars 1986
1546-5 Dépôt légal mars 1986. ISBN 2 - 277 - 21970 - 3
Imprimé en France

Editions J'ai lu
27, rue Cassette, 75006 Paris
diffusion France et étranger : Flammarion